1

Wenn du ein Springer bist, musst du auch springen.

Ryk wusste das. Er hatte es von Kindesbeinen an gelernt. Wer sich nicht traute, konnte kein Springer sein. Wer kein Springer wurde, wühlte im Dreck, arbeitete in der Faktorei oder quälte sich für die Eiserne Gilde. Springen oder nicht, das war der Unterschied zwischen ein wenig Leben und bloßer Existenz.

Ryk hatte sich schon vor langer Zeit entschieden.

Doch vor jedem Sprung zerriss es ihm das Herz.

Und er erwartete den Schmerz durch den Schorf.

Er hielt sich mit einer Hand an der Stange fest, der Wind zerrte an seiner Jacke. Das schwere Bündel auf seinem Rücken, festgezurrt mit einem um den Brustkorb gewickelten Seil, erinnerte ihn an seine Mission. Von Siderit nach Stink, drei Stationen mit der Muskelbahn, deren Triebwurm die Rohstoffe aus ferneren Gefilden in den Hive brachte. Die fettig glänzenden Plastiksehnen zogen den Zug voran und übergaben die runden, uneben geformten Waggons den Klauen, die sie weiterzogen, mit immer größerer Geschwindigkeit. An der Kurve in der Nähe von Siderit-Ost wurde der Zug langsamer. Hier hing Ryk an der Stange und würde springen.

Er machte sich beinahe vor Angst in die Hose. Aber es gab keine Alternative. Ihm war aufgetragen, das Paket schnell zum Wachtmeister zu bringen. Schnell hieß, auf den Triebwurm zu springen und das Großmaul zu lähmen, um dann als blinder Passagier bis Stink mitzufahren und dort abzuspringen, fertig.

Fertig.

So einfach war es nie. Erprobt? Ja. Einfach? Oh nein!

Er kniff die Augen zusammen. Das schleifende, schmatzende Geräusch der sich nähernden Muskelbahn forderte seine ganze Aufmerksamkeit. Es kam auf den richtigen Moment an. Sprang er zu früh, landete er auf der Knochenschiene und wurde zerquetscht. Sprang er zu spät, war der Zug schon zu schnell und er würde vom Dach fliegen, ehe er sich verankern konnte. In der anderen Hand hielt er den Haken, von Papa Ka aus den »Resten« geschmiedet. Papa Ka hatte damals nur dafür verlangt, dass Ryk ihm einen blies. Ryk hatte bezahlt, er zahlte immer, und Papa Ka baute die besten Haken. Der salzige, schleimige Geschmack des Spermas in seinem Mund war nicht das Schlimmste, was er jemals gekostet hatte. Hivescheiße in der Faktorei war schlimmer.

Also springen. Der Lohn winkte, eine gute Bezahlung. Und ein fähiger Springer verlor seinen Haken nie, pflegte ihn gut. Mit etwas Glück würde er Papa Kas Dienste nie wieder in Anspruch nehmen müssen. Mit etwas mehr Glück würde der alte Scheißkerl bald verrecken.

DIRK VAN DEN

BOOM

DER LETZTE ADMIRAL

1|METROPOLE 7

cross cult

DER LETZTE ADMIRAL 1: METROPOLE 7
wird herausgegeben von Cross Cult, Teinacher Straße 72, 71634 Ludwigsburg.
Herausgeber: Andreas Mergenthaler; Verantwortlicher Redakteur
und Lektorat: Markus Rohde; Lektorat: Katrin Aust; Korrektorat: Peter Schild;
Satz: Rowan Rüster/Cross Cult; Cover Artwork: Arndt Drechsler;
Print-Ausgabe gedruckt von CPI Moravia Books s.r.o., CZ-69123 Pohorelice.
Printed in the Czech Republic.

Originalausgabe

Print ISBN 978-3-86425-867-1 (Oktober 2019) · E-Book ISBN 978-3-86425-896-1 (Oktober 2019)

WWW.CROSS-CULT.DE

Das Schmatzen wurde lauter. Ryk hörte genau hin. Irgendeine der Klauen musste beschädigt sein. Das charakteristische Quietschen war nicht zu überhören. Er würde es an den Clan der Springer melden müssen, als Warnung. Wenn eine Klaue den Geist aufgab, kamen die Kleinen Meister, es war eine automatische Reaktion. Niemand sollte in der Nähe sein, wenn die Reparatur begann, denn kein Kleiner Meister kam ohne eine Gruppe Großmäuler und ein Großmaul würde das tun, was es am besten konnte, wenn es Abfall witterte, der sich noch bewegte.

Ryk hatte das einmal mit angesehen. Er wollte dieses Erlebnis nicht wiederholen. Die Aussicht, einem dieser Exemplare gleich die Kehle durchtrennen zu müssen – nicht ganz, nur ein bisschen! –, machte ihm Angst.

Jetzt!

Er löste die Hand von der Stange und spürte den Wind, die Sekunden der Schwerelosigkeit, das sinkende Gefühl im Bauch, die aufsteigende Panik, die absoluter Kontrolle wich. Er traf auf, sank in das weiche Material des Waggons ein und ging in die Knie. Seine freie Hand grub sich in das Dach und fand Halt. Gut. Dann den Haken, schnell, routiniert. Das Metall bohrte sich in die Masse, er sah die feine, durchsichtige Flüssigkeit austreten und sich zu hartem Eiter verformen, der sich schorfig um den Haken legte. Blieb er länger als eine Stunde hier verankert, würde ihn Ryk nur mit einem Messer wieder lösen können.

Die Reise bis Stink dauerte keine Stunde. Wenn alles gut ging.

Er duckte sich. Klauen scharrten und Muskeln stöhnten, als der Zug die Kurve bei Siderit-Ost bewältigte und die Waggons sich ausrichteten. Ryk sah vor sich den Hive. Wie er sich Kilometer in die Luft erhob, war immer wieder beängstigend, Ehrfurcht gebietend. Wie schade, dass den Bewohnern des Hives völlig egal war, ob sie jemand anbetete oder respektierte oder nicht. Abfall, auch der bewegliche, war genau das. Sogar die Propheten hatten daran nie etwas ändern können und niemand schleimte sich beim Hive mehr ein als diese Irren.

Das Großmaul. Es saß vorne im Triebwurm, versunken im vordersten Hohlraum. Der Muskelzug war voller Räume, in denen die Waren gelagert wurden. Und das Großmaul vorne war der Pilot. Zumindest nahm Ryk das an. Man konnte sich nie ganz sicher sein.

Er musste sich bewegen. Er spürte, wie der Schorf auf seiner Haut aufzuplatzen drohte. Die dicke Creme half manchmal, aber die Kleidung scheuerte auf den Wunden. Er biss die Zähne zusammen. Keine Zeit für Wehleidigkeit.

Er arbeitete sich nach vorne, Haken und Messer bereit, bis er an die Lamellen kam, die den vorderen Teil des Wurms abschlossen. Erneut ein entschiedener Schlag mit dem Haken, dann riss er eine der Lamellen hoch. Es knirschte und blassrotes Blut sprudelte hervor. Es stank erbärmlich und Ryk war für den Fahrtwind dankbar. Er sah in die Kammer, direkt auf den knotigen, muskulösen Rücken des Großmauls. Es hatte das Gesicht nach vorne gerichtet, als ob es durch die geschlossene Wand etwas sehen könnte. Vielleicht konnte es das. Das Großmaul steckte mit dem Unterkörper im Triebwurm, verbunden durch Fleisch und Plastik und Metall, Teil des Muskelzugs und Passagier zugleich.

Jetzt schnell!

Ryk ließ sich mit den Füßen voran durch die blutige Öffnung in den Triebwurm gleiten, fand Halt, balancierte sich aus und hob das Messer. Da, das Großmaul zuckte, als es seine Präsenz wahrnahm. Manchmal ging das schneller, manche waren schwerer von Begriff. In jedem Fall war es zu spät.

Ryks Klinge fuhr durch den Hals des Wesens, durchschnitt Knorpel, Röhren und Sehnen und hörte an der richtigen Stelle auf. Das Großmaul zuckte und der Kopf fiel zurück. Aus dem viereckigen, mit langen Metallzacken bewehrten Mund gurgelte etwas, Körperflüssigkeiten stiegen auf, an denen es erstickte. Würde Ryk den Hals ganz durchtrennen, würde er auch die Alarmleitung treffen, die links am Nacken saß und ein Funksignal auslöste – oder irgendetwas anderes. Dann würde der Triebwurm denken, sein Pilot sei tot. Und zu Recht. Kleine Meister würden kommen und mit ihnen weitere Großmäuler, sehr wütend, sehr mobil und sehr stark bewaffnet. Ryk hätte keine Chance.

Er packte in den offenen Hals und tastete nach der Alarmleitung. Sie saß fest und übermittelte unbeschädigt weiter beruhigende Impulse an den Triebwurm. Der kannte den Weg. Es war nicht mehr weit bis zur Heimat.

Ryk atmete aus. Es war gelungen. Einmal mehr. Die Spannung fiel von ihm ab, das Pochen seines Herzens wurde langsamer. Er kletterte wieder aus der Öffnung. In der Kammer stank es nach blutendem Großmaul. Hier oben, auf dem Wurm, war die Luft frisch und die Aussicht interessant. Er hockte sich auf die Haut, verankerte sich mit dem Haken, fand eine bequeme und sichere Sitzposition und entspannte sich.

Der Zug arbeitete sich vorwärts und manchmal, wenn man genau hinhörte, vernahm man das Stöhnen des Triebwurms, wie er sich voranquälte, gezogen und gepackt von

Klauen, die eigene Fahrt durch beständige Muskelkontraktionen unterstützend und den Bauch voller Materialien und Rohstoffe, was auch immer aus den Biominen in den Hive gebracht wurde. Ryk wollte es gar nicht so genau wissen. Aber man hörte Gerüchte.

Dem Triebwurm tat alles weh. Eine Existenz beständiger Mühsal. Beinahe, nur beinahe konnte man Mitleid bekommen. Ryk empfand das manchmal so. Er war oft nahe an den Würmern und hörte ihre Qual. Warum genau man ihnen die Möglichkeit gegeben hatte, solche Laute auszustoßen, verstand der junge Springer nicht. Außer ihm hörte sie doch niemand. Und selbst wenn – wen sollte es kümmern?

Den Hive nicht. Die Menschen nicht, die an seinen Rändern irgendwie überlebten, ignoriert, solange sie nicht störten, aktiv gejagt, sobald die Biominen nicht genug abwarfen – wie gesagt: Es gab Gerüchte. Ryk hatte oft Zeit gehabt, die Laderäume zu inspizieren, und darin in schleimiges Gel eingepackte Dinge entdeckt. Was genau es war, wusste er nicht. Er hätte alles auspacken können, ohne bedroht zu werden. Wer einmal im Inneren einer Hivemaschinerie war und das Großmaul unter Kontrolle gebracht hatte, war sicher, bis er beim Hive eintraf. Erst dann wurde es gefährlich.

Der Hive wurde größer. Ryk legte sich auf den Bauch und spürte die Wärme des Muskelzuges durch seine Kleidung. Im Winter konnte man sich hier richtig aufwärmen, vor allem, wenn der Eisregen kam. Lag man eine Stunde auf dem Zug, war man aufgetaut und einsatzbereit. Im Sommer stand man besser. Es war Sommer, aber Ryk musste den Zug spüren, um zu wissen, wann eine der Beschleunigungsphasen begann. Die Schiene verlief von hier bis zum Hive nahezu schnurgerade und der Zug würde irgendwann demnächst seine

Geschwindigkeit nicht nur drastisch, sondern auch sehr plötzlich erhöhen. Ryk wollte darauf vorbereitet sein und als erfahrener Springer wusste er die Anzeichen zu deuten. Kleine Muskelkontraktionen, eine andere Art von Stöhnen des Triebwurms, das erwartungsvolle Zittern der Kriechringe und Laufbeine unter dem Zug, mit dem er sich auf die hohe Geschwindigkeit einstellte. Ryk war ein Profi. Dies war sein hundertsechzehnter Sprung. Er hatte sie gezählt, wie alle Springer. Vom Strichtattoo aber sah er ab. Er wollte sich nicht ausmalen, wie die zahllosen Markierungen auf seiner Haut aussehen würden, wenn diese alt und schrumpelig wurde – falls er ein so hohes Alter überhaupt erreichen würde.

Für einen Springer, das musste er einräumen, wäre das doch eher ungewöhnlich.

Da, der Triebwurm jammerte. Er war so weit, wusste, was auf ihn zukam.

»Armer Wurm«, murmelte Ryk. Er holte tief Luft. Es war Zeit für die Worte, die seine Ausbildung stets begleitet und sich ihm für immer ins Gehirn eingebrannt hatten. Er sprach nicht laut, aber hörbar: *»Mir ist zum Geleite, In lichtgold'nem Kleide, Frau Sonne bestellt; Sie wirft meinen Schatten, Auf blumige Matten, Ich fahr in die Welt«.*

Das Poem der Routenspringer, das winzige Stück Kultur, das sich aus grauer Vorzeit bis in ihre Gegenwart erhalten hatte. Er wusste nicht, wer sich diese einfachen Zeilen ausgedacht hatte, sicher jemand, der in einer besseren Zeit gelebt hatte, für den eine Reise wie diese etwas Angenehmes gewesen war. Ryk mochte das Springen und er bildete sich ein, eines der angenehmsten Leben unter all seinen Zeitgenossen zu führen, wie viele seiner Profession. »Ich fahr in die Welt«. Das stimmte doch. Und die Sonne schien. Nur was genau »blumige Matten« sein sollten, konnte er sich nicht vorstellen. Der Hive war ein unübersichtlicher, bis in die Wolken aufragender, knorpeliger Gigant harter Bio- und Metallmasse, konisch geformt, dessen Abflugplattform der Sporenschiffe manchmal von Wolken verhangen war. Und alles, was zu seinen Füßen errichtet worden war und geduldet wurde, die ganze Metropole 7, war noch unübersichtlicher, chaotisch, wild, dreckig, heiß und kalt und ganz und gar ohne Blumen. Ryk war herumgekommen. Er war ein Springer, einer der besten.

Keine Blumen. Das könnte er jederzeit beschwören.

Der Muskelzug zog an. Ein plötzlicher Satz, ein Knirschen, als die Hornhaut über die Gleise schabte, doch Ryk war vorbereitet. Den Haken tief im Fleisch des Triebwurms, flach auf der warmen Oberfläche liegend ging der Ruck auch durch seinen Körper, aber ohne ihn hinunterzuwerfen. Der Wind pfiff plötzlich weitaus schärfer um seine Ohren. Die Umgebung verschwamm etwas. Wer einen Muskelzug zum ersten Mal sah, sein schwerfällig scheinendes Ächzen, das quälende Leid, wenn er Steigungen und Kurven anging, würde niemals glauben, zu welcher Geschwindigkeit er auf ebener, gerade Strecke imstande war.

Manche Springer, vor allem jene ganz am Anfang, hatten diesen Unglauben mit dem Leben bezahlt. Ryk war immer sehr vorsichtig gewesen. Es überraschte ihn manchmal immer noch, aber es war nichts, was ihn aus der Bahn warf. Hundertsechzehn Sprünge. Ryk wusste, wie es ging. Ihm machte keiner mehr etwas vor.

Der Rucksack lag schwer auf seinem Rücken. Keine Ahnung, was in dem sorgsam verschnürten Paket war. Er hatte den Auftrag von Birbir bekommen, der, wie alle wussten, für den Räderclan arbeitete, gerüchteweise für das Rad selbst, aber da war sich natürlich niemand absolut sicher. Ein Paket, schnellste Lieferung, für den Wachtmeister. Der Wachtmeister war wichtig, er war eine der wenigen Institutionen, auf die sich die verschiedenen Clans und Sekten in Metropole 7 einigen konnten, und sie alle kamen für seinen Unterhalt auf. Vielleicht war in dem Paket Nahrung, vielleicht Drogen, vielleicht Tauschware. Es war für den Wachtmeister und das war alles, was Ryk wissen musste. Birbir zahlte gut. Das war auch wichtig, denn Ryk sprang, um gut leben zu können, besser als die meisten anderen.

Und um den Wachtmeister zu besuchen. Mit ihm zu reden. Ryk würde es niemals zugeben, aber er hätte den Sprung für diese besondere Gelegenheit vielleicht sogar umsonst gemacht. Birbir ahnte das sicher. Er hatte beharrlich verhandelt und hätte Ryk beinahe über den Tisch gezogen. Der Springer würde künftig besser aufpassen müssen.

Aber der *Wachtmeister*! Und dann auch noch Uruhard, der für seine Gelehrsamkeit bekannt war, eine Begabung, die nicht alle Springer gleichermaßen schätzten. Ryk aber hatte schon immer lernen wollen, schon immer Fragen gestellt, war schon immer allen damit auf die Nerven gegangen.

Was für eine wunderbare Sache! Ryk und der Wachtmeister! Direkt am Arsch des Hives, wo alles rauskam und alles reinging, hielt er Wacht, um zu melden, wenn etwas sich auf den Weg machte, was allen gefährlich werden konnte. Ein Schwarm Drachenkrieger, die herabstießen und aus der Luft töteten. Ein Trupp Großmäuler, um den Perimeter zu reinigen. Man wusste nie. Vielleicht sogar mal ein Hivekopf, aber so einen hatte man schon lange nicht mehr gesehen. Ryk wusste nicht einmal, ob sie überhaupt existierten.

Andererseits: Der Hive funktionierte bestens, also musste es Köpfe geben, die dem am nächsten kamen, was unter ihnen als intelligent galt.

Denn die Menschen in Metropole 7 wie auf der ganzen Erde überlebten nicht, weil sie dümmer waren als der Hive, sie überlebten, weil sie viel intelligenter waren. Schwächer, ja. Hilflos in vielem. Fast ausgerottet, als die Stöcke gelandet waren und die Union vernichtet hatten, dieses grandiose, legendäre, halb vergessene Sternenreich der Menschen, das verlorene Utopia, das alte Schlaraffenland, damals, als die Menschen Terra noch regierten und nicht nur im Schatten der eingewachsenen und verwurzelten Stöcke mehr oder weniger überlebten.

Damals.

Lange her.

Ryk dachte oft daran, aber es war ein Schmerz, dem er sich nur dann aussetzte, wenn er seinen Verdienst in Gelbier anlegte und sich richtig zudröhnte. Anders war das nicht zu ertragen, nicht für einen Träumer wie Ryk, der viel zu viel Fantasie hatte, als gut für ihn war. Der zu viel wissen wollte.

Jetzt war auch nicht die Zeit für Fragen. Bald musste er abspringen. Blieb er zu lange, würde der Hive ihn verschlucken und das wäre sein Todesurteil.

Der Muskelzug raste auf den Hive zu und damit auch Ryks Ziel entgegen. Der Wachtmeister. Ryk war so froh. Verdammt, er *hätte* es getan, ohne dafür eine Bezahlung zu verlangen.

Der junge Mann grinste in den Wind.

So gesehen hatte Birbir möglicherweise doch nicht so gut verhandelt.

2

Er erreichte seine Endstation in etwa zur erwarteten Zeit. Muskelzüge waren im Regelfall erstaunlich pünktlich, wie ein Herzschlag, der auch immer zum vorherbestimmten Zeitpunkt kam, weil dies eben zum Funktionieren des Körpers gehörte. Ryk kannte sich aus. Dies war sein dritter Sprung nach Stink und er rümpfte bereits zehn Minuten vor Ende der Reise die Nase. Stink war weder ein origineller noch ein einfallsreicher Name für die Gegend direkt am Hivestock, aber er war auf seine wunderbar fantasielose Weise zutreffend. Was immer auch die Eroberer im Hive betrieben – niemand wollte es so genau wissen –, es produzierte Abfall, auch organischen, und während dieser für wenig nützlich war, außer als guter Dünger, stank er entsetzlich, auf eine besonders beißende und aggressive Art, als wolle sich der Geruch durch die Nase in die Eingeweide bohren und dort Eier legen.

Es gab Leute, die sich daran gewöhnt hatten, und gerade die Bewohner von Stink galten diesbezüglich als besonders widerstandsfähig. Ryk aber, als bloßer Besucher, gehörte zweifellos nicht dazu.

Er zog ein Tuch vors Gesicht. Es nützte nichts, aber er sah recht verwegen damit aus und man wusste ja nie, auf wen man traf. Stink war eine unsichere Gegend, regiert von einem Stadtherren, der sich selbst nur »Sire« nannte. Niemand mochte ihn. Damit passte er gut zur Gegend, denn niemand mochte Stink. Wäre der Wachtmeister nicht hier stationiert, gäbe es nur wenige Gründe, diesen Teil der Metropole aufzusuchen. Vielleicht noch die Bar der Hybriden, von der Ryk schon so einiges gehört hatte. Das Wahrzeichen aber war der Spindelturm, in dem der Wachtmeister residierte und der auch Anziehungspunkt für viele war, die etwas Ruhe und Sicherheit suchten, denn er wurde von allen Fraktionen respektiert, war unantastbar und niemand erhob Anspruch darauf, außer seinem wichtigsten Bewohner.

Ryk ließ sich vom langsamer werdenden Zug gleiten, eine schnelle, fast schon elegante Bewegung, und er löste dabei den Haken, der ohne großen Widerstand aus dem Fleisch des Triebwurms glitt. Der hatte wieder zu stöhnen begonnen. Er würde durch eine der zahlreichen Öffnungen in das Innere des Hives weiterfahren und vielleicht hatte er davor Angst. Vielleicht stank es darin auch bloß noch viel schlimmer als hier draußen.

Ryk hatte sein Ziel erreicht. Direkt neben der Strecke hatte der Stadtherr die Plattform für die Springer erbaut – das, was einem Bahnhof am nächsten kam. Eine wackelig aussehende Konstruktion aus Metallplatten und Schienen, kreuzweise angeordnet, mit einer Leiter versehen, die gut sechs Meter bis zum Boden reichte. Früher hatte es daneben noch alte Matratzen gegeben, für jene Springer, die den richtigen Zeitpunkt verpassten. Mittlerweile waren diese Buden gewichen, Teile des Slums, der mehr oder weniger Stink war.

Ryk sprang nicht daneben. Er sprang *nie* daneben.

Der hundertsiebzehnte Sprung. Er spannte seine Muskeln an und wappnete sich gegen das feuchte Gefühl des aufbrechenden Schorfs, das unausweichlich war. Er taxierte die langsam näher rückende Plattform und seine Intuition übernahm das Kommando. Entfernung, Geschwindigkeit, Krafteinsatz, Absprungpunkt, alles vermischte sich in seiner unterbewussten Wahrnehmung zu einem Signal, das er an seinen Körper schickte.

Jetzt!

Ryk sprang.

Eine perfekte Bewegung, ein perfekter Zeitpunkt, ein perfekter Einsatz seiner Muskeln. Er glitt durch die Luft, ohne Angst und die Plattform direkt vor sich.

Der Springer kam federnd auf dem Boden auf, fiel nicht hin und ruderte nur kurz mit den Armen, um das Gleichgewicht zu halten. Das gab Bonuspunkte, wenn jemand zusah, und er fühlte sich gut, obwohl die wunden Stellen scheuerten und brannten. Am Rand der Bahn, unweit der Plattform, saßen einige Dweller auf dem Boden und schauten ihn apathisch an. Sie kauten offenbar auf Scheißnüssen herum und waren von Ryks Tat kein bisschen beeindruckt. Die kleinen Kerne fanden sich im Abfall, der aus dem Hive fiel und den Gestank verursachte, der hier alles durchdrang. Doch die strenge Duftnote hielt die Süchtigen nicht davon ab, mit bloßen Händen durch den Mist zu gehen und sich die Nüsse herauszuholen, die eigentlich keine waren. Niemand wusste, was genau sie waren, und viele, sowohl jene, die sie kauten, als auch jene, die sie eklig fanden, wollten es auch nicht so genau wissen.

Unbestritten war die Wirkung. Der Kauer wurde abhängig und man fühlte sich wohl dabei, sehr wohl sogar, und vergaß den Hunger und die Angst vor den Großmäulern oder den Banden oder was einen sonst noch bedrohte. Durst empfand man aber interessanterweise und die Dweller labten sich am Brackwasser aus den Pfützen oder am eigenen Urin. Der Körper baute innerhalb weniger Monate massiv ab, die meisten verhungerten, ohne es zu merken.

Es ging ihnen gut.

Also störte sie niemand bei der allmählichen Selbstzerstörung.

So war es in der Metropole 7 nun einmal.

Ryk wollte nie so tief sinken. Sein Bruder war ein Kauer, er saß nur an irgendeinem anderen Straßenrand. Er wusste nicht genau, wo eigentlich. Vielleicht war er bereits tot, es war beinahe zu hoffen. Ryk wollte auch nicht mehr nachforschen, das Kapitel hatte er abgeschlossen. Aber er wollte nie so enden. Ein Grund mehr, weiterhin zu springen. Dadurch merkte er wenigstens, dass er noch richtig am Leben war.

Ein Wachmann des Sire nickte ihm zu. Er hatte unter der Plattform auf einem Hocker gesessen, gelangweilt und nur noch auf das Ende seiner Schicht wartend. Ryk trug das Abzeichen des Springerclans, er hatte freie Passage in der ganzen, weiten Metropole und so lange er sich an die Regeln hielt, wurde er nicht behelligt.

Ryk sah den Spindelturm von hier, er war nicht zu übersehen. Mit seinen gut zwanzig Metern überragte er fast alle Gebäude deutlich. Kein Grund, Zeit zu verlieren. Er orientierte sich, entschied sich für eine der schmalen Gassen und hielt auf das Bauwerk zu. Die Straßen hier waren eng und überbevölkert, es gab viel mehr Menschen als im Stadtteil Siderit, wo Ryk sein Zuhause hatte. Trotz des Gestanks war diese Gegend nicht ohne Attraktivität. Die Anhänger der Propheten waren besonders zahlreich, ihr oranges Kostüm weithin sichtbar. Sie dominierten das Straßenbild und ihre kahlen Köpfe wurden durch die grell geschminkten Augen dominiert. Sie hielten den Hivestock für einen Tempel, seine Bewohner für Götter und die Scheiße, die er auf sie regnen ließ, für einen Segen. Ryk kommentierte das nicht in ihrer Gegenwart, es war nicht seine Angelegenheit. Die Propheten lebten ganz gut mit dieser schönen spirituellen Interpretation ihrer fatalen Situation und die Gläubigen hatten etwas, das ihnen erklärte, warum sie so leben mussten. Sinn suchen und finden war ein ganz ordentlicher Ersatz, wenn die Suche nach Nahrung wieder erfolglos geblieben war. Ryk wusste das, doch er hatte den Sinn nie gefunden, weswegen er auf Muskelzüge sprang und dabei Kopf und Kragen riskierte.

Konsequenterweise war er selten hungrig.

Er bahnte sich seinen Weg durch die Menge. Einen Springer belästigte niemand. Eines der Privilegien, die Ryk genoss. Es machte ihn nicht zu etwas Besonderem, er war nur jemand aufgrund der Tatsache, dass er etwas Wichtiges mit sich herumtrug und dafür sein Leben aufs Spiel setzte. Die Stadtherren beschützten den Clan, der ihnen Nutzen brachte. Ryk war ein gut funktionierendes Instrument. Er neigte keinesfalls zur Selbstüberschätzung.

Der Spindelturm wurde bewacht, reihum von jeder Gruppe, die in der Lage war, zehn Kämpfer für eine Woche zu verpflegen und einigermaßen unter Kontrolle zu halten. Das waren nicht allzu viele, daher gab es wenige

Überraschungen. Diese Woche, das erkannte Ryk schon von Weitem an den Helmen, waren es Wolkensamurai, denen ihre grimmigen Gesichter als Perma-Tattoos in die Haut gestanzt wurden und die sonst, so Ryks Erfahrung, meist ganz nett waren. Wenn man sie nicht provozierte. Sie trugen lange Schwerter und Dolche, mit denen sie täglich trainierten. In der Nähe des Hive benutzte niemand die ohnehin selten gewordenen Schusswaffen. Auf ihr Abfeuern reagierte der Invasor allergisch und schickte sofort einen Trupp Großmäuler, um nachzusehen. Leider drückte der Hive seine Neugierde grundsätzlich durch Gewalt aus. Also keine Schüsse beim Hive, das war eine eiserne Regel.

Der *Sentyo* war ein älterer Mann mit Bauchansatz, ein alter Kämpfer, verbraucht und am Ende seiner Laufbahn, die Tattoos faltig in seinem Gesicht, sodass das sonst so böse, aufgemalte Gesicht eher müde und traurig wirkte. Er hatte diese Aufgabe wahrscheinlich vor allem deswegen, weil wirklich niemand, der bei Trost war, den Wachtmeister angriff. Der Wachtmeister war nicht heilig, aber er war etwas, auf das sich alle geeinigt hatten. Wer ihn ärgerte, ärgerte demnach alle.

Der *Sentyo* sah Ryk an, nickte ihm zu und erkannte das Siegel von Birbir auf dem Paket und das Abzeichen des Clans auf seiner Jacke. Er winkte dem *Isya*, der der Einzige war, der einen Nichtwolkigen berühren durfte, ohne ihn dabei umzubringen. Der *Isya* durchsuchte Ryk fachmännisch, wobei er die entsetzliche, blutige und erschreckend realistische Tattoofratze direkt vor sich hatte. Man musste sich an die Wolkensamurai ein wenig gewöhnen, vor allem dann, wenn sie einen wirklich talentierten Künstler unter den ihren hatten. Der *Isya* verstand sein Handwerk und als er Ryk in die

Pofalte und an den Sack griff, grunzte er sogar so etwas wie eine Entschuldigung. Ryk erduldete es, denn es war nichts anderes zu erwarten gewesen.

Der *Isya* war fertig, richtete sich auf und hob die Hände in die Luft, leer und gespreizt. »Er ist sauber, *Sentyo.*«

Der Hauptmann wies ihm den Weg, hinein in den Turm und die Wendeltreppe hoch ins Observationszimmer, in dem der Wachtmeister auch lebte – und das gar nicht schlecht, wie der junge Springer aus zahlreichen Schilderungen hatte entnehmen dürfen. Ryk grüßte die Samurai freundlich, was von allen mit einem Kopfnicken quittiert wurde. Die Wolkigen nahmen ihren Kodex ernst, griffen niemanden ohne ausdrücklichen Befehl ihres *Sentyo* an und begannen sich erst mit einer der anderen Banden zu streiten, wenn es um etwas wirklich Ernstes ging. Da sie aber gleichzeitig viele und gefürchtete Kämpfer waren, gab es selten etwas »wirklich Ernstes«, zumindest war es nie ernst genug, um einen richtigen Handel mit den Samurai zu beginnen. Ryk war das recht. Wenn der Turm von ihnen bewacht wurde, war er sicher, und so viele Orte gab es auf der Erde nicht, die das von sich behaupten konnten.

Er stieg die Treppe hinauf. Zwei junge Mädchen kamen ihm kichernd entgegen, die Haare zerzaust, die Kleidung unordentlich. Es gab solche und solche Wachtmeister und Uruhard, der aktuelle Amtsinhaber, war definitiv ein *solcher.* Ryk hatte ein gewisses Verständnis für ihn, es musste langweilig sein, ständig durch die Panoramafenster auf den Hive zu starren, nach Anzeichen von Gefahr zu suchen und ansonsten nur alles zu essen und zu trinken, was die Clans, Gilden, Gangs und Stadtherren ihm heranschafften, bis er genug hatte oder seine Augen zu schlecht wurden. Uruhard war seit zwölf Jahren im Dienst und sein Augenlicht hatte, so sagte man, genauso wenig nachgelassen wie sein Appetit, und Letzterer umfasste nicht nur Nahrung. Und so lieferten die Clans auch das, denn wenn es ein Gewerbe gab, das den Untergang der irdischen Zivilisation überlebt hatte, dann war es das leichteste von allen.

Es gab keine weiteren Türen. Die Treppe endete direkt in der Wohnung und ein Mann erwartete ihn bereits.

»Ah, der Springer, jaja!« Die volltönende, durchdringende Stimme des rundlichen Mannes mit dem dichten Vollbart dröhnte durch das große, runde Observationszimmer. Es roch nach Zimt und irgendetwas anderem und Ryk, der sich einiges auf seinen Geruchssinn einbildete, reckte die Nase erneut in die Luft, um ganz sicher zu sein. Ja, es war der Geruch von Sperma. In etwa das, was er erwartet hatte. Ein breites Bett an einer der Wände war zerwühlt und Ryk zwang sich, nicht hinzusehen. Eine breite, kräftige Hand griff nach ihm und zog ihn an der Schulter zu einer Kollektion alter Stühle und Sessel. Der Raum war groß, halbrund und mit breiten Fenstern, durch die das Licht fiel. Er war gemütlich eingerichtet, mit dicken Teppichen und einer Vielfalt an Möbeln, alle alt, aus der Zeit der Union und davor, sicher sehr wertvoll. Wenig davon gehörte Uruhard. Der Spindelturm wurde den Wachtmeistern möbliert zur Verfügung gestellt.

»Was bringst du mir, mein Sohn? Birbir schickt dich, richtig?«

Uruhard kannte natürlich seinen Namen nicht – jede Woche kam ein Springer mit Vorräten oder eine Karawane aus Siderit, Nihon, Sargland oder einem der anderen etwas besser organisierten Stadtviertel. Ryk war am Anfang seiner Laufbahn schon einmal hier gewesen, zusammen mit einem

Kollegen, beide schwer bepackt mit vollen Rucksäcken. Aber er hatte nie etwas gesagt oder getan, das ausgereicht hätte, um Uruhard in Erinnerung zu bleiben. Also war er »sein Sohn«, was vom Alter her möglicherweise sogar passte. So richtig konnte Ryk aber unter der wuchernden Bartpracht nicht ermessen, wie alt dieser Mann tatsächlich war.

Es gäbe sicher schlimmere Väter. So wie der, von dem Ryk weggerannt war, sobald er es konnte. Sein erster, inoffizieller Sprung. Er zählte ihn nicht mit, aber so war es gewesen.

»Dieses Paket ist von Birbir, Herr, mit den besten Wünschen und Grüßen aus Siderit.«

»Der Herr des Räderclans! Ein alter Freund. Ein Mann von Macht und Weisheit.«

»Alle sagen, er sei gar nicht der Chef«, kommentierte Ryk, mehr zur Warnung als aus Rechthaberei. Niemand wusste, wer den Räderclan anführte, und obgleich jeder wusste, dass Birbir zum engeren Kreis jener gehörte, von denen einer der Chef sein musste, sprach es niemand laut aus. Offiziell gab es keinen Mächtigsten der Mächtigen und jede Andeutung in diese Richtung wurde hart bestraft. Man kam dann leicht unter die Räder, und das stimmte in diesem Fall auf so vielen Ebenen, dass Ryk sie alle gar nicht zusammenbekam. Auf dem Marktplatz von Siderit stand *das* Rad, dem niemand zu nahe kommen wollte. In seiner Blutrinne war schon mancher Körper zerdrückt worden, dessen Besitzer sich unbotmäßig verhalten hatte. Ryk wollte nicht dazugehören.

»Ach was!«, machte Uruhard und riss Ryk das Paket aus den Händen. Für ihn war jede Woche Weihnachten. Ryk wusste nicht, was das bedeutete, es war so eine Redensart. Weihnachten war mit dem Ende der Union untergegangen, wie er gehört hatte.

»Setz dich, mein Sohn. Iss und trink. Nimm dir einfach. Nimm dir.«

Ryk setzte sich und bediente sich. Der Tisch war mit allerlei Snacks übersät, alle halb angebrochen, Teil der Party, die mit seiner Ankunft ein Ende gefunden hatte. Uruhard war sofort intensiv mit seiner Lieferung beschäftigt und riss an der stabilen Verpackung. Er verhielt sich wie ein kleines Kind, fand Ryk.

»Ha ha! Sieh dir das an!« Uruhard hatte Plastikmüll aus dem Paket gezogen und darin eingewickelt einige in verschiedenen Farben schimmernde Karten. Er hielt sie dem Springer triumphierend vor die Nase, die Augen aufgerissen, sichtlich erfreut, nahezu begeistert. »Weißt du, was das ist?«

»Plastikkarten«, sagte Ryk wahrheitsgemäß. Er hatte den Mund voll. Wenn man etwas zu essen bekam, noch dazu umsonst, füllte man jeden Hohlraum, so schnell es ging. Eine zentrale Überlebensstrategie, nicht nur in Stink.

»Nicht irgendwelche! Schau dir das Symbol an! Das sind Zugangskarten des Admiralsstabs der Flotte der Terranischen Union! Echte Schmuckstücke! Birbir hat sie für mich besorgt, der alte Halunke. Er hat Verbindungen, da kann ein alter Mann nur von träumen.« Hätte Uruhard nicht mit zitternder Andacht seine Aufmerksamkeit ganz auf die unscheinbar wirkenden Exemplare konzentriert und damit Ryk nicht für einige Minuten komplett vergessen, hätte die Lobpreisung kein Ende gefunden. Ryk hatte es nicht so mit der Sprache, wie alle, die eine der wenigen Schulen nur von außen gesehen hatten. Er sprang und er machte seinen Job gut. Mit einem Triebwurm konnte man nicht reden, er stöhnte zu viel und ein Großmaul sprach trotz seines Namens kaum, vor allem dann nicht, wenn man ihm die Kehle halb durchtrennte.

Uruhard jedenfalls, das war dem Springer klar, war nicht nur ein Sammler, er war ein Genießer des Alten. Und Birbir hielt ihn bei Laune, indem er sinnlosen Schrott aus dem Müll der vergangenen Zivilisation fischte, sauber machte, in ebenso antike Plastikfolie einpackte und an ihn schickte. Es gab sicher Schlimmeres, Ryk war sich nur nicht so sicher, ob es wert war, dafür das Leben eines der besten Springer der Stadt zu riskieren. Aber bei wem sollte er sich beklagen? Er wurde bezahlt, das allein zählte.

Und Uruhard faszinierte ihn. Er hatte so viele Fragen!

»Welch wunderbare Stücke! Alle aus der Zeit den Alten Henderson, da bin ich mir sicher«, sagte der Wachtmeister nun und seufzte zufrieden auf.

Ryk glaubte nicht, dass sie so alt waren. Der Gründer von Metropole 7 war seit zwei Jahrhunderten tot, wenn man den Aufzeichnungen glaubte. Er war der Alte Henderson, weil er den heute Lebenden furchtbar entrückt erschien. Man wusste nicht einmal, ob man ihm für die Gründung der Stadt wirklich dankbar sein sollte. Im Falle von Stink waren Zweifel definitiv angebracht.

Uruhards Blick klärte sich, er sah Ryk mit großem Wohlgefallen an, nicht auf die Weise, wie Papa Ka ihn immer angeschaut hatte. Uruhard verfolgte andere Leidenschaften und mit diesen kam auch Ryk viel besser zurecht.

»Ein Grund zum Feiern, und ich feiere niemals alleine. Mein Sohn, ich habe eine gute Nachricht für dich: Ich lade dich zum Abendessen ein!«, verkündete der Wachtmeister. »Wir gehen in den Hybridclub. Sie spielen heute Abend Livemusik!«

Zweimal im Monat, das wusste Ryk, durfte ein Wachtmeister die Wacht für einen Abend verlassen, ein kleines

Risiko, das man eingehen musste, um die Leute, die diesen Posten innehatten, nicht völlig wahnsinnig werden zu lassen. Es musste der Eindruck vermieden werden, sie säßen in einem Gefängnis, wenngleich einem goldenen. Uruhard lud ihn ein und Ryk sagte sofort zu. Der Hybridclub wurde von einem der Technoclans dieser Gemeinschaft unterhalten und diente ... nein, so genau wollte Ryk nicht darüber nachdenken. Er würde früh genug damit konfrontiert werden.

Auch da hörte man Geschichten.

Aber das Essen sollte toll sein und niemand schlug einem Wachtmeister etwas aus, vor allem, wenn er die Rechnung beglich.

»Wir warten bis zum Einbruch der Dunkelheit«, kündigte Uruhard an. »Mach es dir gemütlich. Beim Hive, wie heißt du?«

»Ryk.«

Uruhard nickte lächelnd und für einen Moment lag ein seltsamer Ausdruck von Triumph auf seinem Gesicht, den Ryk nicht recht einzuordnen vermochte.

»Warte. Ich ziehe mich um. Ich will gut aussehen.« Er lachte laut. »Der Wachtmeister ist immer sexy, weißt du? Ha ha!«

Ryk durfte im Observationsraum warten, sich auf dem weichen Sofa lümmeln – er rutschte etwas zur Seite, als der Geruch von angetrocknetem Sperma hier besonders intensiv wurde – und bekam erneut Getränke angeboten. So ein Wachtmeister lebte schon komfortabel. Aber das wäre nichts für Ryk, jedenfalls so lange er noch jung war, vielleicht später, wenn er sich bewährt hatte und man ihn für vertrauenswürdig hielt ... Es gab Springer, die das geschafft hatten, so sagten die Gerüchte. Eine Option, die er sich offenhalten wollte. Nett zu Uruhard und seinen Wachen zu sein und im Hybridclub darauf zu achten, dass er nicht allzu sehr über die Stränge schlug, konnte sich als sehr hilfreich erweisen. Erinnerung und Eindruck waren wichtig, seit es so gut wie keine funktionierenden Computer mehr gab, da niemand sie reparieren konnte und Elektrizität knapp war. Die Erinnerung an Menschen ganz besonders, denn es gab nicht mehr so viele, in Metropole 7 vielleicht noch zweihunderttausend, jedenfalls hatte Birbir diese Zahl mal ganz nebenbei fallen lassen. Trotzdem war sie eine Metropole. Von den zehn sogar die zweitgrößte. Traurig. Sehr traurig.

Es wurde Abend, die Sonne ging unter, doch hier, nahe dem Hort der Hybriden, gab es immer Elektrizität und damit auch Straßenbeleuchtung. Ryk schaute von seinem schönen Aussichtspunkt auf die aufflammenden Lichterketten hinab und fragte sich, wie die Stadt vor der Ankunft des Hives ausgesehen haben mochte. Gut, es gab eindrucksvolle 3-D-Fotos und auch noch einiges an Filmmaterial und wenn man die richtigen Leute kannte, konnte man auch so manches Privatmuseum besuchen und die Artefakte bestaunen, allen voran das Museum des bekannten Andhmergen Kros, der gleichermaßen als Kurator wie veritabler Spinner bekannt war. Aber es war etwas anderes, so etwas auch zu erleben, darin zu existieren, von all den fantastischen Möglichkeiten eines viele Sternensysteme umfassenden Gemeinwesens zu profitieren – oder es nur auf Postkarten zu bewundern und dabei nicht einmal zu erahnen, wie das Leben damals wirklich gewesen sein musste.

Ryk träumte oft von der Vergangenheit. Es war seine Droge, besser als das Kauen, aber in gewisser Hinsicht auch Sucht erzeugend. Das Leben in Metropole 7 wurde immer schwerer. Die Luft schien zunehmend auf den Lungen zu lasten, die Nahrungsmittel wurden teurer, die medizinische Versorgung – was von ihr noch existierte – degenerierte von den Resten echter Wissenschaft zu Hokuspokus und Quacksalberei.

Damals musste es besser gewesen sein.

Jedenfalls viel, viel besser als selbst das Leben eines Wachtmeisters, und dem Mann ging es wirklich sehr gut.

Dann war auch Uruhard so weit und Ryk kam sich neben dem Wachtmeister schäbig gekleidet vor. Uruhard trug einen maßgeschneiderten Anzug aus einem blauen Samtstoff, der bei Lichteinfall sanft schimmerte, mit einem blütenweißen Hemd und einer dicken Fliege um den Hals, die mit einem schreiend bunten Muster auf sich aufmerksam machte. Seine breiten Füße steckten in auf Hochglanz polierten Schuhen und in seiner rechten Hand hielt er einen schwarz schimmernden Gehstock mit einem silbernen Knauf. Er benötigte keinen Stock und war für sein Alter und seinen Umfang sehr behände, also musste es sich um etwas handeln, was reiche Leute ein »Accessoire« nannten, ein Wort, das aus einer sehr alten Sprache stammte und für Ryk bis eben keine besondere Bedeutung gehabt hatte.

Ryk sah nicht schäbig aus, aber er trug die Kleidung eines Springers: zweckmäßig, robust und bequem für lange Reisen. Sie war praktisch, aber nicht besonders elegant.

Es schien Uruhard nicht zu kümmern.

Sie verließen den Spindelturm und ihnen schlossen sich vier Wolkensamurai an, die nicht trinken durften, nicht wild fressen, keine Drogen nehmen und bei Frauen strengste Maßstäbe anlegten. Sie waren in dieser Gegend die beste Leibwache, die man sich vorstellen konnte. Die Luft war etwas frischer als tagsüber, aber der bleierne Geruch von Verwesung lastete immer noch auf allem. Ryk widerstand der Versuchung, tief Luft zu holen, denn er würde es schnell bereuen.

»Hier entlang, Ryk!« Uruhard zeigte in eine Richtung. Er schien bestens gelaunt.

Die Hybridenbar hörte man von Weitem.

Das tiefe Wummern der Bässe ließ den Boden erzittern und die Stroboskoplichter erhellten die ganze Straße vor dem Eingang. Neonschriften flimmerten und verheißungsvolle Ankündigungen scrollten über von hinten beleuchtete Elektronikwände. Die Straße vor der Bar war voll mit Nachtschwärmern, es herrschte eine gelöste, fast hysterische Stimmung, aufgeheizt durch die harten Rhythmen und die Drogen, die sie hier alle offen einwarfen, die meisten davon produziert und verkauft durch die Betreiber der Bar. Es war brechend voll, als sie näher kamen, wohl wie immer, denn hier kamen nicht nur die Vergnügungssüchtigen hin, die auf das ganz Exotische standen, sondern auch die reichen Kranken, die sich einige Minuten in einer der noch funktionierenden Medoboxen leisten konnten, den Resten der terranischen Gesundheitstechnologie. Gehegt und gepflegt von den Hybriden waren sie die Quelle ihres Einkommens und ihrer Macht, die einzige Möglichkeit, jenseits all der Quacksalber und selbst ernannten Naturheiler von einer Erkrankung erlöst zu werden.

Und teuer. So richtig teuer. *Arschteuer*, dachte Ryk, als sie näher kamen und die Menge sich vor den Wolkensamurai teilte wie Wasser vor einem mächtigen Schiff, mit einer Bugwelle aus Blicken, anzüglichen Bemerkungen, Neid und Bewunderung. Der Wachtmeister war überall ein gern gesehener Gast, aber niemand mochte Privilegien, vor allem dann nicht, wenn man in einer Schlange stand und darauf warten musste, irgendwo Einlass zu erhalten.

Ryk holte jetzt doch einmal tief Luft. Der ständige Hintergrundmief von Stink wurde hier überlagert durch die Aerosoldrogen und deren Reststoffe, die schwer, aber mit einer angenehmen und anregenden Süße in der Luft hingen. Sie wirkten in dieser Verdünnung so gut wie nicht mehr, sie machten vielleicht nur ein klein wenig glücklich, glücklich genug, um mit dem Geld, so man welches hatte, schön leichtsinnig umzugehen. Andere standen nur vor der Bar, um tief Luft zu holen. Sie würden sich den Zutritt niemals leisten können, Junkies aller Art oder einfach nur arme Menschen, die nicht wussten, wo sie sich sonst etwas Glück abholen konnten. Ryk kannte die Sorte, er hatte selbst einmal dazugehört. Er verachtete sie nicht, aber er wollte auch nicht mehr zu ihnen gehören. Und hier, in Gesellschaft des angesehenen und gut situierten Wachtmeisters, war klar, dass er nicht mehr zu ihnen gehörte, und der Springer war darüber sehr froh. Er genoss den Neid und die hungrigen Blicke der abgemagerten Nutten, die weitaus weniger anzubieten hatten, als das, was jenseits der Eingangstür der Bar auf sie wartete.

»Wachtmeister!«, sagte einer der Türsteher, selbst ein Hybrid. Der rechte Arm war durch eine Metallprothese ersetzt worden und auf der Haut seines Gesichts war eine Plastikplatine aufgegossen worden, über die Lichter huschten. Wahrscheinlich nur Kosmetik, aber eine wunderbare Zurschaustellung der Verschwendung wertvoller Ressourcen. Der Türsteher war breit wie hoch und er war nicht allein. Drei Defos standen ihm zur Seite, massive Gestalten mit deformierten Körpern, die ihnen ihren Namen gaben. Mutanten, die in der

Hierarchie der Stadt ganz unten standen, die das Leid des Krieges in ihren Genen trugen und froh sein konnten, von den Hybriden als Schläger engagiert zu werden. Ryk mied sie, wo er konnte, mit einer fast schon kreatürlichen Scheu, für die er sich, manchmal zumindest, ein wenig schämte.

Doch es war klar: Hier kam keiner rein, der nicht durfte.

Der Wachtmeister durfte. Seine Begleitung auch. Man nickte Ryk nur freundlich zu. Er fühlte sich toll. Hier wollte er hin, wollte dazugehören. Hundertsiebzehn Sprünge und er hatte sich aus der Armut befreit. Wie viele mehr und er würde selbst in die Hybridenbar gehen können, ohne die Einladung eines reichen Gönners?

Mehr als weitere hundertsiebzehn. Weitaus mehr. Doch Ryks Entschlossenheit war groß. Man konnte sich in diesem Leben nicht allzu viele Ziele setzen, dieses aber war erreichbar, oder zumindest nicht völlig abwegig.

Die Musik drinnen war noch lauter und hämmerte mit nie gekannter Intensität auf seine Trommelfelle ein. Ryk war versucht, sich die Ohren zuzuhalten, aber er wollte nicht weich und schwach erscheinen. Im Halbdunkel der Bar, die nur von wenigen, bunten Lampen ausgeleuchtet war, und unter dem Blitzen der Stroboskope und sich drehenden Lichtbälle konnte man kaum erkennen, wenn er vor Schmerz das Gesicht verzog. Er wurde ohnehin nicht weiter beachtet. Der Türsteher hatte ihn durchgelassen, damit war seine Anwesenheit legitimiert. Es war ein massiver Defo gewesen, ein Mutant, dessen körperliche Präsenz sehr einschüchternd wirkte. Ryk war froh, an ihm vorbeigekommen zu sein. Sie durchquerten den Hauptsaal, in dem getanzt wurde und Dinge inhaliert und getrunken und sich anderweitig in beliebige Körperöffnungen eingeführt wurden – es gab hier alles, und die Auswahl animierte zu Experimenten. Hinter der breiten, geschwungenen Theke saß ein Hybrid, soweit man das sitzen nennen konnte. Sein Oberkörper endete in einer Art Wagen, der auf einer Schiene die ganze Theke entlangglitt. Der Bartender verließ diesen Ort niemals, sein muskulöser Körper war an die Bar geschmiedet, wie es nur Hybride konnten.

Es war seine Wahl gewesen. Die Hybriden zwangen niemanden. Er sah zufrieden aus und bediente die Gäste mit großem Eifer und steter Aufmerksamkeit. Er litt nicht, zumindest nicht sichtbar, und wenn er irgendwelche Leiden hatte, gab es hier ein Mittel dagegen. Vielleicht war er gelähmt geboren worden oder mit verkümmerten Beinen oder das Opfer eines schlimmen Unfalls – und die Hybriden hatten gerade eine Stelle an der Theke frei gehabt.

Ryk wusste, dass man nie zu schnell urteilen durfte. In Metropole 7 gab es immer eine Geschichte hinter der Geschichte und manchmal dahinter gleich noch eine. Sein Leben gehörte dazu und so widmete er dem Schienenmann, der gerade große Krüge mit Bier vor einer Gruppe grölender Gäste abstellte, nicht mehr als die nötigste Aufmerksamkeit.

»Hier!«, schrie Uruhard. »Hier!«

Er war kaum zu hören angesichts des Lärms, aber Ryk verstand seinen Hinweis.

Er wedelte in Richtung einer Tür und sie marschierten hindurch. Sie schloss sich hinter ihnen und dann herrschte plötzlich eine Stille, die Ryk genauso überfiel wie zuvor der Lärm. Die Schallisolierung war perfekt. In diesem Raum, fast so groß wie der Saal, den sie gerade verlassen hatten, standen viele Tische und Stühle und zwei Hybriden liefen als Bedienungen herum. Hier wurde gespeist, und zwar in Ruhe und mit einer gewissen Würde. Erleuchtet wurde der Raum durch Kristallleuchter, die von der Decke hingen, die Wände waren mit Holz verkleidet und der Teppich war weich und dämpfte jeden Laut zusätzlich. Ein sehr distinguierter Ort für sehr distinguierte Gäste. Mit einem Mal fühlte sich Ryk sehr fehl am Platz, während er sich mit der gleichen Intensität wünschte, hierhinzugehören.

»Setzen wir uns. Einen Tisch für ... äh ... sechs?« Uruhard sah die vier Samurai an.

»Wir stehen. Und wir sind nicht hungrig.«

Der Wachtmeister zuckte mit den Achseln. »Wie ihr wollt. Junger Mann!«

Sie setzten sich, die Samurai stellten sich in ihrer Nähe an die Wand und nahmen ihre Pflichten sehr ernst, wie man es von ihnen erwartete. Eine Hybridfrau näherte sich, der Schädel oben eine glatt polierte Metallplatte mit einem Sichtfenster, das einen Blick direkt auf ihr Hirngewebe erlaubte. Nicht für jeden ein Anblick, der den Appetit förderte, und Ryk machte sich lächerlich, indem er versuchte, nicht hinzusehen, ohne nicht hinzusehen. Das leicht amüsierte Lächeln der Frau beschämte ihn. Er war noch ein ziemlicher Trampel und musste einiges lernen. Hundertsiebzehn Sprünge halfen einem in manchen Situationen so gar nicht.

»Was essen wir?«, fragte er Uruhard beinahe schüchtern.

»Wir nehmen Fisch.«

»Was ist ein Fisch?«

Der Wachtmeister sah den Springer kurz verwundert an, dann aber erklärte er: »Ein Tier, das im Wasser lebt. Es gibt nicht mehr viele. Der Hive hat die meisten gefressen.«

»Es gibt ja auch nicht mehr viel Wasser«, bot Ryk hilfreich an. Regen war selten und wurde immer seltener, obgleich um die Hivestöcke immer Wolken kreisten. Das Gerücht besagte, dass die Invasoren das Wasser aus dem Himmel tranken. Eine seltsame Vorstellung, aber auch nicht seltsamer als die von Wesen, die im Wasser lebten. Das war alles schon sehr lange her, sicher zur Zeit der Union, als alles noch gut war und jeder nicht nur Fisch essen konnte, sondern auch genau wusste, was ein Fisch war, und es oft regnete.

Uruhard bestellte also für sie beide und Ryk war zufrieden.

Die Bedienung war zuvorkommend und auch der Kellner, der auf Gleisketten durch den Raum fuhr, die mit Gummischienen besetzt waren, sodass er leise dahinglitt, wirkte beinahe anmutig. Auf seinem Rumpf waren mehrere ausklappbare Tabletts angebracht, sodass er Speisen für mehrere Tische gleichzeitig transportieren konnte. Diese Möglichkeit hielt ihn aber nicht davon ab, viel Ehrgeiz in seine Fähigkeit zu legen, in seinen Händen weitere Teller und Gläser zu tragen. Es half, dass er neben seinen beiden normalen Armen zwei weitere, offenbar aus Metall und Plastik, zur Verfügung hatte, die unterhalb des Brustkorbs angesetzt waren. Auch dieser Hybrid schien mit sich, seiner Arbeit und seinem Äußeren absolut im Reinen zu sein. Er scherzte mit den Gästen, von denen er einige wohl schon öfter begrüßt hatte, zeigte große Fachkenntnis in Bezug auf die Weinkarte – das nahm Ryk zumindest an, dessen Weinkenntnis sich darauf beschränkte, dass er ihn als solchen erkannte, wenn er welchen im Mund hatte.

Die Gäste waren alle sehr leise und diskret. Man konnte ihnen ansehen, dass sie zur obersten Schicht gehörten und wahrscheinlich aus der ganzen Metropole kamen, um hier zu speisen. Dafür ertrug man auch Stink. Sie warfen dem

Wachtmeister verstohlene Blicke zu. Ryk aber übersahen sie völlig. Das schmerzte nur wenig, denn er war sich gar nicht sicher, was er mit ihrer Aufmerksamkeit hätte anfangen sollen. Niemand von ihnen aber achtete auf Gleisketten oder transparente Schädeldecken.

Die Hybriden waren so. Warum? Diese Frage musste wohl jeder für sich selbst beantworten. Uruhard jedenfalls schaute den Maschinenmenschen weder fasziniert nach noch schien er sich in irgendeiner Weise unwohl zu fühlen. Ryk hingegen brauchte noch einige Minuten, um sich zu entspannen, was aber kein Problem war, denn das Essen dauerte ein wenig.

Er zuckte zusammen.

»Heute Abend, liebe Gäste«, hörten sie eine Stimme, die von überallher zu kommen schien, sodass nicht nur Ryk sich dabei ertappte, suchend umherzuschauen, »heute Abend begrüßen wir einen ganz, ganz besonderen Gast, eine Sängerin, wie sie die Erde leider nur noch selten hervorbringt. Wir sind sehr stolz, dass sie unter uns ist, stolz, dass wir alle in den Genuss ihrer überragenden Kunst kommen. Ihre Stimme ist uns allen ein Trost und ein Labsal und sie nimmt uns mit in eine Welt, die uns das Versprechen auf bessere Zeiten gibt. Meine lieben Gäste, ich darf Ihnen präsentieren: Exklusiv für uns in Metropole 7, die große, die unvergleichliche, die wunderbare Sia!«

Alle klatschten höflich, einige mit Enthusiasmus, denn sie kannten die Sängerin wohl, andere erwartungsvoll und solche wie Ryk mehr, weil sie nicht auffallen wollten. Er spürte Uruhards Ellenbogen am Arm, der Bärtige beugte sich zu ihm herüber. Seine Augen funkelten voller vergnügter Erwartung.

»Die ist toll. Eine Hybride, aber eine besondere. Nach alten Plänen aus der Union aufgerüstet, heißt es. Es gibt viele Gerüchte um sie. Ich habe sie bereits einmal genossen, wirklich eine ganz bezaubernde Stimme. Manche sagen, sie sei endgeil.«

»End...?«

Uruhard runzelte die Stirn. »Ein antiker Begriff aus der Union. So richtig gut, ja? Richtig gut. Richtig, richtig gut. Sia. Was für eine Freude. Wo bleibt eigentlich das Essen?«

Es war niemand da, um seine Frage zu beantworten. Dann wurde abgedunkelt, der hintere Teil des Saales erhellte sich und eine Wand glitt zur Seite und gab eine Bühne frei. Erwartungsvolle Stille senkte sich über den Raum und auch Ryk vergaß seinen Hunger, als die Scheinwerfer jemandem folgten, der gemessenen Schrittes auf die Empore stieg. Er hielt den Atem an, denn der Anblick war in jeder Hinsicht ... er war ...

Er hörte einfach auf zu denken.

Ryk sah eine hochgewachsene, gertenschlanke Gestalt in einem langen Kleid alleine dastehen, die Arme an der Seite entspannt herabhängend, die Haare hochgesteckt, sodass sie fast an einen Hivestock erinnerten. Sie hatte ein längliches Gesicht, absolut ebenmäßig, auf unnatürlich perfekte Weise symmetrisch und auf den ersten Blick konnte Ryk an ihr absolut nichts entdecken, was nach einem Hybriden aussah. Arme, Beine, wohlgeformte Knöchel, ein flacher, trainiert wirkender Bauch, der sanfte Schwung von Brüsten und Schultern – man konnte schon etwas romantische Wehmut bekommen, wenn man sich Sia ansah, und Ryk war alles andere als davor gefeit. Das Kleid war hochgeschlossen, der Kragen umschmiegte ihren schlanken Hals. Das war mal eine

Frau, die so weit von ihm entfernt war, wie sie es nur sein konnte. Sie gehörte in die Welt der Reichen und vor allem der Schönen und er fühlte sich bei ihrem Anblick vor allem eines: deplatziert.

Dann sah er an ihrem Hals etwas aufblitzen, als sie den Kragen wie einen Schal entfernte, der bisher kunstvoll darumgewickelt gewesen war. Ihr ganzer Hals schimmerte silbern, wie aus Metall gegossen, und während sie lächelte, öffnete sich eine Membran und ein heller, tragender Ton erklang, wie eine Fanfare, die einem das Herz öffnete und die Sinne schärfte. Und dann erst merkte Ryk, dass das ihre Stimme war, verstärkt und wahrscheinlich verändert, aber mit einem ganz eigenen Timbre. Egal ob künstlich erzeugt oder aus normalen Stimmbändern, der Ton schnitt mit Eleganz und Unaufhaltsamkeit durch den Saal und niemand konnte sich dem Bann entziehen, mit dem Sia sie alle mit einem Mal belegte.

Stille. Alle Gäste erstarrten. Sie lauschten.

Und Sia sang.

Konnte man das singen nennen? Ja, sicher, das war es, aber gleichzeitig auch so viel mehr als alles, was Ryk jemals gehört hatte, sogar im Vergleich zu jenen, die damit auch woanders ihr Auskommen verdienten. Das war nicht einfach eine Klasse besser. Das war von einer anderen Welt und aus einer anderen Zeit. Ein akustisches Konstrukt aus der alten Union? Ein Lied, dessen Schönheit mit der Perfektion ferner Vergangenheit verknüpft war? Ryk glaubte es sofort.

Es war aber völlig egal.

Denn sie war einfach nur göttlich.

Ryk war kein religiöser Mensch – dafür gab es auf diesem Gebiet zu viele herumwandernde Irre –, aber jetzt, als er dieser Stimme lauschte, deren glasklare Klänge ihn völlig lähmten und in einer von ekstatischer Anspannung erfüllten, absolut unbeschreiblichen Starre gefangen hielten, musste er an einen Gott glauben. Egal wie die Hybriden diese Frau verbessert und umgebaut hatten, das war mit Technik nicht zu erklären. Das war Talent. Das war ein Segen. Das war ein Geschenk. Es war eine Gnade, an diesem Ort zu dieser Zeit zu sein, und es war der Gesang, der sie nun alle gleich machte. Jede Silbe war eine soziale Revolution. Jede Tonfolge, jeder Oktavsprung eine religiöse wie politische Offenbarung. Es lag darin Hoffnung, Liebe, Trauer, Verzweiflung und schlichte Perfektion, und das waren viele Gefühle auf einmal, die leicht überforderten.

Sie sang und sang, ohne nachzulassen, jeder Ton eine in sich ruhende, absolut makellose Perfektion menschlichen Ausdrucks.

Ryk heulte wie ein Kind.

Er wusste nicht, wann er das letzte Mal so empfunden hatte. Ob er jemals so empfunden hatte. Die Tränen flossen aus seinen Augen und er schluchzte hemmungslos. Er schämte sich nicht. Überall wurde geweint. Nur die ganz Harten, die innerlich abgestorben waren, regten sich nicht. Die Samurai trugen ihre in die Haut eingearbeiteten Masken und galten als selbstbeherrscht, doch die behandschuhten Hände verschwanden kurz unter den Augenrändern, um die Feuchtigkeit wegzuwischen. Wolkensamurai waren keine Maschinen.

Sia war keine Maschine.

Sie war so lebendig. Sie bewegte sich mit eleganter Geschmeidigkeit durch den Raum, trug ihr Lied in alle Ecken, an alle Tische und beglückte jeden für einen winzigen, intimen Moment mit ihrer Aufmerksamkeit. Sie stand auch für eine Sekunde neben Ryk. Es war die längste und schönste Sekunde seines Lebens und als sie sich abwandte und ihre Wanderung wieder aufnahm, weinte er erneut, denn sie ließ ihn allein und schenkte ihre Gunst einem anderen und das tat furchtbar weh.

Er hörte den Wachtmeister schluchzen.

Uruhards Bart war nass von Tränen. Er schaute Sia verklärt nach, er war verliebt, wie sie alle, jeder auf seine Weise. Das Lied verklang irgendwann und eine andächtige Stille senkte sich über alles. Jeder lauschte den letzten Tönen nach, wollte sie nicht loslassen, nicht zurückkehren in das belanglose Geschwätz schiefer, kratziger, unvollkommener Stimmen, das nach dieser Darbietung in ihrer aller Ohren wie eine akustische Beleidigung klingen musste. Auch Ryk sagte nichts. Selbst der Wachtmeister, der sonst gerne plapperte und dessen tiefe, volle Stimme ihren eigenen Reiz hatte, schwieg. Er schnäuzte sich mehrmals.

Dann, leise, begann das Gemurmel der Unentwegten. Der Service wurde wieder aufgenommen. Auch Ryk bekam seinen Fisch. Er wusste nicht genau, was der Kellner vor ihm abstellte, und sah Uruhard an. Der trocknete seine Augen, sammelte sich, begutachtete die Speise, atmete ein und sprach. Seine Stimme war etwas zittrig, Zeugnis der emotionalen Aufgewühltheit, die er noch nicht gänzlich überwunden hatte.

Ryk wusste, wie er sich fühlte.

»Wolfsbarsch mit Kapern-Brösel-Kruste, Pellkartoffeln und eine Sahne-Basilikum-Soße«, belehrte ihn der Wachtmeister nun heiser, der im Übrigen das gleiche Gericht erhielt. »Als Nachtisch Schokoladenmousse. Aus Schokolade.«

»Aus was sonst?« Ryks Stimme klang ebenfalls belegt und rau. Er hasste sich sofort dafür.

Uruhard schüttelte den Kopf. »Wenn du wüsstest.«

Ryk aß. Erst zögerlich, sich seiner mangelnden Tischmanieren bewusst, aber niemand schaute ihm dabei zu, also tat er, was er für richtig hielt. Es schmeckte. Es war so gut wie Sias Gesang, nur zum Essen. Er versank darin. Er genoss. *Was für ein Abend. Was für ein ganz besonderer Abend!* Es gab Leute in den Metropolen, die im Müll und den Trümmern und dem ganzen Leid lebten, und andere, die derlei jeden Abend serviert bekamen.

Hundertsiebzehn Sprünge und Ryk war von einem solchen Leben noch sehr weit entfernt. Wenn ihn etwas ernüchterte, dann diese Erkenntnis.

Er aß trotzdem alles auf, denn es war einfach perfekt. Er genoss die Schokoladenmousse, die eine Komposition eigener Art war und ihm zeigte, was Schokolade wirklich sein konnte. Er hatte nie zuvor in seinem Leben etwas Ähnliches zu sich genommen. Auch Uruhard war ganz in das Essen vertieft und sprach kein Wort, sein Gesicht ein Ausdruck höchster genießerischer Konzentration.

Ryk musste an sich halten, um nicht den Teller abzulecken.

Es war alles wie ein Traum.

3

Sia sang noch zweimal und es war jedes Mal neu, erfrischend, vertraut, schmeichelnd, umstürzend und aufbauend. Es war, als würde ihre glasklare Stimme wie ein scharfes Messer durch seine Seele schneiden und all das Gute herauslassen, das durch langjährige Verkrustungen in ihr verborgen lag. Ein befreiendes Gefühl. Ein Strahl des Lichts, eine Droge aus Klängen, und es wurde niemandem zu viel und keiner wollte, dass es jemals aufhörte. Was es tat, wie alles, was zu gut war, um wahr zu sein.

Auch die Bewirtung fand irgendwann ein Ende. Es gab noch Wein und Ryk trank in Maßen, nicht, weil es ihm nicht schmeckte – Uruhard hatte die perfekte Auswahl getroffen –, sondern weil es zu den ehernen Regeln eines Springers gehörte, keine Substanzen zu sich zu nehmen, die seine Fähigkeiten beeinträchtigen könnten. Er hatte sonst nichts, sie waren sein Kapital. Es wäre Dummheit, das für die Freude eines kurzzeitigen Rausches wegzuwerfen.

Uruhard erzählte von seiner Arbeit. Es war ihm anzurechnen, dass er nicht versuchte, sie als besonders glorreich darzustellen. Ryk ahnte, dass der Mann wirklich in einem goldenen Käfig wohnte und Abende wie dieser den absoluten Höhepunkt seines Lebens darstellten. So wie er den Bärtigen verstand, hatte dieser die Schnauze langsam voll von seiner Tätigkeit und suchte nach etwas anderem. Er war bereit, einen Schritt zu gehen, der ihn aus dem Spindelturm hinausführte. Ryk revanchierte sich mit einigen Geschichten seiner besten und gefährlichsten Sprünge und war erstaunt, mit welch ernsthaftem Respekt Uruhard auf diese Schilderungen reagierte. Es war ein gutes Gefühl, sich von jemandem wie dem Wachtmeister ernst genommen zu fühlen. Es war aber nicht vergleichbar mit dem, was er empfunden hatte, als Sia gesungen hatte.

Doch dann gab es noch einen anderen Rausch für ihn, einen unerwartet großen.

Sia kam aus der Garderobe, genoss für einen Moment den erwartungsvollen Applaus des Publikums, winkte dann ab, damit alle wussten, dass nicht mehr gesungen wurde, und steuerte direkt auf Uruhards Tisch zu. Ryk riss seine Augen auf, da er es nicht glauben konnte, doch es bestand kein Zweifel an ihren Absichten.

Sein Herz begann deutlich spürbar zu klopfen.

»Darf ich mich setzen?« Ihre Stimme war auch ohne darunterliegendes Lied ein Labsal, in dem Ryk baden wollte. Und er und Uruhard fanden sich plötzlich im Zentrum des kollektiven Neids der anderen Gäste. Das war ein ebenso unerwartetes wie überraschend anregendes Gefühl.

Sia wartete die Antwort gar nicht ab, von der absolut gerechtfertigten Erwartung erfüllt, dass ihr niemand widerstehen konnte. Endlich konnte Ryk aus der Nähe ihren Anblick genießen und tat es in vollen Zügen. Sia war modelliert worden, ohne perfekt zu sein, ohne Zweifel auf unterschiedliche Art und Weise verbessert, aber immer mit diesem kleinen Rest Unvollkommenheit, der Menschen Charakter und Persönlichkeit verlieh. Der feine, kaum sichtbare und nur aus einem bestimmten Winkel erkennbare Überbiss etwa oder die Tatsache, dass eines ihrer Nasenlöcher eine Spur größer war als das andere ... Sie trug wieder das hoch geschlossene Kleid, sodass alles, was unterhalb ihres Kopfes lag, nur andeutungsweise erkennbar war. Bei näherer Betrachtung waren da sanfte Erhebungen, die nichts mit weiblichen Formen zu tun hatten. Die silberne Farbe dagegen war wohl nur Schminke gewesen, denn davon war nun nichts mehr zu erkennen. Sia wirkte aus der Nähe normaler, was aber der Faszination ihrer Erscheinung keinen Abbruch tat.

Ryk war als Springer auf genauste Beobachtung trainiert, was sich bei Verhandlungen über gefährliche Kurierdienste und dem Abschätzen von Entfernungen auszahlte. Er betrachtete Sia kühl distanziert und gleichzeitig machte sie ihn wahnsinnig. Sia war etwa in seinem Alter, soweit er das beurteilen konnte, wenngleich sie sicher eine zeitlose Aura umspielte. Sie saß direkt neben ihm und schenkte ihm ihr Lächeln. Gleichzeitig war sie so weit weg und unerreichbar, dass sie sich genauso gut auf einem anderen Planeten hätte aufhalten können. Das war schmerzhaft. Ryk gehörte nicht zu jenen, die das als persönliche Beleidigung oder absichtliche Zurückweisung interpretierten, er kannte seinen eigenen bescheidenen Wert und nahm nicht alles, was andere ihm gegenüber taten oder eben nicht taten, persönlich. Dafür war keine Zeit. Wie alle Bewohner von Metropole 7 war er zu sehr damit beschäftigt, zu überleben.

»Der Wachtmeister ist jemand, den ich in jeder Metropole gerne besuche. Es sind durchweg interessante Menschen«, wandte sie sich an Uruhard, dem das offensichtlich sehr schmeichelte. Er bestellte erneut Wein und dem Gesichtsausdruck des Kellners zufolge – Überraschung gemischt mit tiefer Befriedigung – einen sehr teuren.

»Ich bin nur ein bescheidener Diener«, sagte Uruhard in einem völlig unbescheidenen Tonfall.

Sia sah Ryk an. »Ihr Gehilfe?«

»Ein Springer, der mir wichtige Dinge für meine Sammlung gebracht hat. Ich war in großzügiger Stimmung und habe ihn eingeladen. Ein netter Kerl, der interessante Geschichten zu erzählen weiß.«

»Sehr freundlich von Ihnen«, bemerkte Sia ohne jegliche Ironie.

»Wie viele Sprünge?«, fragte sie dann Ryk.

»Hundertsiebzehn«, brachte er heraus.

»Also jemand mit Erfahrung. Wo wohnen Sie?«

»Siderit. Ich heiße Ryk.« Sie hatte nicht nach seinem Namen gefragt, aber er verspürte den unaufhaltsamen Drang, ihn trotzdem zu sagen, und sei es nur, weil ein einziges Mal in seinem Leben eine Göttin wie sie ihm Aufmerksamkeit schenkte – und sich vielleicht sogar einst an ihn erinnern würde. Eine sehr schöne Vorstellung.

»Ich brauche öfter verlässliche Springer, um meine Auftritte zu planen und zu kommunizieren«, sagte sie und ihr Lächeln entfachte pure Begeisterung in seinem Herzen. »Ich werde mir den Namen merken, wenn es mich mal nach Siderit verschlagen sollte. Dort war ich noch nicht. Dort haben

Birbir und sein Rad die Regentschaft, richtig? Man hört so einiges von ihm.«

»Es ist ... es gibt schlimmere Orte«, stotterte er, obgleich es an seiner Aussage nichts auszusetzen gab: Siderit war keine Hölle. Das Leben dort war anstrengend, gefährlich und der Tod ein ständiger Begleiter – aber das war überall so, seit der Hive alles zerstört hatte und die Reste dahinvegetieren ließ.

Außer Sia.

Sie hatte sich aus den Resten menschlicher Zivilisation erhoben wie ein strahlender Engel. Ryk konnte und wollte sich an ihr nicht sattsehen, auch wenn sie ihre Aufmerksamkeit nun wieder Uruhard zuwandte.

»Wie vertreibt man sich die Zeit, wenn man den ganzen Tag den Hivestock im Auge behält – ich meine, Sie schauen ihn sich doch nicht unentwegt an?«

Uruhard war bereit, ihr alles zu erzählen. Ryk war dennoch erstaunt, dass er nicht halb so sehr dahinschmolz, wie man es von einem alten Schwerenöter wie ihm erwartet hätte. Er war sich nicht sicher, ob dies die erste Begegnung zwischen den beiden war. Aus der Art, wie sie sich unterhielten, hätte man es schließen können, und doch war da etwas ...

»Nicht andauernd, das stimmt allerdings. Man entwickelt mit der Zeit einen gewissen Instinkt – ein Blick aus dem Augenwinkel, die unbewusste Wahrnehmung einer Bewegung –, es liegt einem irgendwann im Gefühl. Mir ist bis jetzt jedenfalls noch kein Großmaul entgangen.«

»Wie viele in letzter Zeit?«

Etwas wie plötzliche Sorge umwölkte Uruhards Gesicht. »Tatsächlich gibt es einen Anstieg der Aktivitäten. Es ist noch nicht wirklich schlimm – wenn die Großmäuler kommen, verstecken wir uns und warten ab. Sie reagieren meist nur auf offene Provokation. So irre ist niemand. Aber es werden mehr und die Patrouillen werden größer. Ich berichte allen darüber, mache genaue Aufzeichnungen. Ich habe noch von niemandem eine überzeugende Erklärung gehört. Seit es in Stink einen Wachtmeister gibt – also seit gut hundertzehn Jahren –, hat es eine solche Entwicklung nicht gegeben, nicht einmal nach dem Aufstand.«

»Aufstand« war ein starkes Wort, es war gleichermaßen zutreffend wie beschönigend. Hunderte von sehr frustrierten und sehr hungrigen Menschen hatten sich vor dem Hivestock versammelt, angefeuert von Anführern, die nicht ganz bei Trost waren. Ihre Forderungen waren diffus, aber sie waren vor allem nutzlos, da der Hive niemals kommunizierte, nichts sagte, nichts verstand und nichts wollte, er *war* einfach nur. Er reagierte allerdings auf Provokationen. Die Großmäuler hatten reiche Ernte eingefahren. Sie waren immer hungrig. Im Rest der Metropole hatte es ernster ausgesehen, denn ein Stadtherr, Theosius mit Namen, hatte versucht, die Gelegenheit zu nutzen, um seine politischen Ziele durchzusetzen, die Stadt zu einigen und so etwas wie einen umfassend autorisierten Bürgermeister zu etablieren. Er war gescheitert, obwohl viele ihm zustimmten, darunter auch Ryk. Die Metropole war ein Durcheinander an Stadtvierteln und der Stadtrat nur eine Scharade. Hier tat jeder, was er wollte, und Theosius hatte darin ein Problem gesehen. Leider waren ihm nicht genug gefolgt. Die meisten wohl aus Angst.

»Ich bin froh, dass es Männer wie Sie gibt, die die Augen offen halten«, sagte Sia und Uruhard wand sich nun vor Glückseligkeit unter den lieblichen Worten des Lobes. »Aber erzählen Sie mir von Ihrem Hobby. Ihre Leidenschaft ist über die Grenzen Stinks hinaus bekannt. Sie sammeln etwas, ja?«

Sia sah kurz Ryk wieder an, ein offener Blick voller Anerkennung, kein bisschen Arroganz darin. Ryk drückte den Rücken durch. Er rührte den teuren Wein kaum an, nippte nur. Das Getränk war nicht für ihn, es war für sie, sie allein. Und er wollte nicht beschwipst sein, nichts Falsches sagen. Niemals wollte er in Sias Gegenwart ein Wort äußern, das nicht wohlüberlegt war.

Das Gespräch wurde fortgesetzt und er war nur Zuhörer. Sia und Uruhard schauten ihn hin und wieder kurz an, als wollten sie sich vergewissern, dass er noch da war. Aber wo hätte er wohl hingehen sollen?

»Antike Gegenstände von einigem Wert, alles aus der Union«, erwiderte Uruhard mit Stolz in der Stimme. »Dinge, die keine Funktion mehr erfüllen, die mich aber an die vergangene Größe unserer Zivilisation erinnern. Es ist ein süßer Schmerz und ein leidenschaftliches Hobby. Es gibt so einige von uns auf der Erde und darüber hinaus, glaube ich. Wir nennen uns ...«

»Apostel«, sagte Sia. »Ich weiß.«

Ryk runzelte die Stirn. Ja, der Name war einmal gefallen, vor langer Zeit.

Uruhard sah die Sängerin angenehm berührt an. »Ein kleiner Kreis obskurer Sammler, die von den meisten nicht ernst genommen werden. Ich bin überrascht, dass jemand wie Sie uns kennt. Aber ich fühle mich geehrt, wenn ich das sagen darf.«

Sia machte eine wegwerfende Handbewegung.

»Mein Vater ist Apostel. Ich habe selbst das eine oder andere Stück, das mir ans Herz gewachsen ist. Ich muss gestehen, ich wandle ein wenig in seinen Fußstapfen. Nichts läge mir ferner, als die Organisation nicht ernst zu nehmen.«

»Tatsächlich? Ist das wahr?« Uruhard sah so aus, als sei er kurz davor, Sia einen Heiratsantrag zu machen, und sie betrachtete seine wachsende Begeisterung mit gleichbleibender, vielleicht jetzt etwas amüsierter Aufmerksamkeit.

»In einem sehr bescheidenen Maße«, sagte sie. »Es gibt unter den Hybriden nicht viele Apostel.«

»Es gibt überhaupt nicht viele von uns. Soweit wir in Kontakt stehen, würde ich sagen, dass ich zwei Dutzend kenne. Man sagt mir immer, es gäbe mehr, aber sie sind mir unbekannt.«

Sia legte den Kopf schief, wie ein Hund, und Ryk fand, dass sie damit auf eine sexuell sehr anziehende Weise niedlich aussah. Er war ausgesprochen froh, dass er gerade kein Gespräch mit ihr führen musste. Ihre Gegenwart alleine war wie eine Droge. Er saß nur da, starrte sie an und war glücklich darüber, dass er genau das tun durfte.

»Ich würde meinen, nach dem, was mir mein Vater erzählt hat, eher drei Dutzend.«

Sia lachte, Uruhard lachte und Ryk hörte einfach nur auf die geschmeidige Tonfolge, wie so viele andere um sie herum, die nicht mitbekamen, worum sich das Gespräch drehte. Es war wie eine kleine, unbeabsichtigte Zugabe. Irgendwer klatschte sogar.

Sia sah Ryk wieder an. Prüfend. Nein, das war eine Einbildung. Da gab es nichts zu prüfen.

»Ihr Vater ... wie ist sein Name?«, wollte der Wachtmeister von ihr wissen.

»Linux Mink.«

»Der Name ist unter uns natürlich sehr bekannt. Ein Mann, der hohes Ansehen unter den verrückten Sammlern verlorener Hirngespinste genießt.«

»Das hat er auch immer gesagt.« Sia lachte erneut, alle lauschten, aber immerhin klatschte niemand.

»Geht es ihm gut?«

»Er ist im letzten Jahr gestorben.«

»Oh«, machte Uruhard und auch wenn sich Ryk täuschen mochte, schien der Wachtmeister nun ernsthaft betrübt. »Das … ist sehr schade, wirklich.«

»Er wurde zweiundfünfzig.«

»Ein gesegnetes Alter, sicher.« Uruhard nickte. »Dennoch, ein unersetzlicher Verlust für uns alle.«

»Er fehlt mir sehr.«

»Sie … ähm …« Uruhard suchte nach Worten und kratzte sich unter Sias amüsiertem Blick den Bart. »Sie …«

»Ob ich im Besitz seiner Sammlung bin? Ja. Ob ich gedenke, diese in Teilen oder im Ganzen zu veräußern? Nein. Ob ich bereit wäre, auf der Suche nach speziellen Einzelstücken ein Geschäft zu machen? Das käme darauf an.«

Uruhard grinste linkisch. »Da haben Sie die Regeln ja schön zusammengefasst. Nein, verstehen Sie mich nicht falsch. Ich finde es wunderbar, wenn Linux' Sammlung vollständig bleibt, gepflegt wird und wenn möglich auch mal eingesehen werden kann. Ich gebe zu, es gibt einige Artefakte in ihr, die mich sehr interessieren würden, aber dieses Verlangen steht deutlich hinter meiner Freude zurück, dass die Sammlung intakt bleiben wird.«

»Ihre Haltung ehrt Sie, Wachtmeister«, erwiderte Sia und ihr Lob klang sehr ehrlich.

»Dann wird Sie aber möglicherweise interessieren, was mir der gute Ryk hier heute aus Siderit gebracht hat. Ich habe nicht damit gerechnet, hier ein dankbares Publikum zu finden, aber nichts beeindruckt Frauen mehr als ein Blick in meine Sammlung.« Uruhard lachte und machte damit klar, dass seiner Ansicht nach so ziemlich das Gegenteil der Fall war. »Ich habe die schönsten Exemplare dabei. Einige sehr seltene und wertvolle Stücke, wie ich denke. Wollen Sie sie sehen?«

In jedem anderen Zusammenhang, aus dem Munde eines jeden anderen wäre dieses Angebot als Aufforderung zu einvernehmlichem Sex verstanden worden. In diesem speziellen Fall aber gab es keinen Zweifel, dass Uruhard tatsächlich mit seiner Neuerwerbung angeben wollte – und dass Sia, so erstaunlich es auch schien, ein keinesfalls gespieltes, ernsthaftes Interesse daran hatte.

Und so holte der Wachtmeister seinen in altes Packpapier eingeschlagenen Schatz hervor und präsentierte ihn der Sängerin. Sie beugten sich in einer beinahe schon komischen Ernsthaftigkeit darüber.

»Zugangskarten der Unionsnavy«, sagte diese nach kurzem Studium mit großer Sachkenntnis und ... einem plötzlichen Glitzern in den Augen, das auch Uruhard nicht entgehen konnte. Interesse? Ja. Aber auch Gier. Ein plötzliches Verlangen. Ryk sah genau hin. Es war latent, lauerte im Hintergrund, war auf etwas Spezifisches gerichtet, etwas ...

Sia suchte etwas.

Sie sah ihn an, als sie seinen Blick bemerkte. Der Ausdruck verschwand nicht. Die Suche, das Verlangen übertrug sich auf ihn. Ryk hatte ganz trockene Lippen und gleichzeitig das Gefühl, dass hier etwas geschah, dessen Sinn er nicht begriff.

Sia schaute wieder auf die Karten. »Darf ich sie mir ansehen?« Ein sanftes Zittern lag in ihrer Stimme. Aufregung. Ryk bewegte sich unruhig. Es lag jetzt etwas in der Luft, eine Spannung, und sie war ... nicht angenehm.

»Natürlich, meine Teuerste. Nur zu.«

Sia ließ sich das nicht zweimal sagen. Sie griff zu, nahm die fünf oder sechs Plastikkarten, öffnete sie wie einen Fächer oder Spielkarten in ihrer Hand und betrachtete sie eingehend mit einem – da war Ryk sich sicher – fast fiebrigen Glanz in ihren Augen.

Sie suchte, in der Tat.

Ihre Pupillen weiteten sich. Die Unterlippe zitterte ganz, ganz sanft.

Sie hatte es gefunden!

Und sie wollte es.

Uruhard bemerkte es auch. Er war Wachtmeister, er musste beobachten können. Fast lächelte er. Für Leute wie ihn, Sammler obskurer Dinge, musste es ein besonderer Ritterschlag sein, etwas zu besitzen, das jemand begehrte, der diesem Gegenstand mindestens den gleichen Wert beimaß. Für Ryk war es eine schöne Karte aus Kunststoff, gefüllt mit irgendwelcher antiker Nanotech, die nicht einmal die Hybriden mehr verstanden. Für Sia und Uruhard hatte sie eine ganz andere Bedeutung.

Sia atmete tief ein. Das sah bei ihr sehr reizvoll aus.

»Sagen Sie, Wachtmeister, Sie wären einem Handel nicht abgeneigt? Ich sehe hier ein Stück, das wunderbar in meine Sammlung passen würde, etwas, nach dem mein Vater lange gesucht hat. Ich wäre zu einem ... erheblichen Entgegenkommen bereit.«

Uruhard fischte ihr die Karte aus der Hand, fixierte sie mit einem langen, prüfenden Blick und nickte dann.

»In der Tat, ein gutes Stück. Sehr schön erhalten und wenn der Name stimmt, ist es von unvergleichlich hohem historischem Wert. Admiral Rothbard, in der Tat. Es soll Leute geben, die sogar glauben, das Märchen wäre wahr. Die würden ihren rechten Arm dafür geben.«

»Den können Sie sofort haben, ich kann mir Ersatz beschaffen«, erwiderte Sia lächelnd, doch aus ihren Worten war die Leichtigkeit verschwunden. Das hier war für sie mehr als der freundschaftliche Handel zwischen erwachsenen Menschen, die ein Hobby teilten. Es ging um mehr. Ryk spürte es. Uruhard auch. Er war nicht leicht zu übertölpeln und es war ihm anzusehen, dass er handeln wollte.

Sie schauten ihn beide an, als erwarteten sie, er würde ein Gebot abgeben.

Er wusste absolut nicht, wer dieser Rothbard war. Er lehnte sich achselzuckend zurück.

Sia hingegen ... sie war nun ungeduldig. Wie auf glühenden Kohlen. Etwas stimmte nicht. Ryk vertraute seinem Bauchgefühl. Auch er wurde unruhig und sah sich verstohlen um. Nichts zu sehen, dennoch stellten sich ihm die Nackenhaare auf. Etwas war anders. Er sah Uruhard an, der weiterhin die Karte in seinen Händen so drehte und wendete, dass Sia sie gut sehen konnte, wie ein Stück Käse in einer Mausefalle. Er genoss es.

Ryk genoss es nicht. Sia ebenso wenig, sie starrte abwechselnd die Karte und den Bärtigen an. Oh, sie hatte sich gut im Griff. Großartige Selbstbeherrschung. Aber die kleinen Anzeichen wachsender Nervosität waren für einen Springer nicht zu übersehen. Nervosität bei Kunden war immer schlecht, man entwickelte schnell einen sechsten Sinn dafür. Und der schrie Ryk gerade lautstark ins Gesicht.

»Wir können das in Ruhe besprechen«, schlug Uruhard vor. »Bei mir, bei einem Drink?«

Ryk erwartete sofort, dass Sia entsetzt ablehnen würde, doch ihre Reaktion kam schnell und unerwartet. »Natürlich, sehr gerne. Wollen wir gleich gehen?«

Uruhard starrte sie überrascht an. »Jetzt? Ich meine ...«

Sia stand schon. Sie war so schnell aufgestanden, dass selbst Ryk überrascht war. Eine gleitende, kraftvolle Bewegung aus dem Nichts. Sie schaute auf den Bärtigen hinab.

»Jetzt, ja. Oder haben Sie noch etwas vor? Moment.« Sie winkte dem Kellner, der sofort heranrollte, und hielt ihm ihr Armband hin. Als Hybride war sie Teil der einzigen Gesellschaft, die noch bargeldlos bezahlte. Alle anderen Gruppierungen hatten die dafür notwendige technologische Basis längst verloren. Sie hielt ihm ihren Armreif hin, er ihr den seinen. *Ding dong*. Bezahlt. Uruhard war überrumpelt. Das Essen war teuer gewesen, alles hier war teuer. Ein besonderer Abend, nichts, was sich ein Wachtmeister beliebig oft leisten konnte. Und Sia hatte die Rechnung quasi im Handumdrehen beglichen.

Sie hatte es sehr eilig.

Ryk spürte die Hast, er konnte sie fast greifen.

Uruhard schien von dieser Stimmung angesteckt. Er erhob keine Einwände, winkte den Wolkensamurai, die alldem in regloser Disziplin beigewohnt hatten, und die drei machten ihren Abgang, den enttäuscht hinterherschauenden Gästen zum Trotz, die wohl alle doch noch auf eine richtige Zugabe gehofft hatten.

Ryk fühlte sich wie das fünfte Rad am Wagen, als er hinter Uruhard und Sia durch die Nacht eilte. Morgen früh wäre diese Episode vorbei. Er würde zurück nach Siderit springen und das Päckchen eines anderen transportieren. Dann wären es hundertachtzehn Sprünge, die er verbuchen könnte. Das war auf seine Art aufregend.

Aber es hatte nichts mit dem Fieber zu tun, das diese beiden Menschen vor ihm erfasst hatte.

»Ich sollte jetzt gehen«, sagte er zu den Rücken seiner Begleiter. »Ich kann im Clanheim …«

»Nein, nein«, widersprach Uruhard. »Der Abend ist noch jung. Kommen Sie mit. Ein Absacker. Ich lade Sie ein.«

»Ja«, stimmte Sia ein und lächelte ihn an. »Ich würde mich freuen.«

Das gab erwartungsgemäß den Ausschlag.

4

Als sie in Uruhards Unterkunft angekommen waren, verloren sie keine Zeit damit, die Inneneinrichtung lobend zu erwähnen oder Drinks anzubieten. Ryk durfte sich setzen und zuhören, wie zwei von plötzlicher Begeisterung erfüllte Menschen zu handeln begannen – wenngleich das Gespräch schnell eine unvorhergesehene Wendung nahm.

Er war etwas müde, aber das Gespräch erwies sich als interessant und Ryk, ewig begierig zu lernen, konzentrierte sich darauf. Er kannte die Verkaufsgespräche auf den Märkten und in den kleinen Gassengeschäften, jeder Bewohner von 7 wusste, wie man sich in einem gemeinsamen Ritual dem richtigen Preis näherte. Uruhard und Sia waren darin gewiss keine Ausnahme.

»Die Karte ist sicher von besonderem Wert. Ich verkaufe sie für 30.000 VE. Das ist nicht nur ein gutes Angebot, es dürfte auch Ihre Möglichkeiten nicht überschreiten«, kam der Wachtmeister schnell zu einer konkreten Forderung.

VE waren keine reale Währung, jedenfalls nicht im engeren Sinne. Man konnte sie am ehesten mit Schuldscheinen vergleichen, mit denen exakt formulierte Waren oder Dienstleistungen definiert wurden. Das VE-Komitee der Metropole 7, neben dem Wachtmeister die zweite Institution, auf die sich die Stadtherren geeinigt hatten, war dafür verantwortlich, dass nichts in diesen Listen geführt wurde, was nicht entweder real existierte oder von denjenigen, die es anboten, auch getan werden konnte. Ein jeder, der im Besitz eines VE-Scheins war, wusste ganz genau, was diesen 30.000 Verrechnungseinheiten entsprach, und konnte exakt diese Waren oder Dienste einfordern. Wertveränderungen traten vor allem dann auf, wenn die Waren etwa durch ein Feuer vernichtet wurden oder der Dienstleister aufgrund einer Krankheit nicht in der Lage war, den versprochenen Service zu leisten. Und Zinsen gab es, wenn der Dienstleister versprach, den Dienst zu einem späteren Zeitpunkt zu vollbringen, und dafür eine erhöhte Leistung akzeptierte. Ein kompliziertes System, aber einigermaßen krisenfest und aufgrund der zugrunde liegenden Struktur mit den VE anderer Städte teilweise kompatibel – soweit jemand das Bedürfnis hatte, Dienste oder Waren in einer anderen Metropole zu erwerben. Wie etwa Sia für ein Engagement in einen Club einzuladen. Sie musste einen ganzen Koffer voller VE-Scheine mit sich führen.

Oder in ihrem Handgelenk tragen, soweit es sich um Geschäfte unter Hybriden handelte.

»30.000 sind zu viel. Und ich habe gar nicht genug einheimische VE für Metropole 7. Ich kann Ihnen Guthaben in 5-VE und 8-VE anbieten, falls Sie dorthin verreisen wollen.«

Uruhard verzog das Gesicht. »Nein, dazu werde ich auf absehbare Zeit wohl nicht kommen. Dann ein Tauschgeschäft? Ich zeige Ihnen gerne meine Sammlung.«

Sia lehnte sich zurück und sah den Wachtmeister prüfend an, als überlege sie genau, welche Forderung sie stellen könne – aber tatsächlich dachte sie wohl über etwas ganz anderes nach, wie die folgende Frage zeigte.

Bevor sie sprach, sah sie kurz Ryk an. Er runzelte die Stirn. Diese Blicke hatten ihn bereits in der Bar irritiert. Hier war doch im Grunde niemand auf seine Zustimmung, Meinung oder auch nur Aufmerksamkeit angewiesen.

»Sie kennen die Legende um Admiral Rothbard, oder?«, fragte sie dann.

Uruhard nickte.

»Es ist die Legende, die diese Karte so wertvoll macht!«

»Ja, bei oberflächlicher Betrachtung.«

Ryk hob die Hand. »Ich kenne diese Legende nicht.«

Er sah von einem zum anderen und beide wechselten einen Blick, als wollten sie entscheiden, ob sie das übergehen oder darauf eingehen wollten. Es war Sia, wie Ryk gehofft hatte, die seufzte und sich zu einer Erklärung bequemte. Sie schlug elegant die Beine übereinander und lehnte sich auf dem Sofa zurück. Ryk stellte fest, dass während ihrer Abwesenheit ein dienstbarer Geist für Ordnung und Sauberkeit gesorgt hatte. Andererseits würde sich eine Persönlichkeit wie die Sängerin auch durch Spermaflecken nicht beeindrucken lassen, da war er sich einigermaßen sicher.

»Es ist eine Geschichte, die ihren Ursprung in den letzten Tagen der untergehenden Union hat. Der Zeitpunkt, an dem allen klar war, dass jegliche militärischen Aktivitäten vergebens waren und man dem sicheren Untergang gegenüberstand. Die Hivestöcke waren nicht mehr aufzuhalten, die ersten Welten der Union bereits von den Invasoren unter Kontrolle gebracht, der Krieg nicht einmal mehr ein Rückzugsgefecht. Die Legende sagt, dass der letzte Chef des Admiralstabs der Unionsflotte, Admiral Freder Rothbard, sich damals entschloss, die verbliebenen Streitkräfte auf einem abgelegenen Stützpunkt zu verstecken, Raumschiffe, Roboter, alles, was noch funktionsfähig war, dazu automatische Produktionsanlagen und Rohstoffvorräte. Er entschied darüber hinaus, die Soldaten alle zu entlassen, auf dass sie ihr Heil in der Flucht suchten. Er aber verschloss den Stützpunkt, mottete alle Waffen ein und setzte ein automatisches KI-Waffenforschungsprogramm in Gang, mit dem alleinigen Ziel, effektivere Mittel gegen den Hive zu identifizieren. Sich selbst versetzte er in Hibernation, mit dem Befehl, ihn zu wecken, wenn die Forschungen so weit gediehen wären, dass an eine Befreiung der Menschen vom Joch des Hives zu denken wäre. Und so ist es immer noch: Der Legende nach schläft Admiral Rothbard und wartet darauf, geweckt zu werden, um die Union zu retten.«

»Die ist kaputt, seit über dreihundert Jahren«, wies Ryk auf das Offensichtliche hin.

»Ja. Es ist eine Legende. Ein Märchen. Eine Geschichte, die Hoffnung geben soll, wo es wenig davon gibt«, ermahnte ihn Uruhard.

»Ich finde, es hört sich eher gruselig an«, meinte Ryk. »Ein uralter Typ, der in irgendeinem antiken Kältetank vor sich hin runzelt und darauf wartet, dass alles wieder gut wird?«

»Er wird nicht runzeln, da der antike Kältetank das verhindert«, erklärte Sia mit einem leicht missbilligenden

Unterton. »Und er wartet nicht darauf, dass alles wieder gut wird, sondern darauf, die Instrumente in die Hand zu bekommen, es gutzumachen.«

Ryk schaute sie an, dann dämmerte es ihm. Ihre Ernsthaftigkeit und ihre Begeisterung hatten nichts mit Sammelleidenschaft zu tun, nichts mit einem etwas seltsamen Hobby. Sie nahm das alles auf einer anderen Ebene ernst. Sie glaubte ...

»Sie glauben die Geschichte«, sagte er leise und versuchte, jeden Vorwurf aus seiner Stimme zu halten. »Sie glauben, dass Admiral Rothbard wirklich existiert. Dass er irgendwo schlummert und ... seit sehr langer Zeit wartet.«

»Zu lange«, sagte Sia, immer noch absolut ernsthaft. »Es ist etwas schiefgelaufen.«

»Es ist so einiges schiefgelaufen«, meinte Ryk. »Der Hive ist gekommen. Wir haben verloren. Er hat die Menschheit fast ausgerottet und seitdem ignoriert er sie mehr oder weniger, während wir in seinem Müll leben und knapp über die Runden kommen. Fasst es das in etwa zusammen?«

»Die Forschungs-KI«, murmelte Uruhard nachdenklich, während beide Ryks Sarkasmus ignorierten. Er schien Sias Haltung absolut nicht zu missbilligen. »Sie hätte bei normaler Vorgehensweise längst fertig sein müssen. Aber sie ist es offenbar nicht.«

»Alles Mögliche kann passiert sein. Funktionsfehler, Energieausfälle, ein paar Sackgassen ... wir können es nicht einmal erahnen. Umso wichtiger ist, dass wir ihn finden, wecken und die Situation neu analysieren.«

Ryk starrte sie entgeistert an. Soeben hatte sich eine hochintelligente, begabte und faszinierende Frau in eine lallende Idiotin verwandelt, und das mit nur einem Satz. So etwas brachten wirklich nur wenige fertig und er warf auch Uruhard einen fragenden, überraschten Blick zu, den dieser geflissentlich ignorierte.

Sia sagte es mit einer Selbstverständlichkeit, die Ryk nun, jenseits aller Faszination für eine wunderschöne Frau mit der Stimme eines Engels, nicht mehr ernst nehmen konnte. Vielleicht war es so mit herausragenden Talenten, mit Ausnahmeerscheinungen, wie sie sicher eine war: Sie alle hatten einen Knacks weg. Andererseits – wer hatte das heutzutage nicht?

»Wecken?«, echote Uruhard mit leichtem Unglauben. »Wecken?«

»Finden, dann wecken«, korrigierte ihn Sia. »Und ich ahne, wo ich mit der Suche beginnen kann. Mein Vater hat die Spur entdeckt. Allerdings komme ich nur an sie heran ...«

Sie ließ den Satz in der Luft hängen und warf dann einen bezeichnenden Blick auf den Gegenstand ihrer bisherigen Geschäftsverhandlungen, dem Ryk unwillkürlich folgte.

»Mit der Codekarte«, vervollständigte Uruhard den Satz. Ryk musste genauer hinhören, denn er befürchtete, nicht richtig zu verstehen. Aber doch, nun war es auch in seiner ganzen Haltung deutlich zu erkennen. In ihr lag eine plötzliche Verlockung, eine Begeisterung. Er wollte glauben, was Sia da erzählte. Er wollte es mit ganzem Herzen. Tief in sich nahm er die Geschichte um den mythischen Admiral tatsächlich ernst. Es war absolut nicht zu glauben.

Zwei Idioten, die sich gefunden hatten! Ryk zwang sich, nicht empört den Kopf zu schütteln. Es war gewissermaßen enttäuschend.

»Sie helfen mir?«, wisperte Sia hoffnungsvoll. Sie wollte jetzt nicht mehr handeln. Das war nie ihre Absicht gewesen, wie Ryk nun verstand. Sie sah in Uruhard eine verwandte Seele, die den gleichen Quatsch glaubte wie sie. Und sie hatte sich nicht verkalkuliert. Uruhard hing am Haken, auch wenn er es vielleicht jetzt noch nicht erkannte. Er zappelte nicht einmal. Ryk fragte sich, wie ein intelligenter Mann so leicht ...

»Sie sind nicht überrascht, Wachtmeister«, sagte er spontan. »Etwas irritiert, noch ein wenig am Zweifeln – aber nicht überrascht.«

Uruhard nickte langsam.

»Unter uns Wachtmeistern ... in jeder Metropole einer, wie du weißt ... gibt es allerlei Geschichten, die sich aus dem Vergleich unserer Beobachtungsprotokolle ergeben. Da wird viel diskutiert. Auch unter den Aposteln ist es ein beliebtes Thema. Wir schreiben uns viele und lange Briefe. Der letzte Admiral kommt daher immer wieder zur Sprache und ja, ja, es gibt Indizien, die aus der Legende mehr machen als ein Märchen. Ein wahrer Kern. Etwas«, er sah Sia an, »das uns Hoffnung gibt.«

Eine Hoffnung, die er offenbar teilte.

Ryk sagte erst einmal gar nichts, irgendwie hatte die momentane Stille etwas Andächtiges. Es war das Verharren von Wahnsinnigen, die einer perfekten Illusion erlagen.

Uruhard hielt die Karte in die Luft. »Die hier«, fragte der Wachtmeister, »passt zu ... was?«

»Zur Festung, zur Station, in der Rothbard ruht. Davon gehe ich zumindest aus. Zu einem Hinweis auf die genauen galaktischen Koordinaten, an denen sie sich befindet. Die uns verraten, wo wir hinmüssen.«

Wo wir hinmüssen, das klang in Ryks Ohren auf so vielen Ebenen absurd, er musste unwillkürlich lachen. Er unterdrückte es sofort, als er die Blicke der beiden anderen auf sich spürte, und obgleich er es immer noch für absurd hielt, schwieg er betreten, ein wenig peinlich berührt vielleicht.

»Erklären Sie mir das«, verlangte Uruhard. Das war albern. Ryk sah ihm an, dass er genau wusste, wovon die Frau sprach.

»Das will ich tun, denn ich brauche Ihre Hilfe.«

Der Bärtige sah sie forschend an. »Dass Sie in der Bar hier in Metropole 7 aufgetreten sind, war kein Zufall, oder?«

»Es war meine Hoffnung, Ihnen zu begegnen.«

»Sie haben es geplant.«

Sia lächelte entschuldigend.

»Kann man heutzutage wirklich noch etwas planen? Ich habe meiner Hoffnung eine etwas konkretere Gestalt gegeben. Mehr möchte ich für mich nicht in Anspruch nehmen.«

Ryk schüttelte den Kopf. »Noch mal«, sagte er leise und so ernsthaft, wie er konnte. »Wie wollen Sie die Erde verlassen, selbst wenn all das stimmt, was Sie da sagen? Ich meine ... es gibt keine Flotte mehr. Seit über dreihundert Jahren nicht mehr! Die einzigen Schiffe, die Terra noch verlassen ...« Er wollte gar nicht daran denken, geschweige denn es aussprechen.

»Es gibt Schiffe der Streitkräfte der Union. Reste der Flotte.« Sie sah seinen zweifelnden Blick. »Funktionsfähige Reste.«

»Wo? Auf der Erde?«

»Nein. Aber ich weiß, wo. Wie wir dorthin kommen, ist unser zweites Problem.«

»Was war gleich noch mal das erste?«

Es war Uruhard, der die Frage beantwortete, und diesmal war wieder ein starker Unglaube in seiner Stimme, eine

Angst, und beides zusammen waren starke Emotionen, die ihn blass werden ließen.

»Sie wollen doch nicht ... Sie haben nicht ernsthaft die Absicht ...?«

Sia streckte einen wohlgeformten, schlanken Arm aus. »Was liegt unter diesem Hivestock, dem von Metropole 7, Wachtmeister?«

Uruhard schüttelte den Kopf.

»Sie wissen es«, sagte Sia.

»Alle Wachtmeister wissen es. Es ist unser Geheimnis.«

»Die meisten Apostel wissen es auch, oder?«

Uruhard schüttelte resigniert den Kopf. »Junger Mann, du solltest jetzt besser gehen«, sagte er zu Ryk und nickte in Richtung Ausgang. Der Springer, halb bedauernd, halb erleichtert, stand auf, doch Sia hob eine Hand und gebot ihm innezuhalten.

»Nein«, sagte sie mit großer Bestimmtheit. »Wir brauchen jemanden wie ihn.«

»Ihn?«

»*Jemanden* wie ihn. Er ist da. Er ist geschickt und erfahren. Er ist stark und belastungsfähig. Er ist gesund.« Sie sah ihn prüfend an, als würde sie eine Frucht auf dem Markt begutachten. »Sie sind doch gesund, oder?«

Ryk fühlte sich nicht wohl unter ihrem Blick. Er nickte vorsichtig. Ja, im Rahmen des Möglichen war er gesund.

»Ich biete Ihnen an, in unsere Dienste zu treten«, sagte Sia.

»Dienste?«

»Ich biete Ihnen 500 VE am Tag. Plus Spesen.«

500 VE am Tag. Er bekam 500 VE für einen weiten Sprung, eine schwierige Reise, und weniger für kürzere

Strecken. Am Tag! Er machte 1.000 im Monat, wenn es gut lief. Er war schließlich nicht der einzige Springer in Metropole 7.

Am Tag!

Mein Gott, was er sich dafür würde leisten können!

Uruhard seufzte.

Sia lächelte Ryk an.

Das gab irgendwie den Ausschlag.

5

Es war früher Morgen und es stank. Der Berg an Unrat, der sich jede Nacht aus dem Arsch des Hivestocks ergoss, war unerträglich anzusehen, aber noch unerträglicher in seiner olfaktorischen Wirkung. Sich in den Anblick des wirbelnden, wie lebendig hin und her hüpfenden, windenden Gewühles zu vertiefen, verursachte für sich bereits Schwindel. Die Geräusche allein waren geeignet, um jedem, der einen schwachen Magen hatte, den Rest zu geben, dieses permanente Glitschen in einer absteigenden Kadenz, als ob jemand sich ein Mikrophon in den Anus einführen und jede Körperregung mehrfach verstärkt in die Welt übertragen würde. Auch die Augen mussten einiges ertragen. Da waren Dinge, die wie riesige Larven aussahen oder wie Eier, und in ihnen die sterblichen Reste von Wesen, die es nicht geschafft hatten oder als unwürdig angesehen wurden. Da waren große Fetzen von Haut, manche groß wie Bettlaken, andere wie kleine Tücher, und an allen haftete irgendwelches glitschiges Zeug. Dann waren da Reste technischer Anlagen, manchmal nur verrottete Metallstreben, manchmal komplex aussehende Bauteile, die alle Spuren umfassender Zerstörung oder Abnutzung zeigten. Es gab Hybride, die täglich durch die Berge an organisch-technischem Abfall wateten, um exakt nach diesen Bauteilen Ausschau zu halten. Wenn jemand etwas damit anfangen konnte, dann sie. Und wenn jemand den Bewohnern des Hives ähnlich war, dann auch sie. Wenn man von ihrem Abfall auf das Wesen der Hivebewohner rückschloss, dann war beides für sie von Relevanz: die Existenz als Bioform und die Nutzung toter Materie.

Kein Hybride hörte das gerne. Sie hatten an sich einen sehr hohen gesellschaftlichen Status und ihnen wurde eine Menge Respekt entgegengebracht, willentlich wie erzwungen. Auf der anderen Seite waren sie aber Müllsammler, die in endlosen Kolonnen durch die Hivefäkalien wateten, mit langen Stäben bewaffnet und Körben auf dem Rücken, aus denen es bald zu tröpfeln begann, wenn sie sie füllten.

Wie genau andererseits die Herren des Hives aussahen, wusste man nur aus den wenigen Aufzeichnungen, die vom Krieg übrig geblieben waren. Man sah sie hier draußen nie, da sie das gigantische Raumschiffbauwerk niemals verließen. Nur während des Krieges hatten sie sich hin und wieder blicken lassen und auch das nur sehr selten. Sie erinnerten entfernt an Insekten und an ihren massigen Körpern gab es Elemente, ja ganze Flächen, die aus Kunststoff oder Metall zu bestehen schienen, während andere eindeutig organischer Natur waren. Cyborgs vielleicht? Niemals hatte die Union einen lebend gefangen. Sie hielten sich immer im Hintergrund und ließen die Großmäuler die Drecksarbeit machen.

Was man wusste: Sie redeten mit niemandem. Sie zeigten andeutungsweise Merkmale intelligenten Handelns, ebenso wie die Großmaul-Offiziere, die sie oft begleiteten. Dann aber reagierten sie instinktiv oder automatisch, auch wenn es ihren Tod bedeutete. War der Hive tatsächlich eine intelligente Lebensform oder war er nur, wie manche meinten, das Produkt einer solchen?

Fragen, die man sich damals sicher oft gestellt hatte.

Daran hatte sich in den letzten dreihundert Jahren nichts geändert. Und nicht einmal der berühmte, klägliche Aufstand hatte die Herren des Hives damals herausgelockt. Er war einfach nicht wichtig genug gewesen, um dem Ganzen mehr als nur flüchtige Aufmerksamkeit zu schenken.

Und jetzt zogen stinkende Dämpfe über die warme, weiche und fleischige Müllhalde unter dem Hive und die ersten Hybriden, angetan in weiten Umhängen und – wie weitsichtig – mit Atemmasken vor den Gesichtern, wie immer bewaffnet mit langen Stäben und Stöcken, marschierten gemessenen Schrittes an ihnen vorbei, um ihr Tagwerk zu beginnen. Sie würdigten die Konkurrenz keines Blickes. Jeder durfte im Dreck wühlen. Der Hive machte sie alle gleich.

»Müssen wir ihnen folgen?«, stieß Ryk aus, jedes Wort von der Angst begleitet, zu heftig einatmen zu müssen. Der Geruch war schlimm genug, aber er hatte feststellen müssen, dass er dermaßen intensiv war, dass man ihn schmecken konnte. So etwas hatte er noch nie erlebt. Sia hatte ihm und Uruhard eine Tablette gegen die Übelkeit gegeben, etwas aus dem Vorrat der Hybriden, die so etwas noch herstellen konnten und sich normalerweise teuer bezahlen ließen. Ryk hatte noch nie in seinem Leben ein echtes Medikament zu sich genommen, aber er hatte keine Sekunde gezögert. Es wirkte. Ihm war immer noch schlecht, aber der Brechreiz war nicht so brutal und er konnte sich einigermaßen auf das konzentrieren, was er tat.

Dabei tat er gar nichts.

Er stand hier nur rum und fand alles sehr widerlich.

»Wir sondieren erst mal die Lage. Da. Da drunter!«, sagte Uruhard.

Ryk war nicht beruhigt, aber er schaute in die angegebene Richtung. Die Hautlamellen, die an der Unterseite des Hives den Abfallkanal verschlossen, waren groß wie Hallentore und fest im Fundament des Gebäudes – war es ein Gebäude? Ein Raumschiff? Was war es mittlerweile eigentlich? – verankert. Sie öffneten sich nachts, wenn es Zeit war, das Nutzlose und Unerwünschte abzusondern. Ryk kniff die Augen zusammen. »Unter der Lamelle?«

»Da ist der einzig bekannte Zugang, soweit wir den Aufzeichnungen der Apostel Glauben schenken können«, bestätigte Uruhard.

»Glauben?«, echote Ryk. »Wir handeln hier auf der Basis eines Glaubens?«

Uruhard zuckte mit den Schultern. »Unsere Wissenschaft ist in vielen Bereichen auf das Niveau von Religion abgesunken.«

»Es ist wie eine sehr große Pore«, sagte Sia und warf Uruhard einen strafenden Blick zu. Offenbar war sie über eine Fortsetzung dieser Diskussion nicht erfreut.

»Was ist eine Pore?«, fragte Ryk.

Die Sängerin sah ihn an, seufzte leise und nickte dann. »Ja, es tut mir leid. Sie waren nicht in der Schule?«

»In der Schule des Lebens«, gab Ryk beleidigt zurück. Nicht jeder war Abkömmling eines wichtigen Hybriden. Die meisten Leute mussten früh um ihren Lebensunterhalt kämpfen. Ryks erster Sprung war mit zehn Jahren gewesen. Das hatte er gelernt. Den Rest ... nun, den schnappte man halt so auf, wenn man unterwegs war. Ryk hielt sich nicht für ungebildet oder dumm. Seine Neugierde, seine Wissbegier hatte dafür gesorgt, dass er immer Augen und Ohren offen hielt, selbst in einer Umgebung wie dieser, die dafür wirklich nicht geeignet war. Aber mit jedem weiteren Wort, das Sia sagte, fühlte er sich ein wenig mehr wie ein Tölpel. Sie meinte es nicht böse, sicher nicht.

Trotzdem.

»Es ist verboten, den Hive zu betreten«, sagte er und *das* wusste er ganz genau. »Die Großmäuler werden uns fressen.«

»Nicht nachts, da sind die meisten inaktiv. Und es gibt diesen Weg, über die Poren unter der Lamelle, der weit ins Innere führt. Hybride benutzen ihn manchmal, um an richtige Tech zu kommen – nicht nur den Müll hier. Echte, funktionierende Geräte«, erklärte Sia. »Der Weg ist erprobt, zumindest ein Stück weit. Wenn wir vorsichtig sind, wird uns nichts geschehen.«

Das war bewundernswert, fand Ryk. Er glaubte es ihr. Aber war das Grund genug, es diesen Wahnsinnigen nachzutun?

»Wir wollen gar nicht in den Hive, zumindest nicht weit«, sagte nun Uruhard nachdenklich. »Wir wollen *unter* ihn. Ryk, weißt du, was Metropole 7 früher einmal war?«

»Eine große Stadt der Union, wie alle Landeplätze der Invasoren.«

»Das stimmt. Sie hieß Berlin.«

Der Name sagte Ryk gar nichts. Es konnte keine sehr beeindruckende Stadt gewesen sein, sonst würden sich mehr

Leute an sie erinnern. Und sie hatte sich baulich offenbar ebenfalls nicht verbessert. Eng war sie geworden. Und sie roch.

»Und in Berlin war das Hauptquartier der Unionsflotte«, ergänzte Sia. »Der Ort, von dem aus der Krieg koordiniert wurde, bis zur Invasion Terras.«

»Hier?«, fragte Ryk.

Uruhard zeigte auf das Bodenstück des Hives, Hunderte von Metern im Durchmesser, fest verwachsen mit dem Grund, auf dem es vor unendlich vielen Jahren gelandet war.

»Da drunter. Der Hivestock hat sich mit seinem dicken Hintern genau draufgesetzt und ich bin mir sicher, es hat ihm nicht wehgetan.«

»Also ist alles platt!«, folgerte Ryk. »Es ist nichts übrig.«

Sia sah ihn nun missbilligend an. Sie erkannte Defätismus natürlich, wenn er sein hässliches Haupt erhob.

»Es gab unterirdische Anlagen. Alle Zugänge werden vom Hive bedeckt. Durch ihn gelangen wir hinab. Es ist der einzige Weg.«

»Wir könnten graben. Seitlich.«

»Es waren Bunker.«

»Was ist ein Bunker?«, wollte Ryk wissen und es war ihm egal, ob sie ihn für einen Provinztrottel hielten oder nicht.

Uruhard erklärte es ihm mit einfachen Worten. Ryk verstand das Konzept. Dicke Wände als Schutz gegen Feinde – jeder in Metropole 7, der über Reichtum verfügte, sorgte für ähnliche Vorsichtsmaßnahmen. Und Zäune. Und Defo-Wachen. Schlechte Laune half auch.

Er verstand jetzt das Ziel und seine Natur. Das machte es für ihn aber nicht einfacher. Er zwang sich, an 500 VE pro

Tag zu denken und an die Anzahlung, die in seiner Tasche knisterte. Immerhin, damit hatte Sia Wort gehalten.

»Aber was ist da unten? Jede Menge Tote, nehme ich an«, sagte er.

»Vermutlich«, erwiderte Sia leise. »Der Bunker war sehr stabil. Sie könnten eine Weile überlebt haben. Es muss schrecklich gewesen sein. Sie kamen nicht raus und vielleicht waren sie zu unwichtig, um vom Hive ausgeräuchert zu werden. Möglicherweise sind sie einfach erstickt oder verdurstet oder … etwas anderes. Wir wissen aber, dass einige entkommen sind, denn der Alte Henderson und seine Leute gehörten zu den Bunkerleuten. Sie haben damals Metropole 7 gegründet. Es muss also einen Weg hinein geben – und einen heraus.«

In ihrer Verzweiflung waren Menschen zu vielem fähig. Das wusste Ryk ganz genau, es beschrieb die Existenz seiner Generation und es war die wichtigste Lektion der Schule des Lebens.

»Und wir wollen das wirklich herausfinden? Was genau suchen wir noch mal?«

Sia hatte viele große Worte benutzt und Ryk hatte die Hälfte davon nicht verstanden.

»Wir wollen einen statischen Datenspeicher der Flottenverwaltung finden, aus dem wir die galaktischen Koordinaten von Admiral Rothbards Versteck auslesen«, erklärte Sia. »Mit Uruhards Karte. Der aus seiner neuen Sammlung, aus dem Paket von Birbir. Vielleicht funktioniert sogar noch die alte KI. Das wäre spannend.«

Ryk fragte nicht, was eine »KI« war. Er kam sich schon so dumm genug vor.

»Die Karte?«, hakte er aber dann doch nach. Es war nur ein Stück Plastik.

»Ich verwahre sie nur«, sagte der Wachtmeister andächtig. »Wenn stimmt, was Sie sagen, edle Sia, verwahre ich sie nur. Mit ihr werden wir ...«

Ein kratzendes Geräusch, ein Schritt. Ryk war instinktiv alarmiert.

»Gar nichts werdet ihr!«

Ryk fuhr herum, Sia drehte sich mit einer eleganten Bewegung um und Uruhard riss die Augen auf. Die vier Wolkensamurai waren näher gekommen und diesmal stellten sie keine ruhige Kraft dar, keine Sicherheit, sondern vielmehr eine Bedrohung. Die langen, polierten Silberklingen lagen sicher in ihren Händen. Sie standen in Kampfposition da, das erkannte Ryk. Und wenn auch nur die Hälfte von dem stimmte, was man sich über sie erzählte ...

Was war nur in sie gefahren?

Uruhard schob Ryk zur Seite und stellte sich vor ihn, eine schützende Geste, die den Springer unerwartet berührte.

Es hatte sich noch nie jemand vor ihn gestellt. Das war neu.

»Was geht hier vor?«, sagte der Wachtmeister mit volltönender Stimme. »Das ist ungeheuerlich. Senkt die Waffen!«

»Das werden sie nicht!«, ertönte nun eine neue Stimme und die Samurai bildeten eine Gasse, durch die ein Mann trat, schlank, geschmackvoll gekleidet, ein kleines Tüchlein in der Hand, das er sich ein wenig affektiert vor die Nase hielt, weniger ein tatsächlicher als ein symbolischer Schutz gegen den allgegenwärtigen Gestank. Er trug eine Weste aus einem rötlich schimmernden Stoff über einem blütenweißen Hemd, dessen Kragen mit Rosen bestickt war. Um den Hals hatte er eine Art Schal kunstvoll drapiert. Die Hose endete kurz unter seinen Knien, darunter sah man lange, eng anliegende, ebenfalls weiße Socken, die in schwarzen Lackschuhen steckten. Auf dem Kopf saß etwas schief eine Art Hut, wie ihn Ryk nie zuvor gesehen hatte und der etwas albern wirkte. Das schmale Gesicht mit den dünnen Lippen ließ einen jedoch jedes Amüsement, das man angesichts dieser Aufmachung vielleicht empfinden mochte, schnell wieder vergessen. Der grausame Zug und das Irrlichtern in den kleinen Augen sorgten dafür, dass man diesen Mann sofort sehr ernst nahm.

Er war außerdem geschminkt. Sehr kunstvoll, soweit Ryk das ermessen konnte. Sehr aufwendig darüber hinaus. Wie die Maske einer Puppe. Es war ein zumindest irritierender Anblick.

»Sire«, sagte Uruhard mit einer Mischung aus Respekt und Verwunderung. »Was hat das zu bedeuten?«

Ryk musste nichts mehr fragen. Jeder kannte den Sire, den Herrn von Stink und den zweiten Vorsitzenden des Stadtrats von Metropole 7, zumindest vom Hörensagen. Reich, affektiert, mächtig – ein Arschloch. Aber Erfolg gab jedem recht, gerade heutzutage, und erfolgreiche Arschlöcher waren nicht selten in hohen Positionen des Slums zu finden, der den Hive umgab. Der Sire war dazu ein Kunstprodukt, jemand, der hart an seinem Bild in der Öffentlichkeit arbeitete. Was genau er darstellen wollte, verstand aber kaum jemand. Er bediente sich unaufhörlich irgendwelcher Referenzen aus uralten historischen Aufzeichnungen. Es kam wohl vor allem darauf an, dass er sich selbst gut gefiel. Und niemand wagte es, seine geschmackliche Orientierung infrage zu stellen. Tatsächlich stellte niemand irgendetwas infrage, was diesen Mann anging. Seine Truppe von Exekutoren, die direkt für ihn arbeitete und jeden seiner Befehle ausführte, sorgte dafür.

Der Sire deutete eine Verbeugung an und machte dabei eine seltsame, wirbelnde Handbewegung, die Ryk ebenso wenig verstand wie die ganze Situation.

»Ich muss diese Frage stellen, Wachtmeister. Was muss ich da hören? Der von allen Gangs, Clans, Stadtherren und Gilden bestellte Wachtmeister, von allen subventioniert und geachtet und beschützt«, er wies auf die Samurai, die absolut keinen beschützenden Eindruck auf Ryk machten, »will was tun? Sich den wirren Ideen einer ansonsten sehr begabten Künstlerin anschließen?«

Uruhard starrte den Sire an. Ryk war sich nicht sicher, aber er glaubte, zu sehen, dass der Mann bleich geworden war. »Woher ...«

Der Sire winkte ab.

»Ich kenne viele, ich höre vieles und auch die Hybriden sind mir einiges schuldig. Nichts, was von Belang ist in Stink, entgeht mir.«

»Sire, es ist eine ...«

»Papperlapapp. Ich möchte keine Ausreden hören, Uruhard. Ich fühle mich verletzt, ja, auch ganz persönlich. Wir haben alle unser höchstes Vertrauen in Euch gesetzt. *Ich* habe mein Vertrauen in Euch gesetzt. Glaubt mir, das passiert relativ selten. Und jetzt das. Ich musste sofort hierhereilen, um mich zu vergewissern. Eine Sache der persönlichen Ehre. Ehre, Uruhard. Pflicht. Begriffe, die Euch auch einmal etwas bedeutet haben, glaube ich.«

Der Sire hielt inne und ließ seinen Blick forschend an Uruhards Körper auf und ab wandern.

»Darf ich sie sehen?«

»Was?«

»Die Codekarte. Das Wunder. Den Zugang zum Paradies.«

Uruhard schüttelte den Kopf. »Ich habe sie nicht bei mir.«

Das war, wie Ryk ganz genau wusste, eine ausgemachte Lüge.

»Für wie dumm haltet Ihr mich, Uruhard?« Jede Verbindlichkeit, jede Höflichkeit war aus der Stimme des Sire gewichen. Die mörderische Kälte, die nun zum Vorschein kam, enthüllte einen deutlichen Blick auf sein wahres Ich und während Sia ob des plötzlichen Wandels zusammenzuckte, war Ryk nicht beeindruckt. So war Metropole 7. So waren sie hier alle.

Es gab noch Schlimmere als den Herrn von Stink. Nicht viele, aber es gab sie. Sogar welche, für die Ryk niemals springen würde, egal zu welcher Verzweiflung ihn der Schorf noch trieb.

»Nicht für dumm, Sire. Niemand hält Euch für dumm.«

Uruhards Beteuerung hatte den Unterton von Verzweiflung und den Sire schien die Angst seines Gegenübers zu beruhigen, ja anzuregen. Er lächelte wieder sein falsches Lächeln, das hier sicher niemanden täuschte.

»Ist das so? Ihr macht gerade einen ganz anderen Eindruck. Durchsucht ihn.«

Die Samurai traten vor und gehorchten. Wolkensamurai waren normalerweise nicht so folgsam, aber der Sire hatte Vereinbarungen und er hielt sich an seinen Teil, dafür war er bekannt. Die Samurai waren ihm verpflichtet, oder zumindest ihr Tempel, oder sie wollten unbedingt etwas, das er hatte, oder …

Die Möglichkeiten waren endlos. Auch das war Metropole 7, vor allem aber war es Stink.

Uruhard machte einen Schritt zurück und hob abwehrend die Hände. »Das ist …«, begann er.

»Genug jetzt!«, beendete Sia den Satz.

Ryk fuhr herum und sah sie an. Sia wirkte wie ein Racheengel, die Augen wie glühende Kohlen. Sie hatte nur eine Hand etwas erhoben, aber diese kleine Geste allein enthielt so viel Autorität, dass selbst der Sire für einen winzigen Moment beunruhigt schien. Doch dann war dieser Augenblick des Zweifels auch schon überwunden.

Sia sagte nichts. Sie setzte die bereits angedeutete Handbewegung fort und streckte den Arm in die Luft.

Der Sire sah sie mit einer Mischung aus Verblüffung und Belustigung an.

»Was wird das?«

»Ich bin eine Hybride«, sagte Sia.

»Das weiß ich. Ihr ...«

»Und ich bin eine *Alpha.*«

Der Sire verstummte. Er wurde jetzt wirklich blass, machte einen Schritt nach hinten und sah sich um.

Und ja, da tat sich was.

Um sie herum.

Überall.

Es war ein geisterhaftes Schauspiel, das Ryk beinahe noch mehr Angst machte als die Drohungen des Sire.

Wie vom Donner gerührt blieben die Hybridenkolonnen, die eben noch auf dem Weg zum Anus des Hives gewesen waren, stehen, drehten sich ungelenk um und starrten in Richtung Sia. Ihre Hände umklammerten die Metallstangen, mit denen sie sich normalerweise durch den Müll wühlten, um Brauchbares zu finden. Natürlich konnte man mit ihnen auch andere Dinge tun.

Einige der Müllsammler waren sehr kräftig.

Eigentlich waren sie es alle.

Und sie bewegten sich nun wieder. Langsam. Sehr schweigsam. Beunruhigend schweigsam. Aber stetig und zielstrebig – auf Sia zu. Sie starrten sie an, als sei sie eine mystische Erscheinung.

»Eine Alpha«, flüsterte Uruhard Ryk zu. »Verdammt, das wusste ich nicht.«

Er nickte in Richtung des Sire, der jetzt sehr, sehr beunruhigt aussah. Es stand ihm nicht, denn seine ganze Aufmachung war darauf ausgerichtet, eine verspielte Art von Überlegenheit auszustrahlen. In diesem Moment aber wirkte er fast hilflos, übertölpelt, und sah damit doppelt albern aus. Das wusste er auch. Es ärgerte ihn sichtlich.

»Er wusste es auch nicht.«

»Was ist eine Alpha?«, fragte Ryk.

»Die Hybriden reden nicht gerne darüber, aber Alpha, Beta, Gamma und Ceta sind die vier Klassen der Hybriden. Alle, die sich für den Weg entscheiden, geben viel auf dafür, im Schutze der Gemeinschaft und länger zu leben als andere. Die unteren Klassen manchmal auch das eigenständige Denken. Wenn eine Alpha ruft, folgen sie ihr, egal was sie gerade getan haben. Und sie hat gerufen.«

Sia wirkte nicht triumphierend, aber sehr entschlossen.

»Das wird Euch die Gemeinschaft nicht durchgehen lassen«, stieß der Sire hervor, nun sichtlich um seine Unversehrtheit besorgt. Die Wolkensamurai waren ausgezeichnete Kämpfer, aber sie waren nur zu viert und die Zahl der Hybriden wuchs immer mehr an. Sie kletterten die Müllberge hinab, ließen Rucksäcke und Tragekörbe mit Beute achtlos zu Boden gleiten und umklammerten ihre Metallwerkzeuge mit einer nahezu fanatischen Intensität. Die Wolkensamurai würden viele töten. Aber nicht so viele.

Der Sire wusste das. Die Erkenntnis stand ihm ins Gesicht geschrieben.

»Die Gemeinschaft ist meine Sorge. Ich bin eine Alpha«, erwiderte Sia, immer noch gefährlich ruhig und absolut ohne jede Furcht oder plötzliche Reue. Der Sire mochte der Herr über Stink sein, aber kein Außenstehender wusste wirklich, wie die internen Strukturen der Hybriden aussahen. Und Sia hatte keine Angst.

Wozu auch?

Sie verfügte über eine verdammte Armee!

»Wir ... können über die Sache reden«, sagte der Sire, diesmal ein wenig kurzatmig vielleicht. Er sah Uruhard flehentlich an. Der Wachtmeister räusperte sich. Er trat an Sias Seite und legte ihr eine beruhigende Hand auf die Schulter. Die Sängerin sah nicht einmal hin, sie wirkte absolut konzentriert. Ryk hatte keine Ahnung, wie sie die anderen Hybriden gerufen hatte und kontrollierte, aber es musste sehr anstrengend sein.

»Sehe ich das richtig, dass der Herr von Stink keine Einwände haben wird, wenn ich die edle Alpha auf einer kleinen Forschungsmission begleite, die, so nehme ich an, nicht nur im Sinne der Hybriden sein dürfte? Ich bin mir sicher, für eine gewisse Zeit findet sich ein guter Ersatz für mein Amt. Oder?«

Die Masse an Hybriden, sicher fast an die einhundert, hatte nun einen Kreis um die Gruppe geschlossen. Immer noch starrten sie alle Sia an, unentwegt, bereit, beim kleinsten Zeichen anzugreifen. Ryk vermutete, dass die Kommunikation in Wirklichkeit irgendwie anders verlief. Auf Hybridenart. Sehr beängstigend, auch für ihn, der doch gar nicht bedroht war.

Eine Erkenntnis, die erst langsam in sein Bewusstsein durchsickerte.

Richtig.

Er war ja nicht der Feind.

Ryk gestattete sich einen Moment der Entspannung. Einfach mal durchschnaufen. Sich schön hinter Uruhard verstecken. Das alles hier überstieg gerade seine Möglichkeiten. Es war besser, wenn er einfach nur den Mund hielt.

»Wir ... können darüber reden«, rang sich der Sire ab. Er musste froh sein, dass es hier nur ein kleines Publikum gab. Reputation war wichtig für den Herrn von Stink. Er wollte der Regisseur des Schauspiels sein, in dem er die Hauptrolle spielte. Diese Drehbuchänderung war für ihn auf unterschiedlichen Ebenen sehr unangenehm.

Sia und Uruhard wussten das natürlich, wenn schon jemand aus dem fernen Siderit so einiges gehört hatte.

»Schaut, Sire. Die Leute werden neugierig.«

Der Herr von Stink sah sich um. Sia hatte nicht gelogen. Vom Rand des Slums, dessen erste Gebäude gut zweihundert Meter von der Müllhalde entfernt standen, bewegten sich Schaulustige in ihre Richtung. Der Sire sah dies mit einem Ausdruck langsam wachsenden Entsetzens. Er verlor sein Gesicht – und das, wo er sich jeden Tag endlos viel Mühe damit machte, es schön aussehen zu lassen.

Er hob die Hände, in einem immer noch das weiße Tüchlein. Es sah aus, als würde er die weiße Fahne hissen, ein Symbolismus, der immer noch gut bekannt war. Der Sire merkte es nicht einmal.

»Wir können uns einigen. Senkt die Waffen.«

Die Samurai gehorchten. Sia sagte gar nichts, aber die Metallwerkzeuge in den Händen der Hybriden senkten sich gleichfalls zu Boden. Der Kreis weitete sich, wurde lockerer, aber die Augen ihrer Gefolgsleute waren weiterhin mit dieser hypnotischen Intensität auf die Alpha gerichtet.

»Eine Störung, ein weiterer Versuch, sich uns in den Weg zu stellen, und die Hybriden wissen, wo sie Euch finden, Sire.« In Sias Worte lag eine bemerkenswerte Kälte. Sie beherrschte ihre Stimme und sie löste damit, auch wenn sie nicht sang, Emotionen aus. Jetzt war ihr Tonfall tödlich und ließ Ryk einen kalten Schauer der Angst den Rücken hinunterlaufen. Der Sire war beeindruckt. Er bemühte sich, es zu verbergen, aber er war es.

Ryk wünschte sich, sie würde einmal etwas *sehr* Nettes zu ihm sagen. Und es auch so meinen.

»Es wird keine Störungen mehr geben, nein«, versicherte der Herr von Stink. »Aber ich werde mit dem Rat der Hybriden über die Sache reden. Solche Vorfälle ... Das widerspricht der Ordnung.«

Damit wandte er sich abrupt ab, winkte den Samurai und stolzierte, um Haltung bemüht, seinem fernen Palast entgegen.

Sia ließ ihn gehen, sah ihm nach und nickte unmerklich. »Exakt«, hauchte sie. »Ich widerspreche der Ordnung. Es wird Zeit, dass das mal jemand tut.«

Sie wandte sich den beiden Männern zu. »Wir wissen, was geschehen wird«, sagte sie, während sie mit einer lässigen Handbewegung ihre Armee entließ.

Die Hybriden blinzelten für einen Moment verständnislos, dann kamen sie wieder zu individuellem Bewusstsein, manche seufzten leise, andere schüttelten den Kopf, aber niemand beschwerte sich und keiner stellte Fragen. Die Alpha hatte gerufen. Das war der Preis, den sie alle zu zahlen eingewilligt hatten.

Sie wandten sich ab, nickten sich gegenseitig zu und nahmen die Arbeit wieder auf, wegen der sie überhaupt erst hierhergekommen waren. Ob sie Erleichterung verspürten darüber, niemanden niedergemetzelt zu haben, war nicht erkennbar.

»Was … was wird geschehen?«, fragte Ryk, der es eigentlich nicht eingestehen wollte, der aber von alledem ein klein wenig überfordert war.

»Der Sire formiert sich neu, berät sich, wird sich rückversichern und dann wird er wieder hinter uns her sein«, erklärte Uruhard statt der Frau, die nur zustimmend brummte. »Er ist der Sire. Er hält seine Versprechen, aber nur jene, die er aus freien Stücken gibt. Das kann man von dem eben nicht gerade behaupten. Ich muss sagen, die Aktion wundert mich sehr. Ich habe nicht damit gerechnet.«

Uruhard wirkte ernsthaft beunruhigt, aber aus einem anderen Grund als Ryk, zumindest erschien es dem Springer so. Der junge Mann fühlte, dass er immer noch nicht ganz im Bilde war. Hier lief noch eine andere Geschichte ab.

Verdammt, der Herr von Stink hasst mich jetzt, dämmerte es ihm und er sprach es sogleich laut aus. »Ich werde nie wieder …«

»Das sollst du auch nicht«, sagte Sia besänftigend und der Klang ihrer Stimme hatte sofort eine beruhigende Wirkung auf Ryk, der tief Luft holte. »Du sollst ein neues, ein freies Leben führen. Und wir werden gemeinsam dafür sorgen. Werden wir doch, oder?«

Die Ereignisse hatten den Springer in eine Ecke gedrängt. Er spürte es mit jeder Faser seines Körpers.

»Wir müssen uns jetzt beeilen, die Schonfrist wird nicht lange anhalten«, drängte Uruhard. »Wir brauchen die

Ausrüstung und alles, was wir für eine lange Reise benötigen. Und wir müssen vor allem die Anzüge finden.«

Sia nickte. Ryk sah von einem zum anderen. Eine andere Geschichte, weitere unausgesprochene Dinge. Er konnte es förmlich greifen.

»Lange Reise?«, echote Ryk.

»Zum Ursprungsort der Geschichte. Zum Ruheplatz des Letzten Admirals«, sagte Uruhard, ganz feierlich.

»*Wenn* diese ganze Geschichte stimmt!«, platzte es aus Ryk heraus, sichtlich erschüttert von der Begegnung mit dem Sire. »Muss ich ... ich meine ... bin ich der Einzige ...«

»Ryk«, sagte Sia und alles Förmliche und Distanzierte fiel von ihr ab. »Wie viele Sprünge macht ein guter Springer, bis es schiefläuft ... bis er neben der Bahn landet, bis ihn ein Großmaul erwischt, er sich verletzt, er nicht mehr schnell und elastisch genug ist, nicht mehr gut genug sieht, nicht weit genug springt ... wie viele?«

Der junge Mann sah sie an, für einen Moment ganz im Bann ihrer hypnotisch intensiven Stimme. Dann gab er nach kurzem Nachdenken die Antwort. »Der beste Springer war der Propere Peer. Siebenhundertachtundachtzig Sprünge, dann ein Ausrutscher. Ein Großmaul hat ihn gefressen. Den Kopf sauber abgebissen. Er hat immer Witze darüber gemacht, dass das nicht sein wichtigstes Körperteil wäre, Hauptsache, die Beine funktionierten noch.«

»Eine gute Leistung«, sagte Sia anerkennend. »Er war der Beste?«

»Der Allerbeste.«

»Und der Durchschnitt? Die anderen? Wie viele richtig alte Springer gibt es, die im Ruhestand leben?«

»Es gibt keinen Ruhestand für Springer«, belehrte Ryk sie. »Man springt oder man ist tot. Während man lebt, lebt man besser als die meisten. Und ist man tot, ist eh alles egal.«

»Und die Springer sind eigentlich ganz gut versorgt, nicht wahr?«, hakte Sia nach.

»Nicht so gut wie die Hybriden.«

Sia lächelte traurig. »Es gibt auch unter uns arme Schweine, mit denen du dich nicht vergleichen möchtest.« Sie machte eine Handbewegung in Richtung der Müllsammler, die unweit ihres Standorts ihrer betrüblichen Arbeit nachgingen.

Ryk konnte es kaum glauben, akzeptierte ihre Aussage aber widerspruchslos. Sie würde es besser wissen.

»Den Springern geht es gut«, bestätigte er. »Sie sind satt und werden respektiert.«

»Und zu Recht«, meinte Sia erneut voller Respekt. »Ein Leben voller Respekt und mit vollem Magen. Aber ein kurzes Leben.«

Ryk fühlte sich durch ihre Worte ein wenig angegriffen. Er wollte sich verteidigen.

»Nicht kürzer als das der anderen. Viele sterben früher. Hunger, Krankheit, ein Messer. Ein Gift aus der alten Zeit, ein Großmaul zur falschen Zeit, viele töten sich selbst.«

Das musste Ryk nicht erklären. Es gab ausgefeilte Rituale des Selbstmords und eine ganze Kaste, die Freudenbringer, die einen auf Wunsch schmerzlos umbrachten, wenn man dafür den toten Körper spendete. Die Hybriden waren ihre Kunden, sagte man. Kein Thema, das Ryk jetzt unbedingt vertiefen wollte.

»Nicht wahr?«, sagte Sia. »So viele so kurze Leben. Das kann sich ändern. Wir können das ändern. Admiral Rothbard kann das ändern.«

Ryk schüttelte den Kopf, betastete seine Hosentasche und hörte das Knistern der VE.

»Ein Märchen ...«

»Das einen sehr wahren Kern hat.« Sia ließ das nicht gelten. Jetzt lag wieder diese fiebrige Leidenschaft in ihrer Stimme, die keinen Widerspruch duldete. »Und sollten wir diese Chance nur deswegen beiseiteschieben, weil wir glauben, über die Geschichte lachen zu können? Weißt du, wie es in den anderen Metropolen aussieht, Ryk? Ich komme viel herum. Wir werden mit jeder Generation weniger. Die Hivestöcke saugen die Ressourcen unserer Heimat ab, sie verschmutzen die Umwelt und eines Tages werden sie vielleicht wieder abfliegen – weil alles alle ist und nichts mehr zu gebrauchen. Dann wird aber niemand mehr am Leben sein, um sich darüber zu freuen, dass Terra frei ist. Unsere Existenz ist ein langsames Dahinvegetieren, ignoriert durch unsere neuen Herren, die gar keine Herrschaft ausüben, die einfach nur *da* sind, nicht gestört werden wollen, deren Sieg endgültig erscheint. Soll das unser Schicksal sein, Ryk?«

»Scheint so«, sagte er mit wenig Überzeugungskraft. »War halt schon immer so.«

»Scheint so«, wiederholte Sia und lächelte. »Oder eben auch nicht. Wäre es nicht schön, unsere Welt vom Hive zu befreien und alles wiederaufzubauen – wie damals, als es die Union noch gab?«

»Ein Traum.«

»Ist es nicht besser, für einen Traum zu leben als für eine bloße Existenz, die kurz ist, schmerzhaft und ohne Perspektive. Willst du Kinder, Ryk?«

Der Springer sah Sia irritiert an. Das hatte ihn noch nie jemand gefragt. Darüber hatte er noch gar nicht nachgedacht.

Gut, ja, als Springer war er nicht die schlechteste Partie und richtig übel sah er auch nicht aus, aber er fühlte sich nicht in dem Alter, um solche Entscheidungen zu treffen. Später vielleicht. Aus Versehen.

Er verzog das Gesicht. Die meisten Familien wurden aus Versehen gegründet. Springer waren keine guten Eltern. Sie starben zu früh.

»Ich weiß nicht.«

»Und wenn ... Ich meine, aus Versehen?«

Ryk lächelte. Sia wusste natürlich Bescheid. Er zuckte mit den Schultern.

»Egal?«, fragte sie. »Weiß nicht? Sollen sie lange leben oder kurz oder ... Was ist mit deinen Enkeln?«

»Enkel? Wer denkt denn an Enkel?«

»Nicht wahr? So ist es. Niemand denkt noch ernsthaft an Enkel, weil niemand die notwendige emotionale Investition tätigen möchte. Weil der Schmerz des Verlustes sehr nahe liegt. Sehr, sehr nahe. Und daher passiert es zwar ... aus Versehen ... aber im Grunde will es keiner. Irre ich mich?«

Ryk schüttelte langsam den Kopf.

»Nein. Du irrst dich nicht, Sia.«

»Wäre es nicht schön, in einer Zeit zu leben, in der wir keine Probleme mehr damit haben, an unsere Enkel zu denken? Auf deren Wohl hinzuplanen? Uns auf sie zu freuen? Oder Urenkel. Früher lebten die Menschen lange genug dafür. Über hundert Jahre, sagt man. Selbst unter uns Hybriden schafft das kaum einer, und wenn, dann ist es eine Qual, kein Leben mehr.«

Ryk wollte cool und sarkastisch sein, weil man das bei einem solchen Gespräch eigentlich immer war, aber er schaffte es nicht. Er horchte in sich hinein und spürte eine plötzliche Sehnsucht, ein Verlangen nach dem Utopia, dem Bild, das Sia mit wenigen Worten gezeichnet hatte. Es war ein schönes Bild und er kam nicht umhin, darin etwas zu sehen, wofür es sich einzusetzen lohnte. Wenn es die Sache wert war. Wenn es das Risiko wert war. Und davon hatte sie ihn noch nicht überzeugt, denn der Hive war groß, er steckte voller Großmäuler und sie waren nur zu dritt. Man könnte sagen, Ryk hatte ein Problem mit dem Kräfteverhältnis.

»Also. Na ja.«

»Wir können jemanden wie dich gebrauchen«, sagte Sia und es klang nicht auf die Weise verheißungsvoll, wie Ryk das gerne gehabt hätte. Er schaute sie immer noch zweifelnd an.

»Ich kann den Schorf heilen«, fügte sie hinzu.

Ryk schaute zu Boden. »Wo... woher ...?«, stammelte er, peinlich berührt. Der Schorf saß an seinen Gelenken, unter den Achselhöhlen, dort, wo er besonders störte. Er war nicht der Einzige, der darunter litt. Aber als Springer ...

»Ich kenne die Anzeichen. Die Art, wie du dich bewegst. Die Bewegungen, die dir Schmerzen bereiten. Er ist nicht tödlich.«

»Ich weiß.«

»Aber du wirst nicht mehr lange springen können, ohne vor Schmerzen zu schreien. Fünfzig- oder sechzigmal noch, je nachdem, wie gut du im Geschäft bist. Genug Arbeit für zwei, drei Jahre, oder?«

»Zwei vielleicht«, gab Ryk leise zu. Er sah sie nun mit plötzlicher, wilder Hoffnung an. »Heilen?«

»Wir Hybride haben Möglichkeiten.«

»Das ist ...«

»Sehr teuer, ja. Aber ich kann es veranlassen. Ich verspreche es. Wir können einen Vertrag registrieren lassen. Zusätzlich zu den VE. Es ist Teil deiner Bezahlung. Was sagst du dazu?«

Den Schorf heilen. Das schmerzhafte Kratzen der harten, sich immer wieder ablösenden Haut beenden. Das Blut in Jacke und Hose hätte ein Ende, die Infektionen, der plötzliche Schmerz, wenn man sich zu heftig oder falsch bewegte. Die Aussicht allein ließ Ryk beinahe die Tränen in die Augen treten. Was für ein wunderbarer Gedanke.

Ja, sie hatte ihn. Das war ein Angebot, das er nicht abschlagen konnte. Wenn er es ablehnte, wäre er in zwei Jahren fertig, mit etwas Glück könnte er dann noch junge Springer ausbilden, wenn ihn jemand dafür bezahlen sollte. Mit etwas Pech würde er an einer Straßenecke enden. Natürlich, es konnte alles schiefgehen. Ryk glaubte sogar recht fest daran, dass es nicht klappen würde.

Aber die Verheißung ... Nicht die auf eine glückliche Zukunft, bereitet durch einen militärischen Handstreich eines lange toten Admirals. Das war doch alles Quatsch. Er brauchte keine Enkel. Wer brauchte Enkel? Wozu auch? Sein Blick richtete sich auf die Heilung.

»Wir gehen zu mir zurück«, sagte Uruhard, der bisher schweigend Sia die Konversation überlassen hatte, »und besprechen alles im Detail.«

»Als Wachtmeister können Sie nicht einfach ...«, begann Ryk zweifelnd, doch Uruhard ließ ihn nicht aussprechen. Uruhard kannte die Pflichten eines Wachtmeisters besser als Ryk. Und er war offenbar bereit, sie zu verletzen. Bestimmt nicht einfach so. Das war ein Vorhaben, das auch Uruhard schon lange mit sich herumtragen musste.

Da war noch so einiges unausgesprochen.

»Das hier ist wichtiger. Es ist so viel wichtiger als alles andere. Ich werde auch nicht jünger, Ryk. Es ist die letzte Gelegenheit, noch etwas zu bewirken. Jemand zu werden. Jemand zu sein. Jemand, an den man sich erinnert. Das ist die wahre Unsterblichkeit. Erinnerung.« Uruhards Gesichtsausdruck hatte etwas Schwärmerisches bekommen. Sia hatte bei ihnen allen die richtigen Knöpfe gedrückt. Sie konnte nicht nur gut singen, stellte Ryk fest. Es blieb zu hoffen, dass ihre Fähigkeiten ausreichten, um sie heil aus der Katastrophe zu steuern, in die sie sie gelockt hatte.

»Gehen wir zurück zu meinem Turm«, bekräftigte Uruhard ein zweites Mal. »Wir werden ...«

Aber Sia hob eine Hand und er verstummte.

»Wenn wir finden, was wir suchen, werden wir Terra bald verlassen müssen«, sagte Sia zu ihm in einem Tonfall, mit dem man kleinen Kindern einen komplexen Sachverhalt erklärte.

»Terra verlassen? Wie soll das gehen?«

»Die Letzte Festung ist nicht auf der Erde, das ist doch klar«, sagte Sia im gleichen Tonfall. »Das haben wir doch schon besprochen.«

»Aber ...«

»Es wird dir gefallen«, versprach Uruhard und ein Lächeln blitzte durch seinen dichten Bart.

»Ja«, sagte Sia. »Wir werden nämlich springen.«

6

»Da passt noch mehr rein!«, sagte Sia.

»Er wird zu schwer.«

Ryks Protest brachte ihm einen abschätzigen Blick der Hybriden ein. Sie schien Ryk seinen Einwand nicht abnehmen zu wollen.

»Dein Muskelaufbau ist doch sehr zufriedenstellend«, erklärte sie im am wenigsten romantischen Tonfall, den sie aufzubringen in der Lage war.

Er wirkte. Ryk fühlte sich nicht einmal entfernt geschmeichelt, er fühlte sich wie auf dem Markt in Metropole 2, wo sie die Ärmsten der Armen verkauften. Niemand nannte es Sklaverei, aber es war nichts anderes. Und die Bewertung von eben klang eher wie ein Verkaufsargument.

»Du schaffst das«, sagte Uruhard, der selbst allerlei Sachen in seinen Rucksack packte. »Du bist ein Springer, du bist stark.«

»Ich kann nicht springen, wenn ich noch mal mein eigenes Körpergewicht mit mir rumschleppen muss!«, erneuerte Ryk seinen Protest.

»Wir springen nicht. Wir kriechen. Und unten, im alten Hauptquartier …« Uruhard zuckte mit den Schultern. »Wenn wir Glück haben, spazieren wir nur herum.«

»Und wenn wir Pech haben?«

Der Wachtmeister zeigte die Zähne in einem freudlosen Grinsen.

»Rennen, richtig schnell.«

»Uruhard!«, warnte Sia. »Negativität nützt uns nichts. Ryk ist nervös genug.«

Er hätte so gerne widersprochen, aber es wäre eine Lüge gewesen. Ihm ging der Arsch auf Grundeis. Ihm war übel. Selbst Sias aufmunterndes Lächeln konnte sein Herz nicht mehr erreichen. Er wollte irgendwie zurück nach Siderit, bezweifelte aber, dass er die Ereignisse hier einfach hinter sich lassen könnte. Sie würden ihn verfolgen. Der Sire wusste, wer er war und wer ihm Paroli geboten hatte. Gut, er war mehr Zuschauer als Akteur gewesen, aber solche Vorfälle sprachen sich wirklich schnell herum. Und da waren noch die 500 am Tag, die wirklich verlockend waren. Hatte man richtig Geld, fand sich immer Schutz und Obdach. Ihm blieb nur die Flucht nach vorne. Die Aussicht auf Rennerei passte also ganz gut.

»Nahrung, etwas Verbandszeug«, murmelte Uruhard, der einen tiefen Blick in seinen eigenen Rucksack warf. Er war, das musste Ryk einräumen, sicher nicht leichter als sein eigener. »Ich besitze keine Waffe.«

»Die besorge ich«, versprach Sia. »Hm, Lampen wären gut.«

»Batterien sind teuer und selten. Hier gibt es Gaslampen im Viertel. Nur die Hybriden haben ordentliche Elektrizität.«

»Ich besorge auch Lampen«, versicherte Sia, deren Gesicht parallel zur Liste der von ihr zu organisierenden Gegenstände länger wurde.

»Lasst uns versuchen, das Gepäck zu tragen«, schlug Uruhard vor. »So können wir am ehesten abschätzen, ob wir noch mehr einpacken können oder vielleicht Mut zur Lücke entwickeln sollten.«

Sein Vorschlag traf sofort auf Zustimmung. Ryk nahm seinen Rucksack, wuchtete ihn auf sein Kreuz und spürte die drückende Last. Um diese aber sicher tragen zu können, musste er die Schultergurte festziehen. Er zögerte unmerklich. Denn er wusste …

Ryk unterdrückte einen Schmerzensschrei. Tränen traten ihm in die Augen, als sich in seinen Achseln nach dem Strammziehen der Gurte ein Stück Schorf löste. Die abgestorbenen Hautteilchen rieselten seinen Ärmel entlang und er spürte die Feuchtigkeit von austretendem Blut. Das war etwas zu heftig gewesen und er hatte zuletzt wenig Gelegenheit zum Einölen gehabt.

Er löste den Rucksack und ließ ihn langsam zu Boden gleiten, wischte sich die plötzliche Feuchtigkeit aus den Augen und war verlegen genug, um für einen Moment nicht hochzusehen. Als er es aber tat, traf sein Blick den der Sängerin, doch ein Vorwurf war darin nicht zu sehen.

»Das hätte ich fast vergessen. Es tut mir schrecklich leid. Ryk, komm mit mir.«

Er sah sie fragend an, folgte dann aber gehorsam. Sia schnappte sich ihre kleine Tasche, die sie meistens mit sich führte, und ging voran ins Badezimmer des Wachtmeisters, das groß und sauber war. Sie sah ihn auffordernd an. Er wusste nicht genau, was sie von ihm wollte.

»Wo überall?«, fragte sie.

»Der Schorf?«

»Der Schorf.«

Ryk wurde ein wenig verlegen. »Unter den Schultern, an den Ellenbogen, an den Knien und in den Kniekehlen, manchmal zwischen den Zehen ...«

»Das ist Fußpilz, das ist was anderes. Füßewaschen ist wichtig.«

Er wurde noch etwas verlegener. Nicht wegen der Füße. Es gab noch eine Stelle. Sia sah ihn forschend an und nickte dann ahnungsvoll.

»Und dann ... an ...«, stammelte er.

»Zwischen den Beinen? Am Hodensack entlang, im Schritt? Das muss übel scheuern.«

Irgendwie nahm die kalte, aber keinesfalls herzlose Tatsachenbeschreibung ihm ein wenig von der Verlegenheit, dennoch nickte er nur. Sia kramte in ihrer Tasche und holte ein Instrument hervor, das wie ein dicker Stab aussah, der oben in einer halben Glaskugel endete, die genau aufsaß. Die Glaskugel glänzte feucht. Ryk hatte so etwas noch nie gesehen.

»Das wird dir Linderung verschaffen«, sagte die Hybride. »Es heilt nicht. Dazu müsste ich dich in eine der Medoboxen stecken, aber dafür bräuchten wir einen Termin und ich bin mir nicht sicher, ob es derzeit ratsam ist, die Gemeinschaft aufzusuchen.«

»Die Drohungen des Sire waren nicht gegenstandslos, hm?«, fragte Ryk voller Mitgefühl.

»Das sind die Drohungen des Sire nie. Das sollte man niemals annehmen. So, zieh dich aus. Komplett, sonst dauert es zu lange.«

Ryk schaute sie entgeistert an.

»Hier? Jetzt?«

Sia sah ihn leicht entnervt an. »Sind alle in Metropole 7 so prüde?«

»Wer nackt ist, ist verletzlich. Wer verletzlich ist, stirbt schnell. Das ist kein Problem von Metropole 7, das ist ein Problem unser aller Existenz.« Ryk sagte es leise, aber mit Nachdruck und Sia nickte langsam.

»Ich entschuldige mich, Ryk«, sagte sie sanft. »Wir Hybriden der zweiten oder dritten Generation ... wir wachsen wahrscheinlich ein wenig behüteter auf als Männer wie du. Das war eine achtlose Bemerkung von mir. Du kannst mir vertrauen. Wir müssen uns vertrauen. Und ich helfe dir jetzt. Zieh dich aus. Du hast nichts, was ich nicht schon einmal gesehen hätte, und ich erwarte nichts Schlimmeres als das, was ich mir schon lebhaft vorstelle.«

Dass Sia sich so etwas vorstellte, war ihm peinlich, aber es gab wohl kein Zurück mehr. Ryk zögerte ein letztes Mal, dann aber spürte er den brennenden Schmerz, wo der Schorf gerade abgebröckelt war, und gab sich einen Ruck. Seine Kleidung fiel zu Boden. Er stand da und fühlte sich unwohl unter ihrem prüfenden Blick. Sie stupste mit einem Finger gegen seinen Bauch.

»Sieh an, ordentlicher Sixpack. Du bist alles andere als schwach, kleiner Springer.«

Wie schade, dachte Ryk. Das einigermaßen ehrlich gemeinte Lob wurde gleich im gleichen Atemzug wieder zunichtegemacht. Sie konnte einfach nicht an sich halten.

In dem Stab glomm ein violettes Licht auf, das durch die gläserne Halbkugel nach draußen schimmerte.

»Es wird warm, aber nicht heiß. Wir nennen es Wundbestrahlung. Außerdem wird ein dünner Gelfilm abgesondert. Er lindert, desinfiziert und regt den Heilungsprozess an. Heb deine Arme. Verdammt. Ryk, das muss schmerzhaft sein. Es tut mir sehr leid.«

Die letzten fünf Worte machten alles wieder gut. Sie waren sehr sanft ausgesprochen, voller Mitgefühl und echter Sorge. Ryks Herz schmolz unter diesen wenigen Silben dahin. Er spürte die Berührung des Strahlstabs, genoss unvermittelt die angenehme Wärme, die das Brennen verschwinden ließ, und fühlte, wie seine Haut sofort geschmeidiger wurde. Mit methodischen und unendlich fürsorglichen Bewegungen fuhr Sia mit dem Gerät die Schorfregionen entlang, vor allem die größten Entzündungen im Achselbereich. Aber sie ließ keine Stelle aus.

Als sie an seinem Geschlechtsteil angekommen war, schob sie mit kühlen, angenehmen Fingern den Hodensack zur Seite und ließ das Gerät seine Arbeit machen. Es war völlig unerotisch, aber auch absolut nicht peinlich. Es war fürsorglich. Es war sehr vorsichtig und behutsam, nahezu respektvoll. Ryk spürte eine plötzliche, dankbare Rührung in sich aufsteigen. Er erinnerte sich nicht daran, diese Empfindung jemals in seinem Leben gehabt zu haben. Verstohlen wischte er sich eine Träne aus dem Augenwinkel. *Fürsorge.* Er musste sich die Bedeutung dieses Wortes vor Augen halten, es war bisher ein sehr theoretischer Begriff in seinem Leben gewesen.

Sia änderte das jetzt. Er war ihr sehr dankbar dafür.

»Tut es weh?«, fragte Sia. »Ich bin fast fertig.«

»Nein«, erwiderte Ryk mit belegter Stimme. »Es wirkt Wunder. Das Brennen, die Verhärtungen ... es ist viel besser. Wie ...« Er zögerte. Wollte er das wirklich wissen? »Wie lange hält es vor?«

Sia blickte zu ihm auf und in ihrem Blick lag etwas Trauer und erneut sehr viel Sanftheit. Sie richtete sich auf, verschloss den Wärmestift mit einem Deckel und ließ das Wundergerät in ihrer Tasche verschwinden. Ryk sah das mit Bedauern. Er hätte die angenehme Berührung gerne noch etwas länger über sich ergehen lassen, aber Sia war überall zugange gewesen und sie neigte zu einer rationalen Nutzung ihrer Ressourcen. Das hatte er mittlerweile gemerkt.

»Ein paar Tage, dann sollten wir es wiederholen. Es ist keine Heilung. Es kann aber geheilt werden. Ich habe die Absicht, mein Versprechen dir gegenüber zu halten, Ryk.«

Das war keine schlechte Aussicht, wie der Springer nun fand. Beides nicht, die erneute Behandlung durch ihre kundigen Hände und das Gerät und die Aussicht auf Heilung. Er behielt das natürlich für sich. Aber als Sia das fast entschuldigend erklärte und ihn mit flehentlichem Blick bat, ihr doch Glauben zu schenken, war er nicht abweisend, weder in seinen Worten noch in seiner Haltung. Wozu sich auch verstellen? Er spürte tiefe Dankbarkeit und ja, sie sollte das gerne wissen, auch ohne viele Worte.

Sia sah ihn an, verstand und lächelte. Sie streckte einen Arm aus, schob eine flache Hand hinter Ryks Kopf, zog ihn an sich und küsste ihn mit einem Hauch weiblicher Wärme auf den Mund.

Er wusste dazu nichts zu sagen.

Und der Kuss war noch wunderbarer als alles, was dieser Wunderstab hatte anrichten können.

Sia sah an ihm hinunter.

»Aha, alles in Ordnung. Nicht übel, Ryk. Wirklich nicht übel.«

Und ja, sie hatte es wieder geschafft, Stolz und Wärme binnen Sekunden in Peinlichkeit und Verlegenheit zu verwandeln, sodass ihm die Schamesröte ins Gesicht schoss.

Er zog sich rasch an.

Uruhard war mittlerweile mit dem Packen fertig und sah seine beiden Gefährten drängend an.

»Das hat lange gedauert!«, sagte er vorwurfsvoll.

»Es war notwendig«, entgegnete Sia.

»Wie geht es dem Jungen?«, fragte der Wachtmeister an Ryk vorbei.

Wie er das hasste!

»Fragen Sie ihn. Es ist seine Krankheit. Es steht mir nicht zu, darüber zu sprechen.«

Und da war sie wieder, ihre Nettigkeit. Ryk war ihr erneut dankbar. Sie spielte auf seinen Gefühlen wie auf einem Klavier. Das war unangenehm und obgleich es ihm sehr schwerfiel, ihr etwas übel zu nehmen, wenn sie so weitermachte ...

»Es geht mir gut«, versicherte er Uruhard, der ihn forschend ansah. »Wir können aufbrechen, wenn es nach mir geht.«

»Ich hole die Gegenstände, die ich versprochen habe. Ich muss nur an mein Reisegepäck«, sagte Sia. »Das ist kein Problem, ich nehme den Nebeneingang zum Haus der Gemeinschaft.«

»Wir warten bis zum Einbruch der Dunkelheit«, entschied der Wachtmeister. »Dann ruht auch vieles im Hive. Alles, was organischen Ursprungs ist, bedarf der Ruhe.«

»Aber wir sollten nicht länger hier warten«, sagte Sia mit besorgtem Unterton. »Der Spindelturm ist zu exponiert. Der Sire wird bald wieder aktiv werden. Und hier weiß er, wo wir zu finden sind. Ich befürchte, wir müssen uns einen anderen Unterschlupf suchen.«

»Wo dann?«

Ryk hob eine Hand. Die Bewegung tat nicht weh. Das Gefühl in seinen Achseln war frisch, angenehm, geschmeidig. Es war ein absolut einmaliges, revolutionäres Empfinden für ihn. Ihm wurde klar, wie lange er sein körperliches Leid schon als selbstverständlich akzeptiert hatte. Sia mochte seine Gefühle durcheinanderbringen, aber sie hatte ihm gleichzeitig die Augen geöffnet für das, was möglich war. Das war wichtiger als alles andere.

»Ich kenne einen Ort«, sagte er dann. »Das Clanhaus steht mir jederzeit offen und es bietet Schutz. Auch der Sire wird es nicht betreten. Ich führe euch hin und bürge für euch.«

7

Springer kamen viel herum und nicht überall waren sie als Überbringer von Nachrichten gerne gesehen – vor allem, wenn es sich um schlechte handelte. Darüber hinaus bildeten sie eine verschworene Gemeinschaft, die darauf Wert legte, die Geheimnisse – oder vielmehr Tricks und Kniffe – ihres Berufes für sich zu behalten. Dass ihrer aller Karriere im Regelfall kurz war und oft tödlich endete, führte ebenfalls zu einem besonderen Zusammengehörigkeitsgefühl. Daher hatten einige Springer, die dann doch überlebt oder rechtzeitig aufgehört hatten, nach ihrem Ruhestand – manchmal aufgrund von Verletzungen, manchmal weil sie zu faul für die großen Anstrengungen des Berufs waren – Gästehäuser eröffnet. In jeder Metropole gab es mehrere, in denen sie ihresgleichen Schutz und Obdach gewährten. Wer das wirklich garantieren wollte, sorgte für entsprechende Aufrüstung, und das Gästehaus in Stink bildete da keine Ausnahme, ganz im Gegenteil. Der Sire war als unangenehmer Zeitgenosse bekannt und trotz der zahlreichen Arrangements, die jeder Betreiber eines Gästehauses mit den lokalen Autoritäten hatte, wurde auch immer dafür gesorgt, dass man auf alles vorbereitet war. Springer halfen Springern. Wer sollte es sonst tun in dieser Welt, in diesen Zeiten?

Ryk war hier durchaus bekannt. Hundertsiebzehn Sprünge gingen an den Kollegen nicht unbemerkt vorbei und seine generell eher umgängliche Art machte ihn durchaus sympathisch. Dass er Gäste mitbrachte, als sie zu dritt das Foyer des Gästehauses betraten, war ebenfalls nicht ungewöhnlich. Zahlende Gäste waren in Begleitung eines Springers durchaus willkommen, wenn sie sich bereiterklärten, ihre Schlafstatt freizugeben, sollte die Kapazitätsgrenze der Herberge überschritten werden. Das geschah sehr selten und so sorgten Gäste für Auslastung und knisternde VE in den Taschen der Betreiber. So viele Springer gab es gar nicht, vor allem nicht zu einer bestimmten Zeit an einem bestimmten Ort. Schon gar nicht in Stink. Normalerweise hielt sich hier niemand länger als nötig auf.

Hinter der etwas ranzig wirkenden Theke der Rezeption stand Olga, die ehemalige Springerin, der dieses Etablissement gehörte. Sie war eine der ältesten noch Lebenden ihrer Profession, vor allem deswegen, weil sie nach weniger als hundert Sprüngen rechtzeitig aufgehört hatte. Ihre wahre Leidenschaft entwickelte sich nun in der Beherbergung, für die sie ein echtes Händchen hatte. Es wirkte außerdem lebensverlängernd und obgleich schon älter, machte Olga einen sehr lebendigen und gesunden Eindruck.

»Ryk! Welch eine Freude für meine alten Augen!«, begrüßte sie den jungen Mann mit einem breiten Lächeln, das ihren voluminösen, von dickem Fett ummantelten Kopf so sehr auszudehnen schien, als drohe er gleich von ihrem Hals zu Boden zu tropfen. Olga ging es in der Tat sehr gut und sie bewies es der Welt, indem sie eine Menge aß, und nur von den guten Sachen. Ihre rosig glänzende Hautfarbe war ein weiterer Beweis dafür, jedenfalls nahm Ryk das an. Er kannte Olga nur so: breit hinter der Theke hockend, lächelnd, aufgeräumt und großzügig, nahezu mütterlich. Rabatt gab es bei ihr aber nicht, nicht einmal für Stammkunden. Beim Geschäft endete die Herzlichkeit. Daher war sie auch wohlhabend genug, um ein Leben an einem Ort wie Stink erträglich zu gestalten.

Ryk ergriff die dargebotene Hand. Sie war weich und sanft, die Haut gut gepflegt, doch als sie zudrückte, offenbarte sich Stahl darunter. Olgas Karriere als Springerin ließ sich nicht verleugnen und trotz des guten Essens war die Arbeit in der Herberge auch nicht ohne. Sie hatte viel Bewegung, daran bestand kein Zweifel.

»Du hast Gäste?« Olga sah die Neuankömmlinge mit einem freundlichen Grinsen an. Ryk ging davon aus, dass sie Uruhard erkannte. Es sprach für ihre Diskretion und Geldgier gleichermaßen, dass sie sich nichts anmerken ließ.

»Für eine Nacht.« Er sah Sia kurz an. »Vielleicht zwei.«

»Deine Freundin?« Olga lachte keckernd. Sie mochte Anzüglichkeiten. Sie war eine stete Quelle sexueller Anspielungen. Keiner fand diese besonders originell, aber Olga amüsierte sich königlich. Ryk hatte die anderen darauf vorbereitet, also verzog niemand eine Miene.

»Nein, Olga. Nur gute Bekannte.«

»Uruhard der Wachtmeister ist ein alter Bekannter?« Sie sah Ryk zweifelnd an. Sie schien ihm nicht allzu viel guten gesellschaftlichen Umgang zuzutrauen. Das war ihr nicht übel zu nehmen. Damit wäre er die große Ausnahme unter den Springern.

»Ist es nicht das Prinzip des Gästehauses, dass keiner Fragen stellt?«

Olga kicherte. »Natürlich. Du hast deine Rechnungen immer bezahlt und du hast hundertsechzehn Sprünge. Das genügt mir. Mit wem du schläfst, ist allein deine Sache.«

Wieder das keckernde Gelächter. Ryk erwiderte es mit einem müden Lächeln. »Hundertsiebzehn.«

»Mein Prinz. Aus dir wird noch ein richtiger Mann.« Wieder ein anzügliches Zwinkern.

Ryk wies auf die Batterie altmodischer Schlüssel im Kasten hinter ihr.

»Was kannst du uns anbieten?«

Olga reichte ihm einen Schlüssel, ein mächtiges, schmiedeeisernes Gebilde. »Zimmer 7. Drei Betten. Kann man auch zusammenrücken, sage ich nichts gegen. 25 VE die Nacht, 30 mit Frühstück.«

Ryk nickte und ignorierte das vielsagende Augenzwinkern ein weiteres Mal. Zu dritt erklommen sie die Treppe zum ersten Stock und betraten bald darauf Zimmer Nr. 7. Einfach, fast karg, aber sauber. Sia und Uruhard waren über den Mangel an Luxus nicht erbost oder enttäuscht. Sie warfen ihre großen Rucksäcke auf die Betten und sahen Ryk auffordernd an. Dies war sein Territorium. Hier trug er die Verantwortung.

Was für ein abscheuliches Gefühl.

»Ich lasse was zu essen bringen. Bleibt hier und ruht euch aus«, sagte er.

»Wohin willst du?«, fragte Sia. Nicht aus Sorge um ihn. Wahrscheinlich eher aus Sorge um ihre Mission und die

Dummheiten, die Ryk anstellen könnte. Er hatte sich ihr Vertrauen gewiss noch nicht verdient.

»Ich muss mich bei Olga blicken lassen. Gehört zum Ritual. Sie möchte Geschichten hören. Teil der Bezahlung. Es dauert nicht lange.«

Er sagte nichts weiter, wandte sich ab und verschloss die Tür hinter sich. Den schweren Schlüssel verwahrte er sicher in der Hosentasche. Er hatte gelogen. Olga wollte keine Geschichten hören, sie war meist viel mehr daran interessiert, welche zu erzählen, und das Gute war: Sie war herumgekommen, kannte viele Leute und war bestens vernetzt. Eine Quelle an Informationen, wenn man ihre Anzüglichkeiten zu ertragen wusste. Normalerweise hörte Ryk einfach zu und aß dabei etwas, ohne sich nachher so genau an das erinnern zu können, was der endlose akustische Wasserfall aus Olgas Mund eigentlich enthalten hatte. Diesmal aber war es anders.

Diesmal hatte er eine Frage.

Olga machte so etwas glücklich. Jede Frage war für sie eine Herausforderung, eine Chance, sich unter Beweis zu stellen. Keine Frage war zu dumm oder zu schwierig. Jede packte sie bei der Ehre, und darauf baute Ryk. Manche nannten sie eine Klatschtante. Ryk war zu dem Schluss gekommen, dass das unfair war. Olga erzählte nicht irgendwas, sie erzählte nur das, von dem sie überzeugt war, dass es der Wahrheit entsprach. Das war ein Filter, der sich in der Vergangenheit als ausgesprochen verlässlich erwiesen hatte, und es war auch heute Abend seine Hoffnung.

»Ryk. Was ist? Schon müde?« Olga zwinkerte ihm zu. »Die Süße ist doch eine Hybride? Ich höre, die werden *nie* müde. Überall Elektromotoren und widerstandsfähige

Gummimanschetten und so. Anstrengende Sache, auch für einen jungen Hengst wie dich!«

Ryk setzte sich auf einen der Hocker vor der Bar, die nahtlos in die Rezeption überging. Olga bewegte sich ungern weit. Er bestellte etwas zu trinken, denn einen Obolus musste man immer entrichten, wenn man Olgas Aufmerksamkeit wollte. Sie *war* wohlhabend.

»Der junge Hengst hat eine Frage an dich«, sagte er dann lächelnd.

»Oh, ich fühle mich geschmeichelt. Ich sag dir, wo es Hybridenmädels am liebsten mögen. Ich kenne das Geheimnis!«

Für einen Moment war Ryk tatsächlich versucht, es sich verraten zu lassen. Doch er konnte sich beherrschen. Er schüttelte den Kopf. »Es ist was anderes.«

Olga war bereit. »Raus damit!«

Ryk holte tief Luft. Die Frage schien zu absurd, aber seit Sia es erwähnt hatte, ließ sie ihn nicht mehr los. Sie lautete: »Kann man auf andere Planeten springen?«

Olga öffnete den Mund, als wolle sie wieder eine Anspielung loswerden, aber ihr Gesichtsausdruck veränderte sich. Sie sah plötzlich sehr neugierig drein. Das war kein Thema, bei dem sie schallend loslachte. Es war für sie von ernsthafter Natur, und das war nicht, was Ryk erwartet hatte.

»Was meinst du genau, Ryk?«

Nein, dieser Tonfall besagte definitiv nicht: »Du hast nicht mehr alle Tassen im Schrank«, sondern eher: »Erzähl mehr, das interessiert mich.«

Ryk räusperte sich, nun plötzlich unsicher, ob er die hohen Erwartungen der Herbergsmutter tatsächlich würde erfüllen können. »Gibt es ... so was wie Triebwürmer ... also, etwas ... oder, anders gefragt ...«

»Raumschiffe.«

»Haben die Viecher des Hives Raumschiffe?«

Olga lächelte. »Der Hive *ist* eins.«

Das war bekannt. Oder vielmehr: Er war einmal eines gewesen. Die Meinungen waren da sehr gespalten.

»Ich meine ... sie sind ja jetzt gelandet und vielleicht fliegen sie eines Tages wieder ab. Aber in der Zwischenzeit ...«

»Die Antwort ist: Ja. Auch, wenn sie nicht wie Raumschiffe aussehen, jedenfalls nicht wie die, die die Union einst geflogen hat. Du weißt, was ich meine. Es sind die Sporenschiffe, oder einfach nur Sporen, die sich manchmal von der Spitze des Hives lösen. Bei sehr klarem Wetter kannst du sie sehen.«

»Ich war bisher immer davon ausgegangen, dass sie irgendwo anders auf der Erde niedergehen und eine neue ihrer komischen Fabriken etablieren.«

Olga zuckte mit den Schultern. »Das kann durchaus sein. Aber das gilt gewiss nicht für alle, mein junger Freund. Es sind in jedem Fall auch dicke Klumpen aus organischem Material und anorganischer Technologie, die regelmäßig von den Hives zu den anderen Welten ihres ... Siedlungsgebiets geschickt werden. Ich weiß nicht, ob sie so was wie eine Besatzung haben. Die Union hat sie damals schon entdeckt, als die allerersten Hivestöcke gelandet waren und der Krieg noch nicht endgültig verloren war. Damals gab es Wissenschaftler, die alles beobachtet haben, soweit sie dazu Gelegenheit bekamen. Sie waren der Meinung, es seien Transporte von Samen, genetischem Material und Informationen. Aber so genau haben sie es wohl nicht gewusst. Oder wenn doch, dann haben wir diese Kenntnisse nicht mehr. Jedenfalls nicht viele von uns.« Olga seufzte. »Es ist lange her. Wir vergessen mit jeder Generation etwas mehr. Oder weiß heute noch jemand, was für schöne Dinge man mit einem Analspreizer machen kann?«

»Mit einem ...?« Ryk hielt inne. Er musste wirklich nicht alles wissen. Außerdem war es gefährlich, das Gespräch in diese Richtung driften zu lassen. »Das heißt also, rein theoretisch, dass man auf eines dieser Sporendinger springen könnte, wie auf einen Muskelzug, wenn man weiß, wo und wann es abfliegt?«

Er bekam jetzt eine Idee, wovon Sia gesprochen hatte – und was für einen Wahnsinn sie sich wirklich vorstellte.

Olga nickte. »Das ist sogar schon passiert. Es gibt Springer, die das gemacht haben, völlig abgedrehte Irre. Eins ist aber bekannt: Jeder Hive hat die Fähigkeit, ein solches Sporenschiff abzusondern, auch unserer hier. Der ist sogar recht aktiv. Allein in diesem Jahr drei Stück, die man direkt nach oben hat abdüsen sehen. Zisch! Irre Geschwindigkeit! Ab ins Weltall!« Sie machte eine entsprechende wilde Armbewegung.

»Du weißt so was?«, hakte Ryk nach.

»Unnützes Wissen, weil niemand damit was anfangen kann.« Sie seufzte. »Wie mit dem Analspreizer.«

Oh ja, sie wollte, dass er danach fragte. Das würde er aber nicht tun. Auch nicht unter Androhung von Folter. Olga wirkte enttäuscht, als sie das erkannte, war dann aber glücklicherweise schnell wieder sehr interessiert am eigentlichen Thema. Sie nickte ihm auffordernd zu.

»Was ist aus jenen geworden, die den Hive hochgeklettert sind wie Bergsteiger oder mit selbst gebastelten Fluggleitern zur Spitze geschwebt sind oder sonst wie den Weg nach ganz oben angetreten haben und dann gesprungen sind – das ist deine nächste Frage, oder?«

Ryk war dankbar dafür, dass sie anfing, sich selbst zu interviewen. »Ja. Was?«

»Keine Ahnung. Niemand hat je wieder was von ihnen gehört. Und nie ist ein Springer von einer der anderen Unionswelten hier angekommen – oder von sonst wo. Starben sie auf dem Weg? Wurden sie entdeckt und zu Biogrundstoff verarbeitet? Erstickt, erdrückt, erschossen? Die Drachen werden die meisten von ihnen erwischt haben. Das sind die Großmäuler der Lüfte und sie dürften jede Annäherung sehr kritisch bewerten. Aber am Ende kann ich nur sagen: Keiner weiß es. Hin und wieder traut sich noch mal einer, aus Neugierde, Geltungssucht oder Wahnsinn. Ich tippe auf Wahnsinn oder Verzweiflung, das ist ja oft nicht zu unterscheiden. Wir hören uns die Geschichten hier an der Theke an, weil sie spannend sind, und wünschen den Irren viel Glück. Viele setzen ihre Pläne dann doch nicht in die Tat um, weil sie vernünftig werden oder die Hose voll haben. Aber es gibt immer ein paar. Und weil das so ist, schauen wir immer, ob ein Hive reif ist und eine Spore abschießt. Was ist, Ryk? Bist du voller Geltungssucht, neugierig oder wahnsinnig? Oder einfach nur verzweifelt?«

Das war, fand Ryk, eine ziemlich gute Frage, die er nicht ehrlich beantworten konnte, ohne weitere Fragen zu provozieren, zu denen er auch nichts sagen wollte.

Er zuckte mit den Schultern, eine Geste, von der sie beide wussten, dass sie erstunken und erlogen war. »Ich frag nur so.«

Olga nickte wissend. *Erstunken und erlogen.*

»Verstehe«, sagte sie.

»Es waren immer Springer?«, fragte Ryk. »Also – die Irren, die es versucht haben?«

»Wer sonst? Wer sonst würde so was wagen? Das machen nur wir. Es bedarf eines gewissen Basisirrsinns, findest du nicht?«

Ganz unrecht hatte sie da bestimmt nicht. Und selbst Ryk, der weder völlig irre noch verzweifelt war, spürte den Reiz der Idee. Der Sprung seines Lebens. Der wäre hundert andere auf der Scorecard wert, mindestens. Wenn man ihn überlebte, was, wie es schien, nicht sehr wahrscheinlich war.

»Wer war der Letzte, der es gewagt hat?«

»Das war vor zehn Monaten. Michael hieß er. Etwas seltsamer Typ. Ich mag Männer mit ungepflegten Bärten nicht. Redete wie ein Wasserfall und hatte zu allem eine Meinung. Das ist eigentlich mein Job. Er war ganz besessen von der Idee. Wollte mal was erreichen im Leben, meinte er. Das schien er wörtlich zu nehmen. Er bereitete sich vor, so gut es ging, und am Abend, als klar wurde, dass der Hive reif war, ist er verschwunden. Keine Ahnung, ob er überhaupt in die Nähe gekommen ist oder nur die Welle gemacht hat, damit ihm mal jemand zuhört. Niemand hat je wieder was von ihm gesehen. Wenn du mich fragst, haben ihn die Großmäuler erwischt. War nicht viel an ihm dran. Ein Schnapp, Kopf ab, wie's halt so ist.«

»Hm.«

Olga schüttelte besorgt den Kopf. »Mach so was nicht, Ryk. Wäre schade um dich. Ich meine das ernst. Wirklich schade.«

Meinte sie es ernst? Bei Olga wusste man nie.

Ryk sagte noch einige beruhigende Worte. Er war sich nicht sicher, ob *er* diese ernst meinte. Die Idee, auf eines dieser Raumschiffe, oder was sie auch waren, zu springen und damit die Erde zu verlassen, erfüllte ihn mit großer Furcht.

Wenn Sia das vorhatte und ihn dabeihaben wollte, weil er ein Springer war, dann ... Er wusste nicht, was er davon halten sollte.

Sia sah es vielleicht als selbstverständliche Idee, eine konsequente Folge dessen, was sie zu tun beabsichtigten. Uruhard wusste wahrscheinlich ebenso viel darüber wie sie und es regte ihn nicht sonderlich auf. Allein der Gedanke, Terra zu verlassen! Für seine Vorfahren mochte das eine Selbstverständlichkeit gewesen sein – aber nicht für ihn.

Nein. Nicht für ihn!

Und vor allem nicht auf diese Art und Weise. Selbstmord. Anders ließ sich das wohl nicht beschreiben, denn er glaubte Olga jedes einzelne Wort.

In düstere Gedanken versunken kehrte er in ihr Zimmer zurück. Draußen wurde es dunkel, vom Viertel der Hybriden schimmerte helles Licht herüber. Das Gästehaus war ebenfalls erleuchtet, wenngleich es nur der trübe, flackernde Schein schlecht funktionierender Gaslampen war. Sia sah ihn prüfend an. Sie lag auf ihrem Bett und las irgendetwas, als er das Zimmer betrat, aber sie sagte nichts. Er wollte seine Angst nicht teilen, fühlte sich in Gegenwart seiner Gefährten mit einem Male unbedeutend, fast feige, und wusste nicht richtig mit seiner Unsicherheit umzugehen. Von der Erde springen. Was für ein irrer Gedanke! Je länger er sich damit beschäftigte, desto tiefer wurde das kalte Entsetzen in seiner Brust.

Ryk ermahnte sich. Es nutzte niemandem, wenn er sich jetzt in etwas hineinsteigerte. Er war müde. Wer müde war, gab sich leichter negativen Gedanken hin. Müdigkeit war kein guter Ratgeber, niemals, vor allem nicht für einen Springer, der doch seine sieben Sinne stets beisammenhaben musste.

»Ich leg mich hin«, sagte er also nur und ignorierte das Gemurmel der beiden. Er wollte nicht einmal wissen, was sie zu sagen hatten, selbst wenn es sich um ihn drehen sollte. Er legte sich auf eines der Betten, streckte sich aus, schloss die Augen und spürte die innere Unruhe im Widerstreit mit der bleiernen Decke der Erschöpfung, die auf ihm zu lasten schien. Er würde nicht leicht Ruhe finden, das wusste er jetzt schon.

Und er würde nicht gut träumen.

Wie kam er nur aus dieser Sache raus?

Und was viel schlimmer war, als letzter Gedanke, ehe ihn die Müdigkeit übermannte: Wollte er das überhaupt?

8

Zwei Stunden Schlaf gönnten ihm seine Begleiter. Es war deutlich nach Mitternacht und somit Zeit, wieder aufzubrechen.

»Draußen ist es ruhig geworden«, teilte ihm Uruhard mit und reichte ihm eine Kostbarkeit aus Sias Vorräten: eine echte elektrische Taschenlampe. Sie hatte eine Kurbel, mit der sie aufgeladen werden konnte. Ryk betrachtete sie beinahe ehrfürchtig. Elektrische Geräte wurden mit jedem Jahr seltener, da es immer weniger Leute gab, die sie reparieren konnten. Hergestellt wurden sie schon lange nicht mehr. Die Menschen plünderten die letzten verbliebenen Habseligkeiten ihrer Vorfahren, doch diese würden nicht mehr lange vorhalten. Sia hatte sich aus ihren eigenen Schätzen bedient, auf die sie als Hybride Zugriff hatte. Im Gegensatz zu Ryk startete sie in ihre Expedition ohne jede vorherige Nachtruhe.

»Ihr wisst, wo wir hinwollen, ja?«, vergewisserte sich der Springer.

»Uruhard führt uns zur richtigen Stelle. Danach übernehme ich«, sagte Sia mit der Bestimmtheit einer Alpha und Ryk nickte nur zustimmend, obgleich er sich dabei eher unbehaglich fühlte. »Ich kann gut im Dunkeln sehen. Wie eine Katze.«

Ryk zuckte mit den Schultern. Er hatte einmal Katze gegessen, mit Kartoffeln. Schmeckte wie Hühnchen, nur etwas zäher.

Sie verließen die Herberge. Unten an der Theke hockte immer noch Olga, den Kopf auf die Arme gelegt. Ihr Oberkörper hob und senkte sich in regelmäßigen Atemzügen. Sie schlief. Verließ sie jemals ihren Posten? Ryk blickte ein wenig traurig zu ihr zurück. Wenn Olga am Morgen das Zimmer aufsuchte, wären sie verschwunden und sie würde denken, Ryk sei auf dem Weg, von Terra ins All zu springen, und damit eigentlich schon tot. Er würde zu einer ihrer Geschichten werden. Das war nicht ganz das Schicksal, das er sich erhofft hatte.

Sie standen im Freien.

»Wir müssen ...«, begann Uruhard.

»Halt!«, sagte Ryk. Er sah Sia an, die ihm bedeutungsvoll zunickte. War Ryk der Erste, der die Präsenz des Fremden spürte? Er war mit einem Mal sehr angespannt, doch Sia zeigte alle Anzeichen, dass auch sie etwas wahrgenommen hatte. Sie konnte wohl wirklich sehr gut sehen im Dunkeln. Oder hören. Es war jemand da, bewegungslos, eine stumme, dunkle Bedrohung vielleicht. Das ging ja gut los. Er beging hier einen großen Fehler!

»Wer ist da?«

Ein großer Schatten bewegte sich aus der Dunkelheit ins Licht der fahlen Gaslampe über dem Eingang. Ryk stockte fast der Atem. Ein Deformierter, kein Zweifel. Wieder ein Grund mehr, Angst zu haben. Ryk ermahnte sich. Nicht so schnell.

Der Mann ... war es ein Mann? Der Deformierte also, groß wie breit, massig, mit Fettwülsten um seinen nackten Bauch herum, starrte sie aus wässrigen Augen an. Er war nicht deformiert, weil er dick war – es gab auch in diesen Zeiten genug Menschen, die reichlich zu essen hatten, manchmal mehr, als gut für sie war. Er war deformiert, weil sein Schädel asymmetrisch war, als ob jemand seitlich auf ihn eingeschlagen hätte und eine Delle geblieben wäre, haarlos, mit blassrosa, fester Haut. Keine Brandwunde. Keine Schlägerei. Er war so geboren, wie viele derer, die in den Metropolen wohnten.

Keiner wusste, warum.

Alle hatten sie Angst vor der rohen Kraft dieser massigen Menschen, die nichts dafürkonnten, wie sie waren. Wer von ihnen Glück hatte, durfte eine Tür bewachen. Die meisten hatten Pech. Sie starben früh. Sie lebten in ihrer eigenen Straße, blieben unter sich und damit waren sie für die meisten Stadtbewohner aus den Augen, aus dem Sinn. Manche verachteten sie, andere machten sich über sie lustig, die meisten ignorierten die Existenz der Defos, soweit das möglich war. Man konnte ihnen nicht immer aus dem Weg gehen, selbst wenn man es sich vornahm.

Ryk erinnerte sich. Er hatte diesen Mann schon einmal gesehen. Vor der Hybridenbar. Ja, der Türsteher, dessen Präsenz ihn damals schon beeindruckt hatte.

»Momo!«, sagte der Defo schwerfällig. Seine rissigen Lippen formten die Laute unter Anstrengung, seine Stimme klang tief und irgendwie ... knarzig. »Ich bin Momo.« Er stand da und schaute Sia an wie ein verliebter Junge. Diese war nun ganz entspannt. Hybride konnten gut mit Defos, sie engagierten sie oft als Wachpersonal für ihre Einrichtungen. Wenn jemand keine Berührungsängste mit ihnen hatte, dann waren es Sias Leute.

»Momo«, sagte sie und nickte ihm zu. »Ich bin Sia.«

»Du hast schön gesungen«, artikulierte er gut, vielleicht schon zu gut. Ryk runzelte die Stirn. Er wusste nicht, dass Defos vollständige Sätze bilden konnten.

»Du hast mich gehört, Momo?«

»Ich stehe an der Eingangstür der Bar. Ich passe auf. Ich greife bei Ärger ein.«

Einer der Glücklichen, ganz offensichtlich. Ein Angestellter der Hybriden, ein privilegierter Defo. Er aß regelmäßig und schlief möglicherweise unter einem Dach. Die Hybriden zahlten ganz gut, hieß es.

Momo hatte seine beiden klobigen Hände ineinander verkrampft. Kein Finger sah aus wie der andere, manche waren dünn und wirkten zerbrechlich, andere waren dick und fleischig. Die Arme waren muskulös und dick wie Oberschenkel. Er war ein Mann voller Kraft, die er bewusst sparsam einsetzte. Er konnte mit jeder unachtsamen Bewegung Verletzungen verursachen. Ryk entspannte sich nun auch. Momo war keine Bedrohung, das war ganz offensichtlich. Seine Gestik machte tatsächlich viel eher deutlich, dass er sich schämte und schüchtern war – ein bemerkenswerter Kontrast zu seiner massiven Gestalt.

»Singst du für mich?«, fragte er leise. Wer jetzt erwartet hätte, dass Sia ihm eine böse Abfuhr erteilen würde, der hatte sich geirrt. Die Sängerin trat auf den Defo zu und berührte ihn ohne Scheu am Arm, etwas, das sich Ryk nicht getraut hätte, der sich angesichts seiner Vorbehalte jetzt ein wenig dumm vorkam, sich fast schon schämte.

»Ich kann jetzt nicht singen, Momo. Wir haben eine gefährliche Mission vor uns.«

»Ich mag die Lieder.«

»Ein andermal.«

»Der Sire mag dich nicht.«

Momo war an einer Position, an der man viel mitbekam, hörte und seine Schlüsse zog. Es war offensichtlich, dass die umständliche, einfache Ausdrucksweise des Mannes keine Rückschlüsse auf seine Aufmerksamkeit zuließ.

»Das kann gut sein«, antwortete Sia.

»Der Sire ist nicht gut zu uns. Ich bin ein Wachmann. Ich bewache Alphas, Betas und Gammas. Ich kann dich bewachen.«

Sia nickte ernsthaft. »Das kannst du ohne Zweifel und normalerweise würde ich dein Angebot gerne annehmen. Aber unser Weg führt uns weit weg und der Sire ist uns auf den Fersen.«

Momo nickte schwerfällig. »Der Sire mag niemanden. Niemand mag den Sire.« Er öffnete seine Hände und streckte einen breiten Daumen in seine Richtung. »Ich mag den Sire auch nicht.«

»Das stimmt. Er ist recht unbeliebt. Aber du lebst in Stink und es soll dir gut gehen. Du dienst den Hybriden. Sie geben dir Obdach und Nahrung.«

Momo beugte sich vor und flüsterte verschwörerisch: »Sie geben mir sogar was zum Kaufen. Ich spare alles. Ich kaufe mir ein Bett.«

Das war keine geringe Investition angesichts Momos Körpermasse.

»Das ist gut. Daher musst du weiterhin arbeiten und uns unseres Weges ziehen lassen«, schloss Sia ihre Argumentation und es schien, als würden ihre Worte bei Momo durchaus fruchten. Er sah sehr traurig aus. Er hatte offenbar in seiner Einfalt auf ein Privatkonzert gehofft und durfte sich glücklich schätzen, keine harte Abfuhr erhalten zu haben.

»Geh jetzt, Momo. Es ist früh am Morgen. Du musst sicher noch arbeiten.«

»Ja, arbeiten«, murmelte der Defo, schaute Sia noch einmal sehnsuchtsvoll an, ließ ein wenig die Schultern hängen und machte sich in die Dunkelheit davon. Trotz seines massiven Körpers bewegte er sich bemerkenswert leise. Ryk sah ihn verschwinden, hörte ihn aber schon bald nicht mehr.

»Arme Schweine«, sagte Uruhard.

»Die schmutzigen Bomben, die wir am Ende auf die Hivestöcke geworfen haben, hätten wir uns sparen können«, erwiderte Sia. »Aber wir waren wohl arg verzweifelt. Und dann kamen die Defos zur Welt. Ich habe andere gesehen, denen es schlimmer als Momo geht. Aber lasst uns nicht länger davon reden.«

Sie sah blass aus, soweit Ryk das erkennen konnte. Das Schicksal der armen Kreaturen ging ihr tatsächlich ans Herz. Ryk wusste nicht, ob das Naivität ihrerseits war oder ein schöner Zug, der von Mitgefühl zeugte und damit ihre menschliche Seite betonte. Er mochte es. Er hatte nie lange über Defos nachgedacht – traf man einen auf der Straße, reichte es meist, ihm aus dem Weg zu gehen – und jetzt empfand er deswegen eine seltsame Schuld.

Sia berührte sie alle, jeden auf seine Weise. So gesehen waren sich Ryk und Momo erstaunlich ähnlich.

»Hier entlang!«, sagte Uruhard. »Und leise. Wir wollen keiner Patrouille des Sire in die Arme laufen.«

So machten sie sich auf den Weg.

Stink war nachts relativ laut für Metropole 7, da hier viel gefeiert wurde. Es schien, dass die unmittelbare Nähe des Hives in vielen das Gefühl der ständigen Verzweiflung erhöhte und sie ein Ventil suchten, um sich der Tatsache zu vergewissern, dass sie noch am Leben waren – oder einfach nur vergessen wollten, wie erbärmlich dieses Leben war. Das bedeutete im Regelfall Drogen und Sex. Der Sire regierte über ein großes, stinkendes Vergnügungsviertel, aber so früh am Morgen schlief auch der heftigste Zecher seinen Rausch aus. Es waren nur wenige Stunden, aber um diese Zeit war Stink tatsächlich ruhig und roch einfach nur erbärmlich schlecht.

Ryk sog prüfend die Luft ein.

Er bemerkte den Geruch schon gar nicht mehr richtig. Man gewöhnte sich wirklich irgendwann an alles.

Sie erreichten unbehelligt den Rand der Stadt und das Müllfeld. Darunter sah man den alten Asphalt mit seinen Markierungen, hergestellt aus dem scheinbar ewig haltenden Plastikbeton der Vorväter. Viele der toten Straßen führten am Müllfeld vorbei bis zum Hivestock, dessen schwarze und massive Präsenz vor dem Sternenhimmel nur zu erahnen war. Das Gebäude mit seinen seltsamen Auswüchsen war in der Regel unbeleuchtet. Großmäuler und Drachen benötigten wenig Licht.

Von dort kam nun, in der Stille des frühen Morgens, ein beständiges Glucksen und Tröpfeln. Die Abfälle des Hives waren am Leben, doch niemand wusste, welches Ziel diese Existenz hatte, welchen Nutzen, falls überhaupt noch einen. Vieles starb nach kurzer Zeit, anderes lebte weiter, wie

Organe, die aus dem Körper entnommen wurden und es dann irgendwie schafften, weiter zu existieren, tagelang auf der blinden Suche nach einem Leib, der sie wieder in Gnaden aufnehmen würde. Wenn die Hybriden sich auf ihre Suche begaben, dann töteten sie, was sie fanden, ein Akt der Gnade, dem niemand widersprach. Noch nie hatte ein Teil des lebendigen Abfalls Intelligenz und Bewusstsein gezeigt. Es gab also keinen Grund, übertriebene Rücksicht walten zu lassen.

»Hört ihr das?«, fragte Ryk, der plötzlich instinktiv zusammengezuckt war. Er war seit der überraschenden Begegnung mit Momo sehr aufmerksam, vielleicht ein wenig paranoid. Nicht jeder nächtliche Besucher mochte so harmlos sein wie der musikbegeisterte Defo.

Uruhard und Sia blieben stehen und lauschten in die Nacht.

»Da ist nichts«, beharrte der Bärtige nach einem Moment. Ryk gab nichts auf seine alten Ohren, er sah Sia auffordernd an.

»Da ist was«, sagte diese sofort. Ihre Stimme hatte nun einen alarmierten Unterton. Die Frau empfand plötzlich Angst, ein schlechtes Vorzeichen. »Schritte. Viele Schritte.«

»Hybriden, die …«, begann der Wachtmeister.

Sia schüttelte den Kopf. »Alphas können die Präsenz anderer Hybriden wahrnehmen. Das sind nicht meine Leute. Das sind …«

Dann sahen sie Fackeln und Klingen, die im Schein der Fackeln funkelten, und Männer, die beides trugen, und schließlich das glänzende Kostüm des Sire, der an der Spitze eines halben Dutzends schwer bewaffneter Gefolgsleute in ihr Sichtfeld trat. Er wirkte gelöst, beinahe heiter, und er hatte auch jeden Grund dazu, denn es waren weit und breit keine Betas und Gammas zu sehen, die jetzt noch hätten eingreifen können.

»Oh«, machte Uruhard. »Keine Samurai. Seine Leibgarde.«

Sie wurden Exekutoren genannt und machten ihrem Namen alle Ehre, wie man hörte. Weitaus mehr als nur eine Leibgarde waren sie eine Truppe dem Sire ergebener Schläger, die vor nichts zurückschreckten, um ihrem Herrn dienlich zu sein. Kein Ehrenkodex, keine Regeln, es galt allein das Wort des Sire – und wie dieses ausfallen würde, war mittlerweile allgemein gefürchtet.

Grobschlächtige Gestalten, massiv gebaut, mit Klingen aller Art, Waffen, die sie mit Sicherheit gut beherrschten. Privilegierte Männer, die zu essen bekamen, gut schliefen, Frauen erhielten, ohne um sie werben zu müssen, und deren Lebensabend gesichert war, denn der Sire kümmerte sich um die Seinen. Darauf achtete er. Sie würden für ihn töten, ohne mit der Wimper zu zucken – jeden, auf den sich der Zeigefinger ihres Herren richtete, egal ob Mann oder Frau, alt oder jung. Diesen Preis zahlten sie gerne.

Ryk machte sich da keine Illusionen. Ihm sank der Mut. Ein Kampf wäre sinnlos. Konnte der Wachtmeister überhaupt kämpfen? Hybride waren dafür bekannt, dass sie sich verteidigen konnten, wenn es darauf ankam. Sia würde sich auf jeden Fall wehren. Doch allein der Gedanke daran, dass diese Schlächter ihre ätherische Gestalt in Stücke hacken würden, ließ in ihm Übelkeit aufsteigen.

Aus einer spontanen Regung heraus trat er vor, beide Hände erhoben, damit der Sire sah, dass er nichts im Schilde führte.

»Springer!«, sagte der Herr von Stink und seine Mundwinkel verzogen sich verächtlich. Er winkte seinen Männern, die sich im Halbkreis um ihn herum aufstellten. Zwei trugen große Laternen, die die unheilvolle Versammlung in einen fahlen Schein tauchten. »Mitgesprungen, mitgehangen, wenn ich das mal so sagen darf. Du hast kein Glück in der Wahl deiner Freunde. Willst du Abbitte leisten, um Gnade betteln?«

»Ich möchte vermeiden, dass hier heute Abend jemand stirbt«, sagte Ryk. Er sprach es laut aus, mit fester Stimme, und gerade deswegen hörte er sich an wie ein Fremder, dem er nur lauschte. Es war, als würde er sich selbst aus der Ferne beobachten. Ihm war auf einmal furchtbar kalt.

Der Sire tat so, als würde er über diese Worte nachdenken, doch er konnte niemanden täuschen.

»*Ich* möchte das *nicht* vermeiden. Ich denke, jetzt ist nicht die Zeit für Gnade. Nein, ich bin davon überzeugt, dass Gewalt unausweichlich sein wird. Armer kleiner Springer. Aber Ihr habt mich auf meinem eigenen Gebiet erniedrigt, habt Euch meinem Willen widersetzt. Das ist nicht akzeptabel. Ihr werdet jetzt an einem dafür sehr geeigneten Ort sterben, hier, auf der Müllhalde. Da modert dann zusammen, was zusammengehört.« Der Sire kicherte. Er war sehr von seinen Wortspielen eingenommen. »Allein die Art Eures Todes ist verhandelbar. Meine Leute sind Profis. Es kann ein schneller, absolut schmerzfreier Streich werden, eine Gnade. Oder ein schön langsames und blutiges Ausweiden. Dann haltet Ihr Eure Gedärme in Händen und fragt Euch, ab welchem Zeitpunkt Euer Leben aus den Fugen geraten ist. Die Antwort lautet: als Ihr Euch mir widersetzt habt. Gebt mir ohne Widerworte die Karte und alle anderen Wertgegenstände. So zeigt Ihr Eure Reue und ich will in unser beiderseitigem Interesse die gnadenvolle Variante befehlen. Widersetzt Ihr

Euch, versucht zu fliehen oder sonst irgendwelche Tricks, wird es eklig. Wie ist Eure Wahl?«

Er sah sie alle abwartend an. Der Sire scherzte nicht. Ryk fiel kein weiteres Wort mehr ein. Die Kälte lähmte ihn und er sah seinen Tod voraus. Er versuchte, ein Zittern seines Körpers zu unterdrücken, aber er war jetzt kein Vorbild.

»Lasst den Jungen gehen«, sagte Uruhard. »Ich stelle mich und kooperiere, aber lasst den Jungen gehen.«

»Ja«, hörte Ryk die sanfte Stimme Sias. »Der Springer ist da reingeschlittert. Verschont ihn und wir geben Euch alles, was Ihr möchtet, Sire.«

Der Herr von Stink sah sehr selbstzufrieden von einem zum anderen, dann drehte er sich halb um und sprach zu seinen Leuten.

»Seht ihr? Am Ende haben sie alle Angst und erkennen nur noch meine Macht an! Warum können nicht alle von Anfang an vernünftig sein und schlicht tun, was ich von ihnen verlange? Mir macht so was doch auch keinen Spaß.«

Einer der Exekutoren nickte. »Wie lauten Eure Befehle, Sire?«

»Hm.«

Der Herr von Stink musterte erneut seine drei Opfer. Dann schüttelte er langsam den Kopf. Er nahm sein weißes Tüchlein, das er wieder unverwechselbar in einer Hand hielt, und tupfte sich mit einer gleichermaßen sinnlosen wie affektierten Geste die Lippen ab, ehe er sprach.

»Nein, nein«, sagte er dann. »Ihr müsst alle sterben. Diese Karte ... diese ganze Idee ... sollte nicht in die Hände dummer Idealisten geraten. Ich habe es immer gesagt. Alles muss mit Euch sterben. Wir wollen doch nicht, dass unnötige

Hoffnungen die Ordnung in Metropole 7 untergraben. Hoffnung führt ebenso wie Verzweiflung leicht zu Revolutionen. Das würde mir doch sehr widerstreben.« Er streckte die flache Hand aus. »Die Karte und alles andere. Jetzt, und Ihr sterbt ohne Schmerz. Aber jetzt sofort.«

Sia sah Uruhard an, traurig und mutlos, ein Anblick, der Ryk berührte, trotz seiner eigenen Angst. Uruhard sah Ryk an, traurig und um Entschuldigung bittend, eine stumme Regung, die dennoch beim Springer ankam. Ryk sah beide an, einen nach dem anderen, Sia etwas länger, den Hauch einer verlorenen Hoffnung im Herzen, was hätte sein können, wenn sie sich ein wenig länger gekannt hätten. Der Sire sah seine ausgestreckte Hand an – die von einer Klinge vom Arm getrennt wurde, den Strom von Blut, der aus dem Stumpf schoss – und öffnete den Mund zu einem Schrei, der in weiterem Blut erstickt wurde, ein Gurgeln nur, als eine Klinge seinen Hals durchbohrte.

Eine Klinge, lang und unendlich dünn, die aus Sias Arm geschnellt war.

Die Exekutoren schrien auf. Sie zogen ihre Klingen und es wurde gefährlich auf dem Müllfeld in dieser dunklen Nacht. Ryk stolperte zurück, spürte Blut an seinen Händen und brauchte eine Weile, bis er merkte, dass es nicht seins war. Dann krachten die Laternen zu Boden und die Beleuchtung erlosch. Er sah nur Schemen, hörte Ächzen und Grunzen und Schreie des Schmerzes, das Geräusch von brechenden Knochen, von Gewebe und Sehnen, die durchschnitten wurden, ein seltsam reißender Laut, das Krachen, als ein Schädel mit etwas Hartem Bekanntschaft machte. Körper fielen zu Boden und Leben erloschen. Schreie zeugten von Schmerz, ihr Abbruch von ...

Dann war es vorbei. Es gluckerte. Ryk wollte gar nicht wissen, woher dieses Geräusch kam.

Jemand stöhnte.

Ein heftiger Fußtritt, ein hässliches Knacken und das Stöhnen verstummte.

»Stirb doch leise!«, sagte eine Stimme missmutig. »Stirb leise und stirb schnell.«

Ryk kannte die Stimme. Mit klebrigen Fingern holte er seine Lampe hervor. Der Lichtkegel traf direkt auf Momos massigen Leib, als er sich Reste von frischem Gehirn von der Tunika wischte, eine unbeholfene und sinnlose Geste, die alles noch viel mehr verschmierte.

Sie hatten Hilfe bekommen.

Ryk versuchte, dankbar zu sein.

»Hallo«, sagte der Defo und brachte ein Lächeln zustande, was ihn nur noch gruseliger aussehen ließ. »Diese Männer waren böse. Sehr böse.« Er sah Sia an. »Sie hätten dich getötet. Das geht nicht. Du singst so schön. Das geht einfach nicht.«

Er beugte sich zu einem der Toten hinab und nestelte mit geschicktem Griff einen Beutel von seinem Gürtel. Dass darin die wertvollsten Habseligkeiten des Verstorbenen enthalten waren, stand außer Zweifel. Und dass Momo sehr genau wusste, wie man aus einer Situation profitierte, eben auch. Er war ein Defo, aber er war auch ein Kind von Metropole 7. Hier lernte jeder schnell, die Gelegenheit zu nutzen.

»Du …«, begann Ryk und räusperte sich. So ein Gemetzel – er stand noch ganz im Bann der Ereignisse. Er hatte viel gesehen, viele unschöne Dinge. Aber in Metropole 7 herrschte eine gewisse Ordnung. Niemand lief metzelnd durch die Straßen, oder jedenfalls kam er nicht weit, wenn er es tat. Daher war Gewalt in diesem Ausmaß kein täglicher Anblick. Nicht einmal ein wöchentlicher. Tatsächlich war er noch nie mit derlei konfrontiert worden.

Momo schaute Sia unbekümmert an.

»Der Sire hatte eine Tasche. Er war der Chef. Du solltest nehmen, was ihm gehörte. Er wollte dich töten.« Momo verzog die Lippen und zeigte jetzt Verachtung. »Er braucht nichts mehr.«

Sia trat vor, ihr Gesicht hart, aber nicht ohne Zustimmung, nicht ohne Erleichterung, und als sie an Momo vorbeiging, legte sie ihm in einer kurzen Geste die schlanke Hand auf den Arm und drückte zu. In Momos Augen leuchtete Dankbarkeit auf. Dann folgte sie seinem Rat und beugte sich über den Körper des Sire. Dem hatte der Defo nicht nur die Hand abgehackt, sondern danach auch den Schädel zertrümmert. Der Kopf des toten Herrn von Stink sah jetzt ein wenig aus wie der seines Mörders, nur eben tot.

Sia öffnete seine reich bestickte Jacke und ignorierte das Blut, während ihre grazilen Finger kundig über die Leiche tanzten. Es hatte etwas ungewollt Erotisches und Ryk konnte den Blick nicht von ihren Bewegungen abwenden. Dann zog sie eine flache Tasche hervor, die sich der Sire um den Bauch gebunden hatte, für jeden unsichtbar und ganz sicher nicht leicht zu stehlen. Momo hatte recht gehabt. So ein Türsteher sah viel. Und ein Defo wurde im Regelfall nie richtig beachtet. Für Leute wie den Sire war er nicht mehr als ein bewegliches, atmendes Möbelstück.

Ryk schwor sich, diesen Fehler niemals zu machen.

Er konnte nicht sehen, was in der Tasche war, Sia ließ sie sofort in ihrer eigenen Kleidung verschwinden. Vielleicht würden sie später Gelegenheit haben, sich um die Beute zu kümmern. Er ging davon aus, dass ein dickes Bündel VE darin enthalten war. Geldnot war jedenfalls nicht ihr Problem.

Ryk widerstand der Versuchung, sich ebenfalls zu bereichern. Der Gedanke, die zermatschten Körper der Toten zu durchsuchen, bereitete ihm Übelkeit. Er war für die Dunkelheit dankbar, und dafür, dass sie nur wenig Licht machten, um keine neugierigen Blicke auf sich zu ziehen.

»Momo«, sagte Sia. »Wir müssen die hier verschwinden lassen.«

Der Defo machte eine vage auszumachende, ausholende Bewegung mit beiden Armen.

»Überall Leichen. Wir schieben sie in die Müllhalde und bedecken sie mit dem Abfall des Hives.« Momo bleckte die Zähne, man sah sie als helle Flecken in der Schwärze seines ungleichmäßig beleuchteten Gesichts. »Abfall zu Abfall. Wie es sich gehört.«

Der Defo hatte eine sehr zynische Sicht auf die Welt. Wer wollte es ihm verdenken? Aber seine Worte entsprachen zu sehr den Äußerungen des Sire, als dass sich Ryk darüber amüsieren konnte. Ihm war nicht mehr so kalt. Jetzt war ihm schlecht. Es stank sehr nach Blut und Urin.

»Kannst du …?«, fragte Sia.

»Ich bin stark«, erwiderte Momo und begann mit einer Arbeit, zu der sich Ryk niemals hätte aufraffen können. Sia leuchtete ihm den Weg. Sie fanden eine Kuhle, aus der die Hybriden wahrscheinlich jüngst etwas geborgen hatten. Die Leichen fanden darin alle Platz. Momo bedeckte sie mit organischem Material, bis die Kuhle aufgefüllt war. Er verteilte einige besonders verweste, extrem stinkende Organfetzen über der Fläche. So schnell würde sie keine Interessenten anziehen. Spuren zu verwischen war nicht nötig. Alles hier war bedeckt von Blut und verschiedenen organischen Flüssigkeiten, Spuren der Hybriden, die sich hier auf die Suche begaben. So lange sie keine anderen Hinweise hinterließen – und Sia hatte darauf geachtet, dass Momo alles mit vergrub –, würde man die Leichen nicht so schnell finden.

Ein kleiner Zeitgewinn. Vielleicht genug, um nach Stink zurückzukehren, wenn alles getan war. Vielleicht auch nicht. Sie hatten den Sire getötet und die Tatsache, dass es in erster Linie Momo gewesen war, würde niemanden interessieren.

Also besser nichts riskieren.

»Ich komme mit!«, sagte Momo, als die grausame Arbeit getan war. Alles stank nach Blut und Eingeweiden und Ryk fragte sich, ob er diesen Geruch jemals wieder loswerden würde.

»Du kommst mit«, bestätigte Uruhard. »Du hast unser Leben gerettet. Es nützt wohl nichts, dir zu sagen, dass wir eine sehr gefährliche Reise vor uns haben?«

»Gefährlich ist gut. Ich bin stark. Ich komme mit.«

Damit war vonseiten ihres neuen Gefährten wohl alles gesagt. Ohne weitere Diskussionen machten sie sich wieder auf den Weg, allesamt froh, den Berg an Leichen hinter sich zu lassen, den ihr neuer Freund gerade produziert hatte.

Die ganze Sache, so fand Ryk, lief mehr und mehr aus dem Ruder.

Momos Anwesenheit hatte aber gerade deswegen etwas sehr Beruhigendes. Doch die Tatsache, dass es gut war, jemanden dabeizuhaben, der schnell und effektiv töten konnte, war wiederum sehr beunruhigend.

Ryk wusste nicht mehr, was er fühlen sollte.

Und dann war da dieses Gefühl, dass ihn anfiel, als er sich mit den anderen abwandte und sie sich auf den Rückweg machten. Es war der Instinkt eines Springers, der vor einer wichtigen Bewegung auf dem Muskelzug etwas Wichtiges vergessen hatte und nicht richtig vorbereitet war. Er konnte seinen Finger nicht drauflegen, aber …

»Sagt mal«, wisperte er. »Wie viele Protektoren waren das gewesen?«

Stille antwortete ihm. Dann, Sia: »Ich habe sechs getötet.«

»Ich habe nicht gezählt«, sagte Momo. »Aber ich habe sechs begraben.« Uruhard schwieg.

»Sechs mit oder ohne den Sire?«, hakte Ryk nach.

»Oh«, machte Sia.

Dann sagte niemand mehr etwas. Ihnen war einer entwischt.

9

Jeder, der bei diesem Anblick an billigen Fäkalhumor dachte, wurde eines Besseren belehrt, wenn er unter der Abfallöffnung des Hives stand. Die Sonne ging langsam auf und daher war gut zu erkennen, wie die an ihren Rändern feucht glänzende, durch lamellenförmige Hautlappen verschlossene Öffnung über ihnen lauerte. Sie hatte einen Durchmesser von gut dreißig Metern und wenn sie sich schmatzend auftat, wurde alles entsorgt, wofür die Herren des Hives keine Verwendung mehr hatten, ob nun organischer oder anderer Natur. Nach welchen Kriterien diese Abfallstoffe für die Ausscheidung ausgewählt wurden, war nicht bekannt. Es gab gewisse Elemente, die sich wiederholten: unfertige Produkte aus der biologischen Produktion, den Defos nicht unähnlich, aber ohne jedes Bewusstsein, Teile von Anlagen des Hives, die abgestorben waren oder anderweitig obsolet, Bruchstücke von Technik, deren Sinn niemand verstand und die gerade einmal als Rohstoffquellen nutzbar waren, und undefinierbare

Brocken von irgendetwas, vielleicht richtige Ausscheidungen, vielleicht Essensreste, vielleicht etwas ganz anderes. Hin und wieder ein Glücksfall, die Art von Dingen, nach denen die Arbeitskolonnen der Hybriden suchten. Eines aber war klar: Man sollte hier nicht stehen, wenn das Tor sich öffnete, denn die Wahrscheinlichkeit, erschlagen zu werden, war nicht gering. Bisweilen wurden die Abfallstoffe mit einem hohen Druck aus dem Loch gestoßen und flogen meterweit durch die Luft, in einem weiten Bogen, der die Gesamtgröße des Müllfeldes überspannte, manchmal fielen sie einfach nur nach unten, ungefähr dahin, wo die vier Reisenden jetzt standen.

Dass der Gestank hier unerträgliche Ausmaße angenommen hatte, war selbstverständlich. Alle, sogar der höchst leidensfähige Momo, trugen nun Filtermasken und die Tatsache, dass das faulige Aroma der Luft selbst durch diese zu erahnen war, zeugte von der Intensität des Geruchs.

Ohne Schutz würde er sofort ohnmächtig werden, davon war Ryk überzeugt. Er wollte so schnell wie möglich von hier weg und hoffte, dass Sia und Uruhard sich schnell orientieren würden. Es gab wenige Orte, an denen er sich weniger gerne aufhielt, und die meisten davon waren Ausgeburten seiner Albträume.

»Dort, an der Wurzel des Hives«, sagte Sia und zeigte in eine Richtung. Ryk kniff die Augen zusammen. Da war in der Tat eine Öffnung, ungleich kleiner, kaum zu erkennen, wie schwach in die feste Materie des Bauwerks eingestanzt.

»Ist das wirklich ein Zugang?«, fragte er kritisch.

»Nein, es ist eine Art Manschette für das dahinterliegende Grabungswerkzeug. Als der Hive damals hier gelandet ist, hat er sich dadurch im Boden verankert. Das Grabungswerkzeug ist seitdem inaktiv, aber der obere Rand der Öffnung ist noch zu erkennen. Man kann ihn aufstemmen«, erklärte Uruhard.

»Warum scheint das jeder hier zu wissen?«

»Es haben schon viele den Hive betreten. Es ist kein besonders gut gehütetes Geheimnis«, erklärte Sia. »Das Problem ist, dass kaum jemand wieder herausgekommen ist. Ich meine ... vielleicht in Teilen, durch das große Loch da oben. Aber selten am Stück und am Leben. Daher nützt diese Information nur den Wahnsinnigen, die es dennoch wagen. Und uns Hybriden, um uns Sachen zu holen, die noch funktionieren.«

»Oder noch leben«, kommentierte Momo.

»Oder noch leben«, bestätigte Sia ohne Scham.

»Wahnsinnige also – wie wir?« Ryk war über Sias Wortwahl ein klein wenig entsetzt.

Sie lächelte ihn beruhigend an. »Alle, die es bisher versucht haben, wollten nach oben – den Hive hinauf, ihn erforschen, ihn bekämpfen, ihn anbeten, weswegen auch immer. Für uns geht es jetzt nach unten, Ryk. Ich glaube nicht, dass das vorher schon mal jemand versucht hat.«

Der Springer fühlte sich nicht wirklich beruhigt, behielt aber jeden weiteren Zweifel für sich. Momo klopfte ihm freundschaftlich und erstaunlich sachte auf die Schulter.

»Ich bin stark«, sagte er, als wäre damit alles gesagt.

Sie gingen weiter, alle erleichtert, aus der unmittelbaren Nähe der Öffnung zu kommen, und als sie die Wurzel des Hives erreicht hatten, wurde erst deutlich, was für ein gigantisches Bauwerk er war. Oder Raumschiff. Oder was auch immer, jedenfalls gigantisch. Ob Ryk nach oben, nach rechts oder nach links sah, überall war die graublau-braune Außenhülle zu erkennen, Heimstatt für Tausende und Abertausende von Wesen, die man nur dann sah, wenn man sich hineinwagte oder der Hive für seine Art von Ordnung sorgte. Was sie dort drinnen taten, wusste niemand genau. Die Herrscher Terras waren in sich gekehrt und auf sich selbst konzentriert und sie reagierten nur auf ihre Außenwelt, wenn diese sie provozierte. Leider hatte bisher niemand feststellen können, worin genau eine Provokation bestand. Irgendetwas hatte zum Untergang der Union geführt. Vielleicht ein falsches Wort. Vielleicht auch nur die Tatsache, dass die Menschheit an sich schon eine Provokation war.

Es war absolut unbekannt, wie es zu diesem Konflikt gekommen war.

Sie würden den Hive nicht fragen können, selbst wenn sie auf diese Idee kämen.

Niemand hatte je mit ihm kommuniziert. Er sprach nur mit Taten und diese Art der Sprache hatte in der Regel sehr schmerzhafte Konsequenzen.

Sie standen vor dem Abdruck der Öffnung in der Haut des Hives und sahen daran Spuren wie kleine Risse und Abschabungen. Glücksritter, Verblendete und Verzweifelte hatte unzählige Male zuvor versucht, in das Bauwerk einzudringen – und einige hatten es auch geschafft, wollte Ryk Sias Worten Glauben schenken.

Die Hybride holte eine Brechstange aus ihrem Rucksack und schwenkte sie einmal um sich selbst, als wolle sie die Lage in ihrer Hand austarieren.

»Soll ich?«, fragte Momo hilfreich.

»Es ist keine Frage der Kraft, sondern der Technik«, erwiderte sie. Dann, mit einem dumpfen Laut, grub sich das spitze Ende der Stange in den gut sichtbaren, feinen Rand der verschlossenen Öffnung. Es war ein bestimmter Winkel oder die genaue Stelle, an der sie ansetzte, jedenfalls führte die Berührung sofort zum Ergebnis, einem schmatzenden Geräusch, mit dem sich das Hüllenteil bewegte. Es glitt zur Seite, eine feine Schleimspur auf der Hülle hinter sich herziehend, und gab den Weg zu einem schmalen, dunklen Gang ins Innere frei.

»Haben wir jetzt nicht eine Art Alarm ausgelöst?«, fragte Ryk besorgt. Er lauschte, hörte aber nichts. War das gut?

»Das kann schon sein«, meinte Sia leichthin. »Aber der Hive ist groß und Eindringlinge waren nie eine echte Gefahr. Außerdem gehen wir nach unten. Sobald wir den eigentlichen Hive wieder verlassen haben, erlahmt die Aufmerksamkeit seiner Bewohner.«

»Weißt du das oder glaubst du es?«, vergewisserte sich der Springer.

»Beides«, sagte Sia kurz angebunden und leuchtete in die Öffnung. Der Gang fiel leicht ab, die Wände waren von einem gräulichen Weiß, uneben und durchzogen von dünnen, bläulichen Linien, Adern gleich, aber ohne jede Bewegung, jede Flüssigkeit oder auch nur ein Pulsieren. *Marmor*, dachte Ryk, der so etwas einmal in den Resten eines alten Gebäudes in Siderit gesehen hatte. *Es sieht aus wie Marmor. Lebender Marmor.*

Wortlos ging Sia los. Ryk folgte ihr impulsiv, er wollte nicht der Letzte sein. Uruhard und Momo drängten sich kurz am Eingang, doch dann gab der Defo nach und bildete das Schlusslicht.

»Bleibt das offen?«, flüsterte Ryk.

»Du kannst laut reden. Hier weckst du niemanden auf«, antwortete Sia. »Die Öffnung schließt sich automatisch. Mach deine Lampe an, es wird gleich richtig dunkel. Hier. Da ist unsere Abzweigung.«

Sie kannte sich aus. Nach wie vor hatte Ryk das Gefühl, Informationen immer nur in kleinen Häppchen zu bekommen. Langsam war er das leid.

Der Weg gabelte sich nicht nach links und rechts, sondern eher nach oben und unten in zwei schmale Gänge – einer führte in den Hive und einer ging in die Tiefe. Ryk konnte deutlich erkennen, wohin es die meisten Besucher gezogen hatte: Überall an der Wand waren Markierungen angebracht, manche nur geritzt, andere irgendwie befestigt, einige tote Dauerlichter, deren Batterien vor endlosen Zeiten den Geist aufgegeben hatten, eine Kette an Spuren, die alle nach oben führten. Da hatten sie alle hingewollt.

»Keine Leichen«, sagte Ryk. Er wollte irgendwie zuversichtlich klingen, aber über Tote zu reden führte meist nicht dazu, dass man sich besser fühlte.

»Die sind weiter oben gestorben, als sie in die aktiven Bereiche jenseits der Wurzel vorgedrungen sind«, belehrte ihn Uruhard geduldig. »Siehst du? Hier unten wird der Hive nicht reagieren, wenn wir keinen Schaden anrichten. Und das wollen wir nicht. Hörst du, Momo?«

»Ich bin stark.«

»So ist es. Deswegen sage ich es noch mal: Nichts kaputt machen.«

Der Defo stieß ein Schnauben es. Es klang nicht nach Opposition, sondern enthielt eher die Botschaft: »Ihr werdet schon sehen – und dann braucht ihr mich!« Ryk kam zu dem Schluss, dass die Gedankengänge ihres mächtigen Begleiters nicht ganz so primitiv waren, wie es zunächst den Anschein hatte. Und er ging davon aus, dass er ganz genau wusste, wann Gewalt angebracht war und wann nicht.

»Auf geht's!« Sia klang zuversichtlich, fast euphorisch, und sie hatte keine Angst. Damit war sie in etwa das Gegenteil von Ryk, dem das sehr peinlich war. Er presste die Lippen aufeinander und schwor sich, erst einmal den Mund zu halten. Er war ein Springer. Er hatte viel gesehen und war Risiken gewöhnt. Es war Zeit, sich ein wenig zu ermannen. Ryk zwang ein zuversichtliches Grinsen auf sein Gesicht und hoffte, es würde nicht allzu verkrampft aussehen.

Seine schauspielerischen Fähigkeiten wurden bei dieser Reise wirklich auf den Prüfstand gestellt.

Sie gingen, Sia voran, die mehr Mut hatte, als gut für sie alle sein konnte. Die Luft war stickig und auf eine unangenehme Art warm. Ryk spürte, wie sich langsam ein dünner Schweißfilm auf seiner Stirn bildete. Es ging abwärts, nicht allzu steil, aber es war offensichtlich, dass dieser Teil des Hives in einem früheren Stadium seiner Entwicklung genutzt worden war. Jetzt war hier glücklicherweise niemand mehr.

»Hier geht es nicht weiter«, sagte Sia nach etwa zehn Minuten mit einem erwartungsvollen Unterton. Sie beleuchtete einen Raum, in dem der Gang endete. Wie eine Grabkammer tief unter der Erde, ein Vergleich, der Ryk, sobald er ihm kam, nicht behagte.

»Wie kommen wir jetzt weiter?«, fragte er.

»Ich habe einen Plan!«

Das war nicht im übertragenen Sinne gemeint. Sia hatte einen zusammengefalteten Plan aus einer Art Plastikpapier, wie es damals in der Union verwendet worden war. Sehr haltbar. Sie holte ihn aus ihrer unergründlichen Tasche und entfaltete ihn.

Sia bemerkte Ryks überraschten Blick. »Ich weiß von der unterirdischen Anlage doch nicht aus alten

Erzählungen«, tadelte sie ihn. »Es gibt einen Lageplan. Wir stehen hier auf dem Dach des obersten Stockwerks des unterirdisch angelegten Flottenhauptquartiers. Hier, schaut her.«

Uruhard beugte sich über die schematischen Zeichnungen. Er murmelte etwas und fuhr mit einem Finger eine Linie entlang. »Das ist die Stadtgrenze von Metropole 7. Hier ist der alte Raumhafen.«

»Raumhafen?«, fragte Ryk.

»Ist jetzt die Müllhalde. Früher flogen von dort Raumschiffe ab. Wenn ich es richtig sehe, sind wir exakt da, wo Sia meint, dass wir sein müssten. Diese fünf Markierungen sind die Eingänge, richtig?«

Die Sängerin nickte. »Und wir stehen auf einem.«

Ryk schaute unwillkürlich zu Boden. »Ich verstehe das nicht. Sollten wir nicht noch im Hive sein?«

»Das sind wir. Der Hive hat sich der Landschaft angepasst, nachdem er hier zur Ruhe gekommen war. Die ganze Triebwerkssektion wurde in den Hivekörper assimiliert und umgeformt. Davon gibt es Filme und Fotos. Ich zeige sie dir bei Gelegenheit.«

»Der Hive kann nicht mehr wegfliegen?«

»Oh doch. Ich bin mir sicher, wenn er wieder einen Antrieb benötigt, erschafft er sich einen. Aber wozu eine Anlage erhalten, wenn man erst einmal ein paar Hundert Jahre auf Terra Rast einlegt. Möglicherweise bleibt er auch für immer.« Sia zuckte mit den Schultern. »Niemand weiß, was der Hive denkt, falls er das überhaupt tut. Er kam, er sah, er siegte und er schweigt.«

Uruhard nickte ihr anerkennend zu. »Die Klassiker. Die kennt kaum noch jemand.«

Ryk fühlte sich für einen Moment einmal mehr aus dem Gespräch ausgeschlossen und räusperte sich, ehe die beiden sich wieder Themen widmeten, denen er nicht folgen konnte. In Sias und Uruhards Gegenwart wurde ihm klar, wie wenig Bildung er genossen hatte. Immerhin befreite ihn das von einigem überflüssigem Ballast. Momo lebte auch ganz gut, und er hatte nie mehr gelernt, als zu sprechen, zu essen, seine Notdurft zu verrichten und Leute zu vermöbeln.

Und siehe, wie weit es ihn gebracht hat, dachte der Springer. Er unterdrückte ein Seufzen. Es half nicht, wenn er seine eigenen Ausreden sarkastisch kommentierte. Es reichte, wenn andere das taten.

»Wie kommen wir also weiter? Graben?«

»Wir lassen graben«, erwiderte Sia. Aus ihrem unergründlichen Rucksack holte sie einen Kasten, an dessen Seiten Lampen leuchteten. Als sie ihn öffnete, drang weißer Nebel heraus. Neugierig beugte sich Ryk nach vorne und verzog das Gesicht. In einem Bad aus künstlichem Eis lag ein grünblauer Wurm, nicht länger als dreißig Zentimeter, aber dick wie ein Unterarm. Durch seinen Körper ging ein sanftes Zittern, als die Temperatur sich erhöhte. Er war zweifellos am Leben, doch Ryk konnte sich nicht vorstellen, was er für sie tun konnte.

Sein Unverständnis war ihm wohl anzusehen, denn Sia zögerte nicht mit einer Erklärung. »Ein Grabwurm. Gentechnologie aus der alten Union. Wir haben einige Exemplare von damals gerettet. Herstellen können wir sie nicht mehr, aber einsetzen schon.«

»Wir? Die Hybriden?«, vergewisserte sich Ryk.

»Wir, das sind vor allem die Apostel«, sagte Sia und nickte Uruhard zu, der ihre Geste erwiderte. »Wir haben alle zusammen ein kleines ... Depot. Für Dinge, die man besser nicht daheim unter dem Sofa aufbewahrt.«

Ryk wollte weitere Fragen stellen, hielt dann aber den Mund, als Sia das Wesen – und darum musste es sich handeln – aus dem Kasten nahm und kommentarlos auf den Boden legte.

»Es erinnert schon an Hive-Tech«, sagte er dann leise, als sich das Ding zu regen begann.

»Deswegen habe ich es mitgebracht. Keine Emissionen, kein Lärm, keine anorganische Technologie. Eine Erfindung des Militärgeheimdienstes.«

Ryk wusste nicht, was ein Militärgeheimdienst so tat oder auch nur genau war, also akzeptierte er die Erklärung als das, was sie war: ein Hinweis auf die Wunder einer längst vergangenen Zeit, die niemals wiederkommen würde. Uruhard und Sia, die Apostel, benutzten öfter Worte, deren Sinn sich ihm manchmal selbst nach einer geduldigen Erklärung nicht erschloss. Das war völlig in Ordnung, wenn der propagierte Effekt eintrat.

Der Wurm wurde aktiv. Die Temperatur war gestiegen, das musste seine Lebensgeister geweckt haben. Ein sanftes, schmatzendes Geräusch ertönte, als würde jemand mit Wohlgenuss eine Mahlzeit zu sich nehmen. Es dauerte einen Moment, bis Ryk merkte, dass exakt das gerade geschah.

Der Wurm fraß. Und er war hungrig. Während er sich in den Boden hineinfraß, wuchs er vor Ryks Augen. Er setzte die Materie, die er aufnahm, sofort um. Ein faszinierender Vorgang, für den Springer absolut unverständlich, aber da weder Sia noch Uruhard auch nur einen Moment beunruhigt schienen, bemühte der junge Mann sich, nur neugierig zu sein. Momo warf dem Fresswurm einen gelegentlichen Blick zu. Der Defo war im Wachmannmodus und beobachtete aufmerksam den Gang, aus dem sie gekommen waren.

Das Schmatzen wurde lauter und intensiver, als würde der Wurm mit jedem neuen Brocken, den er in sich hineinschlang, gieriger. Dann fing er an – Ryk hätte es ahnen sollen –, in den Gang zu scheißen. Eine grünlich braune, feucht glänzende Substanz wurde am hinteren Ende ausgeschieden, manchmal mit solchem Nachdruck, dass es gegen die Wand spritzte. Ryk wurde für einen Moment etwas übel, aber dann stellte er fest, dass sich kein unangenehmer Geruch einstellte. Als sich Sia herunterbeugte, den Zeigefinger in die Wurmscheiße steckte, ein Häufchen ergriff, sich erhob und die Masse nach kurzer, kritischer Musterung in den Mund steckte, musste Ryk erneut ein wenig würgen.

»Was …«

»Unions-Tech«, sagte Uruhard für sie. »Der Wurm produziert ein Nahrungskonzentrat anstatt Abfällen. Sehr hilfreich für längere Geheimmissionen, in denen die Viecher zum Einsatz kamen. Nimm etwas.«

Der Wachtmeister selbst bückte sich, um seine eigene Portion zu ergattern. Er leckte sich die Finger ab, nachdem er sich die Masse in den Mund gesteckt hatte, und zeigte keinerlei Anzeichen des Ekels. »Komm, Ryk. Sehr nahrhaft.«

»Ich habe wirklich keinen …«

»Momo hat!«

Der Defo schob Ryk sanft zur Seite, schaufelte sich eine Handvoll Wurmmist auf die rechte Hand und schob diese ohne weiteres Vertun in den Mund. Dass der Defo damit zurechtkam, wunderte Ryk nicht, er sah so aus, als habe er einen Magen aus Stahl. Das Schlürfen seines neuen, massigen Freundes übertönte für einen Moment sogar die Fressorgie des Wurms, der mittlerweile einen guten halben Meter im Boden steckte.

Bis er plötzlich verschwand.

Es gab ein dumpfes Klatschen, als er auftraf. Brocken des Bodens – seiner neuen Decke – fielen auf ihn herab. Er schmatzte wieder. Offenbar hatte er den Sinn des Lebens für sich entdeckt.

Sia leuchtete durch die Öffnung. Unten erkannte Ryk einen metallischen Boden, bedeckt mit Trümmerstücken, und damit einen Hinweis darauf, dass Sia und Uruhard recht gehabt hatten.

Da war etwas. Möglicherweise sogar das, was sie suchten.

»Wir müssen da runter«, sagte Sia. »Ich muss den Wurm ausschalten, sonst frisst er unentwegt weiter und richtet noch Schaden an.«

»Die Öffnung ist eng«, beklagte sich Ryk. »Vor allem Momo …«

»Ich grabe!«, sagte der Angesprochene.

»Wir haben keine …«, wollte Ryk einwenden, doch er unterbrach sich.

»Ich bin stark!«

Das war ein Satz, der offenbar wirklich jede Diskussion beendete.

Der Defo hatte große Hände, wenn man die unterschiedlichen Fingergrößen aufaddierte, kräftig und mit Hornhaut bedeckt. Er bedurfte keiner Schaufel und machte sich sofort ans Werk.

10

Momo war nicht nur sehr kräftig, er überstand auch den Sprung in die drei Meter unter ihnen liegende Etage und seine Schultern dienten den Nachfolgenden darüber hinaus als Leiter. Er sagte nichts und nickte nur sehr selbstzufrieden, als alle sich an ihm herunterhangelten und ihm auf die Schulter klopften oder anders ihre Anerkennung ausdrückten. Momo *war* stark und er hatte Fähigkeiten, die sie gut gebrauchen konnten, daran bestand nun für niemanden mehr irgendein Zweifel.

Die Architektur hier unten stand in starkem Kontrast zum Hive und Ryk spürte eine seltsame Vertrautheit, als er die weißen Wände mit den Symbolen und Hinweisen der alten Union betrachtete und mit der Hand über das eine oder andere verwitterte Abbild fuhr, als könne er dadurch die Glorie vergangener Zeiten wieder zum Leben erwecken. Die alten Symbole gehörten immer noch zum Kulturgut der Metropole und hatten ihren Ausdruck in der Mode gefunden, zumindest dort, wo noch auf diese Dinge geachtet wurde. Was früher eine technische Bedeutung gehabt hatte, war jetzt nur noch Dekoration oder Ausdruck der Reminiszenz, aber die Darstellungen selbst hatten sich über die vielen Jahre hinweg in das kollektive Gedächtnis der Nachfahren eingebrannt. Hier unten waren sie keine Graffiti oder Stickereien oder Aufnäher. Hier unten waren sie, was sie im Grunde sein sollten.

Auch Uruhard und Sia schauten sich erst neugierig um, bis die Sängerin den dunklen Gang hinunterwies. »Dort entlang. Es muss ein Treppenhaus geben. Es gibt immer ein Treppenhaus.«

»Ich sehe keinerlei Spuren von Kämpfen«, meinte Ryk. »Die Hivesoldaten waren nie hier unten?«

»Sie setzten das Schiff ab, es verband sich schrittweise mit dem Untergrund und widerstand allen Angriffen«, rekapitulierte der Wachtmeister die Ereignisse der fernen Vergangenheit. »Wer auch immer hier unten überlebte, war nicht mal ein Ärgernis.«

»Aber man hätte doch zum Beispiel eine Bombe platzieren können.«

»Hätte man, wenn es nicht schon vorher von vielen versucht worden wäre. Dieser Krieg, Ryk, war eine Geschichte gescheiterter Angriffe, von brachialer Gewalt bis zu wohlfeiler Subtilität. Die Bomben wurden damals immer dreckiger, je mehr die Verzweiflung wuchs.« Uruhard sah zu Momo, der das nicht kommentierte. »Es nützte gar nichts. Die Hivezivilisation ist hoch spezialisiert und hoch differenziert, sie hatte auf alles eine Antwort.«

Ryk schüttelte den Kopf. »Alle sagen, die Hivebewohner besäßen gar keine echte Intelligenz. Wie passt das mit dieser Beobachtung zusammen?«

»Wir wissen es auch nicht genau. Manche sagen, die Symbiose zwischen Technik und organischen Elementen erlaubt eine Art Scheinintelligenz, die letztlich nur aus verbesserter Responsivität auf der Basis von Erfahrungswerten besteht«, erklärte Sia.

Ryk sah sie an, sie erwiderte seinen Blick und erkannte möglicherweise das mangelnde Verständnis, das er natürlich nicht zugeben wollte. »Der Hive lernt und merkt sich Dinge. Er übt sie ein und überträgt Erfahrungen auf seine Mitglieder. Aber er tut dies passiv. Er denkt nicht aktiv nach. Er erfindet nichts. Er stellt keine Fragen. Er sucht nicht nach neuer Erkenntnis. Er überlebt und breitet sich aus, eine wunderbare, perfekt aufeinander abgestimmte interstellare Eroberungsmaschine.«

Ryk verstand. Es war ihm peinlich, dass er nicht jedes Wort kannte, das Sia benutzte. ›Responsivität‹, das musste er sich merken. Es klang sehr gelehrt und sein Mangel an Bildung, vor allem sein beschränkter Wortschatz ... tat manchmal doch etwas weh.

Er nickte. Der Hive reagierte, er agierte nicht. Das warf natürlich erneut die eine Frage auf, auf die es keine Antwort zu geben schien: Wenn das so war, wie hatte dieser verdammte Krieg und damit der Untergang der Menschheit dann überhaupt begonnen?

Er vermutete, dass er auch hier unten keine Antworten darauf finden würde.

Sie machten sich wieder auf den Weg. Es war alles bemerkenswert gut erhalten, sodass Ryk unwillkürlich erwartete, dass jemand um die Ecke kommen würde, gekleidet in eine alte Uniform, sie fröhlich begrüßte und dann in die unterirdische Siedlung hoch entwickelter und ehrbarer

Widerstandskämpfer führte, die nur auf ihren Besuch gewartet hatten.

Eine schöne Illusion, die sich auflöste, als sie über die ersten Skelette jener stiegen, die hier unten gestorben waren. Drei lehnten an einer Wand, als ob sie sich ausruhen würden, etwas eingequetscht zwischen zwei Schränken, die jemand in den Gang geschoben hatte. Als der Scheinwerferkegel über sie hinwegglitt, starrten sie sie, in ihrer Ruhe gestört, etwas vorwurfsvoll an. Alle drei hatten runde Löcher im Schädel und neben ihnen lag eine uralte Handfeuerwaffe. Es bedurfte keiner allzu großen Fantasie, um sich vorzustellen, was sich hier abgespielt hatte.

»Das ist traurig«, sagte Sia bedrückt. Sie kniete nieder und leuchtete auf einen der Toten. »Es waren Hybride jener Zeit.« Ryk sah genauer hin und erkannte das sanfte Schimmern metallischer Bestandteile in den Knochen, in die Substanz hineingewoben mit einer medizinischen Kunstfertigkeit, zu der heute niemand mehr in der Lage war.

»Wappnen wir uns für weitere Begegnungen dieser Art«, empfahl Uruhard mit belegter Stimme. Momo und Ryk sagten nichts mehr.

Sie gingen weiter, die Stimmung nun nicht mehr nur ängstlich, sondern auch bedrückt. Hinter jeder Biegung, jeder halb geöffneten Schiebetür erwarteten sie unwillkürlich stumme Zeugen einer uralten Tragödie. Doch erst als sie in einem großen Raum ankamen, wurde es wieder interessant.

»Die unterirdische Kommandozentrale«, sagte Sia mit Ehrfurcht in der Stimme. Alles war verblichen, angeschlagen, verstaubt und anderweitig verdreckt, das Plastik der Sessel gerissen, sodass das Polstermaterial herausquoll. Bildschirme waren blind, Projektoren zeigten wie dürre Metallfinger in die Luft. Alles war tot und roch nach Verfall, doch gleichzeitig war es grandios. Der Saal war groß, mit zwei Galerien und einer Vielzahl von Arbeitsplätzen. Ein großer Projektor in der Mitte musste dereinst scharfe dreidimensionale Bilder von unvergleichlicher Detailliertheit erzeugt haben. Ryk wusste, wie so etwas aussah, die soliden Erzeugnisse der Union taten in einigen Stadtteilen immer noch ihren Dienst und man konnte alte Filme gucken. Besonders beliebt waren die Werbesendungen über Produkte und Dienste, die es gar nicht mehr gab und die es wahrscheinlich auch nie mehr geben würde. Die Sequenzen waren nicht sonderlich scharf, manche Abschnitte waren der Datenkorruption zum Opfer gefallen. Aber Ryk hatte als kleiner Junge staunend vor den verwaschenen Bildern gestanden. Er konnte manche der Texte mitsingen, auch wenn er nicht immer wusste, was sie eigentlich bedeuteten.

Es fiel ihm leicht, sich vorzustellen, wie es hier ausgesehen haben mochte, als die Union noch die Union gewesen war, in jenen Tagen, als auf diesen Sesseln Männer und Frauen gesessen hatten, eifrig mit dem beschäftigt, was man üblicherweise hier so tat – Ryk hatte keine richtige Vorstellung davon. Damals war alles sauber gewesen, blitzblank, und alles hatte funktioniert. Große Betriebsamkeit stellte Ryk sich vor, aber auch Disziplin, Leute, die wussten, was hier geschah, die Anweisungen gaben, den Überblick behielten, bei denen die ganzen Fäden zusammenliefen. Ohne Zweifel ein Ort der Macht und obgleich diese längst vergangen war, blieb doch ein wenig dieser einzigartigen Aura haften, zumindest für ihn. Das, was sie verloren hatten, wurde ihm hier besonders deutlich vor Augen geführt.

Uruhard und Sia sahen sich um wie Kinder, sie waren auf ihre Weise verzaubert von diesem Ort. Als Sammler alter Artefakte hatten sie eine unmittelbarere Verbindung zur Vergangenheit als Ryk, sie wussten Dinge zuzuordnen, wiesen sich gegenseitig auf kleine Entdeckungen hin und teilten gemurmelte Einschätzungen, ganz in ihre spezielle Wahrnehmung dieses Saals vertieft. Es war der Ort, den Sia gesucht hatte, es war sicher einer, von dem Uruhard geträumt hatte, wenn er durch seine private Sammlung von alten Dingen ging, und es war der Ort, an dem sie zu finden hofften, wonach sie suchten. Schließlich standen sie alle vor einer Konsole, die halb in die brüchige Plastikwand eingelassen war. Sia strich mit einer ehrfürchtigen Geste über die sehr altmodisch aussehende Tastatur.

»Kommandokernzugang«, erklärte sie und es klang so wichtig, dass auch Ryk nicht umhinkam, bedeutungsvoll zu nicken.

»Er braucht aber sicher Energie«, sagte er dann beinahe schüchtern. Das konnte keine peinliche Äußerung sein, es war offensichtlich richtig und er wollte einfach zeigen, dass er mitdachte.

»Es gibt Notbatterien, die für Ewigkeiten gebaut wurden. Wir müssen nur ...« Sias Aussage wurde zu einem unverständlichen Murmeln, als sie die Seite der Konsole betrachtete. »Hier!«, sagte sie laut. »Mit diesem Hebel fährt man die Notbatterie in die Fassung. Wenn die Kontakte noch funktionieren ...« Wieder Gemurmel, dann fasste sie den Hebel, klappte einen Griff aus und drückte ihn mit aller Macht hinunter. Es knirschte und feiner Plastikstaub rieselte hinab. Irgendetwas bewegte sich, man hörte es deutlich.

Für einen Moment passierte nichts. Ein Hauch von Enttäuschung huschte über Sias Gesicht.

Dann flackerten die Lichter. Es gab einen Knall, als andere sofort ihren Geist aufgaben. Irgendwo sprühten Funken. Die alte Anlage wurde mit Strom versorgt, aber er bekam ihr nicht gut. Es war, als würde sich ein alter, kranker Mann mühsam, unter Aufbietung all seiner Kraft noch einmal aus dem Bett erheben. Die Laute klangen manchmal auf irritierende Weise menschlich. Ryk bekam ein wenig Angst, aber Uruhard und Sia lauschten dem akustischen Kaleidoskop mit großer Begeisterung.

Ein Bildschirm auf der Konsole flackerte. Das Bild war verwaschen, es fehlten kleine Teile, wie winzige Löcher, die man hineingestanzt hatte. Das wäre nicht so schlimm, wenn diese nicht über das Bild tanzen würden, ein sehr irritierender Anblick. Dennoch war gut zu erkennen, worum es sich handelte. Das Gesicht eines Mannes mittleren Alters sah sie an. Er trug eine Uniform, die Ryk vage als eine aus der Zeit der Union wiedererkannte. Viele in Metropole 7 trugen Uniformreste von damals, manche Schneider benutzten die Designs zur Anfertigung neuer Kleidung. Ihre Bedeutung hatten sie längst verloren. Für diesen Mann aber hatte die Uniform noch Sinn gehabt und obwohl er sehr müde wirkte, machte er gleichzeitig den Eindruck von großer Entschlusskraft.

»Sie haben den deaktivierten Kommandokern reaktiviert. Dies ist eine automatische Aufzeichnung, die für diesen Fall vorbereitet worden ist. Bitte hören Sie ihr kurz zu, ehe Sie tun, wozu auch immer Sie hierher vorgedrungen sind. Mein Name ist Captain Raf Henderson, ranghöchster überlebender Offizier des Hauptquartiers. Ich zeichne vor der Stilllegung aller Anlagen eine letzte Nachricht auf. Der Hive ist direkt über uns gelandet und gräbt seine Anker in den Boden. Wir haben alle Signale abgeschaltet und die Energieversorgung auf ein Minimum reduziert. Wir werden nicht kämpfen, vor allem nicht hier unten, und uns gehen die Nahrungsmittel aus. Als ranghöchster Offizier habe ich die Anweisung gegeben, die Evakuierung durch die Fluchttunnel vorzubereiten. Wenn man den Hive nicht direkt angreift, lässt er einen in Ruhe. Der Kampf ist verloren, es geht jetzt allein um unser Überleben. Wir nehmen mit, was man bewegen kann, Ausrüstung, Vorräte, Konstruktionsunterlagen, alles. Gleichzeitig lassen wir viel ungenutztes Material zurück, gut in Stasishüllen konserviert. Den KI-Kern schalten wir auf Stand-by. Vielleicht wird er für unsere Nachfahren noch von Nutzen sein.« Henderson schwieg einen Moment. »Wenn wir welche haben. Wer auch immer dies hört, ich bete, dass es Menschen sind, dass ihr noch lebt, vielleicht noch kämpft, aber die Menschheit noch nicht ausgelöscht wurde. Es ist meine letzte Hoffnung, ehe ich mich auch hinausbegebe.« Wieder eine Pause. »Zugang zum KI-Kern nur für autorisiertes Personal. Ich grüße Sie, wer immer mir auch zuhört.«

Das Bild verschwand. Das müde, hagere Gesicht hatte sich Ryk sofort eingeprägt. Er blinzelte, als hätte er ein Trugbild gesehen.

»Henderson«, wiederholte er langsam. »*Der* Henderson?«

»Der Henderson«, bestätigte Sia leise. »Der Alte Henderson.«

»Er war Offizier der Union?«

»Offensichtlich.«

»Ihr habt das gewusst?«

Sia schüttelte den Kopf. »Geahnt vielleicht.«

Ryk zeigte auf die Konsole. »Was meint er mit autorisiert? Wie autorisiert man sich? Der letzte Autorisierte ist doch ewig tot! Das Ding sagt uns gar nichts mehr.«

»Na ja, hiermit natürlich.« Uruhard hielt die Karten aus dem Paket in der Hand und fuhr mit einem schabenden Geräusch durch die Sammlung, bis er fand, was er suchte. »Vor allem diese hier, die wird uns helfen.«

Ryk lugte auf die Karte. Sie war mit Hendersons Namen beschriftet und trug das Bild des Mannes, dessen Aufzeichnung sie soeben gesehen hatten.

»Die genügt?«

»Schauen wir mal.« Uruhard beugte sich über das Kontrollfeld. »Es gibt einen Schlitz dafür. Ich versuche es einfach. Bin mal gespannt.«

Dafür, dass er gespannt war, wirkte er bemerkenswert gelassen, als sei er sich seiner Sache ausgesprochen sicher.

Uruhard schob die Karte hinein. Sofort leuchtete ein bisher kaum erkennbares, handgroßes Feld auf. Mit einer eingezeichneten Handfläche.

»Das sieht wie eine Aufforderung aus«, murmelte der Wachtmeister und legte seine Hand darauf. Dann zuckte er zusammen und zog die Hand reflexartig zurück. Auf der Innenfläche war eine winzige, rote Wunde zu erkennen.

»DNA-Test«, sagte Sia. Sie nickte dem Wachtmeister zu. Ryk sah von einem zur anderen. Sie hatten diese Vorgehensweise erwartet, anders konnte er diesen stillen Austausch nicht deuten.

Die Fläche schimmerte rot. Es tat sich nichts.

»Wie erwartet«, murmelte Uruhard. »Ryk, würdest du bitte?«

»Ich? Wieso ich? Was soll ich tun?«

»Die rechte Hand auf die Fläche legen. Es wird kurz zwicken, aber es tut nicht wirklich weh.« Uruhard lächelte entschuldigend. »Ich war mehr überrascht, obwohl ich mir so was in der Art hätte denken können.«

»Ein DNA-Test? Was ist ein DNA?«

Sia trat neben den jungen Springer und tippte ihm mit dem Zeigefinger sanft an die Brust. »Die DNA beschreibt dein Erbgut. Den Bauplan, aus dem du gebaut bist, Ryk, weitergegeben von deinen Eltern. Die Maschine verifiziert damit die Identität desjenigen, der etwas von ihr will, und das geht offenbar am schnellsten mit einem winzigen Tropfen Blut. Es schadet dir nicht.«

»Aber wieso sollte sie mich anerkennen, wenn sie Uruhard abgelehnt hat?«

Sia nickte. »Gute Frage. Probieren wir es erst mal aus. Okay?«

Ryk sah keinen Grund, es abzulehnen. Jetzt waren sie so weit gekommen, da erschien es durchaus sinnlos, kurz vor dem Ziel aufzugeben. Er ergab sich in sein Schicksal, legte die Handfläche auf das Feld und wappnete sich für den Piks, den er in der Tat kaum spürte. Er nahm die Hand herunter, drehte sich um und zuckte mit den Schultern.

»Seht ihr? Bei mir ist auch …«

»Autorisierung abgeschlossen. Willkommen, Nachfahre von Captain Raf Henderson. Ihnen wird eine Sonderautorisierung zur Datenübermittlung gewährt.«

Ryk stand stocksteif da, drehte sich ganz langsam wieder um und schaute auf das grünlich schimmernde Feld – und auf die plötzlich aufflammenden Kontrollen überall. Es war, als wäre eine Fessel gelöst worden, wie ein Befreiungsschlag. Die Anlage erwachte endgültig zum Leben. Ryk starrte für einen Moment auf die für ihn unverständlichen Anzeigen, dann dämmerte es ihm und er sah Sia und Uruhard an.

Sie hatten ihn verarscht.

Und zwar so richtig.

Die ganze Zeit.

Das Ausmaß dieses Betrugs stand ihm jetzt klar vor Augen. Er unterdrückte den Zorn, der in ihm aufwallte, rang ein wenig um Selbstbeherrschung und zwang sich, ruhig zu sprechen, so ruhig, dass sie beide merken mussten, wie es wirklich in ihm aussah.

»Das war alles geplant«, waren die ersten vier Worte, die er hervorbrachte.

Uruhard sah Sia an. »Ich sagte doch, er ist wahrscheinlich nicht auf den Kopf gefallen.«

»Ich habe dir nicht widersprochen.«

»Redet mit mir, nicht über mich!«, sagte Ryk scharf und stellte mit Befriedigung fest, wie beide zusammenzuckten. »Ihr habt das alles geplant. Es ist kein Zufall, nichts von alledem. Lass mich raten, edler Wachtmeister: Ich bin nicht ohne Grund als Bote deines Pakets auserwählt worden, richtig?«

»Richtig. Ich habe nach dir verlangt, und zwar ausdrücklich.«

Uruhard gab es offen und ohne Scham zu. Seine Ehrlichkeit half, dass sich Ryks Erregung etwas legte.

»Und das Abendessen bei den Hybriden, das Zusammentreffen mit Sia ...«

»Nicht so richtig zufällig«, sagte die Sängerin sanft. »Uruhard und ich kennen uns schon lange, über meinen Vater. Und was wir hier tun und vorhaben ...«

»... ist schon lange geplant«, vervollständigte Ryk. Er hob seine Hand mit dem kleinen, roten Fleck. »DNA oder so, ja? Es geht um mehr als die Karten da.«

»Diese spezielle Karte wäre nutzlos ohne dich. Und wir haben Jahre nach jemandem gesucht, der als Nachfahre von Captain Henderson zweifelsfrei zu identifizieren war«, erklärte Uruhard. »Wir wussten, dass der Alte Henderson weit in die Zukunft gedacht hat, immer das Erbe der Menschheit im Blick. Ein Idealist und Träumer, wenn man so will. Wir waren nach langen Recherchen sehr froh, als wir dich gefunden hatten, Ryk. Du bist in direkter Linie ein Abkömmling des Alten Henderson. Es heißt, er habe seine Verpflichtung, Metropole 7 zu bevölkern sehr ... ernst genommen.«

Ryk fühlte sich, als wäre er gegen eine Wand gerannt. Er schloss seine verletzte Hand, ballte sie zur Faust. Jetzt wurde er wieder wütend. Niemand wurde gerne manipuliert. Und niemand wurde in seinem Wert gerne auf diese ... DNA reduziert. Falls es so etwas überhaupt gab und Sia sich das nicht nur ausgedacht hatte.

Er wusste nicht, was er jetzt noch sagen sollte. Ihm würde etwas Passendes einfallen. Irgendwann. Hoffentlich.

Eines aber musste er zugeben. Ein direkter Nachfahre des nahezu mythischen Gründers von Metropole 7 zu sein, ja, das hatte was. Es nützte ihm nichts und brachte ihn offenbar in Schwierigkeiten und er wollte es nicht zugeben, aber ... es hatte was.

Sia öffnete den Mund und ging einen Schritt auf ihn zu, die rechte Hand zu einer tröstenden Geste ausgestreckt. Was auch immer sie hatte äußern wollen, sie kam nicht dazu.

»Bitte spezifizieren Sie die Art Ihrer Anfrage«, sprach die KI. Dass sie damit Ryk anredete, war nun klar. Und egal wie beleidigt er nun war oder nicht, das hier war wichtig, wichtiger als seine verletzte Eitelkeit. Ryk war kein Kind und er hatte früh gelernt, Verantwortung zu tragen. Das galt auch jetzt.

Er nickte Sia zu. *Später.*

»Frag nach dem Forschungsprogramm ›Letzte Hoffnung‹«, flüsterte Uruhard. Ryk nickte. Wieder etwas, von dem er nichts wusste, aber für das er offenbar ganz praktisch war. Nein, er erinnerte sich. Es musste sich um die Forschungen von Admiral Rothbard handeln, das, was sie alle hier antrieb, wofür sie diese Expedition begonnen hatten.

»Ich benötige Informationen über das Forschungsprogramm ›Letzte Hoffnung‹«, sagte Ryk brav auf.

»Datensätze gefunden. Spezifizieren Sie Ihre Anfrage.«

Uruhard holte Luft, doch Ryk hob seine Hand und unterbrach ihn.

»Ich benötige die Koordinaten der Forschungsstätte. Genaue … galaktische Koordinaten.«

Das Wort kam ihm nicht leicht über die Lippen. Es hatte zuletzt vor vielleicht dreihundert Jahren eine Bedeutung gehabt.

»Bitte bestätigen Sie das Medium.«

Ryk sah Uruhard ratlos an. Der zuckte mit den Schultern. Sia wusste aber offenbar, was gemeint war. »Verlange einen Folienausdruck«, flüsterte sie.

Ryk tat wie ihm geheißen. Die seelenlose Stimme der KI bestätigte. Es gab ein zischendes Geräusch aus dem Inneren der Anlage. »Foliendruck abgebrochen. Einheit irreparabel beschädigt.«

Uruhard zückte einen Notizblock und einen Stift. Metropole 7 war für ihre Papierproduktion bekannt.

»Lass es dir aufsagen, Ryk.«

Der Springer verlangte danach. Die KI ratterte eine lange Zahlenreihe herunter, die der Wachtmeister sorgfältig notierte. Ryk verlangte eine Wiederholung, um ganz sicherzugehen. Uruhard nickte zufrieden. Er hatte die Angaben richtig notiert.

»Sind weitere Angaben notwendig?«, fragte die KI.

»Bitte liste den Status der Vorräte auf«, verlangte Ryk.

»Es gibt keine Angaben. Bei Aufgabe der Station wurden viele Vorräte verteilt. Meine internen Sensoren sind weitgehend ausgefallen. Es gibt keine Angaben. Bitte suchen Sie die Magazine auf. Sie sind nicht verschlossen und größtenteils frei zugänglich.«

»Kein Schatz, Ryk«, murmelte Sia. »Der größte Gewinn sind diese Zahlen.«

»Aber wir haben kein Raumschiff.«

»Noch nicht. Ich weiß, woher wir eines bekommen. Und jetzt frag nach Einsatzanzügen Mark XII.«

»Wie bitte?«

Sia lächelte. »Die dürften nicht mit evakuiert worden sein. Die brauchte nämlich niemand mehr. Uns könnten sie aber sehr helfen.«

Ryk fragte also.

Und wie es schien, gab es noch einen ganzen Raum voll davon. Und er, als Nachfahre des Alten Henderson, hatte Zugang.

Er wollte es nicht zugeben, aber das machte ihm jetzt richtig Spaß.

11

Als Sia sich ohne falsche Scham auszog, erkannte Ryk das Ausmaß ihrer Verletzung.

Aber war »Verletzung« das richtige Wort?

Sie hatten den Raum mit den Anzügen gefunden. Ryks Handfläche hatte zusammen mit der Karte seines Urahns die alte Türverriegelung aufspringen lassen und dann standen sie in dem kleinen Magazin, in dem Säcke hingen, aus denen die Luft gepumpt worden war und die die Einsatzanzüge so eng umschlossen, dass sie aussahen, als hätte man dort gut verpackte Leichen aufgehängt. Auf den ersten Blick etwas erschreckend, aber Ryk hatte schnell verstanden, dass diese massiven Gebilde dazu geeignet waren, ihre Träger zur Not auch jenseits der Atmosphäre am Leben zu erhalten, und ihnen darüber hinaus auf vielfache Weise Schutz gewährten. Sie waren technische Wunderwerke, die er nicht verstand, von denen aber Sia zumindest eine Ahnung zu haben glaubte. Um völlige Gewissheit über die Funktionsfähigkeit der sorgfältig eingeschweißten und für die Ewigkeit verpackten Anzüge zu haben, musste sie einen anziehen.

Und sich dafür entkleiden.

Was sie auch sofort tat, vor den Augen der beiden Männer.

Als Uruhard das hörte, hatte sein Gesicht einen traurigen Ausdruck angenommen. Ryk hatte erst nicht verstanden, warum. Dann hatte Sia begonnen, ihre Kleidung abzulegen, und jetzt verstand auch der Springer.

Er teilte diese Traurigkeit.

Konnte den Blick nicht abwenden.

Sia störte es nicht. Erteilte sie ihm eine Lektion?

Sie war nicht perfekt, wie er feststellen musste. Sie war ganz anders. Sie war nicht abstoßend, nicht für Ryk, aber sie war eine Hybride und sah so aus, wie es im Zeitalter des Niedergangs der Technologie nun einmal aussah, wenn man seinen Körper aufrüstete.

Er bemerkte die feinen Narben, wie Nähte auf ihrer Haut. Über manchen lagen, fein drapiert und durch durchsichtige Klebestreifen fixiert, dünne Gazestoffe, fleckig und feucht. Die Nähte nässten. Unter Sias Haut zeichneten sich Zuleitungen ab. Die eher kruden Operationsmethoden der Hybriden ließen die eleganten Fähigkeiten der guten alten Zeit ganz offensichtlich vermissen. Sias Körper, ergänzt, aufgewertet, verändert, war angezogen das perfekte Abbild einer wunderschönen Frau. Doch enthüllte sie ihre wahre Gestalt, wurde deutlich, wie viel Schein dazugehörte. Sie war eine Frau, besaß alle Attribute von Weiblichkeit und war durchaus attraktiv, aber nicht so wie jemand, der nicht mehrmals unter dem fachkundig geführten Messer eines Hybridchirurgen gelegen hatte.

Sia strahlte eine kalte Sexualität aus. Ryk reagierte auf diese noch mehr als sonst, er war fasziniert und abgestoßen zugleich, vor allem aber unsicher.

Wie würde es sich anfühlen, wenn er sie berührte?

Jeder Hybride war ein permanentes Projekt und bedurfte beständiger Wartung und Nachbesserung, der dauernden Heilung und Pflege. Ein Hybride war ein wenig wie eine Maschine, ein wenig wie ein Mensch und darin ähnelte er den Bewohnern des Hives auf sehr verblüffende Weise. Wenn man es so wollte, konnte man diese Art von Menschen als die nächsten Verwandten der Besatzer bezeichnen, kein schmeichelhafter Vergleich, aber er drängte sich unwillkürlich auf.

Sia legte ihre Kleidung methodisch gefaltet auf den Boden und betrachtete den Anzug, den sie aus seiner Umhüllung befreit hatte, durchaus kritisch.

»Das ...« Ryk hielt inne und räusperte sich. Einen Moment lang versagte ihm tatsächlich die Stimme. Er versuchte, das Gefühl der Beklemmung mit einer Willensanstrengung zu überwinden, doch es wollte ihm nicht recht gelingen.

Sia sah ihn an, bemerkte seinen Blick und lächelte. »Was willst du wissen?«

»Tut es weh?«, sagte er dann.

Sia nickte. »Die Wunden brennen, wenn sie nicht regelmäßig gereinigt werden. Manches Implantat drückt mir auf die Knochen, es ist, als würde ich eine Last mit mir herumtragen. Trage ich unpassende Kleidung, entstehen leicht Druckstellen.« Sie lächelte fatalistisch. »Von innen, weißt du?«

»Warum?«, fragte Ryk. »Ich meine ... warum?«

Sia griff zum Oberteil des Druckanzugs, betrachtete es kurz, verstand die Funktionsweise und öffnete es, um sein

Inneres zu begutachten. Sie wirkte sehr zufrieden mit dem, was sie sah.

»Ich kann so viel mehr«, sagte sie schlicht. »Nicht nur singen, Ryk. Ich sehe, rieche und höre mehr. Ich halte länger durch. Ich lebe länger, wenn ich mich regelmäßig untersuchen lasse, nachjustiert und repariert werde. Ich springe höher und weiter.« Sie sah ihn um Entschuldigung bittend an. »Ich wäre eine tolle Springerin. Möglicherweise besser als du.«

Ryk fühlte sich keinesfalls in seiner Ehre angegriffen. Die Traurigkeit und Unsicherheit, die sexuelle Anziehungskraft dieser Komposition, die Sia ausmachte, bestimmten seine Gefühle.

»Hast du Mitleid mit mir?«, fragte Sia, als sie das Oberteil des Anzugs anlegte.

»Ich ... weiß nicht.« Ryks Mund war trocken. Er hätte gar nicht erst fragen sollen.

»Hab kein Mitleid. Mitleid ist die Erleichterung darüber, dass es einem selbst besser geht. Und die Angst davor, dass es einem selbst einmal nicht gut ergehen könnte. Mich verletzt Mitleid mehr als jede meiner Operationen, Ryk.«

»Ich meine es nicht böse.«

»Es ist kein Vorwurf, nur eine Feststellung.«

Ryk zögerte, aber Sias Stimme und Haltung waren tatsächlich ohne jeden Vorwurf. Es lag eine tiefe, etwas traurige Achtsamkeit darin, sodass er sich ermuntert fühlte, weiterzureden.

»Wie erträgst du den Schmerz?« Eine berechtigte Frage und Sia wusste, was der Schorf ihm für eine Pein sein konnte. Es war nicht so, als hätte er keine Vorstellung davon, immer und immer wieder körperlich zu leiden.

»Ständige Selbstbeherrschung.« Eine emotionslose Aussage, gelassen, nicht um Verständnis heischend. Eine Tatsachenfeststellung. »Der Schmerz sitzt tief oder ist auf der Oberfläche. Ich bin kein vollständiger Mensch mehr. Man bringt Opfer, um den Status eines Hybriden zu erreichen. Diese Opfer sind vielfältiger Natur und nicht in jedem Fall sind sie es wert, gemacht zu werden.«

»Aber sie sind freiwillig?«

»Wir zwingen niemanden.«

»Warum hast du ... das Opfer gebracht? War es einfach nur, dass du besser werden wolltest?«

Sia vervollständigte das Oberteil des Anzugs. Jetzt sah man nur noch ihr breites Becken und die schlanken, wohl proportionierten Beine. Am rechten Oberschenkel lag auf der Haut, wie eine lange, silberne Schlange, halb ins Gewebe eingelassen, eine metallisch wirkende Leitung, die in ihrem Knie endete.

»Mein Vater war ein Hybride, meine Mutter ebenso. Man wächst hinein. Ich hatte immer ein wunderbares Talent für den Gesang. Und es gab Meister unter uns, die über spezielle Technologie verfügten, um dieses Talent zu fördern und zu einer besonderen Meisterschaft zu entwickeln. Es sind hoch angesehene Hybride, die auf eine lange Tradition zurückblicken können. Und das Talent liegt offenbar in der Familie. Ich war der Ansicht, damit etwas geben zu können. Die Zeiten sind hart.«

»Deine Lieder gehen zu Herzen«, murmelte Uruhard und es klang absolut nicht schwülstig aus seinem Mund.

»Danke.« Wieder eine trockene Stellungnahme. Sia fühlte sich nicht geschmeichelt, das erkannte Ryk. Das Lob bedeutete ihr nichts, es war der Akt, der für sie wichtig war. Wie das Springen. Man konnte es gut, man machte sich kaputt damit, man starb vielleicht daran, sicher litt man. Aber es war wichtig. Es war, was man tat. Ryk verstand das wie kein Zweiter.

Sia hatte das Oberteil des Anzugs endgültig geschlossen. Ryk hatte noch einen letzten Blick auf ihre Brüste erhascht – nein, nicht gegen seinen Willen, das wäre gelogen. Nichts falsch, nichts verletzt daran. Sehr ansehnlich. Er schaute schnell weg. Er wollte keinen falschen Eindruck erwecken, der sich dann, das musste er zugeben, durchaus als absolut richtig herausstellen könnte.

Der Anzug zischte. Er passte sich Sias Oberkörper an. Ein sehr sanftes, sehr zufriedenstellendes Summen ertönte. Sia legte den Kopf schräg, als würde sie dem Geräusch lauschen. Dann kamen die Hosen, die in Stiefel übergingen und sich nahtlos mit dem Oberteil verbanden. Es zischte und knisterte, dann saß offenbar alles perfekt.

»Der Anzug funktioniert«, sagte sie.

»Woher weißt du das?«, fragte Uruhard.

»Es hört sich richtig an, es fühlt sich richtig an.«

Ehe der Wachtmeister etwas sagen konnte, hob sie eine Hand und lächelte. »Ich höre mehr, ich fühle mehr. Fühlen, nicht empfinden. Glaub mir, für so was habe ich große Opfer gebracht. Der Anzug funktioniert. Ich werde mich mit ihm unterhalten, sobald er vollständig ist.«

»Mit ihm reden?«, echote Ryk.

»Unionstechnik war größtenteils intelligent oder semiintelligent. Mit einem hochgezüchteten Militäranzug kann man reden. Es heißt, dass sie sogar Witze erzählen können.«

Ryk war sich nicht sicher, ob ihm das Mut machen sollte. Er nahm es zur Kenntnis und würde sich damit auseinandersetzen, wenn sein Anzug anfing, ihm ein Gespräch aufzudrängen. Oder er würde ihn anweisen, den Mund zu halten.

»Gewöhn dich dran. Wir nehmen für jeden von uns einen mit.«

»Für jeden?« Ryk warf einen Blick auf Momo, der die ganze Diskussion mit dem stoischen Gleichmut verfolgte, den er durchgehend an den Tag legte.

»Für jeden. Siehst du diese Lamellen und Manschetten – und hier, die Segmente, die aussehen, als seien sie nur ineinander verhakt? Der Anzug hat zusätzliches Material, das er bei Bedarf nutzen kann. Es gab auch in der Union große und massige Frauen und Männer und auch sie durften solche Anzüge tragen.«

Momo nickte Sia zu, als wisse er genau, wovon sie redete. Wahrscheinlich bestätigte er nur, gleichermaßen groß und massig zu sein und darüber hinaus mit beiden Eigenschaften absolut kein Problem zu haben.

»Dann nehmen wir sie also mit?«

»Jeder trägt einen zusammengefaltet auf dem Rücken. Sie sind dann wie Rucksäcke. Schau her.«

Sia entledigte sich des Anzugs mit sicheren Bewegungen, als hätte sie ihr ganzes Leben nichts anderes getragen. Die technische Intuition der Hybriden war legendär, doch diese mit anzusehen war immer noch etwas Besonderes. Dass sie sich dabei erneut entblößte und damit den forschenden Blicken Ryks aussetzte, bekümmerte sie nicht.

Ihn auch nicht mehr. Sie war kein Wrack, kein Opfer brutaler Metzger, sie war ein Kunstprodukt, ergänzt und erweitert. Man sah es. Es waren auch Verletzungen, aber sie waren freiwillig erfolgt und sie wurden gepflegt. Sia war weiterhin eine schöne Frau, zumindest in seinen Augen. Er weigerte sich jetzt einfach, vor einem Menschen wie ihr irgendeinen Ekel zu empfinden. Es war albern, kindisch nahezu, unfair darüber hinaus, ungerecht ganz sicher und einem erwachsenen Mann nicht angemessen. Er schaute auch nicht weg, weder aus falscher Scham noch, um eine Beleidigung zu vermeiden, denn Sia schämte sich nicht und empfand sein Interesse ganz offensichtlich nicht als Vorwurf oder Anmaßung.

Sie zog ihre normale Kleidung über, faltete den Anzug zusammen und bewies damit ihre Behauptung.

»Das wäre alles«, sagte Uruhard. »Mehr werden wir hier unten nicht erfahren oder finden, jedenfalls denke ich das. Wir haben die Koordinaten und die müssen wir jetzt nutzen. Dazu benötigen wir ein Raumschiff, das uns zu Admiral Rothbard tragen wird. Ich weiß, wo wir eines finden. Dazu müssen wir die Erde verlassen.«

»Jetzt wäre ein guter Zeitpunkt, mir genau zu erklären, was das bedeutet«, sagte Ryk und war über die Festigkeit und Autorität in seiner eigenen Stimme erstaunt. Er stellte fest, dass er sich in die kleine Gruppe einfügte. Es half, dass er nun verstand, welche Rolle er zu spielen hatte. Dass er nützlich war, über seine bescheidenen Fähigkeiten als Springer hinaus. Uruhard und Sia wechselten einen kurzen Blick stummen Einverständnisses.

Uruhard ergriff das Wort. »Du weißt, dass wir über die Sporenschiffe geredet haben. Du weißt, dass wir glauben – wissen –, dass einige davon die Erde verlassen und ins All aufbrechen. Wir haben dir nicht alles berichtet, was die Menschen herausgefunden haben, ehe sie nicht mehr in der Lage zu weiteren Erkenntnissen waren.«

»Was die Apostel bewahrt haben«, sagte Ryk.

»So ist es. Jeder Hivestock ist mit einem anderen verbunden und schickt diesem in regelmäßigen Abständen ein Sporenschiff. Unsere Vermutung ist, dass es vor allem Informationen enthält. Der Hive kennt den überlichtschnellen Funkverkehr genauso wenig wie die Union, im Gegensatz zum überlichtschnellen Raumflug erscheint er unmöglich. Die Union bediente sich damals eines weit verzweigten Netzes an Nachrichtenstationen, zu denen quasi im Stundentakt Hypertorpedos voller Datenspeicher aufbrachen. Die Hivestöcke haben ein vergleichbares Modell. Der Unterschied ist: Von jedem Hive fliegen die Sporenschiffe immer nur zu einem anderen Hive, bis die Informationen in einem Multihive landen, einer Art Netzwerkknoten. Dort werden sie weiterverbreitet. Das bedeutet, unser terranischer Freund hier schickt seine Sporen zum immer exakt gleichen Zeitpunkt zum immer exakt gleichen Ort. Diese Information …«

»Nützt einem wenig, wenn man nicht weiß, wohin genau«, vervollständigte Ryk den Gedanken und fühlte ein wenig Stolz, als er Uruhards anerkennendes Lächeln bemerkte.

»Exakt. Das ist der Clou: Die Erde war nicht der letzte Unionsplanet, der von einem Hive besetzt wurde. Und die Union fand vor ihrem vollständigen Zusammenbruch noch heraus, dass die Sporenschiffe zu einem anderen System aufbrachen, das früher ebenfalls von Menschen besiedelt war. Nicht irgendein System. Es war die Wega. Das sagt dir nichts, aber als wir noch in den Raum geflogen sind, führte kein Weg an der Wega vorbei – sie war einer der wichtigsten Handelsknotenpunkte. Raumstationen, Schiffswerften, zwei bewohnte Welten. Vielleicht sogar größer und wichtiger als Terra. Und während hier der Hive alle Raumschiffe zerstörte, weil die Union unser System mit allergrößter Verbissenheit verteidigte, wurde die Wega entblößt. Sie fiel kampflos in die Hände des Feindes. Und aus diesem Grund ...«

»Sind wir der Ansicht, dass wir dort finden, was wir wirklich brauchen: ein altes Unionsraumschiff, mit dem wir die Koordinaten anfliegen können, die nunmehr in unserem Besitz sind«, vervollständigte Sia den Satz.

Eine wilde Geschichte. Für diese beiden hier ergab sie wahrscheinlich Sinn. Ryk sah Momo hilflos an, aber der Defo grunzte nicht einmal. Wenn er an der Geschichte zweifelte, so ließ er es sich nicht anmerken.

Ryk wollte nichts mehr vorspielen, sich nicht als jemand produzieren, der er nicht war. Er wollte zugeben, wenn er etwas nicht verstand. Es fiel ihm schwer. Warum? Die Antwort war ihm klar, sobald er an die Frage dachte. Weil er vor Sias Augen bestehen wollte. Frauen hatten diese Wirkung auf Männer. Das hatte er schon des Öfteren erfahren. Und jetzt am eigenen Leib. Es war eine beklemmende Regung.

Und der Gedanke ... die Wega. Das war ... faszinierend. Wahnsinn. Der reine Wahnsinn. Aber einer, der eine unerwartet starke Anziehungskraft auf ihn ausübte.

»Wir springen auf eine der Sporen«, sagte Uruhard. Er zeigte auf die Anzüge. »Damit ist das möglich. Darin können wir überleben, egal ob es in einer Spore Atemluft gibt oder nicht.«

»Wie kommen wir in die Nähe? Auf die oberste Plattform? Sollen wir wie die anderen den Hive hochklettern? Das überlebt niemand.«

»Mit einem Gleiter.«

Ryk lachte auf und schüttelte den Kopf. »Davon gibt es vielleicht noch ein Dutzend, alle im Besitz sehr wohlhabender und sehr eifersüchtig auf ihren Besitz achtender Menschen«, gab er zu bedenken.

Eines wusste er genau: Gleiter waren die einzige echte Konkurrenz eines guten Springers – von anderen Springern einmal abgesehen. Sie wurden aber sehr selten verwendet. Es gab keine Ersatzteile mehr und sie waren relativ unzuverlässig, mehr Schmuckstücke und Prestigeobjekte. Etwas, mit dem man mächtig angab. Nichts, mit dem man ein Risiko einging.

»Es gibt aber welche«, sagte Sia.

»Die Hybriden haben Zugriff auf solche Fahrzeuge?«, stellte Ryk die naheliegende Frage.

»Nein. Wir konzentrieren uns auf die Körper, nicht auf den Transport derselben. Wir werden jemanden überreden müssen, uns einen zur Verfügung zu stellen.«

Sia sagte ›überreden‹, doch ihr Tonfall verriet ihre wahren Absichten. Zumindest die Bereitschaft, es nötigenfalls nicht bei einem Überredungsversuch bewenden zu lassen.

Ryk sah wieder Momo an. Der grinste zurück. Momo war stark. Momo war bereit.

Der junge Springer hingegen hatte wieder einmal ein ganz und gar ungutes Gefühl.

12

Nach einem mehrstündigen Marsch durch dunkle Gänge, den Anweisungen des Kommandokerns folgend, kamen sie schließlich wieder an die Oberfläche. Ryks letzte Tat war gewesen, der alten KI die Anweisung zu geben, sich nach ihrem Verlassen der Anlage wieder selbst abzuschalten und auf eine erneute Autorisierung zu warten. Es hatte etwas Tragisches, denn sollte der unwahrscheinliche Fall, dass Ryk hierher zurückkehren würde, nicht eintreten, war dies gewissermaßen das endgültige Todesurteil.

Sie kamen weder im Hive noch in der Stadt heraus, sondern am Rand von Metropole 7. Sie hatten einen halbkreisförmigen Bogen geschlagen, der unter einem Hügel endete. Niemand hatte gewusst, dass hier ein Ausgang verborgen war, und nur die Lagehinweise, die ihnen die alte KI der Anlage zur Verfügung gestellt hatte, wiesen sie darauf hin. Von außen war die Tür nicht zu erkennen und Momo hatte einiges an Geröll und verwachsenen Pflanzen aus dem Weg räumen müssen, ehe sie ans Freie treten konnten. Eine große Erleichterung für sie alle. Der stundenlange Weg durch das unterirdische Labyrinth war deprimierend gewesen, nicht einfach nur anstrengend. Sie hatten einige weitere Skelette gefunden, ein Anblick, an den sich alle recht schnell gewöhnt hatten, dann aber waren da die Graffiti gewesen. Die Soldaten hatten sich vor ihrer Evakuierung durch Henderson noch einmal an den Wänden verewigt. Es musste eine schwere Zeit gewesen sein, den Hive über sich wissend, mit der Gewissheit, den Kampf um die Erde verloren zu haben. Ihre Wandzeichnungen und Notizen drückten diese Gefühle auf unterschiedliche Weise aus. Die Verlierer hatten geflucht, gefleht und vor allem verzweifelte Nachrichten an verschollene Angehörige hinterlassen, die sie wahrscheinlich für immer verloren glaubten. Hoffnung war ein schlimmes Gefühl, es führte zu Illusionen, die einen wechselweise vorantreiben oder niederschmettern konnten. Die an die Wand gekrakelten Botschaften – Aufschreie, Aphorismen, mal zynisch, mal naiv und oft genug anrührend – legten darüber beredt Zeugnis ab. Ryk hatte sie alle gelesen und war das eine oder andere Mal stehen geblieben, um sie genauer zu studieren. Er fühlte sich auf eine seltsame Weise dazu verpflichtet. Es musste doch jemanden geben, der den Altvorderen Respekt zollte und ihre Botschaften zumindest zur Kenntnis nahm. Es sollte nicht alles völlig vergebens gewesen sein.

Henderson, die legendäre Gründergestalt von Metropole 7 und Ryks Urahn, bekam ebenfalls sein Fett weg. Nicht alle schienen damals mit der Anordnung der Evakuierung einverstanden gewesen zu sein. Manche forderten weiteren Widerstand gegen den Hive, andere bezichtigten den Kommandanten der Feigheit. Sarkastische Kommentare über seine

Führungsschwäche waren keine Seltenheit und Ryk fühlte sich dadurch eigentümlicherweise persönlich angegriffen. Er las irgendwann darüber hinweg, aber er versuchte, zu verstehen, wie sein Vorfahr entschieden hatte und warum – und wie er sich dabei gefühlt haben mochte. Es war für Ryk sehr schwer, sich richtig in diese Rolle zu versetzen. Es war alles so weit weg. Eine ganz andere Zeit.

Aber durch ihn war sie trotz all der Jahre mit dem Hier und Jetzt verbunden, eine Verbindung, die er niemals mehr würde lösen können.

Es war nicht so, dass der Alte Henderson jemals ein besonderer Held für ihn gewesen war. Eher eine mythische Gestalt, Teil des lückenhaften Unterrichts, den er genossen hatte. Jetzt, wo ihm klar wurde, wie seine eigene Beziehung zu diesem Mann war, war er plötzlich greifbar, noch greifbarer durch den Besuch der unterirdischen Anlage, die ihm näherbrachte, was damals hier vorgefallen war. Ryk hatte nie so etwas wie ein Geschichtsbewusstsein gehabt, die Vergangenheit war nur eine abstrakte Vorstellung gewesen, Fetzen von Geschichten ohne große Relevanz.

Das hatte sich jetzt ganz grundsätzlich geändert. Alles hier atmete Geschichte. Er atmete Geschichte. Er war nun ein untrennbarer Bestandteil davon.

Er wusste aber noch nicht genau, was das für ihn bedeutete.

Als sie die Anlage verließen, brach die Nacht herein. Es war ein langer Tag gewesen und Ryk spürte die Müdigkeit in seinen Knochen. Aufregung, Anstrengung, Angst – alles Einflüsse, die irgendwann ihren Tribut forderten. Als sie die Lichter von Metropole 7 vor sich sahen, blieben sie stehen und wirkten alle drei für einen Moment ratlos.

»Was tun wir jetzt? Wir können nicht einfach einen Gleiter klauen«, sagte Ryk.

»Heute passiert gar nichts mehr. Wir müssen uns ausruhen. Nach Stink können wir nicht zurückkehren, aber die anderen Stadtteile müssten erst einmal für uns sicher sein. Der Herr von Stink war nicht gerade eines der beliebtesten Ratsmitglieder und niemand wird ihm eine Träne nachweinen«, erwiderte Uruhard. »Und die anderen Stadtherren mischen sich ungern in die Angelegenheiten ihrer Kollegen ein, wenn es sich vermeiden lässt.«

»Aber der Wachtmeister ist desertiert«, erinnerte ihn Ryk. »Das geht alle was an.«

»Denkst du wirklich, ich wäre der Erste?« Uruhard lachte trocken. »Sie erzählen es nicht groß herum, aber die Fluktuation auf diesem extrem langweiligen und sehr stationären Posten ist weitaus höher, als du vielleicht annimmst. Es ist ärgerlich, aber nicht so ungewöhnlich. Ich habe Freunde und Bekannte, bei denen ich immer wohlgelitten bin. Wir sollten einen Ort finden, an dem wir in Ruhe Pläne schmieden können. Andererseits muss das wohlüberlegt sein, ich will ja auch niemanden in Schwierigkeiten bringen.«

Uruhard verstummte und zog die Stirn kraus, während er angestrengt nachdachte. Auch Sia warf einen langen, sinnierenden Blick auf den Stadtrand. Schweigen senkte sich über sie.

Ryk sah von Uruhard zu Sia und zurück, dann dämmerte es ihm. »Ihr habt euch über diesen Schritt noch gar keine Gedanken gemacht«, platzte es aus ihm heraus. »Ihr habt nie damit gerechnet, so weit zu kommen und so viel zu erfahren.«

»Wir ... haben größere Fortschritte gemacht als erwartet«, gab Sia mit betretenem Gesichtsausdruck zu. »Ich gebe zu, dass ich ... angenehm überrascht bin.«

Ryk schlug die Hände zusammen und schüttelte den Kopf. »Ich glaube es nicht! Da lockt ihr mich mit einem von langer Hand vorbereiteten Plan in die Falle und benutzt mich, aber im Grunde habt ihr niemals damit gerechnet, erfolgreich zu sein.«

»Das ist ... leider nicht ganz falsch«, gestand nun Uruhard. »Wir müssen uns wohl bei dir entschuldigen. Andererseits haben wir gewiss nicht vorhersehen können, dass uns der Sire in die Quere kommt – und plötzlich sein Blut an unseren Händen klebt. Das kannst selbst du nicht von uns erwarten, Ryk.«

»Ich möchte gar keine Entschuldigung. Höchstens dafür, dass ihr nicht weit genug geplant habt. Vor jedem Sprung wäge ich die Risiken ab. Das ist eine Angewohnheit, die ich euch auch empfehlen würde.« Ryk spürte beinahe so etwas wie Triumph. Auch Sia und Uruhard kochten nur mit Wasser. Das war eine ungemein beruhigende Erkenntnis. »Wir stehen also jetzt wieder am Anfang.«

»Das kann man so sagen«, murmelte Sia.

»Dann weiß *ich* jemanden, der uns helfen kann. Der uns aufnimmt. Und der für den Sire oder irgendeinen der anderen Herren von 7 wenig bis nichts übrighat. Wir sollten zu Theosius gehen.« Ryk zeigte auf die Stadt. »Sein Haus ist nicht weit von hier, ich kenne die Gegend.«

Uruhard und Sia starrten Ryk entsetzt an, Momo beteiligte sich nicht, denn er wusste wahrscheinlich gar nicht, von wem der junge Springer da sprach, obwohl Ryk sich mittlerweile ermahnte, keine voreiligen Schlüssen über den Defo mehr zu ziehen. Der Wachtmeister und die Sängerin aber kannten den Namen ganz gewiss.

»Woher kennst du Theosius?«, wollte der Bärtige wissen.

»Ich habe ihm Nachrichten gebracht, dreimal.«

»Er hat dich vorgelassen?«

»Er liest gerne Briefe und es gibt noch genug, die ihm schreiben.«

Uruhard räusperte sich. »Theosius ist geächtet.«

Das dachten sie alle. Aber Ryk wusste es ein wenig besser, denn Theosius hatte sich stets als leutseliger und freundlicher Gastgeber erwiesen.

»Er wurde gestürzt. Er lebt und ist guter Dinge. Keiner der Herren mag ihn besonders. Viele andere misstrauen ihm. Sein Leben unterliegt gewissen Restriktionen. Aber er ist keinesfalls geächtet.«

»Das ist eine interessante Interpretation«, sagte Sia. »Wenn ihn keiner mag und ihm viele misstrauen und er alleine und zurückgezogen in seinem Haus lebt, wie ein Überbleibsel aus einem bösen Traum, dann ist er geächtet.«

»Viele hätten es wohl gerne so. Weil sie ihn nicht töten konnten und weil sie immer noch Angst davor haben, es zu tun. Es gibt genug Leute, die noch an seine Ideen glauben und die viel Ärger machen würden, wenn er gewaltsam sterben sollte. Also, er ist da, er lebt, er spricht und er hat ein Haus, das keiner betritt, der nicht über seinen Schatten zu springen imstande ist. Ich weiß, wie man hineinkommt. Theosius ist unser Mann.«

»Wer ist das?«, fragte Momo nun langsam, nachdem er dem Austausch zugehört hatte. Ryk nickte. Es war nur recht und billig, wenn man den Defo einbezog. Er hatte sich die gleiche Behandlung verdient.

»Theosius war der Erste Regent von Metropole 7«, sagte Sia.

»Es gab einen Ersten Regenten?«

»Etwa drei Wochen lang. Dann haben ihn die Stadträte gestürzt. Die Bevölkerung hat damals große Hoffnungen auf Theosius gesetzt, aber es fehlte ihm an Macht, an Durchsetzungsvermögen.«

Momo hob seinen Knüppel. Er hatte ihn sich aus den Schrottteilen im unterirdischen Hauptquartier herausgefischt, mit scharfen, schartigen Kanten. Er lag offenbar gut in seiner Hand. »Das da.«

»Das auch. Er entging dem Tod, da er viele Sympathisanten hatte und die Räte einen langwierigen Bürgerkrieg vermeiden wollten. Eine vernünftige Einstellung. Er wurde in sein Haus verbannt, für drei Jahre. Die sind um, aber er lebt dort immer noch sehr zurückgezogen. Viele denken wahrscheinlich, er sei tot.« Sia sah Ryk an. »Er ist doch noch am Leben, oder?«

»Vor zwei Monaten wirkte er recht lebendig auf mich. Wir haben Tee getrunken. Es war richtiger Tee.«

»Er hat seine Gönner.«

»Armselig lebt er nicht. Das Haus ist groß.« Ryk sah seine Freunde bedeutungsvoll an. »Und ich habe das Gefühl, dass Theosius Sympathie für jene haben dürfte, die den Lord von Stink getötet haben. Wenn ich mich richtig erinnere, war dieser sehr eifrig dabei, als es um den Sturz des Ersten Regenten ging. Zu viel Sympathie bei den einfachen Leuten erschien dem Sire gewiss schon immer verdächtig und Theosius zu stürzen dürfte seine vorzüglichste Pflicht gewesen sein.«

»Vorzüglichste Pflicht?« Sia zwinkerte Ryk zu. »So gewählte Worte?«

»Theosius' Worte. Deswegen meine ich ja – wir sind dort möglicherweise sehr willkommen.«

»Dann ist es entschieden«, sagte Uruhard, nachdem auch Sia keine Einwände erhob und Momo gleichmütig die ihm gegebenen Informationen verarbeitete. »Das Haus des Theosius.« Er nickte Ryk zu. »Du führst uns hin, ja?«

»Es ist nicht weit. Am Stadtrand, wie es sich für ein ordentliches Exil gehört.«

Und so machten sie sich auf den Weg.

Die abendliche Metropole 7 war angefüllt von den Gerüchen und Geräuschen jener Phase des Tages, zu der viele mit der Arbeit aufhörten und jene kurze Zeit nutzten, in der es nichts zu tun gab. Für viele aber war das Konzept von Freizeit entbehrlich: Die engen Straßen um die teilweise aus alten Ruinen wiederhergestellten, teilweise neu errichteten Gebäude waren voll mit Ständen, Garküchen und Verkäufern, die jedem Passanten ihre Bauchläden entgegenstreckten. Laternen mit Kerzen, flackernde, alte LED-Leuchten, die gelegentliche Karbidlampe, alle erhellten die engen Gassen unzureichend und boten ein ideales Biotop für Taschendiebe, vor allem jene, die noch sehr jung und sehr flink waren und durch die Menschenmassen schossen wie Fische durchs Wasser. Die Gespräche des Abends erfüllten die Straßen ebenso wie die Musik aus den halb geöffneten Zugängen zu Bars und Restaurants, kleinen Imbissen wie großen Trinkhallen, die nun ihr Geschäft machten. Auch auf den Straßen boten manche Künstler ihre Arbeit an, entweder in der Hoffnung auf ein Almosen oder auf ein Engagement. Der Geruch gebratenen wie auch verbrannten Fleisches hing schwer in der Luft, dazu die lockenden Versuchungen aus den Rauschhöhlen, deren dichte Dampfschwaden ihren Weg ins Freie fanden und Vergessen versprachen. Andere Etablissements boten traditionelle Vergnügungen anderer Art an, mit Männern und Frauen in knapper Bekleidung und mit meist gelangweilten Gesichtsausdrücken, die mechanisch vor rötlich schimmernden Lampen posierten. In den kleinen Krämerläden deckten sich Bürger mit Dingen des täglichen Bedarfs ein und überall wurde gehandelt, mal leise und konzentriert, mal laut und gestikulierend, aber in den meisten Fällen mit einem für beide Seiten zufriedenstellenden Ergebnis.

Dies war die Seite von Metropole 7, die Ryk mochte. Diese Mischung aus Gerüchen und Geräuschen, aus Zielstrebigkeit und Müßiggang, aus Zuversicht und völliger Selbstaufgabe, alles fokussiert auf die engen Gassen rund um die großen Zentralplätze, die jedes der höchst diversen Stadtviertel ausmachten. Hier zeigte die Menschheit, dass sie lebte. Vielleicht im Schatten des Hives, der in den abendlichen Himmel aufragte wie ein drohendes Menetekel und selbst meist keine Lampen aktivierte, wenn es dunkel wurde, sodass es den Bemühungen der Menschen oblag, sich und die Umgebung in ein fahlweißes Licht zu tauchen. Dazu kamen die schillernden Lampen der Muskelzüge, die unentwegt die Schienen entlangstrebten und die Fabriken da draußen mit dem Hive verbanden wie Blutbahnen. Diese schnellen, flackernden Lichter hatten Ryk damals als kleiner Junge besonders fasziniert. Sie hatten dazu geführt, dass er Springer geworden war.

Das und die Aussicht, damit einen Schlag bei den Frauen zu haben und gutes Geld zu verdienen.

Hatte nicht immer so funktioniert.

»Hier entlang!«, sagte Ryk. Sie befanden sich nun im Stadtviertel Schimmer, das unter der Herrschaft von Lea Taka stand, einer wohlwollenden Stadträtin, die dafür bekannt war, die Leute in Ruhe zu lassen, soweit sie keinen

Ärger machten. Nicht zuletzt deswegen war Theosius' Exil am Rande ihres Einflussbereiches eingerichtet worden, in der korrekten Annahme, dass beide Persönlichkeiten einander geflissentlich ignorieren würden und daher der Friede nicht in Gefahr sei.

So war es auch geschehen, ein Arrangement, das in aller Interesse zu sein schien.

Sie durchquerten das pulsierende Leben, ohne richtig an ihm teilzunehmen, und obwohl sie keinesfalls wie Fremdkörper wirkten, fühlten sie sich so. Sie ignorierten die Aufforderungen und Angebote und bahnten sich ihren Weg. Momo ging voran. Man machte ihm bereitwillig Platz und niemand versuchte, ihm etwas zu verkaufen, nicht einmal diejenigen, die besonders verzweifelt nach Geld Ausschau hielten. Defos, nahm man an, hatten kaum Geld und wenn, gaben sie es für die absoluten Notwendigkeiten des Lebens aus. In seinem Fahrwasser kamen sie gut voran. Allein Ryk empfand ein wenig Wehmut. Er wäre gerne eingekehrt, zu einer anderen Zeit und zumindest teilweise in anderer Gesellschaft, ohne drängende Probleme und Absichten auf der Seele. Es schien, als sei diese Gelegenheit ein für alle Mal verstrichen, und er fragte sich, ob er Metropole 7 jemals wiedersehen würde, sollte ihre abenteuerliche Absicht gelingen, Terra zu verlassen.

Der Gedanke schmerzte ihn ein wenig. Dies war seine Heimat. Eine stinkende, lärmende und nicht ungefährliche Heimat, aber der Ort, an dem man ihn kannte und er wusste, mit wem er es zu tun hatte. Ihn zu verlassen, dauerhaft möglicherweise, erfüllte ihn kurzzeitig mit einer Art von Grauen, das er nie zuvor empfunden hatte.

Er blendete das Treiben um sich herum aus, als er an diesem emotionalen Punkt angekommen war. Es erschien ihm nun wie eine Verheißung der Vergangenheit, die mit seiner Gegenwart und seiner Zukunft nichts mehr zu tun hatte.

Theosius' Haus lag in einer Seitengasse, abseits des Trubels, und während das Pflaster der Straße selbst hier zu wünschen übrig ließ, zweifelte niemand, der das Gebäude betrachtete, am Rang des dort Lebenden. Eine weiß getünchte hohe Mauer mit einem meisterhaft geschmiedeten metallenen Gittertor als Zugang umgab das Grundstück. Die Verzierungen hatten möglicherweise eine Bedeutung, doch obgleich manche eine Wissenschaft daraus gemacht hatten, welche subtilen Botschaften der Exilant dadurch dem zufälligen Beobachter vermitteln wollte, war noch keiner darauf gekommen. Ryk vertrat die Auffassung, dass sie einfach nur gut aussehen sollten.

Ein kurzes Band hing neben dem Gitter aus der Mauer und Ryk zog daran, in der Gewissheit, dass irgendwo im Haus eine Glocke ihre Ankunft signalisieren würde. So hatte er bei seinen bisherigen Besuchen jedenfalls immer auf sich aufmerksam gemacht. Trotz dieser Erfahrung erfasste ihn doch eine gewisse Nervosität und die selbstsichere Zuversicht, die ihn bisher vorangetrieben hatte, verflog. Natürlich, Theosius blieb eine gute Wahl. Aber es war keinesfalls gesichert, dass er sich der vier Flüchtlinge annehmen würde. Möglicherweise wollte er sich mit dem Stadtrat gutstellen und würde sie nach Stink ausliefern. Es war sehr unwahrscheinlich, aber wer wusste schon, was die Mächtigen – oder die ehemals Mächtigen – wirklich dachten? Ryk war sich der Tatsache bewusst, dass es jetzt zu spät war, um seinen Vorschlag noch zu bereuen.

Jemand trat ans Tor, eine verhutzelte Gestalt in einer Art Kutte, die Kapuze tief ins Gesicht gezogen. Die Stimme der

Gestalt klang krächzend, alt und angestrengt. »Wer begehrt Einlass?«

Und normal reden konnte sie auch nicht. Niemand begehrte heutzutage Einlass. So wurde man, wenn man zu viel in den überlieferten Schriften las: unverständlich.

»Wir wollen Theosius treffen«, sagte Ryk.

»Ich fragte ›Wer?‹, nicht ›Was?‹!«, wies die Gestalt ihn sogleich zurecht. »Also?«

Ryk räusperte sich schuldbewusst. Er machte diesen Fehler jedes Mal.

»Ich bin Ryk, ein Springer. Ich habe Ihrem Herrn schon mehrmals die Post gebracht. Das da ist Sia, die hybridische Sängerin, und Uruhard, vormals Wachtmeister in Stink. Momo ist ein Defo.« Ryk zögerte, als die Gestalt nicht reagierte. »Er ist ungefährlich, bestimmt.«

Die Kapuze drehte sich in Richtung Momo und musterte ihn. Momo stand ungerührt da, den mächtigen Prügel an den Gürtel gebunden. Er wirkte alles andere als ungefährlich, das musste Ryk einräumen.

Es kam Bewegung in den Kapuzenträger. Er entriegelte die Gittertür und diese öffnete sich lautlos. Eine einladende Handbewegung folgte. Die Gruppe zögerte nicht.

Ein kurzer Steinweg führte direkt zur Tür des zweistöckigen Anwesens. Es war ein Neubau, was man an der einfachen Architektur erkannte. In den Jahrzehnten nach dem Sieg des Hives waren nur wenige künstlerische Erfolge gefeiert worden, denn das Überleben stand immer im Vordergrund. Häuser mussten funktional sein. Theosius war ein Kind seiner Zeit und so lebte er auch.

Er lebte ansonsten gut. Der Raum, in den die vier geführt wurden, hatte weiche Sessel und eine Art Vertäfelung.

Der Teppich schluckte selbst Momos schwere Schritte. Ein großes Bild hing an der Wand, kein Gemälde, eines dieser 3-D-Szenarien aus alter Zeit, das ständig wechselnde Landschaften zeigte: Wälder, Strände, Wüsten, alles sehr lebensnah und schön anzusehen. Vielleicht gab es diese Gegenden sogar noch, auszuschließen war das nicht. Abgesehen von den Metropolen war die Erde dünn besiedelt. In gewisser Weise hatte sich die Natur sicher gefreut über die geringere Beanspruchung, bis der Hive seine Anlagen überallhin ausgebreitet und dort weitergemacht hatte, wo die Menschheit unterbrochen worden war. Ryk jedoch hatte nie das Bedürfnis gehabt, sich solche Ecken der Erde anzusehen. Er musste dort sein, wo Springer gebraucht wurden.

»Warten Sie hier«, krächzte der Alte und verschwand.

Sie mussten nicht lange ausharren. Momente später trat ein hochgewachsener Mann ein. Er trug einen klassischen Anzug, tadellos und adrett, und seine Frisur lag glatt wie auf den Schädel gemalt an. Das schmale Gesicht war rasiert, der dünne Schnurrbart wirkte gepflegt, nahezu wie ziseliert, und die blauen Augen schauten sie aufmerksam und klar an. Er roch angenehm und die Tatsache allein, dass man das überhaupt feststellte, unterstrich das distinguierte Auftreten des Hausherrn. So hatte Ryk Theosius in Erinnerung. Er war damals von seiner Persönlichkeit beeindruckt gewesen und heute fühlte er sich nicht anders. Er betrachtete verstohlen die Reaktion seiner Gefährten. Uruhard und Sia waren ebenfalls von ihrem Gastgeber eingenommen, daran bestand kein Zweifel. Momo wirkte wie immer ruhig, nicht eingeschüchtert, nicht irritiert. Er genoss den breiten Sessel, in den er sich niedergelassen hatte und aus dem er sich auch nicht erhob, als Theosius eintrat.

Niemand nahm es ihm übel.

Ihr Gastgeber sah sie sich der Reihe nach an. Ryk nickte er mit Erkennen in den Augen zu, vor Sia verbeugte er sich und auch Uruhard gegenüber zeigte er ein respektvolles Auftreten. Momo nickte er zu, was bemerkenswert genug war. Andere hätten sich höchstens bemüht, den Defo zu ignorieren.

»Ich bin überrascht über den Besuch einer so ... interessanten Gruppe von Menschen.« Theosius ließ seinen aufmerksamen Blick von einem zum anderen wandern, als wolle er sich vergewissern, dass sie alle tatsächlich so interessant waren. Er nickte Uruhard zu. »Der Wachtmeister. Sollten Sie nicht in Ihrem Turm sitzen und aufpassen?«

»Es haben sich Umstände ergeben, die meine Abreise erforderlich machten.«

»Wie der Tod des Herrn von Stink?«

»Ich befürchte, dass es da in der Tat einen Zusammenhang gibt.« Es war völlig sinnlos, das abzustreiten, jedenfalls vor Theosius. »Der eigentliche Anlass ist etwas ... wagemutiger.«

Theosius hob seine Augenbrauen. »Dann beglückwünsche ich Sie herzlich. Es gibt niemanden, den ich weniger geschätzt habe als diesen affektierten Bastard. Sein vorzeitiges Ende erfüllt mich mit großer Freude und Befriedigung. Haben Sie selbst Hand an ihn gelegt?«

»Nein, es war Momo«, sagte Uruhard mit einem Kopfnicken in Richtung des Defos.

Theosius ging auf den Sitzenden zu und reichte ihm die Hand. Momo regte sich, aus seiner stoischen Zurückgezogenheit gerissen.

»Der Herr von Stink war ein Mann, dem ich in herzlicher Abneigung verbunden war, ein Mann von großer

Niedertracht und mit vielen schlechten Angewohnheiten. Ich hätte ihn liebend gerne selbst beseitigt, doch darin bin ich, wie in so vielem, gescheitert. Meinen Respekt, edler Momo, und meinen Dank.«

Momo starrte auf die ausgestreckte Hand. Zu viele Worte, zu lange Sätze, aber das Gefühl, das Theosius ausdrückte, kam zweifelsohne irgendwie bei ihm an. Zögernd ergriff er die schlanke Hand des Mannes, fast sanft, behutsam genug jedoch, um jedes Risiko einer Verletzung zu vermeiden. Er schüttelte sie mit der gleichen Bedachtsamkeit. Er ließ sie rasch wieder los, sicher froh, niemanden verletzt zu haben.

Theosius wandte sich wieder der Gruppe zu. »Sie sehen erschöpft aus und ich kann kaum meine Neugierde beherrschen, was Sie in diesen Rucksäcken verborgen halten, die alle das Emblem der Union tragen.« Und die so viel praktischer waren als jene, die sie unten im alten Hauptquartier zurückgelassen hatten. »Doch allzu große Neugierde ist unhöflich und wenn ich in meinem Leben auch nicht viel erreicht habe, so halte ich mich doch für einen guten Gastgeber.« Er klatschte vernehmlich in die Hände. »Ribaldo! Ribaldo!«

Das Hutzelmännchen erschien, als habe er nur darauf gewartet, herbeigerufen zu werden. Recht betrachtet musste es sich genau so verhalten.

»Herr.«

»Sag der Küche Bescheid, wir haben Gäste. Es soll hier aufgetragen werden. Bring den guten Wein aus dem Keller.«

»Den richtig guten?«

Theosius lächelte. »Der gute genügt erst mal.« Er sah Uruhard prüfend an. »Ich habe so eine Ahnung, dass es sich nicht um einen Höflichkeitsbesuch handelt. Ihre Erwartung ist eine andere. Mal sehen ...«

»Es ist so ...«, begann der Wachtmeister umständlich.

»Wir hatten gedacht ...«, warf Sia ein.

Ryk sagte nichts, so lange alle durcheinander sprachen. Doch Theosius hob nur eine Hand.

»Natürlich. Ribaldo. Die Gästezimmer. Unsere neuen Freunde werden hier nächtigen.«

Ribaldo sah nicht besonders begeistert aus, aber dafür wurde er sicher auch nicht bezahlt. Er verbeugte sich und verschwand, und Ryk war sich absolut sicher, dass er die Anordnungen seines Herrn ohne Tadel ausführen würde.

»Danke«, sagte Ryk nur. Theosius lächelte.

»Wir wollen uns alle setzen und dann schildern Sie mir Ihr Anliegen. Und wenn der Abend voranschreitet, werde ich die hochedle Sia bitten, nur ein Lied zu singen, um das Herz eines alten Mannes zu erweichen. Ich habe viel von Ihnen gehört. In der Tat kannte ich Ihren Vater recht gut. Er war ein großer Mann, ein Mann voller Visionen.«

»Manche hielten ihn für verrückt«, sagte Sia trocken und setzte sich.

Theosius zuckte mit den Schultern. »Viele halten mich für verrückt. Nehmen wir also an, meine Sympathie beruht auf einem Gefühl von Seelenverwandtschaft.«

Theosius setzte sich auch, schlug die Beine übereinander und sah sich um. »Wer möchte beginnen? Ich verspreche, ein aufmerksamer Zuhörer zu sein und Sie nur zu unterbrechen, wenn es mir gar zu abenteuerlich wird und ich meinen Unglauben nicht mehr bändigen kann. Dazu müssen Sie sich aber sehr anstrengen. Ich ertrage manchen Irrsinn.«

Er lächelte dabei. Er hatte es nicht böse gemeint. Ryk vermeinte vielmehr, eine leichte Wehmut in den Worten ihres Gastgebers zu vernehmen. Das Exil war zweifelsohne nicht spurlos an ihm vorübergegangen. Eine gute Geschichte bedurfte eines guten Erzählers und so viel Besuch bekam Theosius nicht, sonst hätte er bei den drei Botengängen Ryk nicht jedes Mal zum Essen eingeladen.

Uruhard begann und Sia unterstützte ihn, Ryk dagegen schwieg, ebenso wie Momo. Irgendwann zwischendurch gab es etwas zu essen und vor allem der Defo war sehr glücklich über das Angebot. Es waren »Reste«, aber im besten Sinne des Wortes, und es gab keinen Grund zur Klage. Sie waren Ausdruck echter Gastfreundschaft und wurden so angeboten und angenommen.

Als die Schilderung zu Ende war, sah Theosius sie alle an, ein wenig überrascht, ein wenig beeindruckt, aber weiterhin freundlich.

»Das ist eine interessante Geschichte. Und jetzt bitten Sie mich um Hilfe?«

»Deswegen sind wir hier«, sagte Uruhard.

»Es war meine Idee«, erklärte Ryk. »Wenn es Ihnen missfällt ...«

»Aber nein. Es ehrt mich.« Theosius nickte. »Es ehrt mich wirklich. Und es ist faszinierend. Endlich jemand, der nicht immer nur an den nächsten Tag, das unmittelbare Überleben, die kleinen Erfolge und die kurzfristige Sicherheit denkt. Das ist so ... erfrischend. Verrückt, ja, aber jede große Idee war am Anfang verrückt. Ich werde Ihnen das nicht vorwerfen, denn wie gesagt: Auch ich wurde des Irrsinns bezichtigt.«

»Sie werden uns also tatsächlich helfen?«, fragte Ryk.

»Was soll ich sonst tun? Mein Leben ist nur von begrenztem Reiz. Ich bin dem Schicksal sehr dankbar dafür, dass es Sie alle hierhergeführt hat. Sehr, sehr dankbar.«

Er sah auf ihre Gläser. »Noch Wein?«

Es war definitiv ein guter Tropfen, das fanden alle. Niemand hatte etwas dagegen, als ihr Gastgeber weitere Flaschen öffnete. Als alle versorgt waren, seufzte er und wirkte beinahe gelöst und heiter, in jedem Fall aber sehr zuversichtlich.

»Ich werde zwei Dinge tun. Zum einen werde ich mit Ihnen die Liste der Gleiter durchgehen, von deren Existenz ich sicher weiß, sodass wir schauen können, welchen man sich … ausleihen kann. Zum anderen sollten Sie alle einen Freund von mir kennenlernen, der uns möglicherweise helfen kann, die richtigen Vorbereitungen für die Reise zu treffen.«

»Uns?«, echote Ryk, darauf bedacht, ja nicht vorwurfsvoll zu klingen.

»Nein«, erwiderte Theosius und hob abwehrend die Hände. »Ich will nicht mitkommen. Ich habe einmal in meinem Leben für etwas großen Mut aufgebracht und bin daran gescheitert. Ich werde das kein zweites Mal fertigbringen, so reizvoll der Gedanke auch sein mag. Außerdem wird es in jedem Gleiter, den ich jemals gesehen habe, langsam voll, wenn die Gruppe noch größer wird. Aber lassen Sie mich in Ihrem Bunde der Fünfte sein – bis die Reise beginnt. Danach begleitet Sie meine Hoffnung.«

Er lächelte und erhob sich. »Sind Sie alle müde oder haben Sie noch Kraft für eine ganz außergewöhnliche Begegnung?«

Wer wollte angesichts dieser freundlichen Einladung Müdigkeit vortäuschen oder sich hinter tatsächlicher Erschöpfung verstecken? Sie hatten alle gut gegessen und es hatte sogar Instantkaffee aus alten Flottenbeständen gegeben. Das vakuumverpackte braune Pulver war heiß begehrt und da es ganze Warenlager voll davon gegeben hatte, war es auch immer noch im Umlauf. Es gab das Gerücht, dass man in der Nähe von Metropole 3 wieder begonnen hatte, die Kaffeepflanze zu kultivieren, doch bisher war davon noch nichts in 7 angekommen. Dass Theosius ein Leben in Luxus lebte, konnte durch wenig besser dokumentiert werden, als durch die kleinen silbernen Plastiktüten, die man aufriss und deren Inhalt, mit heißem Wasser aufgegossen, auf so aromatische Weise belebte.

Momo hatte sogar zwei Tassen bekommen. Der Defo hatte dafür den Wein abgelehnt. Dabei war doch anzunehmen, dass sein massiger Leib eine Menge vertragen konnte. Wie dem aber auch sei: Theosius war wahrlich ein großzügiger Mann.

»Dann folgen Sie mir. Hier entlang.«

Es ging hinaus ins Foyer und dann eine Treppe hinab, die hinter einer Paneltür verborgen war, die man auf den ersten Blick gar nicht als Zugang wahrnahm. Die Treppe war eng, aber gut beleuchtet, es ging vielleicht zwanzig Stufen in die Tiefe. Das Kellergeschoss war dann wieder wohnlich ausgebaut, mit weiteren Vertäfelungen und einem weichen Teppich. An der Wand hingen einige Gemälde, doch sie waren nicht allzu alt. Sie zeigten Szenen aus Theosius' kurzer Regentschaft, manche auch ihn selbst, aber auf allen sah er sehr traurig aus. Es gab keine Gelegenheit, sich in diesen Anblick zu vertiefen, denn ihr Gastgeber führte sie direkt ans Ende eines Gangs. Vor einer schweren Metalltür blieb Theosius stehen. Sie wirkte gar nicht wohnlich, eher wie die eines Kerkers, soweit sich die Bewohner der Metropole den Luxus eines Gefängnisses noch leisteten. Theosius drehte sich um und wirkte nun ernst.

»Hier drin habe ich meinen Gast.«

»Es sieht eher aus, als wäre er ein Gefangener«, bemerkte Sia.

»Das ist er auch und Sie alle werden gleich verstehen, warum. Bevor wir hineingehen, müssen Sie daher etwas über den Hintergrund meines Gastes erfahren. Seine Existenz ist nicht allzu vielen bekannt, und egal wohin Sie Ihre Reise führt, es würde mich sehr freuen, wenn Sie die Tatsache, dass ich ihn hier beherberge, für sich behalten könnten.«

»Die Metalltür sieht sehr solide aus«, sagte Uruhard. »Schützt er Sie vor ihm oder ihn vor der Welt?«

Theosius nickte lächelnd. »Richtig. Eine berechtigte Frage. Lassen Sie es mich so sagen: Die Grenzen verschwimmen manchmal ein wenig. Es ist etwas von beidem. Mein Gast ist kein Mensch. Er ist Hive.«

Alle schwiegen und versuchten, zu verstehen, was der Mann damit meinte. Theosius wartete keine Fragen ab, sondern erklärte es in einem ruhigen, sachlichen Ton. Ryk merkte, welche Absicht der Mann verfolgte. Er wollte ihnen keine Angst machen. Gut.

Trotzdem. Die Metalltür war sehr solide. Und sie hatte drei dicke Schlösser. Das konnte schon ein wenig Furcht auslösen, wenn der nächste Schritt tatsächlich sein sollte, diesen Ort zu betreten.

»Der Hive ist kein Wesen in einer Zelle«, sagte Uruhard.

»Der Hive besteht aus Individuen, in gewisser Hinsicht jedenfalls, wenngleich es mit ihrer Individualität nicht weit her ist«, widersprach Theosius.

»Der Hive hat keine aktive Intelligenz«, beharrte Uruhard.

»Der Hive kann sich multiplizieren, adaptiert Technologie und passt sich seinen Gegnern an. Er breitet sich zielgerichtet aus und kommuniziert intern. Er kommunizierte nie mit uns und wahrscheinlich auch niemals mit jemand anderem und er scheint keine andere Absicht zu haben, als sich permanent auszubreiten, aber das, was unsere Wissenschaftler in ihrer Hilflosigkeit ›passive Intelligenz‹ genannt haben, greift zu kurz. Vor allem, wenn man tut, was mir gelungen ist.«

Theosius genoss das ein wenig. In seiner Stimme schwang Stolz mit. Er sah aus wie ein Wissenschaftler, der ein Experiment vorführte, und Ryk hatte zunehmend den Eindruck, dass es in genau diese Richtung ging.

»Sind Sie sicher? Es wurden immer wieder Hiveteile isoliert und gefangen genommen«, entgegnete nun Sia, die diese Diskussion mit plötzlicher Leidenschaft zu erfüllen schien. »Jeder Versuch einer sinnvollen Auseinandersetzung scheiterte, die abgetrennten Teile, wie Körperglieder, vegetierten nur vor sich hin und starben irgendwann.«

Theosius warf Sia einen eigentümlichen Blick zu. »Sie wissen viel darüber.«

»Die Hybriden haben immer ein großes Interesse am Wesen des Hives gehabt. Er ist in manchen Dingen wie wir.«

»Nur nicht so schlau«, warf Ryk ein.

»Hat uns nicht viel geholfen«, murmelte Sia. Dann, wieder an Theosius gerichtet: »Was haben wir also Ihrer Ansicht nach übersehen?«

Theosius zuckte mit den Schultern. »Ich weiß nicht, ob es übersehen oder nur zu spät entdeckt wurde oder man die falschen Schlüsse daraus gezogen hat«, sagte der Mann abwägend. »Ich behaupte nicht, besser und klüger zu sein als die Wissenschaftler der alten Union. Ich bin aber vielleicht etwas beharrlicher. Meine Hypothese war immer die folgende: Wir müssen bestimmte Steuerelemente des Hives isolieren, nicht irgendwelche Teile, sondern vor allem solche, die bewusst auf autonomes Handeln ausgerichtet sind. Wir müssen darüber hinaus eine gewisse Zeit dafür aufbringen, sie zu isolieren – nicht Wochen oder Monate, sondern Jahre. Und wir müssen sie während dieser Zeit stimulieren, damit sie nicht absterben. Das geht über den Erhalt des Körpers hinaus.«

»Moment«, sagte Uruhard nachdenklich. »Sie meinen demnach, dass ein abgetrennter Akteur des Hives vor allem deswegen nach kurzer Zeit abstirbt, weil ihm die geistige Stimulation fehlt?«

Ihr Gastgeber nickte eifrig.

»Der Hive hat ein massives, zentrales Eigenbewusstsein auf einer sehr niedrigen Stufe, das alles und jeden miteinander verbindet. Für die nichtautonomen Elemente ist das die normale und einzige Existenzform. Für jene, die aus Notwendigkeit zu einer gewissen Handlungsautonomie in der Lage sein müssen – wie mein Gast hier –, ist sie normal, aber nicht alternativlos.«

Uruhard hatte es nun auch erwischt, er beugte sich interessiert vor, ein interessiertes Glitzern in den Augen. Ryk schaute von Sia zu dem Wachtmeister und zurück und versuchte wirklich, dem Gespräch zu folgen und seiner Verwirrung nicht allzu sehr Ausdruck zu verleihen, dennoch fragte er schließlich nach, um nicht gänzlich abgehängt zu werden: »Wer oder was ist ein autonomer … ich meine, sie alle …«

»Nein, eben nicht alle.« Theosius drehte sich um und öffnete die Tür. Ryk zuckte dabei ebenso zusammen wie seine Gefährten, bis auf Momo, der bereit war, es mit wirklich jedem aufzunehmen.

»Gehen wir hinein?«

Die Zelle war groß, geräumig nahezu, und weder kalt noch abweisend. Sie hatte auch kaum Möbel: In der Mitte gab es eine Art Matte, die Wände waren schmucklos, aber an einer Wand hing ein riesiger Bildschirm. Er schaltete sich ab, als die Besucher eintraten, sodass Ryk nicht mehr mitbekam, was dort zu sehen gewesen war. Auf der Matte saß ein gut drei Meter hohes, muskulöses Lebewesen, halb Mensch, halb Maschine, mit einem Hautpanzer aus Metallplastik und langen, klauenbewehrten Händen, die es friedlich in seinem Schoß hielt. Das schmale, wie aus Stein gemeißelte Antlitz mit den auf dünnen Fühlern sitzenden Augen wirkte gelassen, vielleicht sogar etwas verwirrt, und der knochige, von einem metallenen Rahmen umgebene Mund mit den röhrenförmigen Lippen und jeweils zwei Mandibeln am Rand der Öffnung war geschlossen, wie in einer Mimik des Nachdenkens. Ryk wusste, dass die extrem flexible Mundöffnung sich auf ein Mehrfaches ausdehnen konnte, deswegen nannte man die Schocktruppen des Hives Großmäuler. Und der glühend rote Kamm auf dem haarlosen Schädel dieses Großmauls machte ihn zu einem »Feldwebel«. Ob er tatsächlich ein Kommandant oder doch nur ein farblich markierter, wandelnder Orientierungspunkt war, wusste Ryk nicht, aber sobald eine Gruppe Großmäuler eine gewisse Größe überschritt, wurde sie durch einen Feldwebel begleitet. Da dieser sich exakt genauso verhielt wie die anderen, hatte man nie darauf schließen können, ob er mehr war als nur der Erste unter Gleichen.

Wie es schien, hatte sich Theosius genau dieser Frage angenommen. Seine Worte ergaben jetzt langsam Sinn.

Der Mann breitete die Arme aus und zeigte auf das friedlich dasitzende Großmaul. »Ich darf Sie bekannt machen? Das ist mein Dauergast. Ich nenne ihn Oli.«

Als der Name fiel, ruckte der Kopf nach oben. Die Mundöffnung bewegte sich sanft, in einer fast schon fließenden Bewegung, als der Feldwebel zu einer Antwort ansetzte. »Ich fühl mich schön mit Oli. Ich verlass mich voll auf Oli. Das Leben ist schön, schön mit Oli.«

Ryk starrte den Feldwebel an. Eine gutturale Stimme, die tief aus dem Inneren des Körpers ertönte, kraftvoll, gleichzeitig aber unartikuliert, ungeübt. Das war nicht verwunderlich. Es war das erste Mal, dass er einen hatte sprechen hören. Und dann auch noch so einen unverständlichen Blödsinn.

Theosius lächelte entschuldigend. »Ich erkläre es gleich. Er kann sprechen und sogar Fragen beantworten. Er ist aber ... auf Stimulation angewiesen und er hat ... vielleicht nicht immer das Richtige gelernt. Ich musste experimentieren und am Ende blieb ich bei einer Methode hängen. Aber er lebt und es geht ihm gut.«

Er sah wohlgenährt aus, nicht dreckig oder verwahrlost, und die Fesseln, die seine Arme und Beine banden, endeten in langen Ketten, die einiges an Bewegungsfreiheit erlaubten. Oli schien sie gar nicht richtig wahrzunehmen, er beobachtete seine Besucher aufmerksam und nicht aggressiv.

Ryk sah Oli an, der auf eine allzu menschliche Art nickte.

»Wie der Hive, so der Oli!«, verkündete das Großmaul.

»Lassen Sie uns jetzt ein Gespräch führen«, sagte Theosius.

Das würde interessant werden.

13

Ryk kam zu der Ansicht, dass Oli nicht wusste, wer er war. Das ging vielen Leuten manchmal so, war für jemanden wie ihn aber sicher bemerkenswert.

Derzeit war er ein Großmaul, Schlächter und Regelbewahrer im Auftrag des Hives, ein Teil des Hives, aber auch ein irgendwie autonomes Individuum auf der Suche nach einer Möglichkeit, sich mit der eigenen Umgebung auseinanderzusetzen, sich verständlich zu machen und die Trennung vom Hive irgendwie zu überleben.

Dass er getrennt worden war, wurde schnell ersichtlich. Theosius zeigte auf die vernarbte Wunde am Kopf. Es war der einzige körperliche Makel, der sofort erkennbar war.

»Sie haben mit ihm gekämpft?«, fragte Uruhard.

Ryk sah aus dem Augenwinkel, dass Sia sofort den Kopf schüttelte. Sie wusste, was geschehen war.

»Dort habe ich ihm einen Teil des Gehirns entfernt«, erklärte Theosius. »Tatsächlich habe ich nie mit ihm gekämpft.

Ich habe ihn verletzt gefunden, offenbar die Folge eines Unfalls. Ein glücklicher Zufall.« Er machte eine betonte Pause. »Für alle Beteiligten, will ich meinen.«

»Sie selbst?« Sia schien fasziniert. Als Hybride hatte sie kein sonderlich distanziertes Verhältnis zu ekligen Operationen.

»Was getan werden muss, tut man am besten selbst. Alles, was man anderen überlässt, wird meist nicht richtig erledigt.«

Oli neigte den Kopf. Er merkte zweifelsohne, dass über ihn gesprochen wurde und nicht mit ihm. Er wirkte in diesem Moment nicht bedrohlich, eher abwartend und neugierig, richtiggehend harmlos. Dennoch musste es einen Grund geben, warum er angekettet war und Theosius sich außerhalb der Reichweite seiner Arme aufhielt. Einem Großmaul war letztlich nie zu trauen.

»Ich habe vorher bereits an einigen Exemplaren experimentiert, die ebenfalls in ... meine Hände gerieten, alles normale Soldaten des Hives«, fuhr Theosius fort. »Die meisten starben oder blieben mit dem Hive verbunden. Bei dem hier gelang es mir schließlich, die Verbindung zu unterbrechen und das Experiment der allmählichen Isolierung zu beginnen. Es hat einige Jahre gedauert. Das größte Problem war, ihm Sprache beizubringen. Er verfügt bemerkenswerterweise über die notwendige Ausstattung, aber er nutzt sie nicht. Meine Theorie ist, dass der Hive die Großmäuler aus dem genetischen Material einer einst eroberten Zivilisation geschaffen hat. Ich musste ihm das Sprechen beibringen und stellte rasch fest, dass ich dazu eine neue Methode brauchte. Jedenfalls konnte ich bei Oli nur Erfolge erzielen durch einen sprachlichen Rhythmus, der repetitiv war, eindringlich, in sich geschlossen und, wenn ich so sagen darf, nicht allzu anspruchsvoll. Es war, als müsse ich neue Synapsenverbindungen in seinem Gehirn trainieren.«

»Ich weiß nicht, wovon Sie reden«, murmelte Ryk, der sich einmal mehr verloren vorkam. Sia schien hingegen keine Probleme zu haben, dem Mann zu folgen. Bildung, so erkannte der Springer, hatte doch einen gewissen Wert und der Mangel an derselben biss einen irgendwann mächtig in den Arsch.

»Er hat ihm die Sprache beigebracht, auf eine Weise, die für ihn funktionierte. Durch Wiederholung, einfache Worte, Rhythmus, Reim und ständige Wiederholung«, erklärte ihm Uruhard leise. Dann, an Theosius gerichtet: »Wie haben Sie das gemacht? Waren Sie selbst sehr geduldig oder haben Sie einen Hauslehrer für ihn engagiert? Haben Sie ihm aus alten Gedichtbänden vorgelesen?«

Theosius lächelte. »Das habe ich anfangs sogar versucht, aber es überstieg seine Fähigkeit der sprachlichen Anpassung. Es dauerte ein wenig, bis ich die Lösung gefunden hatte.«

Er zeigte auf den großen, toten Bildschirm. »Visualisierung hat sehr geholfen. Ich habe ein umfangreiches Archiv von Werbespots aus der guten alten Zeit, die ich ihm immer wieder vorgespielt habe, verbunden mit Filmen und Fotos, die den Sinn der Worte untermalten. Danach haben wir geübt und, gewissermaßen gemeinsam, einen Interpretationsrahmen festgelegt. Er ist nicht sehr intelligent, mein Oli. Ein brutaler Auftragsschlächter des Hives, aber immerhin als Feldwebel ein Sonderfall. Ich musste ihm entgegenkommen und ich räume ein, er hat sich irgendwann angestrengt. Ich denke, es hat ganz gut funktioniert. Oder, was meinst du?«

Theosius sah Oli an, der jetzt begriff, dass er gemeint war.

»Dann klappt's auch mit dem Oli!«, erwiderte das Großmaul. Es wirkte sehr zufrieden mit sich selbst und artikulierte die Worte mit einer seltsam berührenden Bedachtsamkeit.

Alles in Ryk sträubte sich dagegen, aber er war kurz davor, seinen Feind als Lebewesen mit ... einer Seele? Verstand? Einem Ich? ... wahrzunehmen.

»So ist es«, sagte Theosius zu Oli, dann wandte er sich an seine Gäste: »Sie können ihm Fragen stellen. Benutzen Sie einfache Worte und vermeiden Sie Bandwurmsätze. Aber er kann abstrakt denken, im Rahmen seiner Möglichkeiten, und er versteht besser, je mehr Sie sich mit Ihren Fragen auf vertrautem Gebiet bewegen.«

Theosius sah auffordernd in die Runde. Erst traute sich niemand, was bemerkenswert war. Niemand hatte je mit dem Hive kommuniziert, denn der Hive hatte kein Interesse daran oder war nicht dazu fähig. Was Theosius gelungen war, wenn seine Behauptungen stimmten, war revolutionär. Es kam Hunderte von Jahren zu spät, aber es war trotzdem von historischer Bedeutung. Und gleichzeitig – das war das Tragische – nur noch von akademischem Interesse.

Oder etwa doch nicht?

»Oli, warum greift der Hive andere Welten an?«, versuchte es Sia sichtlich neugierig. Das Großmaul sah sie eingehend an, als sei es von der Schönheit der Hybriden und ihrer sanften Stimme fasziniert. Oder hatte es Angst? Ein sanftes Zittern durchlief seinen Körper. Erregung? Ryk wollte an so etwas Ekelhaftes gar nicht erst denken.

Dann fabrizierte Oli ein menschlich wirkendes Nicken, eine völlig unerwartete Geste, die Ryk beinahe schon als obszön ansah. Aneignung. Das gehörte nicht zu ihm. Menschen nickten. Großmäuler ...

Ja, was taten die eigentlich?

»Alle reden von Krieg. Wir nicht«, sagte Oli mit großer Überzeugung. »Wir wollen so bleiben, wie wir sind.«

Ryk schaute Theosius hilflos an, doch der lächelte nur. »Seine Aussagen bedürfen der Interpretation, sind aber nicht willkürlich.«

Oli fixierte Sia weiterhin, wohl in Erwartung einer Antwort. »Das Gute daran, ist das Gute darin«, erklärte er mit Nachdruck, als wolle er damit ein Argument unterstreichen, das er gerade gemacht hatte. Sia sah die anderen hilflos an. So richtig konnte auch sie nichts mit dieser Reaktion anfangen.

»Oli, wie können wir mit dem Hive reden? An wen können wir uns wenden?«, fragte nun Uruhard und Ryk vermutete, dass die Formulierung das Großmaul bereits überforderte.

Oli aber sah gar nicht überfordert aus, eher nachdenklich. Er legte wieder den Kopf schief wie ein Hund.

Theosius lächelte völlig gelassen still vor sich hin. Wie viele Fragen hatte er wohl schon gestellt und dann Stunden damit verbracht, die Antworten zu interpretieren?

»Dahinter steckt immer ein kluger Kopf. Man sagt, er habe magische Kräfte«, erklärte Oli. Seine Mandibeln, ständig in Bewegung, erzeugten bei manchen Worten ein schabendes Geräusch, das wirklich sehr unangenehm war.

Uruhard seufzte und sah Theosius an. »Ich verstehe, wo das Problem liegt. Man bekommt immer eine Ahnung dessen, was er ausdrücken möchte, aber er kann es aufgrund einer ganz anderen Denkweise nicht auf die gleiche Weise in Worte fassen wie wir. Es gibt eine ... Barriere zwischen uns, die wir nur schwerlich überbrücken können.«

Theosius nickte.

»Wissen, was wichtig wird«, bestätigte Oli sehr ernsthaft.

Ihr Gastgeber sah Ryk an. »Und, hat der junge Mann hier auch noch eine Frage?«

Ryk hatte die ganze Zeit überlegt. Es gab so vieles, was er herausfinden wollte, doch es schien, als würde ihnen das Großmaul nur sehr begrenzt Auskunft geben können.

»Hat der Hive eine Schwachstelle? Gibt es eine Möglichkeit, ihn richtig zu bekämpfen?«, fragte er dann und befürchtete erneut, zu viele Worte benutzt zu haben.

Oli aber schien kein Problem mit dem Verständnis seiner Frage zu haben, jedenfalls zeigte er keine ablehnende oder verwirrte Reaktion. Auch Loyalität schien für ihn, getrennt vom Hive, kein großes Problem darzustellen. »Erst der Mensch, dann die Maschine«, war die Antwort und ehe Ryk verwirrt die Stirn krausziehen konnte, fügte Oli noch erklärend hinzu: »Entdecke die Möglichkeiten!«

Ryk schaute von einem zum anderen, in der Hoffnung, dass dies für intelligentere und besser gebildete Zuhörer plötzlich Sinn ergab, der Eindruck drängte sich aber nicht auf. Dennoch, es war genauso, wie Uruhard sagte: Das war kein erratisches und sinnloses Geplapper. Ryk hatte wirklich das Gefühl, dass Oli ihnen etwas mitteilen wollte. Doch es fehlte allen dermaßen an Kontext, den ihnen das Großmaul auch nicht vermitteln konnte, dass es unmöglich schien, auf den Kern der Aussagen zu kommen. Es war, als würde man ständig am Rand einer großartigen Erkenntnis stehen, ohne sie je zu begreifen, da man den letzten und entscheidenden Schritt nicht machen konnte. Ein sehr frustrierendes Gefühl.

Sie versuchten es noch eine halbe Stunde und bekamen einen guten Überblick über Werbeslogans aus mehreren

Jahrhunderten, was teilweise amüsant, teilweise ermüdend, meist unverständlich und oft schlicht rätselhaft war.

Es wurde interessanter, als ihr Gastgeber die Diskussion übernahm und Fragen auf eine sehr seltsame Art stellte. Es zeigte sich, dass er Erfahrung in der Kommunikation mit dem Großmaul hatte, das ihn ansah wie ein Hund sein Herrchen. Theosius' Sätze bestanden selten aus mehr als drei oder vier Worten, er sprach sie mit einem Unterton aus, der wie ein Singsang klang, und oft reimten sich die Satzenden, wie bei einem sehr einfach gestrickten Kinderlied. Die Stimme des Mannes hatte dabei stets die gleiche Lautstärke, nur die Höhen und Tiefen änderten sich. Oli schien davon mindestens genauso fasziniert zu sein wie von den Werbespots, die er sich hier tagein, tagaus reinzog. Er antwortete in den üblichen Slogans und Theosius schien sie zu verstehen, wo Ryk manchmal nur die Andeutung eines Sinnzusammenhanges erfasste.

Dann versuchte es Sia auf die gleiche Weise und es brachte erneut die Reaktion hervor, die Oli bereits vorher gezeigt hatte, nur stärker. Ihre Fragen waren nun angepasst und zielgerichtet, soweit möglich, und Theosius nickte ihr mehrmals anerkennend zu. Ryk und Uruhard hielten von da an den Mund.

Mit der Zeit wurde Oli immer aufgeregter und so viel verstanden sie alle: Je näher sie dem Kern der Frage kamen, wie man Zugang zu einem der Sporenschiffe erlangen konnte und wie es gelingen mochte, die Erde zu verlassen, desto unangenehmer wurde das Gespräch für den Hivesoldaten. Er begann, sich in seinen Ketten zu winden, einmal durchfuhr ein wahrhaft erregtes Zittern seinen Leib und obgleich er stets aufmerksam zuhörte und in seinen kryptischen

Antworten keinesfalls nachließ, wurde für alle erkennbar, dass dieses Gespräch für ihn zu einer Tortur wurde.

Daher beendete Theosius es schließlich. Die Erregung, die das Großmaul erfasst hatte, ließ dennoch nicht nach. Als sie die Zelle verließen und Ryk ein letztes Mal durch das Sichtfenster in der Tür nach Oli sah, zog dieser immer noch zitternd an seinen Fesseln und widmete den wieder laufenden Werbefilmchen nicht einen Moment der Aufmerksamkeit. Das Gespräch hatte ihn aus irgendeinem Grunde sehr aufgewühlt.

Theosius verbarg es gut, aber er sah besorgt drein.

Er lud sie ein, ihm in den Salon zu folgen, wo die Reste ihres Abendessens, sorgfältig zusammengestellt auf einem Buffettisch, auf sie warteten. Ryk merkte, dass das Gespräch mit Oli anstrengender gewesen war als gedacht, und nahm sich einen späten Snack, ehe sie sich wieder zusammensetzten.

»Warum hat das Großmaul so reagiert? Ist es das erste Mal?«, fragte Uruhard.

»Es ist keinesfalls ungewöhnlich, dass gewisse Themenbereiche Oli ... ich sage mal ... psychisch angreifen. Ich halte ihn manchmal für einen Simpel, dann aber scheint er mir zu erstaunlich komplexen Regungen in der Lage. Ich gebe zu, diesmal ist es besonders schlimm, daher habe ich unsere Begegnung abgebrochen. Ich bin selbst ein wenig nervös geworden.« Theosius nickte. »Zu viele ungewohnte Gesichter. Zu viele Fragen auf einmal. Wir haben zu sehr auf die Absicht abgezielt, wie man diesen Planeten verlässt. Das scheint bei Oli irgendein tief einprogrammiertes Tabu berührt zu haben. Oder er weiß darüber gar nichts und es schmerzt ihn, nicht hilfreich zu sein. Es ist schwer, das eine vom anderen zu unterscheiden.«

»Was genau meinen Sie mit ›einprogrammiert‹?«, fragte Sia, die keine Minute ihr Interesse an dem Gefangenen verloren hatte und nahezu begierig schien, mehr über das Experiment zu erfahren.

»Ich bin mir immer noch nicht darüber im Klaren, was bei Hivelebewesen der dominante Teil ist – der biologisch-organische oder der aus adaptierter Technik, der, den Hybriden nicht unähnlich, in ihre Körper integriert ist.« Theosius sah Sia an, als erwarte er Protest gegen diesen Vergleich, aber der kam nicht. »Bei mobilen Einheiten wie Oli, die grundsätzlich etwas komplexere Aufgaben bewältigen müssen, scheint es der organische Teil zu sein. Erstaunlich fand ich, dass der Hive offenbar auch emotionale Reaktionen zulässt, wie Sensoren, die er in alle Welt schickt, um diese umfassend zu erfahren. Ich weiß nicht, ob der Hive als Ganzes zu Gefühlen in der Lage ist, er benutzt den Input aber und verarbeitet ihn. Wie? Warum? Fragen Sie jemanden, der sich damit auskennt.«

»Davon gibt es nicht mehr viele«, sagte Uruhard. »Sie dürften dem Ideal eines Experten noch am nächsten kommen. Bis auf ein paar richtige Spinner, die ihr Interesse mit religiösen oder anderweitigen, abwegigen Absichten verbinden, kenne ich niemanden mehr, der sich systematisch mit dem Feind auseinandersetzt.«

»Weil er oft nicht mehr als Feind wahrgenommen wird. Er ist einfach da«, sagte Ryk spontan und alle nickten.

»Das tägliche Leben verlangt viel von uns allen«, ergänzte Theosius. »Wir haben keine Ressourcen mehr für Gelehrsamkeit. Sehr schade, aber wohl nicht zu ändern. Was ich sagen will, ist: Oli reagiert auf die Themen des Gesprächs auf unterschiedliche Weise. Und dieses hat ihn über die Maßen aufgeregt. Aber wir haben wertvolle Detailinformationen erhalten.«

»Haben wir das?«, fragten Uruhard und Ryk wie aus einem Munde, sogar mit dem gleichen verwunderten Tonfall.

»Aber ja«, erwiderte ihr Gastgeber lächelnd. »Ich nehme es Ihnen nicht übel, dass es Ihnen entgangen ist. Man bedarf einer gewissen Erfahrung im Umgang mit ihm, um ihn richtig zu verstehen. Darf ich in meinen Worten zusammenfassen, was ich glaube, was er uns mitzuteilen versucht hat?«

Dagegen hatte niemand etwas einzuwenden.

»Es gibt eine Luftabwehr, die kennen wir gut, wir nennen sie die Drachen. Sie sind jedoch letztlich nichts anderes als die Großmäuler der Lüfte. Sie sind seit zweihundert Jahren nicht mehr für ihren eigentlichen Zweck eingesetzt worden, aber es gibt sie und wir wissen, dass sie manchmal Bodenmissionen unterstützen. Selbst wenn Sie einen Gleiter finden, wird es also in jedem Fall nicht einfach werden, dort oben einfach hinzufliegen und auf ein Sporenschiff zu springen. Oder vielmehr auf die oberste Startplattform, um von dort in eines dieser Dinger einzudringen.« Er sah Ryk bezeichnend an, als sei das seine Idee gewesen. »Sie müssen sich entweder verteidigen oder schützen. Wahrscheinlich müssen Sie einfach nur schnell sein. Wenn Sie erst im Sporenschiff sind und sich ruhig verhalten, verliert der Hive das Interesse.«

»Wie bei den Triebwürmern«, nickte Ryk. »Ist das Steuergroßmaul ausgeschaltet, kann man als Passagier mitfahren, ohne gestört zu werden.«

»Die Sporenschiffe sind, soweit dieses Wort hier zutrifft, in sich geschlossen operierende Automaten. Sie haben keine

Besatzung, operieren autonom, wie es ein Feldwebel kann, und sind ganz auf die Navigation des Transportes ausgerichtet«, fügte Theosius hinzu.

»Wann hat er das gesagt?«, fragte Ryk verwundert.

»Als Sia ihn danach gefragt hat. Seine Antwort war, es sei der Geschmack von Freiheit und Abenteuer.«

»Ah.«

Ryk beschloss, die weitere Interpretation Theosius zu überlassen, so lange sie ihm nicht zu absurd erschien. Er war offensichtlich besser in diesen Dingen.

»Und er sagte, es gäbe eine Möglichkeit, die Abwehranlagen des Hives zu überlisten.«

»Hat er das?«, vergewisserte sich nun Sia, die von ähnlichem Unverständnis geplagt wurde wie ihr Gefährte.

»Ja. Nachdem er meinte: Ich bin doch nicht blöd.« Theosius zeigte wirklich eine große Geduld und schien sehr davon überzeugt, Olis Aussagen korrekt zu deuten.

Sia warf Ryk einen Blick zu, der deutlich zeigte, dass sie von wachsendem Zweifel erfüllt war. Dennoch nickte sie ihrem Gastgeber nur zu, als habe sie es nun auch verstanden. »Und was für eine Möglichkeit wäre das?«

»Sie müssen ihn mitnehmen.«

»Ihn? Ihn selbst?«, echote Uruhard.

»Aber ja. Erinnern Sie sich? Nur wo Oli draufsteht, ist auch Oli drin.«

Und mit dieser Aussage führte Theosius ein Glas Wein an seine Lippen, als wolle er damit demonstrieren, dass alles gesagt sei. Seine vier Gäste reagierten erst einmal gar nicht, sie betrachteten die Wände oder die eigenen Gläser.

»Das ist ... unerwartet«, murmelte Uruhard. »Und stellt uns vor Probleme.«

»Es löst möglicherweise ein Problem«, sagte Theosius leise. Er schien die Idee mit einer gewissen Distanz zu betrachten, war sich aber offenbar selbst noch nicht ganz sicher, was davon zu halten war.

Sie sagten für eine ganze Weile nichts weiter, jeder in seine eigenen Gedanken vertieft. Es war erstaunlicherweise Momo, der die etwas betretene und ratlose Stille brach. »Sia«, flüsterte er beinahe bittend. »Sia, sing doch was für uns.«

Die Hybride lächelte, alle Ratlosigkeit und aller Zweifel wichen aus ihrem Gesicht und auch die Stimmung aller anderen hellte sich erwartungsvoll auf. Sie seufzte, ein wenig gekünstelt, als schätze sie die plötzliche Aufmerksamkeit nicht, doch ihr Widerstand war erkennbar verhalten.

»Ich spiele die elektrische Zither«, erklärte Theosius und wies auf einen kleinen Schrank an der rückwärtigen Wand. »Ich bin recht gut darin.«

Das gab den Ausschlag. Sie versammelten sich um das Instrument, das ihr Gastgeber aus der Wand klappte, und ja, er war recht gut. Seine schlanken Finger glitten mit großer Sicherheit über die halb durchsichtige Tastatur und für einen Moment genügte es, den ätherischen Klängen des Instruments zuzuhören, um völlig verzaubert zu sein. Theosius war zweifelsohne ein Mann vieler Talente.

Dann, nach einem leichten und spielerischen Präludium, nickte er Sia zu. Zwei Musiker, die sich ohne Worte verstanden, und als der Rhythmus eines bekannten Volksliedes aus der Zeit des Alten Henderson erklang, war auch klar, was es vorzutragen gab.

Sia sang.

Es war wunderschön.

14

Ryk wachte am nächsten Morgen mit Sias Musik in seinen Ohren auf. Es war, als hätten sich die melodischen Klänge über Nacht dort eingebrannt und ein eigenes Muster auf seinem Trommelfell hinterlassen, das sanft nachklang und den Genuss ins Endlose auszudehnen vermochte. Eine Illusion, sicher angeregt durch sein Gehirn, das nach mehr verlangte und die Klänge auskosten wollte, noch halb im sanften Delirium des Schlafes gefangen. Doch der Gesang hatte am Vorabend nach einer Stunde sein Ende gefunden und obgleich alle sehr enttäuscht gewesen waren, hatte doch Dankbarkeit vorgeherrscht. Der halb gare Traum ihrer Musik war eine schöne Illusion, mit der er in einen ruhigen und erholsamen Schlaf in einem der schön eingerichteten Gästezimmer von Theosius gefallen war. Er erinnerte sich nicht daran, ob er darüber hinaus noch etwas geträumt hatte, war sich aber angesichts des Seelenfriedens, den er beim Erwachen empfand, einigermaßen sicher, dass sein

Unterbewusstsein auch im Schlaf auf den besonderen Genuss richtig reagiert hatte. Sia war ein Wunder.

Ryk war kein Mann von besonderer Selbsterkenntnis, tatsächlich hatte er in den letzten Tagen mehr über sich erfahren als in seinem ganzen bisherigen Leben. Er musste feststellen, dass er begonnen hatte, sich für eine Mission zu erwärmen, die trotz ihres Irrsinns eine unerwartete Hoffnung und Leidenschaft in ihm weckte. Die, ein sinnvolles Leben zu führen und dem Hive nicht einfach alles zu überlassen. So ein Gefühl hatte er zuvor noch nie empfunden und er genoss es mehr, als er sich selbst gegenüber zugeben wollte. Auch sonst war sein emotionaler Haushalt in Unordnung geraten. Sia war zweifelsohne daran schuld und die Erkenntnis ließ sich nicht mehr verdrängen oder als bloße Schwärmerei abtun: Ryk wusste, dass er schon vor einigen Tagen begonnen hatte, sich in die *Frau* zu verlieben, nicht nur in die Sängerin. Es hatte ganz sicher als Schwärmerei begonnen. Bewunderung für die Stimme, Begehren für den Körper, Mitleid für die Schmerzen, Respekt vor dem Wissen und der Kraft. Und nun hatte sich das alles zu einem neuen Gefühl vermischt. Er wusste nicht einmal, ob es wirklich das war, was man gemeinhin unter Liebe verstand. Er kannte Leidenschaft und er wusste, was Freundschaft war. Aber Liebe? Er war sich wirklich nicht sicher.

Er wusste nur, seit seine Reaktion auf ihre Verletzungen, die Spuren ihrer Operationen sich nicht als Gefühl der Abwehr und des Widerwillens entpuppt hatte, sondern als Beginn einer Sorge und ehrlichen Mitleids, hatte das dieses Gefühl zweifelsohne noch verstärkt. Er wusste noch nicht, was er damit anfangen sollte. Er war niemand, der in diesen Dingen übermäßig viel Erfahrung gesammelt hatte. Und er wusste auch nicht, ob er einer solchen Frau überhaupt würdig war. Das war eine völlig neue Empfindung, die ihn gleichermaßen ärgerte wie verwirrte. So einen Gedanken hatte er noch nie gehegt.

Folgerichtig war sein Entschluss gewesen, diese Regung tief in sich zu begraben. Nicht nur, dass sie ihr Vorhaben stören konnte und zusätzliches Durcheinander stiftete, nein, sie war auch dumm, gewiss sehr naiv und ohne Aussicht auf Gegenseitigkeit. Das Geschenk ihrer Lieder, nicht nur an ihn gerichtet, hatte er aber am Vorabend mit großer Freude akzeptiert und auch jetzt, wo er seine Beine über den Bettrand schwang, spürte er den Nachhall in sich. Sia war ein Wunder und wenn sie sang, nicht von dieser Welt.

Und wenn alles klappte, würde das keine Metapher bleiben.

Zum Frühstück kamen sie alle wieder mit ihrem Gastgeber zusammen, doch dieser war ruhelos geblieben. Er hatte offenbar einige Kandidaten aufgelistet, die im Besitz eines Gleiters waren, und die Nachrichten, die er brachte, waren nicht durchweg erfreulich. Doch seine Ernsthaftigkeit und die Bereitschaft, sie bei ihrem Vorhaben zu unterstützen, motivierte ihr Gespräch zu Tisch.

Ryk begann, an etwas zu kauen, dass Theosius »Croissant« nannte – ein Backwerk, das sofort seine ungeteilte Zustimmung fand –, als dieser mit einer Tasse Kaffee in der Hand, der morgens noch viel verführerischer duftete, ihre Optionen aufzulisten begann.

»Es sind im Wesentlichen drei Fahrzeuge, die infrage kommen. Das erste ist meines Wissens ein alter Personengleiter, etwas, was man damals als Luxuslimousine bezeichnet hätte. Er befindet sich im Besitz eines Mannes, der nicht mehr in der Lage ist, mit jemandem zu kooperieren – und es wahrscheinlich auch nie getan hätte.«

»Was ist mit ihm?«, fragte Uruhard.

»Er ist tot. Er wurde offenbar gewaltsam getötet und ich bin recht sicher, sein Erbe wird nicht bereit sein, uns entgegenzukommen.« Theosius warf einen bedeutungsvollen Blick in die Runde.

»Der Sire«, murmelte Sia. »Ich habe gehört, dass er sich zu Festtagen gerne in so einem alten Gleiter gezeigt hat.«

»Exakt. Ihn umzubringen dürfte nicht dabei geholfen haben, ihn zum Verleih des Fahrzeugs zu bewegen.« Theosius lächelte bitter. »Es gibt einen Nachfolger, seinen Sohn. Ein ziemlicher Nichtsnutz, wie man hört. Aber er wird ebenfalls Vernunftgründen nicht zugänglich sein, vor allem nicht Ihnen allen gegenüber.«

»Das ist ja mal wirklich dumm gelaufen«, murmelte Sia.

Theosius verzog das Gesicht und es lag gewiss nicht am Kaffee. »So sehr ich mich freuen würde, der Familie des Sire eins auszuwischen, so rate ich dennoch erst einmal davon ab. Das liegt vor allem am Gleiter selbst, oder vielmehr an dem, was ich über das Fahrzeug in Erfahrung habe bringen können. Es kann die notwendige Höhe erreichen, ist aber meiner Einschätzung nach langsam und schwerfällig. Ich befürchte, wenn etwas schiefgeht, werden Sie es damit schwer haben. Der Sire benutzte es nur für zeremonielle Zwecke.«

»Um damit anzugeben«, sagte Ryk.

»Bekanntlich der wichtigste zeremonielle Zweck von allen. Besondere Belastbarkeit und Zuverlässigkeit waren für die wenigen Auftritte jedenfalls gewiss nicht ausschlaggebend.«

»Das hört sich nicht sehr vielversprechend an«, kommentierte Sia.

»Was gibt es noch?«, fragte Uruhard kauend.

»Die zweite Option ist meiner bescheidenen Ansicht nach ein ehemaliger Militärgleiter, für persönliche Bedürfnisse umgebaut von Amatheus Skonk, dem Händler in Downtown.«

»Skonk kenne ich«, sagte Ryk. »Für den richtigen Preis würde er seine Mutter verkaufen. Man sagt, das hat er sogar getan, man sieht sie seit einiger Zeit nicht mehr.«

Theosius nickte, Skonk hatte in der Tat einen gewissen Ruf.

»Richtig. Skonk wäre von Vorteil, da er den Gleiter tatsächlich verkaufen würde. Er benutzt ihn kaum und ist selbst nicht mehr der Jüngste. Es heißt, er wolle sein kleines Handelsimperium für seine älteste Tochter Lea konsolidieren. Er würde verkaufen und ich hätte möglicherweise das Geld, um den Handel perfekt zu machen. Das Problem ist: Der Gleiter ist der älteste und massiv umgebaut worden. Er wurde seit ewigen Zeiten nicht mehr geflogen, wie ich gehört habe. Ich habe etwas Angst, dass er wirklich nicht mehr als ein Museumsstück ist und von seinen alten mechanischen Genen nicht mehr allzu viel übrig geblieben ist. Niemand kann so etwas noch reparieren, zumindest nicht in einem vertretbaren Zeitraum. Wir sollten Skonk nicht ganz von der Liste streichen, aber wir müssen uns den Gleiter ganz genau ansehen, ehe wir den Erwerb erwägen.«

»Marmelade!«, sagte Momo. Alle werteten das als Zustimmung.

»Der dritte Kandidat ist Andhmergen Kros.«

»Der Besitzer des Museums?«, vergewisserte sich Ryk stirnrunzelnd. Jeder kannte Kros und sein Museum antiker Absonderlichkeiten. Ein dreistöckiges Gebäude, das offiziell die kulturellen Überbleibsel der untergegangenen Union ehren sollte, de facto aber nicht mehr als eine glorifizierte und, zugegebenermaßen, recht ordentlich geführte Müllhalde war, die jeder Bürger von Metropole 7 exakt zweimal besuchte: das erste und das letzte Mal. Ryk war keine Ausnahme. Er erinnerte sich an drei Stockwerke erlesener Langeweile, aber nicht an viel mehr.

»Kros ist ein wenig seltsam«, gab Theosius zu. »Nein, er ist sehr seltsam, das muss ich einräumen. Aber seine Sammlung ist größer, als alle denken. Er hat einen Keller.« Theosius sagte das in einem Tonfall, als sollte diese bauliche Eigenschaft des Museums ihnen allen die Augen öffnen.

Ryk kam zu dem Schluss, dass ihr Gastgeber bisweilen zu unnötiger Theatralik neigte. Er nahm noch ein Croissant. An die könnte er sich gewöhnen.

»Kros hat einige alte Fahrzeuge in seinem Keller stehen«, erklärte Theosius. »Darunter auch zwei Gleiter, die in einem funktionsfähigen Zustand sind. Beides relativ neue Maschinen insofern, als dass sie kurz nach ihrer Produktion eingemottet wurden und seitdem da unten Staub ansetzen. Ich habe sie einmal begutachten können und in meiner Erinnerung sahen sie sehr gut aus. Vor allem flugsicher. Ich gebe aber auf der anderen Seite zu: Das ist jetzt auch schon ein paar Jahre her.« Er lächelte entschuldigend. »Ich komme in letzter Zeit nicht mehr so viel rum wie früher. Das eigentliche Problem aber ist Kros selbst. Er ist ein fanatischer Sammler und würde sich eher die Gliedmaßen abhacken, als auch nur ein Stück seiner Kollektion zu veräußern. Man kann manchmal tauschen, aber dann muss das Angebot schon sehr attraktiv sein und er ist da absolut unvorhersehbar. Was wir für fantastisch halten, findet er möglicherweise völlig uninteressant. Und er hat zwei Sicherheitsleute, die als sehr effektiv bekannt sind.«

»Er hat Angst, dass ihm jemand seinen Schrott stiehlt?«, fragte Ryk ungläubig.

Theosius sah ihn mit sanftem Tadel an. »Nicht nur ich weiß, dass im Museum tatsächlich einige Schätze lagern, mein Freund.«

»Das sind alles keine besonders attraktiven Optionen. Gibt es wirklich nicht mehr funktionsfähige Fahrzeuge in Metropole 7?«, fragte Uruhard schließlich. Ihm war anzusehen, dass er angesichts der Schilderungen ihres Gastgebers ein wenig den Mut verloren hatte.

»Es ist lange her und das Wissen um die Wartung der alten Technik geht ebenso verloren wie die notwendigen Ersatzteile. Unsere Vorfahren haben gut konstruiert und sehr haltbare Materialien verwendet, aber das kann gegen den Zahn der Zeit auch nichts ausrichten. Es ist leider so. Wir können uns weiter umhören, aber ich bin mir sicher, dass wir wenig mehr finden werden als diese Möglichkeiten. Und dann heißt es, mit Geld kommen oder ein Fahrzeug stehlen.« Theosius zuckte mit den Schultern. »Beide Optionen haben ihre Risiken.«

Ryk schaute in die Runde. Ratlosigkeit, einmal mehr ihr treuer Begleiter, der immer wieder seinen Kopf reckte, wenn man meinte, er sei verschwunden.

Es war bemerkenswerterweise Momo, der daraufhin sprach. Der Defo hatte gut gefrühstückt, mehr als sie alle zusammen, und fühlte sich offenbar sehr wohl. Er machte jedenfalls den Eindruck, als sei er zu allem bereit. »Warum nehmen wir nicht das Taxi?«, fragte er in langsamen und wohlgewählten Worten, als wolle er sich der Wirkung seines

Vorschlags ganz sicher sein. An seinen Lippen glänzte noch Marmelade. Es war offensichtlich, dass er diese sehr schätzte.

Uruhard sah den Mann verwirrt an. »Was für ein Taxi? Eine der Rikschas?«

Die Frage war nicht unberechtigt. Es gab in Metropole 7 öffentliche Transportmittel, vor allem Rikschas, gezogen von Menschen oder Tieren, und einige wenige Elektrofahrzeuge, die besonders begehrt und besonders teuer waren. Sie waren schnell, wendig und mit einem guten Fahrer erreichten sie ihr Ziel in Windeseile, selbst zu den Hauptverkehrszeiten. Alle nicht so schnell und zuverlässig wie ein guter Springer, aber man kam damit von der Stelle. Den Hive emporfahren konnten sie aber ganz sicher nicht.

»Nein«, sagte Sia mit einem versonnenen Gesichtsausdruck. »Ich glaube nicht, dass er die meint. Er meint *das* Taxi.«

Uruhard schüttelte den Kopf. »Das ist ein Gerücht. Ich habe es nie gesehen.«

»Es taucht nicht oft in Metropole 7 auf, das stimmt. Es kommt ziemlich weit rum, besucht regelmäßig alle Metropolen und transportiert wichtige Waren. Aber es existiert und es wäre tatsächlich eine echte Alternative«, widersprach Sia. Sie schaute Momo an. »Woher kennst du es?«

»Ich sah es. Zweimal. Gelb.« Momo nickte. »Schön gelb.« Er schien der Ansicht zu sein, damit alles gesagt zu haben. Für Sia galt das möglicherweise auch.

»Vielleicht klärt mich jemand auf«, sagte Ryk nun, etwas verärgert, dass dieser Teil des Gesprächs so offensichtlich an ihm vorbeiging.

Sia seufzte. »Das Taxi gehört einem Hybriden namens Samson. Er ist eine Legende, wenn man so will ...«

»Eher ein Mythos«, murmelte der Wachtmeister und handelte sich damit einen bösen Blick der Sängerin ein.

»Samson sorgt dafür, dass hochsensible Waren, vor allem organisch-mechanische Ersatzteile, zwischen den Hybridenkolonien in den verschiedenen Metropolen hin- und hertransportiert werden. Dinge, die wir niemandem außerhalb unserer Gemeinschaft anvertrauen wollen. Er gilt als sehr vertrauenswürdig und als sehr teuer. Ein reicher Mann, wenn ihr mich fragt.«

»Springer sind vertrauenswürdig. Wir haben einen Ehrenkodex«, kommentierte Ryk, jetzt etwas verletzt. Sia sah ihn entschuldigend an.

»Natürlich habt ihr den. Aber hier geht es um Gegenstände, die wirklich, wirklich wichtig sind. Arme. Beine. Nieren. Mägen. Herzen und Lungen. Echte und nachgebaute. Sozusagen lebenswichtige Ware, die schnell und sicher und möglichst nicht öffentlich ausgetauscht werden soll. Dafür haben wir das Taxi. Wenn es unterwegs ist, nimmt es auch Personen auf. Ich bin selbst noch nicht damit unterwegs gewesen, aber soweit ich weiß, ist es ein ausgezeichnetes Fahrzeug, sehr zuverlässig. Ich habe nie von einem Unfall oder einer Verspätung gehört. Es ist alt, aber Samson ist ein ausgezeichneter Pilot. Er genießt unter uns einen sehr guten Ruf.«

»Er genießt aber offenbar auch seine relative Anonymität«, murrte Uruhard, der es, wie Ryk schon bemerkt hatte, nicht so gerne mochte, wenn ein anderer etwas besser wusste. Ryk selbst begann langsam, sich an die Erkenntnis zu gewöhnen, dass er keine Ahnung hatte, ein nahezu befreiendes Gefühl. So wurde von ihm auch nicht erwartet, eine Meinung zu haben, was ihm ermöglichte, diese umso freier zu äußern.

»Er sieht sie als notwendig an«, korrigierte Sia ihn. »Und wir auch. Bis jetzt.«

»Ich vermute also, dass ich da keine große Hilfe sein kann«, sagte Theosius. »Eine interne Angelegenheit der Hybriden, ja?«

»Nicht so schnell«, verwahrte sich die Sängerin. »Samson ist wichtig. Sein Taxi ist wichtig. Er kann nicht ganz und gar selbst entscheiden, was oder wen er transportiert. Er arbeitet im Auftrag unserer Gemeinschaft und steht gewissermaßen auch unter ihrem Schutz, soweit das überhaupt möglich ist. Wir werden meinem Volk etwas anbieten müssen, wenn wir uns seiner Dienste versichern wollen. Es gibt nichts umsonst, auch nicht bei uns.«

Das wussten sie alle, sogar Momo, er vielleicht sogar am besten von ihnen.

Sia sah nun Theosius an und Ryk spürte, dass sie genau wusste, welchen Preis sie verlangen wollte. Ihren Gastgeber schien nun ebenfalls eine Ahnung zu beschleichen, denn die joviale Freundlichkeit war aus seinem Gestus verschwunden und machte einer angespannten Erwartung Platz. Keine Freude. Ryk war sich einigermaßen sicher, dass die Hybriden kein Geld wollten, davon hatten sie mehr als genug.

Für einen kurzen Moment dehnte sich die erwartungsvolle Stille aus.

»Nein«, sagte der Mann.

»Es ist naheliegend.«

»Nein«, wiederholte Theosius mit etwas mehr Nachdruck. Ryk nahm das nicht ernst. Immer, wenn jemand anfing, eine Meinung durch seinen Tonfall zu verstärken, erst recht bei einer Wiederholung, gab er sich eine Blöße. Das Nein war nicht kategorisch, es war ein Akt der Selbstüberzeugung, dass man wusste, was man wollte. Wenn Sia mit einem diskutierte, wusste man das aber nie. Sie brachte einen dazu, etwas zu wollen. Ryk hatte das schon an sich beobachtet. Er nahm sich ein weiteres Croissant. Das würde ausgehen wie erwartet.

»Es wäre ein gutes Angebot. Ein überzeugendes. Eines, das die Hybriden nicht ablehnen könnten. Ich glaube nicht, dass ich das weiter betonen muss.«

Das musste sie nicht und Theosius wusste das auch. Er wollte offenbar ein drittes, nochmals verstärktes Nein erwidern, aber brachte es nicht heraus. Zwei Seelen stritten in seiner Brust: zum einen seine erkennbare Faszination für ihre Pläne, den Letzten Admiral zu finden und die Welt zu retten, und zum anderen das Bedürfnis, seinen kostbarsten Besitz zu schützen. Der ihm möglicherweise nach all den Jahren intensiver Beschäftigung mehr war als bloßer Besitz.

»Es darf ihm nichts geschehen«, riss der Mann nun seine eigenen Barrieren ein. Ryk nickte. So und nicht anders.

»Ich kann natürlich nicht für alle Hybriden eine Garantie abgeben«, wandte Sia ein. »Aber wir werden ihn in gute Hände geben. Oli wird weder gefoltert noch anderweitig gequält, soweit wir wissen, was genau ihm eine Qual ist und was nicht.«

»Da habe ich ziemlich genaue Vorstellungen. Ich will aber noch etwas zu bedenken geben: Oli war der Ansicht, er müsse den Versuch begleiten, an die Spitze des Hives zu gelangen, um eine allzu heftige Reaktion der Verteidigungsmechanismen zu verhindern. Wenn wir ihn den Hybriden anbieten, wird das nicht mehr möglich sein.«

»Ein berechtigter Einwand«, sagte Sia. »Ich denke, dass unser Plan durchaus im Interesse jener aus meiner Gemeinschaft ist, denen ich das Großmaul derzeit übergeben wollen würde. Sie werden ihn uns ausleihen. Sie wollen ja auch Samson und das Taxi zurück. Beides ist sehr wichtig für uns. Es ist alles eine Frage der richtigen Risikoabwägung.«

»So kommt es mir auch vor«, murmelte Uruhard. Er sah Theosius auffordernd an. »Was ist Ihre Entscheidung? Ich merke, dass Ihnen unser Plan gefällt. Sie waren bereit, Geld dafür auszugeben und eigene Risiken einzugehen.«

»Das bin ich weiterhin.« Theosius seufzte leise. »Wir haben seit der Niederlage gegen den Hive nichts anderes gemacht, als irgendwie zu überleben. Wir kämpfen nicht, wir resignieren. Ich kenne die Zahlen: Bei der aktuellen Geschwindigkeit, mit der unsere Besatzer die Erde ausbeuten, ja, das ganze Sonnensystem, werden wir in weiteren zweihundert Jahren auf einer völlig ausgeplünderten Welt dahinvegetieren. Eine Welt, der die meisten Lebensgrundlagen entzogen wurden, ein Ort, an dem wir kurz leben und schnell sterben werden. Diese Entwicklung ist ja bereits jetzt absehbar, das muss ich niemandem von Ihnen erklären. Der Hive wird sich wieder auf den Weg machen, neue Jagdgründe erschließen und neue Opfer finden – oder was auch immer er genau vorhat, wir wissen es ja im Grunde nicht. Wir werden unsere Zivilisation nie wieder richtig aufbauen können. Wenn wir jetzt nicht nach jeder möglichen Rettung greifen, die sich uns bietet, haben wir es wohl nicht besser verdient.« Er schaute Sia eindringlich an. »Der Letzte Admiral ist mehr als eine Legende, davon war ich immer überzeugt. Ob er uns noch wird helfen können, weiß ich nicht. Aber ich richte meine Hoffnung auf diese Idee, denn ich habe keine bessere. Und daher werde ich Sie unterstützen, so gut ich kann.« Er nickte, mehr zu sich selbst. »Sie bekommen das Großmaul. Ich habe Angst um ihn, aber er soll Ihnen gehören, wenn Sie dafür an das Taxi kommen. Das Taxi ist die größte Sicherheit, der Pilot ist der Beste, den wir bekommen können, es wäre absolut ideal.«

»Das ist eine gute Entscheidung. Wie wird Oli es aufnehmen?«, fragte Sia.

»Mal sehen. Ich werde es ihm vorsichtig begreiflich machen. Sie haben gestern gemerkt, dass er labil ist, eine Folge seiner Trennung von der Hivegemeinschaft. Ich habe manchmal die Befürchtung, dass ihn eine mentale Überlastung völlig durchdrehen lässt. Aber da er es selbst vorgeschlagen hat, gehe ich davon aus, dass es das Risiko wert ist, ihn aus der Zelle zu holen.« Noch einmal der eindringliche Blick in Richtung der Sängerin. »Er wird sterben, wenn Ihre Leute ihn nicht richtig behandeln. Er hat den Geist eines Kindes und nur den Körper eines mörderischen Kriegers. Ich sage damit nicht, dass er unschuldig und rein ist wie ein Kind, aber er unterliegt massiven psychischen Schwankungen. Er ist leicht geistig zu überfordern. Sie müssen vorsichtig sein.«

»Das werden wir«, versprach Sia. Sie schien davon sehr überzeugt und begegnete dem Blick ihres Gastgebers unbeirrbar.

Ryk fragte sich, wie viel davon Schauspielerei war. Sia war vielleicht nicht bereit, grundsätzlich für die Verwirklichung ihrer Pläne über Leichen zu gehen, aber es gab sicher Ausnahmen. Er kannte das Volk der Sängerin aber nicht gut genug, um auch nur eine begründete Vermutung anstellen zu können, was die Hybriden mit Oli anstellen würden.

»Dann sollten wir nicht länger zögern«, gab sich Theosius einen Ruck. »Sie nehmen Kontakt mit den Ihren auf? Soll ich Ihnen einen Boten zur Verfügung stellen?« Die Frage war an Sia gerichtet, die sich erhob.

»Nein, das muss ich selbst tun. Ich muss zurück nach Stink in das Haupthaus unserer Gemeinschaft, um meinen Vorschlag dem dortigen Rat zu unterbreiten. Und ja, das ist gefährlich. Und nein, ihr bleibt alle hier. Ich bin unauffälliger, schneller und flexibler, wenn ich alleine gehe.«

Das war nicht nett, fand Ryk. Es war möglicherweise zutreffend, aber nett war es definitiv nicht. Sia störte das natürlich nicht. Ihrer Haltung war anzusehen, dass sie nicht bereit war, Widerspruch zu akzeptieren.

Momo grunzte etwas und alle ignorierten es.

»Gut. Ich werde runter zu Oli gehen. Es ist ohnehin Zeit für sein Frühstück. Ich werde ihm deutlich machen, dass er mich bald verlassen wird. Er hat es verdient, darüber informiert zu werden«, sagte Theosius leicht besorgt. »Hoffentlich hat er sich seit gestern wieder beruhigt.«

Er sah in die Runde. »Will jemand mitkommen?«

»Es schadet vielleicht nicht, dass er sich an unseren Anblick gewöhnt«, erwiderte Uruhard zögerlich und das gab den Ausschlag. Wie am Abend zuvor folgten sie Theosius in einer Prozession in die Kellerebene und kamen schließlich an der Zellentür an. Theosius schob die Abdeckung des Sichtfensters zur Seite und warf einen Blick hinein.

Er erstarrte.

Er hörte auf zu atmen und stand stocksteif da.

Er stieß einen seltsamen, klagenden Laut aus, etwas, was niemand von ihm erwartet hätte.

Dann öffnete er mit fahrigen Händen die Tür und stürzte hinein.

Die anderen folgten ihm. Auch ihnen blieben die Worte im Halse stecken, als sie erkannten, was sich hier abgespielt hatte.

Oli würde niemanden mehr irgendwohin begleiten.

Ryk wurde ein wenig übel.

Der verkrümmte Körper des Großmauls lag auf dem Boden in einem See aus Blut und Innereien, organischen wie mechanischen. Er hatte sich ganz offensichtlich aus den Fesseln befreit, indem er sich die Hand- und Fußgelenke abgerissen hatte, um dann auf den Stümpfen bis zum Bildschirm zu kriechen und dabei einen blutigen Pfad auf dem Boden zu hinterlassen. Es war offensichtlich, dass er den Kopf so lange mit Wucht gegen die Wand geschlagen hatte, bis der Schädel aufgeplatzt war und seinen Inhalt in einer schmierigen Spur an der Wand verteilt hatte. Dort war er dann tot zusammengesackt, ein zerstörtes Überbleibsel seiner Selbst.

»Wer …? Warum …?«, stotterte Theosius mit Tränen in den Augen. »Warum?«

Niemand hatte auf diese Frage eine Antwort.

»Ich kann das nicht glauben«, murmelte Sia ebenso erschüttert. »Sich selbst solche Qualen zuzufügen. Er war doch kein Tier. Er hatte doch ohne Zweifel einen Selbsterhaltungstrieb.«

Sie machte einen Schritt auf die Leiche zu, blieb stehen und schaute auf die abgerissenen Füße hinab, die noch halb in den Metallfesseln steckten. Die Haut zerfetzt, die Sehnen durchtrennt, die Knochen abgebrochen. Allein die dafür notwendige Kraft und der damit verbundene Schmerz übertrafen jede Vorstellung.

»Was haben wir gesagt oder getan, dass er sich so hineingesteigert hat?«, fragte Ryk nun. »Etwas, das während unserer letzten Begegnung geschehen ist, muss der Auslöser gewesen sein. Eine Raserei, ein innerer Zwiespalt, eine große Verzweiflung …« Ihm fehlten die richtigen Worte.

»Auslöser von was?« Theosius' Stimme zitterte. »Es muss etwas in ihm verborgen gewesen sein, von dem er selbst nichts wusste. Vielleicht eine Art psychischer Sicherheitsmechanismus, mit dem der Hive dafür sorgt, dass sich ein Teil von ihm niemals gegen ihn wendet. An so etwas habe ich nie gedacht. Ich war der Ansicht, ich hätte vorgesorgt. Welch ein fataler Irrtum! Was für eine große Dummheit! Ich dachte, ich wüsste so viel über ihn.« Er zeigte auf die Leiche. »Ich wusste tatsächlich so wenig.« Er schüttelte den Kopf. »Armer Oli. Das hat er nicht verdient.«

»Was auch immer ausgelöst wurde, es kann in allem geschlummert haben. Vielleicht in den elektronisch-mechanischen Bestandteilen seines Körpers. Wir müssen ihn untersuchen.« Sia sah Theosius an. Sie hatte den Schock als Erste überwunden. Angesichts ihrer Herkunft war das nicht verwunderlich. »Wir haben ein Problem. Ein lebender Oli wäre ein gutes Angebot gewesen, um an Samson heranzukommen. Das Pfand wurde uns aus der Hand geschlagen. Und es wird unsere Reise gefährlicher machen. Wir müssen etwas anderes finden, was wir meinen Leuten anbieten können. Etwas Wertvolles. Eine Erkenntnis, einen Gegenstand, einen Vorteil. Etwas, mit dem wir handeln können. Wissen Sie etwas?«

Theosius sagte nichts. Er starrte immer noch den toten Oli an und seine ganze Haltung war ein Ausdruck tiefer Erschütterung und völligen Unverständnisses.

»Ich bin schuld«, murmelte er. »Ich bin für seinen grausamen Tod verantwortlich. Ich habe nicht aufgepasst, die Zeichen falsch gedeutet. Es ist meine Schuld. Gott, das wird mich für den Rest meines Lebens verfolgen!« Er hatte Sia offenbar gar nicht zugehört.

»Theosius.«

»Nein!« Er hob eine Hand und gebot ihr zu schweigen. »Ich benötige keinen Zuspruch. Damit muss ich alleine umgehen. Es war mein Fehler. Sie alle trifft keine Schuld. Ich habe … es einfach unterschätzt.«

Sia nickte. Auch ihr wurde klar, dass sie jetzt abwarten mussten. Ihr Gastgeber war nicht in der Lage, die weiteren Schritte zu diskutieren.

Sie gingen nach oben und ließen den Mann in seiner offensichtlichen Trauer alleine. Ryk verstand sie nicht ganz. Oli war ein Großmaul gewesen, ein mühsam abgerichtetes, mörderisches Tier, dem der Mann einige Tricks beigebracht hatte. Sehr beeindruckend auf seine Weise, aber das war dennoch kein Grund, dermaßen vom Tod dieses Wesens betroffen zu sein. Viel wichtiger war das Problem, das Sia aufgeworfen hatte. Sie konnten den Hybriden nichts mehr anbieten. Sie standen mit leeren Händen da und waren so schlau wie zuvor.

»Wird keine Möglichkeit bestehen, trotzdem an diesen Samson heranzukommen?«, fragte er, als sie sich wieder im Frühstückszimmer eingefunden hatten und einige Zeit in bedrückter Stille vergangen war.

»Ich bin mir nicht sicher. Wie gesagt, er und sein Taxi sind sehr wertvoll für uns. Ich weiß nicht einmal, wo er sich derzeit befindet. Er reist zwischen den Metropolen hin und her und gerade weil seine Fracht so wichtig ist, ist seine Route nicht bekannt, auch nicht unter uns Hybriden. Nein.« Bekräftigend schüttelte sie den Kopf. »Nein, ich weiß nicht weiter. Ich stecke in einer Sackgasse. Ich werde mit dem Rat reden, ihn vielleicht zu überreden oder gar zu überzeugen versuchen. Viele Hybriden sind bei den Aposteln, es sollte zumindest eine grundsätzliche Bereitschaft geben, sich unsere Ideen anzuhören. Mein Vater war hoch angesehen und auch wenn es mir widerstrebt, sehe ich mich gezwungen, diese Karte auszuspielen. Aber andererseits ist für mich auch klar: Wir werden die anderen Vorschläge abarbeiten müssen, vielleicht können wir eine der Maschinen kaufen oder ausleihen.«

Ryk musste nicht fragen, was genau sie im Zweifel unter »ausleihen« verstand. Er kommentierte es nicht weiter.

»Dann schlage ich vor, dass wir es zuerst im Museum versuchen«, meldete sich Uruhard zu Wort. »Ich kenne den alten Andhmergen Kros. Wir Apostel haben durchaus mal mit ihm zu tun, denn in einem hat Theosius recht: Unter all dem Schrott, den Kros angesammelt hat, befindet sich manches interessante Einzelstück, das auch die Aufmerksamkeit unserer Gruppe auf sich gezogen hat. Oder?« Er sah Sia auffordernd an.

Sie bewegte die Schultern, als müsse sie die gerade erlebte Enttäuschung abschütteln. Dann nickte sie, allerdings ohne erkennbaren Enthusiasmus. Es war traurig, sie in dieser Stimmung zu sehen. Ryk widerstand der Versuchung einer tröstenden Geste. Er wusste nicht, wie sie darauf reagieren würde, und wollte das Risiko nicht eingehen.

»Ja, der alte Kros. Mein Vater hat von ihm erzählt, auf die beiden anderen Kandidaten setze ich keine großen Hoffnungen. Ich stimme zu, dort versuchen wir es als Erstes. Mit oder ohne die Hilfe von Theosius.«

»Ich glaube nicht, dass wir ihn so bald wiedersehen«, sagte Ryk.

»Alles dreckig. Er muss aufwischen«, kommentierte Momo den praktischen Aspekt der Katastrophe. Er hatte damit wahrscheinlich auf verschiedenen Ebenen recht, gleichermaßen physischen wie psychischen, und das war nichts, bei dem sie von Hilfe sein konnten. Oder wollten, wie Ryk für sich reklamierte.

Sia richtete sich auf. Jetzt, wo sie eine Entscheidung getroffen hatten, schien es ihr besser zu gehen.

»Ich breche zu meinen Leuten auf«, kündigte sie an.

»Stink ist gefährlich für uns«, erinnerte Ryk sie. »Bist du sicher …«

»Ja, ich werde alleine …«

»Nein!« Das war Momo. Er erhob sich und ragte vor Sia auf wie ein Berg vor einer Maus. »Ich komme mit. Ich kenne Stink. Ich bin stark.«

Er war mächtig wie ein Berg und die Überzeugung in seinen Worten war felsenfest. Ryk fühlte Erleichterung. Sia zögerte kurz, widersprach aber nicht.

»Dann reisen wir zu Kros«, meinte Uruhard und nickte Ryk zu. »Vielleicht kommt Theosius mit. Er muss hier raus, glaube ich. Es täte ihm gut, nach allem, was wir da unten gesehen haben.«

Sie waren alle der gleichen Meinung.

15

Das Museum war so, wie Ryk es in Erinnerung hatte: ein großer Bau, ein altes Gebäude mit dreckigen Wänden, an denen die Reste alter Plakate hingen. Auf diesen Plakaten, deren Fetzen kaum noch lesbar waren, erkannte man die warnenden Worte des Untergangs. Aufrufe, die Ruhe zu bewahren und die vorgesehenen Schutzräume aufzusuchen. Der Appell, sich freiwillig für die Streitkräfte zu melden. *Die Union braucht Dich!*

Das alles hatte nichts genützt.

Die flache Treppe, die zum Haupteingang führte, war teilweise zerbrochen, sodass es nur einen vorbestimmten Pfad bis zur Tür gab. An der Wand neben dem Portal hing die metallene Plakette, die den Besuchern mitteilte, dass sich hier früher ein Gericht befunden hatte. Die alte Tafel war Teil der Vergangenheit und damit das erste Ausstellungsstück, das ein Interessent zu sehen bekam. Der Platz vor dem Gebäude war ein permanenter Markt und auch heute standen einfache

Stände dicht an dicht und Händler versuchten, ihre Waren an den Mann zu bringen. Das Wetter war schlecht, es gab nur wenige Kunden und auch die Anpreisungen der Verkäufer klangen etwas lustlos und dumpf in dem feinen Nieselregen, der sich wie eine feuchte Decke über alles legte.

Theosius war bei ihm und Uruhard. Ihr Gastgeber hatte die Nacht alleine verbracht, in sich gekehrt, voller Selbstzweifel und vor allem Selbstvorwürfe. Dann aber war er aufgetaucht, angetan mit einem »Reiseanzug«, der dermaßen aus einer anderen Welt zu stammen schien, dass er für den Museumsbesuch absolut geeignet war. Sia und Momo hingegen hatten ihren eigenen Weg eingeschlagen. Sia war aufgeregt gewesen, nervös, beinahe ängstlich. Der Defo hingegen strahlte eine Art der Genügsamkeit aus, um die Ryk ihn beneidete. Momo war kein Idiot, auch wenn er in manchem den Vorurteilen entsprach, die man den Seinen allgemein entgegenbrachte. Aber er hatte einfach nicht das Bedürfnis, jemandem etwas zu beweisen. Darin unterschied er sich wirklich ganz grundsätzlich von dem jungen Springer.

Es war seltsam, aber er konnte tatsächlich von einem Defo lernen. Das gehörte zu den Dingen, die diese Reise ihm beizubringen versuchte, und Ryk war überrascht, wie bereitwillig er die Lektionen lernte – auch wenn sie an dem Bild kratzten, das er von sich hatte.

»Es ist regulär geöffnet, wir können einfach reingehen«, sagte der Wachtmeister und zeigte auf das handgemalte Schild, das direkt an der Tür hing. »Er meint das immer noch ernst.«

»Er hofft auf Schulklassen«, erinnerte sich Ryk.

»Es gibt keine Schulen mehr«, murmelte Theosius. Tatsächlich kannte er sich in diesem Punkt aus: Eines der Themen seiner damals gescheiterten Revolution war das

Ansinnen gewesen, wieder richtige Schulen einzuführen, um den allmählichen Verfall des kollektiven Gedächtnisses der Menschheit aufzuhalten. Es hatte offensichtlich nicht sehr hoch auf der Prioritätenliste der anderen gestanden. Es gab durchaus Schulen, wenn man diesen Begriff sehr weit dehnte. Eltern bezahlten die Lehrer direkt, damit sie ihren Kindern Grundkenntnisse vermitteln – oft in Gruppen, denn dann war es preiswerter. Ryk hatte hin und wieder an Lektionen teilgenommen, wenn er das Geld hatte, doch irgendwann war er zu alt dafür geworden.

Zumindest hatte er das damals gedacht.

Möglicherweise hatte er sich geirrt.

Ryk öffnete eine der beiden Flügeltüren und trat ins Innere. Das Foyer mit den beiden geschwungenen Treppen war von beeindruckender Größe, der Boden war schwarzweiß gefliest und wies verschiedene Anzeichen von Reparaturversuchen auf. Während das Äußere ein wenig heruntergekommen wirkte, machte das Innere einen sauberen und gepflegten Eindruck und man bekam ein Gefühl für die Altehrwürdigkeit, die einem solchen Gebäude zustehen sollte.

»Wenn ich mich richtig erinnere, sind die ersten öffentlichen Ausstellungsräume im ersten Stock«, flüsterte Ryk. Irgendwie hatte das Gebäude eine einschüchternde Wirkung.

»Und die Lager sind im Keller, vor allem in der alten Tiefgarage. Kros wohnt im obersten Stockwerk, inmitten all des Gerümpels, das er nicht ausstellen, aber auch nicht wegwerfen will«, fügte Uruhard hinzu. »Ich war einmal da, auf der Suche nach Artefakten. Es ist ein heilloses Durcheinander und er sitzt mittendrin wie ein Drache auf seinem Goldschatz.« Er zeigte auf die Treppe. »Wenn wir mit ihm reden wollen …«

»Dann könnt ihr das jetzt tun!«, kam eine Stimme von der Seite und eine hagere Gestalt trat aus dem, was früher einmal der Raum des Pförtners gewesen sein musste. Kros war eine beeindruckende Gestalt und exakt so, wie Ryk ihn in Erinnerung hatte, obwohl es viele Jahre her war, seit er das letzte Mal hier gewesen war. Er trug einen etwas schäbigen, aber sorgfältig geflickten Anzug alter Machart, nicht unähnlich der Antiquität, die Theosius angezogen hatte. Dazu hatte er eine Fliege aus Seide umgebunden, die im Licht der sanft flackernden Gaslampen schimmerte, und war makellos frisiert. Sein Schnurrbart, an den Enden aufgedreht und eingewachst, durchschnitt sein Gesicht wie eine tiefschwarze Trennlinie. Sein weißes Hemd mit dem hohen Kragen ließ den dürren Hals sehr kurz erscheinen. Die langen, feingliedrigen Hände waren von Ringen übersät, die alle in unterschiedlichen Farbtönen das Licht reflektierten. Kros mochte in anderen Dingen ein Chaot sein, aber in Bezug auf sein äußeres Erscheinungsbild ließ er nichts auf sich kommen.

»Uruhard. Theosius.« Kros neigte den schmalen Kopf zum Gruß und lächelte erfreut. »Ich habe nicht mit eurem Besuch gerechnet. Seltene und wichtige Gäste, die ich seit langen Jahren nicht gesehen habe. Und ihr habt einen jungen Mann mitgebracht.«

»Ryk«, sagte Ryk. Ihm fiel sonst nichts ein, aber wurde ebenfalls mit dem freundlichen Nicken belohnt.

»Ich nehme an, dass ihr aus einem bestimmten Grund hier seid und dass es eher nicht darum geht, euch zu bilden.« Kros sah Uruhard an. »Auf der Suche nach alten Fundstücken, mein Freund? Die Apostel besuchen mich regelmäßig, wobei ihre Besuche in letzter Zeit seltener geworden sind. Hast du mir etwas zum Tausch anzubieten?«

»Damit liegst du nicht gänzlich falsch, Andhmergen«, erwiderte Uruhard sanft. Sein Gesicht strahlte eine tiefe Sympathie für den alten Museumsdirektor aus. Sie waren auf gewisse Weise verwandte Seelen. Ryk hoffte, dass ihre Begegnung nicht in einem weiteren Konflikt enden würde. Es wäre schade um das stille Einverständnis, das er in diesem Moment spürte.

Kros nickte. »Ich bin sehr interessiert. Ihr seid zum richtigen Zeitpunkt gekommen. Ich habe meine Ausstellung umdekoriert. Wollt ihr sie sehen? Ich bin recht stolz darauf.«

Die Besucher wechselten Blicke stummer Einigkeit. Es war gut und richtig, den Mann erst einmal bei Laune zu halten, ehe sie mit ihrem eigentlichen Anliegen herausrückten.

Sie gingen die Treppe hinauf und betraten einen Korridor, von dem zahlreiche Räume abgingen, ehemalige Büros und Gerichtssäle, mit blinden Schaukästen an den Wänden, in denen noch verblasste Ankündigungen für Verfahren hingen, deren Beteiligte längst nicht mehr lebten. Die Türen waren überall abmontiert worden, um ungehinderten Zugang zu ermöglichen, und alles wirkte aufgeräumt und sauber. Ryk fragte sich, ob Kros Personal hatte, das ihm dabei half. Es war weit und breit niemand zu sehen.

Sie betraten den ersten Raum, vollgestellt mit flachen Vitrinen, in die man von oben hineinsehen konnte.

»Hier habe ich eine besonders schöne neue Sammlung an Haushaltsgegenständen aus der Zeit vor dem Angriff des Hives. Ich glaube, manches ist sogar noch aus der Zeit vor der Union, als wir Menschen noch auf die Erde beschränkt waren und die Sterne nur durch Teleskope betrachtet haben.« Kros hob in einer entschuldigenden Geste die Hände. »Ich habe manchmal ernsthafte Probleme bei der Datierung.«

Es war keine spannende Ausstellung, vor allem nicht für jene, bei denen unterschiedlich lackierte Kochtöpfe wenig Begeisterung auslösten. Ryk tat pflichtschuldig so, als würde es ihn interessieren, weil er wusste, was von ihm erwartet wurde. Uruhard schien so etwas wie ernsthafte Neugierde zu haben, denn er stellte Fragen und freute sich über die etwas umständlichen und durchweg lückenhaften Erklärungsversuche des Museumsdirektors. Neben den Kochtöpfen gab es Kämme, Taschentücher, Toilettendeckel und Bilderrahmen. Ryk musste gegen die in einer mächtigen Welle auf ihn zurollende Langeweile ankämpfen.

»Du hast dir große Mühe gemacht, Andhmergen«, lobte Theosius und damit hatte er zweifellos absolut recht. »Ich bin immer wieder erstaunt, mit welchem Eifer du dich der Vergangenheit widmest.«

»Du hältst mich für schrullig, wie alle anderen.« Es lag kein richtiger Vorwurf in seinem Tonfall, eher etwas Fatalismus.

»Schrulligkeit ist an sich keine schlechte Eigenschaft, wenn man sie sinnvoll einsetzt.« Theosius machte eine umfassende Handbewegung. »Und ich halte das hier für sehr sinnvoll.«

»Du bist zu gütig, alter Freund. Wie schade, dass deine Revolution gescheitert ist. Sie wäre für uns alle ein Segen gewesen.«

»Das ist auch Vergangenheit und gehört jetzt in ein Museum.«

Kros nickte. »Du hast aufgegeben. Ich kenne das Gefühl. Dennoch mache ich weiter. Dieses Haus ist mein Lebenswerk, eine Chronik, so gut ich sie abbilden kann. Und eine Chronik schreibt nur, wem die Gegenwart wichtig ist. Es ist meine Art, etwas für das Heute zu tun.«

Ryk war sich nicht sicher, ob Kochtöpfe und Bilderrahmen diesem hohen Anspruch gerecht wurden, aber erneut überwog besonnene Klugheit gegenüber dem Reflex, seine Zweifel auch zu äußern. Theosius und Uruhard, beide mit dem alten Mann gut vertraut, waren besser geeignet, das Gespräch in die richtigen Bahnen zu lenken.

»Es ist die Gegenwart, wegen der wir hier sind«, tat Uruhard exakt das und Ryk bemerkte die plötzliche Aufmerksamkeit in den Augen des Museumsdirektors, eine Anspannung, die etwas Defensives hatte. Ein Beschützerinstinkt. Seine Sammlung. *Sein Schatz.* Niemand nahm ihm seinen *Schatz.* Ryk spürte sofort, dass der weitere Verlauf der Unterhaltung nicht einfach werden würde.

Kros stellte sich neben einen Tisch, auf dem Löffel lagen. Ryk war sich nicht sicher, ob sich Funktionsweise und Aussehen eines Löffels über die Jahrhunderte tatsächlich so sehr verändert hatten, vor allem, da die aus sehr haltbaren Materialien gefertigten Utensilien aus der Zeit der Union immer noch verwendet wurden. Aber die Löffelsammlung schien Kros am Herzen zu liegen, so sorgfältig wie er die einzelnen Stücke drapiert und mit kleinen Papierschildern versehen hatte, die ihre Herkunft und geschätzte Herstellungszeit erklärten. Für einen Moment schaute der alte Mann stolz auf die Preziosen, ehe er sich wieder an Uruhard wandte, der respektvoll und geduldig abgewartet hatte. »Was willst du von mir?«, fragte Kros.

»Wir bitten dich um Hilfe bei einem verwegenen Plan. Er wird dir gefallen, denn er ist eng mit den Ereignissen der Vergangenheit verknüpft.«

»Ich bin zu alt für Verwegenheit.«

»Du musst nicht mitmachen. Du musst uns nur helfen, die Voraussetzungen zu schaffen. Kros, wir brauchen einen funktionsfähigen Luftgleiter. Wir müssen die Spitze des Hives erreichen, dort wollen wir auf ein Sporenschiff springen und Terra verlassen.«

Kros starrte Uruhard an und es war offensichtlich, dass er ihn für völlig durchgedreht hielt. Er suchte sichtlich nach Worten und alle warteten geduldig ab, bis er die geeigneten hervorgeholt hatte. »Alter Freund, als ich hörte, dass du deinen Posten in Stink aufgegeben hättest, habe ich mir bereits Sorgen um dich gemacht«, sagte er dann in gemessenem Tonfall. »Die Gerüchte besagen, du seist in schlechte Gesellschaft geraten. Außerdem heißt es, der plötzliche Tod des Herrn von Stink sei auch irgendwie damit verbunden. Nun tauchst du hier mit Theosius auf, der in meiner Auffassung sicher keine schlechte Gesellschaft ist, und präsentierst mir eine Geschichte, die absolut unglaubwürdig ist. Was wollt ihr jenseits von Terra? Alle Kolonien sind erobert. Es gibt keinen Zufluchtsort mehr. Ich glaube nicht einmal, dass jemand diese Reise überleben könnte.«

»Wir sind auf der Suche nach dem Letzten Admiral.«

Kros räusperte sich. Er schüttelte den Kopf, weiterhin entgeistert. Er sah auf seine Löffel, Dinge, die sehr greifbar erschienen, die real waren, ganz im Gegensatz zu diesem absurd erscheinenden Plan. Dennoch: Ryk war sich plötzlich sicher, dass das Gespräch etwas in dem Mann berührte. Eine verborgene Leidenschaft, die ihn davon abhielt, seine Gäste einfach auszulachen.

»Das ist eine Legende, Uruhard. Ich bin ein großer Freund guter Legenden, aber die gehört zu den dümmsten. Geboren aus der Verzweiflung der Menschen, die nicht verkraften können, dass ihre Zeit abgelaufen ist. Wir hatten unsere Chance. Vielleicht war es eine Dummheit, ins Weltall aufzubrechen, vielleicht hat das den Hive erst auf uns aufmerksam gemacht. Es ist wohl müßig, darüber zu spekulieren. Genauso müßig ist es aber, jetzt noch einem Mythos nachzujagen, der keinerlei Aussicht darauf birgt, auch nur ein Körnchen Wahrheit zu enthalten. Der Letzte Admiral. Die Rothbard-Saga. Daran glaubten doch nicht einmal jene, die sie damals erfunden haben.«

»Ganz so ist es nicht«, wandte Uruhard ein. Er schilderte ihre bisherigen Erlebnisse, vor allem die Konfrontation mit der alten KI im unterirdischen Hauptquartier. Allein die Tatsache, dass man dort wunderbare Stücke für das Museum hätte finden können, belebte das Interesse des Museumsdirektors so sehr, dass er aufmerksam zuhörte.

Doch als Uruhard mit seiner Schilderung am Ende angekommen war, hatte Ryk nicht den Eindruck, als habe er damit bei Kros viel erreicht. Er wirkte immer noch wie der Inbegriff der Skepsis.

»Eine spannende Geschichte. Ihr meint es ernst, das muss ich euch lassen. Doch selbst wenn ich mich dazu entschließen würde, könnte ich euch nicht helfen.«

»Ich weiß von mehreren alten Gleitern in deinem Besitz, darunter auch flugfähige Exemplare«, sagte Theosius.

»Das stimmt. Aber ihr kommt zu spät. Ich habe vor einigen Tagen eine Vereinbarung mit den Hybriden geschlossen. Sie sind in den Besitz einiger wertvoller Artefakte aus der Vergangenheit gekommen, die sie mir im Tausch angeboten haben.«

»Was wollen sie mit den Gleitern?«, hakte Theosius nach.

»Ersatzteile. Sie wollen sie für Ersatzteile ausschlachten.«

»Was bekommst du dafür? Noch mehr Löffel?«

Ryk fand, dass die zweite Nachfrage nicht klug war, eher kritisch und herausfordernd, nichts, was man selbst aus Enttäuschung heraus hätte sagen sollen.

Doch Kros wirkte nicht beleidigt. »Korkenzieher«, sagte er knapp und ohne jede Reue. »Sehr schöne Korkenzieher aus allen Epochen. Fast zweihundert. Eine fantastische Sammlung eines Enthusiasten, der keine Erben hat. Ich schätze mich glücklich, in ihren Besitz gekommen zu sein.«

Wow, dachte Ryk. *Alles hat seinen Preis, aber manchmal muss man sich schon wundern.*

Er sah am Blick von Uruhard und Theosius, dass sie die Begeisterung des alten Mannes für Korkenzieher ebenfalls nicht teilten. Dennoch verhielten sie sich mustergültig und es gelang ihnen sogar, mildes Interesse vorzutäuschen. Kros wiederum blieb völlig unbeeindruckt. Er erwartete Kritik und Ablehnung, sie hatte ihn wahrscheinlich sein ganzes Leben begleitet. Für die meisten bestand seine Sammlung aus sinnlosen Staubfängern, die Platz für Wichtigeres wegnahmen. Ryk hatte da bisher keine Ausnahme gemacht.

»Aber ihr habt Glück. Der Käufer ist gerade unten im Keller und schaut sich seine Ware an. Er ist jemand mit vielen Verbindungen. Vielleicht kann er euch bei eurem Plan helfen.« Kros schaute bedauernd in die Runde. »Ich werde aber von meinem Handel nicht zurücktreten. So eine Gelegenheit ergibt sich so schnell nicht wieder. Ihr müsst mich verstehen. Ich bin ein alter Mann. Ihr könnt den Letzten Admiral suchen und wer weiß, vielleicht findet ihr ihn sogar. Aber ich habe nur noch wenige Jahre und muss mich auf näher liegende Errungenschaften konzentrieren. Dinge, an denen ich Freude habe. Wenn ich tot bin, ist all dies verloren. Niemand wird mein Erbe antreten. Alle, die an mir und meinem Tun gezweifelt haben, werden triumphieren. Ich werde es erhalten und mehren, so lange ich kann, und ihr müsst verstehen, dass ich von diesem Weg nicht abschweifen werde.«

Andhmergen Kros bat sie um Entschuldigung. Das war immerhin besser, als ihren zugegebenermaßen wahnwitzigen Plan rundweg abzulehnen. Aber er setzte seine Prioritäten eben anders und Ryk hatte gelernt, dass man so etwas in Metropole 7 besser respektierte, wenn man unnötigen Ärger vermeiden wollte. Und Kros war traurig. Ein alter Mann, der bereits jetzt wusste, dass sein Lebenswerk sinnlos war. Ryk fragte sich, wie man trotz dieser Erkenntnis weitermachen konnte.

»Gut, gerne«, sagte Theosius. »Wenn er mit uns zu sprechen bereit ist, dann wollen wir ihn gerne um Hilfe bitten. Manchmal ergeben sich ja ganz ungeahnte Möglichkeiten.«

»Das stimmt. Wer hätte gedacht, dass es noch so viele gut erhaltene Korkenzieher gibt?«

Ryk war sich nicht sicher, ob Theosius das gemeint hatte, aber wer war er, dieser Analogie zu widersprechen?

Andhmergen Kros machte eine einladende Handbewegung. »Dann folgt mir die Treppe hinab. Ich stelle euch vor.«

16

Sia war trotz aller Vorbehalte nicht alleine losgezogen, obgleich sie einen Moment überlegt hatte, doch auf die Gesellschaft Momos zu verzichten. Sie hatte ihn letztlich mitgenommen, da er ein sehr beruhigendes Gefühl von Sicherheit ausstrahlte und außerdem jemand war, bei dem sie keine Angst haben musste, dass er sie hinterging. Sie machte sich nicht die Illusion, anzunehmen, dass ein Defo nicht zum Verrat fähig wäre. Entgegen des Bildes, das der unfertige und massige Körper dieses Mannes vermittelte, war er mehr als ein tumber Schläger und tief in seinem Inneren eine komplexere Persönlichkeit, als man vermuten durfte. Er war aber gleichzeitig pragmatisch und hatte aus irgendeinem Grund Gefallen an einem Abenteuer gefunden, von dem kritische Geister sagen würden, dass er es gar nicht richtig abschätzen konnte.

Kritische Geister hätten aber auch recht, wenn sie in Bezug auf Sia zu der gleichen Schlussfolgerung gekommen wären. Die gerne überlegen und kontrolliert wirkende Hybride trug eine Menge Zweifel mit sich herum. Sie thematisierte sie nur ungern. Jetzt aber blieb ihr nichts anderes übrig, denn wenn sie weiterkommen wollten, war sie überzeugt, dass sie die Hilfe ihres Volkes benötigen würden. Und es gab eine Person, die dazu am ehesten prädestiniert war. Jemand, der ihr zumindest zuhören würde, wenn sie mit ihm sprach.

»Wen sehen wir?«, fragte Momo in seiner einsilbigen Art.

»Meinen Onkel.«

»Bruder von Vater oder von Mutter?«

»Das ist bei uns etwas komplizierter.«

Sie waren beide in weite Umhänge gehüllt, die sie als Reisende aus einer anderen Metropole erscheinen ließen. Der Weg nach Stink von dieser Seite der Metropole dauerte zu Fuß gut zwei Stunden, so weit erstreckte sich die Siedlung um den Hive, und das, obwohl sie früh am Morgen aufgebrochen waren, um dem größten Geschiebe und Gedränge auf den Straßen zu entkommen. Sie benutzten keine Droschke. Der Fahrer könnte sie erkennen und es war zu vermuten, dass jemand in Stink ein Kopfgeld auf sie ausgesetzt hatte. Natürlich gab es auch viele, die über den Tod des alten Herren von Stink durchaus erfreut waren und die Täter eher belohnen statt bestrafen wollten. Aber das Risiko bestand und war die Summe hoch genug, würde sich immer jemand finden, der sie sich verdienen wollte.

Die Frühaufsteher beachteten sie kaum. Um diese Zeit kümmerte man sich, mehr noch als sonst, um seine eigenen Angelegenheiten.

»Komplizierter«, sagte Momo, der das Gespräch, etwas uncharakteristisch, am Leben erhalten wollte. Vielleicht langweilte er sich. Durch die morgendliche Metropole zu gehen erforderte nicht allzu viel von seiner Aufmerksamkeit und im Gegensatz zu der immer wachsamen Sia sah er nicht hinter jeder Ecke eine potenzielle Bedrohung.

»Kein Onkel?«, wiederholte er mit einem fragenden Unterton.

Sia kam um eine genauere Erklärung offenbar nicht herum.

»Wir sind nicht wirklich verwandt. Er ist mein Chirurg, ausgesucht von meinem Vater, der mir im Alter von sechzehn Jahren meine erste Veränderung implantiert hat. Er gehört damit bei uns zur Familie.«

Momo schwieg für einen Moment und trottete neben ihr her. Das Konzept war für einen Nichthybriden nicht leicht zu begreifen, deswegen redete Sia auch so ungerne vor Fremden darüber.

»Sechzehn?«

»Wir nehmen vor dem sechzehnten Lebensjahr keine Operationen vor. Manchmal entscheidet sich ein junger Hybride, diesen Weg nicht einzuschlagen. Das wird nicht gerne gesehen, da alle Eltern für ihre Kinder das Beste wollen, aber es ist Gesetz, niemanden zu zwingen. Viele kommen in späteren Jahren doch noch zu Sinnen. Ich wusste schon früh, dass ich mich verbessern wollte.«

Momo schwieg. Er wusste nichts über Gesetze und die Wahl, über das eigene Schicksal zu entscheiden. Defos lebten in den Tag, am Rande der Gesellschaft und unterlagen den Regeln, die andere für sie aufstellten, um ein Mindestmaß an Sicherheit zu haben. Hybride waren daran nicht ganz unschuldig, aber Sia behauptete von sich, dass sie im Vergleich noch die sanftesten Regelgeber waren.

»Ich kann werden wie du?«, fragte Momo nach einer kurzen Phase der Stille. Er war nicht der Erste, der diese Frage stellte. Es gab genug Verzweifelte, die schon um Aufnahme in die Gemeinschaft gebeten hatten. Doch die Hybriden waren kein Verein, dem man einfach beitrat, und man achtete strengstens auf die knapper werdenden Ressourcen.

»Nur ein geborener Hybride kann diese Wahl treffen. Wir nehmen niemanden von außen.« Sie zögerte. »Es tut mir leid, aber auch das gehört zu unseren Gesetzen.«

»Rechtes Bein tut weh. Immer.«

»Dagegen wiederum können wir etwas tun. Es ist nur teuer.«

»Kein Geld.« Es lag kein Selbstmitleid in seiner Stimme, es war eine reine Feststellung. Dennoch tat es Sia weh. Momo war nicht irgendein Defo und sie schuldete ihm etwas. Sie hoffte, diese Schuld eines Tages begleichen zu können. Das Versprechen hatte sie nicht vergessen.

Das Gespräch ebbte ab. Ob Momos Neugierde erloschen war oder seine Enttäuschung ihm verbat, weiter in sie zu dringen, wusste sie nicht.

Die Stadt erwachte langsam zum Leben und die Straßen füllten sich mit jenen, die sich an ihr Tagwerk machten, und jenen, die ihre nächtliche Arbeit beendeten. Zwei erschöpfte Straßenhuren kamen ihnen entgegen, die Augen starr auf den Weg gerichtet, die Bewegungen aus Müdigkeit fast mechanisch. Was immer sie in dieser Nacht hatten tun müssen, es hatte sich tief in die dick geschminkten Gesichter eingegraben. Eine der Frauen hatte ihren Arm stützend unter den ihrer Kameradin gelegt. Feuchte Spuren, die sich auf dem Make-up ihrer Wangen abzeichneten, zeugten von ihrer erduldeten Erniedrigung. Es war manchmal, als würde sich die brutale Rücksichtslosigkeit des Hives auf die Bewohner von Metropole 7 übertragen. Sia zwang sich, nicht wegzusehen, achtete aber bewusst darauf, nicht in die Privatsphäre der beiden Frauen einzudringen. Würde sie aber wegsehen und so tun, als hätte sie das stille Leid nicht erkannt, wäre es gleichermaßen eine Beleidigung gewesen. Beides befreite sie nicht von dem Gefühl der Hilflosigkeit.

»Tut auch weh«, murmelte Momo, der natürlich auch beobachten und verstehen konnte, als Türsteher und Problemlöser im Auftrag der Hybriden wahrscheinlich mehr als andere.

Sia sagte nichts und nickte nur. Vielleicht war das einer der Gründe, warum sie dem Traum ihres Vaters folgte, den Letzten Admiral zu suchen. Damit es hier wieder besser wurde, wie damals, als die Menschen in Frieden, Glück und Zufriedenheit gelebt hatten, ohne Tränen und ohne sich gegenseitig Schmerzen zuzufügen. Sia war eine intelligente Frau. Sie wusste, dass sie die Vergangenheit idealisierte, gleichzeitig aber auch, wie wichtig genau diese Idealisierung war, wenn sie sich ihre eigene geistige Gesundheit bewahren wollte. Sie war eine Künstlerin. Was um sie herum geschah, konnte sie nicht unbehelligt lassen.

Die Straßen füllten sich. Es wurde lauter. Garküchen öffneten. Verschläge wurden quietschend zur Seite geschoben. Erste Gerüche. Erste Streitigkeiten. Kinder begannen, ihr Revier für den Tag abzustecken. Sie kamen langsamer voran.

»Wir sind bald in Stink«, sagte Sia dennoch mit einer Mischung aus Anspannung und Erleichterung, nachdem sie eine weitere Stunde durch die Stadt geeilt waren, alle Abkürzungen und Schleichwege nutzend, die Momo ihr zeigte. Er kannte sich hier deutlich besser aus als Sia, als Defo hatte er kein halb so behütetes Leben geführt wie sie. Der unförmige

Mann erwies sich mehr und mehr als sehr wertvoller Begleiter und Sia war froh, dass sie ihn dabeihatte.

»Hier«, sagte Momo nur als Antwort. »Wir gehen hier.«

Sia zögerte. Diese Straße, die ihr der Defo zeigte, kannte sie gut. Kein Hybride betrat sie, wenn es nicht absolut notwendig war. Und auch sonst niemand. Es war eine Art Slum und gleichzeitig ein Sperrgebiet. Es gab zwar keine offizielle Anordnung, doch alle hielten sich aus Gewohnheit daran. Die Rekrutierer gingen hinein, um sich billige Arbeitskräfte zu holen, Leute fürs Grobe, Leute wie Momo. Es war die Straße der Verlorenen, wo sich im Laufe der Zeit all jene angesammelt hatten, die so waren wie Momo oder aus anderen Gründen die Nähe zur sonstigen Stadtgesellschaft scheuten. Viele Defos wohnten hier, fast alle, die nicht irgendwo anders Anstellung gefunden hatten, und auch wenn sie niemand als Aussätzige bezeichnen würde, waren doch alle froh und glücklich, dass diese Straße sie beherbergte, wo sie aus den Augen und damit aus dem Sinn waren. Sia schämte sich jetzt. Sie hatte die unmittelbare Abwehrreaktion, die tief in sich verwurzelte Angst und den Ekel, nicht kommen sehen. Sie sollte besser sein. Aufgeklärt. Mitfühlend. Aber nein, ihr Unterbewusstsein hatte ihr für einen Moment zugerufen: »Geh da nicht rein! Die dort sind nicht wie du.«

Auch Sia entsprach nicht dem Standard menschlicher Existenz. Aber ihr Anderssein war eine Art Adel, der ihr Privilegien und Wohlstand verschaffte. Wer *hier* anders war …

»Niemand tut weh«, versicherte ihr Momo. Er sah etwas traurig aus. Er musste diese Reaktion kennen und sie tausendmal erlebt haben, in verstohlenen wie offenen Blicken, leisen wie deutlich vernehmbaren Worten. Er musste Narben haben, die keiner sah, und Sia musste sich eingestehen, dass sie gerade eine kleine, vertraute Wunde hinzugefügt hatte. Jetzt empfand sie wirklich Scham. Große Scham. Sie schnürte ihr für einen Moment die Kehle zu. Scham, die Trotz erzeugte, die ihr einen Tritt gab und die Entscheidung herbeiführte.

»Gehen wir. Du gehst voran. Ich vertraue dir.«

»Hier.«

Momo setzte sich sofort in Bewegung.

Es war bedrückend. Sia versuchte, die Umgebung distanziert zu betrachten, aber menschliches Leid tat ihr weh. Die Häuser hier waren oft nur noch Ruinen und die Bewohner hielten sich dementsprechend vorzugsweise im Freien auf. Augenpaare folgten ihr und Momo, der sich mit großer Selbstsicherheit bewegte. Niemand sprach sie an. Defos aller Art begegneten ihnen auf der Straße der Verlorenen. Sie hatten jeden denkbaren genetischen Defekt, von denen man einige sehen, aber viele nicht einmal erahnen konnte. Viele wagten sich schon allein deswegen nicht von hier weg, weil sie Angst vor der Angst haben mussten. Ekel, Widerwillen und das falsche Mitleid jener, die nur ihre Erleichterung auf sie projizierten, selbst von einem solchen Schicksal verschont geblieben zu sein. Produkte eines vor langer Zeit verlorenen Krieges, eines letzten, verzweifelten Versuchs, durch biologische, chemische und atomare Kriegsführung doch noch den Hive zum Aufgeben zu zwingen. Anstatt den Sieg zu erringen, hatte man die eigene Spezies verflucht und dafür dann nicht einmal die Verantwortung übernehmen können. Auch in den Metropolen führten die Defos nur ein Schattendasein, die größte Schande der Menschheit, selbst verschuldet, ihre Opfer aber unschuldig. Als Sia durch die enge Straße wanderte und mit dem Ausmaß dessen konfrontiert wurde, was jeder in Metropole 7 seit jeher erfolgreich verdrängte – und da war sie keine Ausnahme! –, wurde ihr klar, dass hier intelligente und leidende Lebewesen hausten, für die der Krieg eine immerwährende Realität blieb. Sie kämpften ihn immer noch, nur nicht gegen den Hive, sondern gegen die eigenen verstümmelten Leiber und ein Leben, das kaum mehr als bloße Existenz war. Männer wie Momo gehörten zu ihrer Elite: Es waren jene wenigen, die es geschafft hatten, sich eine Existenz außerhalb dieses Stadtviertels aufzubauen, die irgendwie, trotz ihres abschreckenden Äußeren nützlich waren, sodass man gewillt war, ihren Anblick zu ertragen. Botschafter ihres Leids, ohne dass diese Botschaft wirklich bei jenen, die da draußen wohnten, jemals ankam.

Wieder empfand Sia Scham, nicht nur für sich selbst, sondern auch für alle anderen, die Hybriden ganz sicher eingeschlossen. Wieder zwang sie sich, nicht wegzuschauen, als wäre dies die gerechte Strafe für ihre Verdrängung, die sie bis zu diesem Moment mit einem schützenden Kokon der Ignoranz umgeben hatte. Sie erwiderte Blicke. Wurde ihr gewunken, erwiderte sie die Geste. Ihr begegnete absolut keine Aggression, nur stilles, stummes Beobachten, keine Aufregung, aber schon so etwas wie Neugierde. Was machte diese Frau in ihrer Mitte? Warum wagte sie sich an einen Ort, der ihr doch so fremd sein musste? Die Blicke der Kinder waren die unschuldigsten und ihre Reaktionen für Sia gleichzeitig die am schwersten zu ertragenden. Wie konnte sie den Kindern erklären, was sie erwartete und was sie, Sia, im Grunde repräsentierte?

Sie hatte anderes erwartet, anderes befürchtet. Momo zeigte ihr, dass man keine Angst haben musste, außer vor den eigenen Vorurteilen. In gewisser Hinsicht war sie ihm für die Abkürzung ausgesprochen dankbar. Hin und wieder war es ganz gut, wenn einem für einen Moment die Augen geöffnet wurden.

Es änderte aber leider nichts. Für diese Menschen nicht und auch nicht für Sia, denn diese wollte weg von hier, weit weg. Vielleicht, wenn der Hive doch besiegt werden konnte ...

»Momo!«

Eine helle, fast kindliche Stimme und ein absolut nicht dazu passender Berg von einem Mann trat ihnen in den Weg. Nicht provozierend oder drohend. Er ähnelte Momo in gewisser Hinsicht, wies ähnliche körperliche Merkmale auf, war aber noch größer und massiger und, wie Sia feststellte, weitaus schwerfälliger. Seine Füße waren mit dicken Bandagen umwickelt, auf denen der Mann sich nur mühsam bewegte, das Gesicht schmerzverzerrt. Er hatte ein Gesicht, in dem alles schief war, nicht unfertig, aber deplatziert und wie durch einen starken, permanenten Wind zur Seite gezogen. Er hatte Probleme, die richtigen Worte zu finden, das war ihm anzusehen. Erneut zwang sich Sia, nicht wegzusehen, vor allem jetzt nicht.

Momo blieb stehen und erwiderte eine kurze, aber emotionale Geste der Begrüßung. »Bruder«, sagte er zu Sia. Dann zeigte er auf die bandagierten Füße. »Noch mehr Schmerz.«

Der Bruder sah die Hybride ruhig, fast berechnend an, als warte er auf eine bestimmte Reaktion.

»Ich sehe es. Es tut mir leid. Dennoch freue ich mich, Momos Bruder kennenzulernen.«

Der Ankömmling lächelte freundlich. »Und ich freue mich, Momos Freundin kennenzulernen.« Ehe Sia etwas sagen konnte, hob er die Arme. »Nein, nein, nur ein Scherz.

Sie sind Hybride und die sieht man hier nicht oft. Willkommen in der Straße der Deformierten. Ich weigere mich immer noch beharrlich, uns als verloren zu betrachten, wenngleich ich mit dieser Meinung in Metropole 7 weitgehend allein stehe. Ich bin Sebastian.« Er nuschelte etwas und war konzentriert um seine Aussprache bemüht.

»Ich bin Sia.« Sie war von der Eloquenz des Mannes sichtlich beeindruckt. Im Vergleich zu Momo redete er wie ein Wasserfall.

Sebastian nickte wissend. »Ich bin in manchen Dingen wie mein Bruder, in anderen nicht. Seine Füße sind besser, bei mir ist es die Artikulationsfähigkeit. Stellen wir uns vor, was für ein wunderbarer Mann entstanden wäre, wenn unsere Mutter unser beider Gene in nur einer Person hätte vereinen können ... oder welche Katastrophe. So teilen wir uns die Fähigkeiten. Sie sind mit den Diensten meines Bruders zufrieden, hoffe ich?«

»Er dient mir nicht.«

Sebastian sah von Momo zu Sia und zurück. Das war nicht die Antwort, die er erwartet hatte.

»Oh. Oha. Das hört sich nach einer wahnsinnig spannenden Geschichte an. Momo überrascht mich manchmal, mehr, als ich zugeben möchte.«

»Redest zu viel«, murmelte Momo. »Immer zu viel.«

Sebastian legte ihm einen Arm um die Schultern. »Und du redest zu wenig. Auch wie immer. Darf ich euch zu mir einladen? Meine Hütte ist bescheiden, die Nahrung einfach und die Gesellschaft abstoßend, aber das Angebot kommt von Herzen.«

Sia war für einen Moment versucht, die bestimmt gut gemeinte Einladung abzulehnen, bemerkte dann aber, dass dieser Reflex seine Ursache in ihren tief sitzenden Vorurteilen und Ängsten hatte. In einer bewussten Entscheidung, sich nicht länger zur Sklavin dieser Einstellungen zu machen, nickte sie Sebastian zu. »Gerne. Wir haben aber nicht viel Zeit.«

»Klar. Momo war schon immer derjenige, der viel und schnell unterwegs war.«

In den Worten seines Bruders lag keine große Bitterkeit. Eine Spur vielleicht. Sia konnte es ihm kaum verübeln.

Sebastian schien ansonsten aber sehr zufrieden. Er wies auf eine schmale Gasse und schlurfte voran. Sie kamen an eine Tür, durch die sich die Brüder nur mit Mühe zwängen konnten. Dahinter befand sich ein Wohnraum, der offenbar multifunktional war, da er eine Art Küchenzeile, einige abgewetzte Sofas, einen breiten Tisch, Schränke und Regale mit allerlei Krimskrams enthielt. Sia musste sich erneut schelten. Sie hatte im Stillen erwartet, dass es hier dreckig und verwahrlost sein würde, aber alles war, ganz im Gegenteil, schön aufgeräumt und sauber, wenngleich die Sammlung ganz unterschiedlicher Gegenstände leicht den Eindruck von Chaos erwecken konnte. Die Wände waren etwas fleckig und es roch muffig, wie ein Raum, der selten gelüftet wurde. Da er keine Fenster hatte, war das auch nicht verwunderlich. Von der Decke hingen fünf Flaschenbödenlampen – alte, transparente Plastikflaschen, die mit der Öffnungen nach oben in das Mauerwerk gesteckt wurden und Sonnenlicht einsammelten. Gut für den Tag, nutzlos für die Nacht.

»Setzen wir uns!« Sebastian steuerte zielsicher einen besonders mächtigen und durchgesessenen Sessel an, in den er sich ächzend niederließ. In dem Moment, als das Gewicht nicht mehr auf seinen geschundenen Füßen lastete, entspannte sich seine ganze Körperhaltung und sogar die Falten in seinem ledrig wirkenden Gesicht glätteten sich. Er musste permanent unter großen Schmerzen leiden. Er winkte in eine Richtung und aus dem Halbdunkel trat ein weiterer Defo. Die fragile, gekrümmte Gestalt, deren Wirbelsäule nicht einen geraden Zentimeter zu haben schien, war das genaue Gegenteil der beiden Brüder. Sie hatte knotige Hände, geschwollene Gelenke und ein schmales, kantiges Gesicht, darin ein totes und ein lebendiges Auge und fast keine Nase, nur zwei ungleiche Löcher über den Lippen. Es dauerte einen Moment, bis Sia erkannte, dass es sich um eine Frau handelte, denn Geschlechtsmerkmale waren kaum auszumachen.

»Nooa«, grunzte Momo zur Begrüßung.

»Momo«, grunzte Nooa zurück und sah Sia kritisch an. »Hybride?«

»Ich bin Sia.«

»Wen ihr alles mitbringt.«

»Hör auf zu mosern«, sagte Sebastian. »Bring was zu essen.«

»Bin ich eure Dienerin?«

Momo und Sebastian nickten. »Das bist du.«

Nooa knurrte etwas und drehte sich um. Sebastian zeigte auf die verschwindende Gestalt.

»Seien Sie ihr nicht böse, Sia von den Hybriden. Sie ist eine Angestellte unserer Familie seit vielen Jahren und meint, sie müsse nicht mehr arbeiten, seit sie geholfen hat, zwei fette Monster wie Momo und mich aufzuziehen.«

»Hat recht. War schwer«, kommentierte Momo.

»Sie tut ihre Arbeit, wir die unsere. Hast du Geld?«

Sebastians Frage an seinen Bruder kam unvermittelt und die linkische Reaktion, mit der dieser anfing, nach VE zu suchen, veranlasste Sia, ihrerseits Währung hervorzuholen und vor Sebastian auf den Tisch zu legen.

Momo hielt in seiner Bewegung inne und sah die Frau dankbar an.

»Ah. Sehr gut. Ihr seid willkommen«, sagte Sebastian und als Nooa mit einem Tablett hereinkam und die VE-Scheine sah, huschte Freude über das verhärmte Gesicht. Jedenfalls konnte sie sich fortan zu keiner abfälligen Bemerkung mehr hinreißen lassen.

Das dargebotene Essen war einfach, aber schmackhaft und Sia machte nicht den Fehler, so wenig zu essen, dass es als Beleidigung der Gastfreundschaft ausgelegt werden konnte. Außerdem hatte sie gerade dafür bezahlt und eine Hybride bekam immer eine ausreichende Gegenleistung für eine Investition, das gehörte zu den kulturellen Grundregeln ihrer Gemeinschaft. Es gab diverse Gründe, warum es ihnen in den Metropolen relativ gesehen am besten ging, und dieses Prinzip gehörte sicher dazu.

»Es gibt Nachrichten aus Stink«, berichtete Sebastian, als er sich ächzend und zufrieden in seinem gigantischen Sessel zurücklehnte. »Der Sire ist tot, wie man sagt. Keines natürlichen Todes gestorben, wie man sagt. Tatsächlich hört man von einem ordentlichen Gemetzel.«

»Ist das so?«, antwortete Sia. »Wer ist der Nachfolger?«

»Sein Sohn, Adam. Er zeigte sich in der Öffentlichkeit arg erbost, aber wie man hört, ist er hocherfreut, den Alten endlich losgeworden zu sein.«

»Wie man hört.«

»Überall gibt es Defos«, sagte Sebastian. »Sie bewachen die Türen, sie tragen die Lasten, sie sind Spielzeug oder Ausstellungsstücke. Und sie schweigen stets, sodass alle anderen in ihrer Gegenwart freimütig reden, weil sie sie für dumm, taub oder Möbelstücke halten. Liege ich falsch, edle Sia?«

Nein, lag er nicht, wie sie zugeben musste. Ganz und gar nicht. Sebastians Frage hatte nicht verletzt oder aggressiv geklungen, er hatte sie fast fröhlich gestellt und er schien nicht einmal eine Antwort zu erwarten, so schnell nahm er den Faden wieder auf und sprach weiter.

Da kam noch etwas, Sia spürte es. Momo auch. Der Mann rutschte sehr unruhig auf dem Sofa hin und her. Und plötzlich wirkte Sebastian gar nicht mehr so nett, einladend und fröhlich wie eben noch. Baute sich da eine gewisse Spannung auf?

»Man hört auch, dass die Übeltäter eine bunte Truppe sein sollen. Eine Hybride, einige Männer, und ein Defo, der einem Berserker gleich unter den Leibwächtern des Verstorbenen aufgeräumt haben soll. Ein Kampf, der Stoff für Legenden bietet. Es gibt schon einige richtig gute Geschichten. Leider alle etwas vage, weil es keine Überlebenden gab und die Zeugen wohlweislich auf Abstand geblieben sind. Ein Massaker, wenn man die Reste betrachtet, die man aus dem Müll gekratzt hat. Da war jemand entweder sehr wütend, sehr entschlossen oder sehr verzweifelt.«

»Hört man das?«

Sebastian grinste. »Nein, das ist meine bescheidene Schlussfolgerung.« Er nickte Momo zu. »Du arbeitest doch in Stink. In der Bar der Hybriden. Ein guter Job, gut bezahlt. Was hast du gehört?«

»Ich höre nichts«, erwiderte Momo und berührte eines seiner Ohren. »Ohren sehr schlecht, wie du weißt.«

»Ja, das geht mir manchmal auch so. Nooa wird es dir bestätigen. Wenn sie sich über etwas beschwert, leide ich unter exakt der gleichen Unpässlichkeit.«

»Arschloch«, schnarrte Nooa aus dem Hintergrund. Dienerin oder nicht, sie war offenbar nicht willens, Äußerungen zu ihrer Person unkommentiert zu lassen.

Sebastian nickte, wohl mit der Bewertung so weit einverstanden. Sein Blick fiel wieder auf Sia, die er mitteilsamer einschätzen musste als seinen von Natur aus einsilbigen Bruder.

»Kennen Sie diese Geschichte?«

»Ich kenne viele Geschichten. Diese hier ist nicht einmal besonders originell. Wir Hybriden hören Dinge, die können Sie sich gar nicht vorstellen.«

»Das stimmt. Die Fantasie von uns Defos ist beschränkt, wie wir in vielem Beschränkungen unterliegen. Umso anregender finden wir Ereignisse, in denen die Unseren eine Rolle zu spielen scheinen. Und dann auch noch zusammen mit einer Hybriden. Das lässt schon aufhorchen, oder?«

Sia zuckte mit den Achseln. »Man hört so einiges.«

Sebastian kicherte. Es klang nicht sehr amüsiert. »In der Tat. In der Tat. Der Wachtmeister ist übrigens verschwunden. Das ist kein Gerücht, er ist wirklich weg. Seine Samurai-Leibgarde macht einen sehr frustrierten Eindruck. Das ist sehr seltsam und hat einige Leute sehr wütend gemacht. Wütende Samurai. Da möchte man nicht im Weg stehen, wenn die mal wild werden.«

»Das möchte niemand.«

»Seltsame Geschichten.«

»Die Welt ist voll davon.«

»Jaja«, sagte Sebastian nickend, als hätte dieses rhetorische Herumtänzeln um den heißen Brei ihm tatsächlich einen Erkenntnisgewinn gebracht. Er starrte nun für einen Moment vor sich hin, als müsse er seine nächsten Worte genau überlegen. Sia bekam allerdings mehr und mehr den Eindruck, als wäre diese Anstrengung ganz und gar unnötig. Sebastian war ein Mann mit einem schnellen Verstand, der sich hervorragend ausdrücken konnte. Aber er spielte sein Spiel, so wie sie das ihre. Er würde sagen, was er wollte, jetzt, wo das einleitende Geplänkel vorbei war.

Und er enttäuschte ihre Erwartung nicht. »Wir sind dankbar.«

Sia wartete.

»Der Sire war einer der Schlimmsten. Wir Defos sind einiges gewöhnt, wir müssen mit dem leben, was uns gelassen wird. Ich bin kein Revolutionär, dafür kann ich nicht schnell genug rennen.« Sebastian wies ohne Bitterkeit auf seine bandagierten Füße. »Aber wir beobachten natürlich genau, wer wie mit uns umgeht, und der Sire, der Herr von Stink, hatte keine andere Gefühlsregung für unsereins übrig als tiefe Verachtung. Nur diejenigen, die den Hybriden dienen«, er wies auf den reglos dasitzenden Momo, »waren vor seinen Schikanen einigermaßen geschützt, da er sich mit denen nicht anlegen wollte. Aber die anderen, die waren Freiwild, in Stink mehr noch als in anderen Vierteln von Metropole 7. So war es, oder irre ich mich, Bruder?«

»Wahr«, bestätigte Momo, ohne seine Haltung völliger Reglosigkeit zu verlassen. Vielleicht war das seine Art, sich daheim zu entspannen. Sia fand es eher unheimlich.

»Der Sire ist tot«, fuhr Sebastian fort, »und sein Sohn ist vom gleichen Schlag, aber nicht so schlimm. Wir sind für jede Verbesserung dankbar. Adam trinkt viel starken Wein und nimmt Gierskraut, und nicht wenig davon. Er raucht es, er zieht es sich durch die Nase, er isst es, er schiebt es sich in den Arsch und es macht ihn glücklich, bis er sein Gehirn ausgebrannt hat. Das wird noch einige Jahre dauern, und das sind Jahre relativer Ruhe für die Defos in Stink. Dafür sollten wir dankbar sein.«

Sia wusste nicht, ob eine Reaktion von ihr erwartet wurde, aber sie sagte erst einmal nichts, denn sie fühlte, dass Momos Bruder noch nicht am Ende seiner Rede angekommen war.

»Wir sind also dankbar«, bekräftigte dieser. »Es war sicher nicht Ihre Absicht, den Defos zu helfen, aber das ist eigentlich niemandes Absicht. Unser Segen ist ein Abfallprodukt dessen, was immer Sie da getrieben haben, und das ist sehr treffend, denn mehr als Abfall sind wir in den Augen der meisten Menschen ohnehin nicht.«

In seinen Worten lag keine Bitterkeit, obwohl Sia genau hinhörte. Sebastian war mit sich im Reinen, soweit man das in seiner Situation sein konnte. Es war eine fatalistische Haltung, aber das Selbstmitleid war nicht das ausschlaggebende Merkmal. Er hatte ja recht. Sia hatte diese Ansicht nie geteilt, das wollte sie sich selbst zugutehalten, aber er hatte recht.

»Also schulden wir Defos Ihnen im Grunde einen Gefallen. Nicht nur, weil Momo bei Ihnen ist. Momo, du kannst jederzeit wieder gehen? Sie zwingen dich zu nichts?« Ernste Sorge schwang in seiner Stimme mit, und der Stolz einer Familie, die wenig hatte außer sich selbst.

Momo sah auf und blickte erst Sebastian, dann Sia an, als wolle er um Erlaubnis fragen. Das war natürlich nicht nötig.

»Ich tu, was ich will«, knurrte Momo. »Ich will, was ich tu.«

Momo hatte das Maximum seiner rhetorischen Fähigkeiten ausgeschöpft und nicht nur Sia fand es sehr überzeugend. Sebastian schien nahezu überrascht.

»Du hast dich verändert, Bruder.«

»Ist so«, kommentierte er. Einen weiteren Beitrag zur Erläuterung dieser Selbsterkenntnis aber wollte er nicht geben. Er wandte den Blick ab, starrte die Wand an und bewegte weiterhin keinen Teil seines Körpers. Für ihn war die Sache einmal mehr erledigt.

Sebastian nickte gemessen. Er fuhr fort: »Dennoch steht der junge Adam derzeit unter Druck. Nicht nur von den eigenen Leuten, deren Loyalität er sich verdienen muss, sondern auch von den anderen Herren der Metropole. Es kommt nicht so gut, wenn Leute die bestehende Ordnung angreifen und dafür straflos ausgehen – auch dann nicht, wenn die bestehende Ordnung ein Arschloch gewesen ist. Das sind sie ja alle, nur in unterschiedlichem Maße, und da gilt dann der Grundsatz: Er mag ja ein Ekel gewesen sein, aber er war unser Ekel. Auch wenn man froh darüber ist, dass er weg ist, bleibt die Gewissheit, dass Anarchie ausbricht, wenn man nicht hart durchgreift. Ich will damit nur sagen ...«

»Wir sollen vorsichtig sein«, vervollständigte Sia den Satz.

»Die Hybriden sind vorsichtig«, sagte Sebastian. »Sie werden dich nur schützen, wenn es nicht anders geht, denn auch sie sind auf die Kooperation der Stadtherren angewiesen. Die Häscher laufen durch Stink. Es wäre vielleicht besser, diesen Teil der Metropole zu meiden. Aber ihr wärt nicht in der Straße der Verlorenen, wenn euch nicht exakt dorthin der Weg führen würde, richtig?«

»Ich muss mit meinen Leuten reden«, erklärte Sia. »Wir brauchen ihre Hilfe.«

Sebastian hob abwehrend die fleischigen Hände. »Ich will gar nicht wissen, worum es geht. Aber ich befürchte, jetzt ist wirklich ein sehr schlechter Zeitpunkt. Wir Defos sind gut informiert. Stink sucht nach Ihnen. Außerhalb des Viertels seid ihr sicherer, denn nicht jeder ist erpicht darauf, dem Sohn des Sire einen Gefallen zu tun. Aber der Boden brennt.« Er sah Momo an. »Ernsthaft. Bleibt weg von Stink. Das führt zu nichts, außer Ärger.«

»Das geht nicht«, sagte Sia. »Es ist wichtig.«

»Es geht um Ihr Leben. Das Leben meines Bruders. Das ist auch wichtig.«

»Unsere Mission ist größer als das.«

Sebastian verzog das Gesicht. Das war die falsche Antwort gewesen, das merkte sie sofort. Ihre Bauchmuskeln spannten sich an. Sebastian sprach: »Wie ich diese Worte hasse. Wenn intelligente Lebewesen eine Idee für größer halten als das eigene Leben, diese Sehnsucht nach dem Martyrium. Keine Idee ist auch nur ein Leben wert, weder das eines Schuldigen noch das eines Unschuldigen.«

»Das sehe ich anders.«

»Sie ziehen meinen Bruder in Ihre Ideen hinein. Er ist loyal. Er ist nicht der Hellste. Beschützen Sie ihn, wenn Sie sich schon nicht selbst schützen können.«

»Er wird zu nichts gezwungen. Er hat es selbst gesagt.«

Sebastian spuckte auf den Boden. Die Atmosphäre hatte sich schlagartig verändert. Jede Freundlichkeit war aus seiner Haltung verschwunden. Er wirkte auf aggressive Art erregt, von stillem Zorn erfüllt. Die Anspannung übertrug sich nun endgültig auch auf Sia. Sie schaute Momos Bruder misstrauisch an.

»Momo sagt alles, was man von ihm erwartet. Er will gefallen. Er hat eine Schwäche für die Freundschaft und Aufmerksamkeit anderer Menschen, die ihn für einen Moment vergessen lassen, wer er ist. Aber das kann ich mir nicht leisten.« Sebastian berührte seinen Kopf. »Bei mir funktioniert hier oben alles, viel zu gut manchmal. Ich sehe klar und ich erkenne Lügen, die, die Leute anderen erzählen, ebenso wie die, die sich viele selbst erzählen. Ich …«

»Genug!«

Momos Stimme unterbrach die Tirade seines Bruders wie ein Hammerschlag. Sie hatte einen ungeduldigen, drohenden Unterton, den Sia nie zuvor von ihm gehört hatte. Sie ahnte, dass Momo diese Worte seines Bruders über ihn, seine Einfalt und seine Naivität schon oft über sich hatte ergehen lassen müssen. Er musste diese Herablassung satthaben.

»Momo …«, begann Sebastian.

»Nein! Genug!« Aus seiner Regungslosigkeit erwacht erhob sich der Gigant mit einer fließenden, ungemein kraftvollen Bewegung. »Wir gehen.«

Sia tat es ihm gleich und deutete gegenüber Sebastian und Nooa eine Verbeugung an.

»Wir danken für die Gastfreundschaft. Ich möchte keinen Streit. Wir wünschen, in Frieden zu gehen.«

Sebastian sah sie an. »Das kann ich nicht zulassen.« Er erhob sich ächzend und stand für einen Moment schwankend da, das Gesicht von körperlichem Schmerz gezeichnet, vielleicht auch ein wenig von emotionalem.

Momo beobachtete ihn abwartend, eher traurig als alles andere, nicht einmal überrascht. Vielleicht erklärte das das lange Verharren in völliger Reglosigkeit. Vielleicht hatte er sich für das gewappnet, was er seiner Erfahrung nach für eine unausweichliche Konfrontation gehalten hatte. Sia hatte es nur nicht richtig mitbekommen.

»Sebastian«, sagte er dumpf, wie eine letzte Bitte, es sich noch einmal zu überlegen.

Doch sein Bruder, intelligent, eloquent und davon überzeugt, das Beste für Momo zu tun, es besser zu *wissen*, ließ sich nicht mehr stoppen. Er gestikulierte hektisch. Allein seine blutigen Füße hinderten ihn daran, im Raum umherzuwandern, um seiner Erregung durch Bewegung Ausdruck zu verleihen. »Du verstehst es nicht, Momo«, begehrte er auf. »Du hast es nie verstanden. Ich habe auf dich aufgepasst. Ich habe dich beschützt. Ich bin für dich durch die größten Qualen gegangen, damit dir niemand Schmerz zufügt. Ich weiß, was für dich gut ist, was schlecht, und ich weiß, was du kannst und woran du scheiterst. Du stehst vor dem endgültigen Scheitern, mein Bruder. Du siehst es nicht. Du kannst es gar nicht sehen. Ich mache dir keinen Vorwurf. Ich weiß nur, dass dies wieder einer dieser Momente ist, in denen ich für dich entscheiden muss.«

»Ich lerne. Ich weiß jetzt mehr.« Es klang nicht trotzig. Es klang ergeben.

»Du lernst, ja. Aber mit welcher Geschwindigkeit? Dir fehlt es an Verständnis, Momo. Du bist groß und stark, du bist gutmütig, du weißt nicht immer, mit deinen Kräften umzugehen. Du bist einfach nicht der Schlauste. Haben wir nicht einen Pakt geschlossen? Ich denke für dich mit. *Ich denke für dich mit!* Der Pakt gilt immer noch. Du hörst auf mich in diesen Dingen, denn ich verstehe sie besser als du. Die hier ...« Sebastian zeigte auf Sia. »Die hier ist nicht gut für dich. Was sie tut, ist nicht gut für dich. Lass dich nicht von ihrem perfekten Äußeren blenden. Schöne Frauen sind eine Gefahr und keine gibt sich freiwillig und ohne Hintergedanken mit einem Defo ab. Lass dich nicht täuschen, Momo! Mir ist egal, welche Flausen sie dir in den Kopf gesetzt hat. Das ist jetzt vorbei. Du bist daheim. Das Schicksal hat dich hierhergebracht und ich habe die Verantwortung übernommen. Ich kann nicht zulassen, dass diese Frau dich ins Verderben führt, Momo. Du musst auf mich hören, wie wir es einst vereinbart haben. *Das bist du mir schuldig!*«

Momo starrte. Er spürte diese Schuld, das konnte Sia in ihm lesen wie in einem offenen Buch. Sebastian hatte ihn an etwas erinnert, etwas aus ihrer Vergangenheit, das war ganz klar. Es bewegte Momo. Es ließ ihn unschlüssig werden. Sia beschloss, weiterhin passiv zu bleiben. Wenn sie sich jetzt einmischte und versuchte, Momo zu beeinflussen, würde sie seinem Bruder in die Hände spielen. So stand sie ihrerseits regungslos da und wartete ab.

Etwas nervös.

Zwischen zwei Defos mit sehr viel Muskelkraft baute sich Spannung auf. Da sollte jeder nervös werden.

»Es ist anders«, sagte Momo schließlich. »Andere Zeit.«

»Die Zeiten sind immer die gleichen«, fuhr Sebastian ihn an. »Ich denke für dich. Ich beschütze dich. Und du folgst meinem Rat. Tu das auch jetzt.«

»Nein«, widersprach Momo und das Wort enthielt eine tiefe Entschlossenheit, die auch seinem Bruder keinesfalls entging. »Nein«, wiederholte er bekräftigend.

»Du weißt nicht, was du da tust«, zischte Sebastian. Anklagend zeigte er an sich herab und Momos Blick folgte ihm. »Ich bin für dich durch die verdammte Säure gelaufen. Du bist es mir schuldig, Momo. Du bist es mir einfach schuldig.«

Stille. Momo starrte. Sia versuchte, zu begreifen. Sie ahnte, was einst vorgefallen war. Sebastian hatte seinen Bruder beschützt und dafür einen hohen und bleibenden Preis gezahlt. Und dafür forderte er nun ewige Treue – und Unterwerfung. Er forderte Kontrolle, er forderte Momos Leben.

Momo empfand die Schuld. Aber es war zweifelsfrei klar, dass er der Ansicht war, dass niemand außer ihm sein Leben besaß. Er konnte es nur nicht richtig sagen, hin- und hergerissen zwischen widerstreitenden Gefühlen und einem Mangel an Worten. Seine Hände zitterten. Sein grobes, unförmiges Gesicht zeigte eine Vielzahl an heftigen Emotionen, ein Ringen um Selbstbeherrschung, ein Suchen nach dem richtigen Weg. Sia wollte ihm unbedingt helfen, aber sie befürchtete, dass immer noch galt, jede Intervention zu vermeiden. Es konnte gut sein, dass sie es dadurch nur schlimmer machte.

Dennoch. Das Gefühl einer wachsenden Bedrohung ließ sich nicht von der Hand weisen. Sie war eine kleine Hybride in einem Raum voller Riesen. Wenn das hier außer Kontrolle geriet ...

Es geriet nicht außer Kontrolle. Das tat es offenbar selten. Die Wohnungseinrichtung, einfach zwar, sah komplett und unbeschädigt aus und war nicht öfter als notwendig repariert worden. Mit großer körperlicher Kraft kam also doch große Verantwortung, vor allem, wenn man ohnehin eher arm war.

Sia entspannte sich etwas. Sebastian und Momo starrten sich an und dann war es Momo, der das Schweigen brach. »Nein«, sagte er erneut. »Ich entscheide.« Er wandte sich ab und sah Sia auffordernd an. »Wir gehen!«

Sia machte einen Schritt zurück, aus der Reichweite von Sebastians langen Armen heraus, doch dieser machte keinerlei Anstalten, sie aufzuhalten. Die Hybride hätte jederzeit leichtfüßig vor ihm davonlaufen können, daran musste sie sich erinnern.

»Du machst einen Fehler«, wiederholte Sebastian. »Du warst nie der Schlauste. Mutter wusste es, als sie dich das erste Mal in den Armen hielt. Ich habe immer die Verantwortung getragen und ich werde weiter dafür sorgen, dass dir nichts passiert.«

Momo schaute Sebastian noch einmal kurz an, erwiderte aber nichts. Für ihn war alles gesagt und auch Sia fand, dass der Worte genug gewechselt waren. Sie verließen die bescheidene Behausung des Bruders, ohne dass dieser oder Nooa noch ein Wort äußerten, und als sie in der Gasse standen, die mittlerweile vom Sonnenlicht des Vormittags durchflutet wurde, atmeten sie beide auf.

»Es tut mir leid«, sagte Sia, obgleich sie keine Schuld trug.

»Familie«, erwiderte Momo und tatsächlich hatte er damit alles gesagt, was es zu sagen gab.

Sie gingen einige Schritte von der Behausung weg, traten in die Gasse der Verlorenen, orientierten sich kurz und setzten ihren Weg zu ihrem eigentlichen Ziel fort.

Allerdings nur für einen kurzen Moment.

»Da sind sie!«, hörten sie die Stimme und fuhren herum. Aufregung. Gemurmel, das anschwoll wie eine sanfte Brandung und dann verstummte. Die enge Gasse, eben noch voller Leben, wirkte plötzlich wie leer gefegt. Es gab dafür einen guten Grund. Fünf Männer kamen von der einen Seite, weitere fünf aus der anderen Richtung und alle waren an ihrer Aufmachung zweifelsfrei zu erkennen. Die großflächigen Tattoos auf den entschlossenen Gesichtern grinsten sie wild an. Wolkensamurai, die ihre Schwerter gezogen und ganz offenbar nur darauf gewartet hatten, dass sie herauskamen.

»Sebastian«, sagte Momo.

Wie aufs Stichwort tauchte der Bruder wieder auf, das Gesicht eine verschlossene Maske. »Du hättest auf mich hören sollen. Wie immer. Aber du bist störrisch geworden«, sagte er. Er drehte sich in Richtung der Samurai. »Wie besprochen. Ihr könnt die Frau haben und befragen. Der Defo gehört mir. Er weiß nichts. Er kann niemandem schaden. Er wird verschont. Ich kümmere mich um ihn.«

»Nein!«, rief Momo. »Ich kümmere!« Er hatte seinen metallenen Prügel in Händen, die Waffe, die er aus den Trümmern des unterirdischen Hauptquartiers geborgen hatte und die er seitdem immer mit sich führte. Sia fand, dass er damit furchterregend aussah.

Die Wolkensamurai waren nicht beeindruckt. Das waren sie nie.

Der *Sentyo* trat vor, an seinem farbigen Tattoo eindeutig zu identifizieren.

»Du bist Sia, die bei dem Wachtmeister war«, stellte er fest.

Für Sia gab es keinen Grund, das abzustreiten. Sie nickte nur.

»Der Wachtmeister hat seinen Posten verlassen und damit Stink wie die ganze Stadt in Gefahr gebracht«, erklärte der Samurai und erneut musste Sia ihm recht geben. Diese Schuld traf Uruhard und sie sicher gleichermaßen.

»Er wird zurückkehren und sich verantworten. Wo ist er?«

»Weg«, gab sie knapp zurück.

Der *Sentyo* war nicht beeindruckt. »Das ist ungenügend. Die Ehre der Wolkensamurai ist beschmutzt. Der Wachtmeister gehört in den Turm. Du wirst uns begleiten.«

Sia war erleichtert und beunruhigt gleichermaßen. Dies war keine Häscherbande des neuen Herren von Stink, der Rache für seinen Vater einforderte. Dies waren ausgesprochen beleidigte Wolkensamurai, unter deren Nase der

Wachtmeister verschwunden war. Das war *ihr* Problem. Und jetzt war es das von Sia. Sebastian hatte das ausgenutzt. Er war in der Tat ganz ausgezeichnet informiert und hatte sie lange genug festgehalten, um die Krieger zu benachrichtigen. Wahrscheinlich war ihm Nooa dabei eine treue Hilfe gewesen.

»Und was wird mit mir geschehen?«

»Deine Rolle bei der Flucht des Wachtmeisters ist zu untersuchen. Anschließend wirst du dem neuen Fürsten von Stink übergeben. Er hat ebenfalls einige Fragen.«

Die hatte er bestimmt, dachte Sia. So schloss sich der Kreis dann doch noch. Der neue Sire hatte sicher auch seine Methoden, das Gespräch sehr interessant zu gestalten, ehe er es für notwendig halten würde, die Hybriden über die Festsetzung eine der ihren zu informieren, wie es an sich gute Sitte war.

Sia hatte keine Angst vor Schmerzen. Sie waren ihr ständiger Begleiter. Aber Ersatzteile waren teuer und der Schaden, der angerichtet werden konnte, ganz erheblich. Und vor allem: Sie hatte wirklich etwas anderes vor.

Doch sie hatte das nicht zu entscheiden.

Momo entschied für sie. Er langte nach vorne, ergriff den *Sentyo*, der von der Attacke völlig überrascht war, und zog den schlanken Krieger mit großer Kraft zu sich heran. Es sah aus wie eine innige Umarmung, ein Ausdruck fröhlicher Leidenschaft, ein Eindruck, der durch das hässliche Krachen beendet wurde, mit dem Momo das Genick des Mannes brach, um ihn dann schlaff und tot zu Boden fallen zu lassen.

»Nein«, bekräftigte er, in Richtung der Samurai ebenso wie in die seines Bruders, der wie erstarrt auf den toten Samurai blickte, offenbar fassungslos. Sebastian hatte Momo unterschätzt, möglicherweise sein Leben lang.

»Momo«, sagte er schwach.

»Keine Zeit«, erwiderte dieser. Denn die Samurai kamen.

Sie hatten ihren Schrecken schnell überwunden und waren nun sehr motiviert und sehr gefährlich. Sie bewegten sich wie Schatten, schnell und tödlich, und sie scheuten weder Tod noch Verletzung. Ein Sausen, das Rascheln von Kleidung, das schnelle Tappen der weich besohlten Schuhe, ein Stakkato, das alles andere übertönte, obgleich es doch so leise, fast sanft war. Klingen fuhren auf sie hinab, doch Momo wischte sie beiseite wie lästige Fliegen und die Schnitte in seiner Haut schienen ihn nicht mehr zu stören als Insektenstiche. Er wirkte wie ein Fels in der Brandung, nur dass die anstürmenden Wellen aus Männern bestanden, die zu töten wussten.

Sia kam zu dem Schluss, dass es an der Zeit war, zu zeigen, was in einer Sängerin steckte, wenn sie sich auf das besann, was sie eigentlich war: eine Hybride, die in einer gefährlichen Welt aufgewachsen war und daher wissen musste, wie man sich verteidigte.

Sie hasste es. Aber sie war vorbereitet.

Sie drückte mit der Zunge gegen ihren Gaumen. Ein Stück Haut wurde eingedrückt, ein Schalter aktiviert und sie spürte, wie die elektrisierende Ladung der Batterie sie mit neuer Energie erfüllte. Es würde nicht lange anhalten, niemals mehr als zehn Minuten, und den Akku danach wieder aufzuladen, ohne Stromanschluss, würde Tage anstrengender Bewegung benötigen. Doch in diesen zehn Minuten waren ihre Muskeln zu einer Eruption von Kraft angeregt und ihre Sehnen bereit, alle Kraft in Bewegungen umzusetzen, die den Samurai große Schmerzen zufügen würden.

Sie half Momo.

Momo half ihr.

Sie waren ein gutes Team.

Ihre Reflexe waren schnell, die Reaktionen einer Hybride, und sie empfand keinen Schmerz. Sie zerbrach Knochen unter dem eisernen Griff ihrer rechten Hand, mit ihren Daumen und Zeigefingern, die sofort nach dem Auswachsen durch metallene Gliedmaßen ersetzt worden waren, überzogen mit kosmetischem Plastik, und sie spürte das Vibrieren des Elektromotors, der die Kraft entwickelte, um gegnerisches Fleisch zu zerdrücken, Knochen zum Splittern zu bringen und Schmerz auszuteilen. Samurai schrien nicht, sie weinten nicht, aber sie zuckten zusammen und verzerrten das Gesicht in übermenschlicher Selbstbeherrschung.

Sia hatte für so etwas Respekt. Es nützte ihren Gegnern nichts. Aber sie empfand Respekt. Der Tritt ihres rechten Beins war weitaus stärker als der einer normalen Frau ihrer Größe und die zerschmetterte Kniescheibe würde den Krieger auf ewig lähmen und eine Operation nötig machen, die nicht einmal die Hybriden noch richtig zustande brachten. Er sackte zu Boden. Er krümmte sich stumm, die Augen aufgerissen, voller Tränen, bis sie sich in der Gnade der Ohnmacht umwölkten.

Etwas krachte. Momo hielt einen Samurai in der Luft, der wild um sich schlug, und ließ ihn zu Boden fallen. Der Mann kam geschickt auf, ein Beispiel ausgezeichneter Körperkontrolle, nur, um von dem Defo wie ein kleines Kind auf einen anstürmenden Kameraden geschubst zu werden, was beide zu Boden riss. Momo kegelte. Er schien sich beinahe zu amüsieren. Momo blutete aber auch. Er bot ein großartiges Ziel, gleichzeitig aber ein sehr widerstandsfähiges. Und er war absolut unermüdlich, während in Sias Kopf eine Uhr herunterzählte.

Schnell. Noch ein Gegner. Vielleicht zwei. Nur schnell musste es gehen.

Momo grunzte etwas.

Als er mit rudernden Armen auf den nächsten Samurai zuging, ertönte ein lauter, knapper Befehl. Wie ein Mann wandten sich die Angreifer ab, ergriffen ihre verwundeten Kameraden, zerrten sie auf die Beine oder einfach mit sich und verschwanden in der Gasse, ohne sich noch einmal umzusehen, beobachtet von Defos, die sich schaulustig um das Spektakel versammelt hatten. Keiner hatte eingegriffen. Für sie galt das Gleiche wie für jeden anderen Bewohner von Metropole 7: »Solange es mich nichts angeht, halte ich mich raus.« Eine Lebensweisheit, die man in dieser Stadt mit der Muttermilch aufsog.

Fußgetrappel, Flüchtende, die verschwanden, schnell und plötzlich, wie sie gekommen waren, dann Stille, einsetzendes Gemurmel, fachkundige Kommentare der Zuschauer, Stoff für Geschichten. Respekt im Unterton. Man war beeindruckt.

Sia sah an ihrem Körper herab. Schrammen, etwas Blut, aber nichts ernsthaft verletzt. Dafür gab es letztlich nur eine Erklärung und die hatte wenig mit ihrem heldenhaften Widerstand zu tun: Die Samurai hatten unter dem eindeutigen Befehl gestanden, ihre Opfer lebend und weitgehend intakt einzusammeln. Als deutlich wurde, dass diese Anordnung nicht ausgeführt werden konnte, hatten sie den Versuch abgebrochen.

Es hieß aber auch, dass sie es erneut probieren würden, mit mehr Männern und bei einer günstigeren Gelegenheit.

»Schmerz?«, fragte Momo, der eine Hand auf eine oberflächliche, aber stark blutende Wunde legte. Er stand ruhig wie ein Fels, absolut unbeeindruckt von dem Scharmützel, und widmete Sebastian nicht ein Quäntchen an Aufmerksamkeit.

Der Bruder schwieg, die Niederlage und die damit verbundene Demütigung zeichneten sich in seinem Gesicht deutlich ab. Dann, als müsse er sich die Worte einzeln abringen, nur ein schwaches: »Das wirst du bereuen, Momo. Jetzt bist du allein.«

Momo sah ihn nun an, wieder beinahe traurig. Er nickte zufrieden. »Gut.« Dann machte er einen Schritt auf Sia zu. »Schmerz?«

»Nichts Schlimmes. Wir sollten von hier verschwinden.«

Momo nickte und zeigte die Gasse hinab. »Stink?«

Sia zögerte nur einen kurzen Moment, vielleicht zu kurz, als dass Momo merken konnte, welch plötzlicher Zweifel sie überfiel. Aber sie hatte den Defo oft genug unterschätzt, sodass sie diesen Fehler kein weiteres Mal machen würde.

»Stink«, sagte sie entschlossen und erntete keinen Widerspruch.

Sie hatten jetzt viel Porzellan zerschlagen. Egal was noch geschah, sie würden Metropole 7 auf jeden Fall verlassen müssen, und das möglichst bald.

17

Das alte Parkdeck war eine wahre Fundgrube. Selbst Ryk, der die Leidenschaft der beiden alten Männer für antike Dinge nicht teilte, war sehr beeindruckt, als sie das weite, unterirdische Areal betraten, vollgestopft mit Dingen, die auf den ersten Blick nur an Gerümpel erinnerten. Vieles war tatsächlich hart an der Grenze zum Abfall anzusiedeln und Ryk hatte nicht den Eindruck, dass es Andhmergen mit seinen Auswahlkriterien allzu genau nahm. Das hatte andererseits aber auch zur Folge, dass ihm nichts entging, und sicher fand sich in mancher Kiste mit Elektroschrott die eine oder andere Preziose von Wert. Der Punkt war, dass sich der Sammler, hatte er diese Preziose erst gefunden, auch vom mehr oder weniger wertlosen Rest nicht trennen konnte. Stattdessen wurden hier unten wohl alle Dinge aufbewahrt, auf die jemals sein Blick gefallen war, frei nach dem Motto: »Das kann ich vielleicht noch mal gebrauchen« – und sei es nur, um etwaige Besucher wie Uruhard und Ryk zumindest anfänglich gehörig zu beeindrucken.

Zumindest dieses Ziel hatte er nun erreicht. Anfänglich.

Man musste aufpassen, nirgends dagegenzustoßen. Die Statik mancher Stapel sah gefährlich aus, mit unabsehbaren Konsequenzen, sollten sie unvermittelt in Bewegung geraten. Alles war so vollgestellt, dass nur schmale Gassen frei waren, und sie mussten an manchen Stellen hintereinandergehen. Es roch alt. Ryk hatte nicht gewusst, dass Alter einen eigenen Geruch hatte, aber jetzt wurde es ihm klar. Es war nicht einfach nur muffig. Tatsächlich war die Luft hier unten gar nicht schlecht.

Es war einfach alt.

Ihr Gastgeber war stolz. Das war ihm anzusehen. Er zeigte hin und wieder auf ein Stück, das ihm besonders am Herzen lag oder dessen Besonderheitswert er für die Uneingeweihten, also Ryk, hervorhob. Für den jungen Springer wurde es eine Geduldsprobe, die er mit mustergültiger Selbstbeherrschung überstand, bis sie in einer Ecke eine Reihe von Gleitern stehen sahen, alle in unterschiedlich schlechtem oder gutem Zustand, je nach Sichtweise. Mehr als die zwei, von denen Theosius gesprochen hatte, sicher ein halbes Dutzend. Jemand steckte bis zur Taille in einem Fahrzeug, dessen Karossiere aussah, als hätte man mehrfach eine Herde wilder Hivesoldaten darüber gejagt, und war mit etwas in dem Wrack beschäftigt. Wenn stimmte, was der Museumsdirektor angekündigt hatte, dann war es der Prozess des Ausschlachtens, der hier begonnen hatte und die ganze Aufmerksamkeit des Mannes zu beanspruchen schien. Er reagierte auf ihre Anwesenheit erst, als ein lautes Räuspern ihre Ankunft ankündigte.

Der Mann war drahtig, schmal, von kleiner Gestalt und sein Körper steckte in einem verschmierten und verdreckten Overall, der die verblassten Insignien der Streitkräfte trug, ein praktisches und ganz offensichtlich sehr haltbares Kleidungsstück. Sein Gesicht, umrahmt von einem wilden, blonden Bart und wirr abstehendem, lichter werdendem Haar, war runzlig, die Augen zu Schlitzen zusammengekniffen. Die Haut war ebenfalls dreckig, die Flecken wirkten frischer als die auf dem Overall und Ryk erkannte, dass dem Mann ein halbes Ohr fehlte. In seiner rechten Hand hielt er ein altes Multifunktionswerkzeug, ein echter Schatz, der auf jedem Markt erhebliche Summen einbringen würde, vor allem, da seine interne Stromversorgung noch zu funktionieren schien.

Er sah der Gruppe entgegen und wirkte absolut nicht überrascht. Hatte Kros sie insgeheim angekündigt? Ryk hatte nichts davon mitbekommen.

»Mit wem habe ich das Vergnügen? Oha. *Den* kenne ich. Uruhard der Wachtmeister. Sollten Sie nicht auf Ihrem Posten sein? Ich wusste nicht, dass Ihre Amtszeit schon abgelaufen ist.«

Die Stimme war krächzend und schien hin und wieder mitten im Wort mit einem Kieks zu versagen, um dann unvermittelt in eine tiefe Fülle umzuschlagen, was aus den Sätzen einen unerwarteten, etwas dissonanten und durchweg anstrengenden Singsang machte. Ryk musste sich konzentrieren, um den Worten zu folgen.

»Es haben sich Dinge ergeben«, erwiderte Uruhard, »die eine Neuorientierung meines Lebens erforderlich machten.«

»Gehörte dazu, den Sire umzubringen?«, fragte der plötzlich dann doch gut informierte Mechaniker.

Uruhard blieb gelassen. »Ich habe keine Hand an ihn gelegt. Ich bringe keine Leute um. Ich war aber … zugegen.«

Uruhard sah offenbar keinen Sinn darin, seine Beteiligung, so indirekt sie auch gewesen sein mochte, in Abrede zu stellen, und der Mann im Overall nickte anerkennend.

»Der Sire war ein Arschloch. Ist nicht schade um ihn«, kommentierte er. »Es ist nur ärgerlich, wenn so was passiert. Politik, Macht, Verantwortung, das spielt alles mit rein. Ich würde mich von Stink fernhalten, so für die nächsten zwanzig Jahre. Am besten wäre wohl, Metropole 7 ganz zu verlassen, wenn Sie meinen Rat annehmen wollen.«

Er sah Theosius an und zögerte mit seinen nächsten Worten, ehe er anfügte: »Ich sehe, Sie suchen die Gesellschaft von Leuten, die sich gerne ins Abseits stellen.« Es lag kein Vorwurf in seinem Tonfall. Der Mann schien selbst mit dem Abseits gut zurechtzukommen. Er wirkte sehr entspannt.

»Wir haben in der Tat die Absicht, Metropole 7 zu verlassen«, sagte Ryk nun, weil er fand, dass er die Konversation nicht durchgehend alten Männern überlassen konnte. »Wir wollen sehr weit weg reisen und dazu benötigen wir einen Gleiter.«

Der Mann im Overall lachte. »Mit den Mühlen hier gibt es kein ›sehr weit weg‹. Einer ist noch ganz brauchbar, aber ich würde keine langen Strecken mit ihm zurücklegen wollen. Als Ersatzteillager ist er eher geeignet.«

Er zeigte auf eines der Fahrzeuge. Theosius stieß einen Pfiff aus und es war in diesem Falle ein Laut der Enttäuschung. Der Gleiter zeigte die Reste einer gelbgoldenen Lackierung und hatte wohl so etwas wie hellbraune Ledersitze gehabt, die jetzt reichlich zerrissen aussahen. Er musste irgendwann einmal ein durchaus manierliches Fahrzeug gewesen sein. Ryk war kein Fachmann und in der Tat war der Gleiter möglicherweise noch irgendwie flugfähig. So wie er aussah, konnte es sich aber um keinen besonders langen Flug handeln – und vor allem keinen in Regionen, in denen die Drachen auf sie warteten und sie ein waghalsiges Lande- oder Absprungmanöver zu fliegen hatten. Es war nicht die zerschrammte Karosserie, die diesen Eindruck erweckte, es war vor allem die gesprungene Passagierkanzel und die Tatsache, dass eines der beiden Schubtriebwerke seine Abdeckung eingebüßt hatte und einen Blick in das Innere offenbarte, der zeigte, dass dieser Gleiter nur halben Schub haben würde.

Der Mann erkannte ganz sicher die tiefe Enttäuschung in den Blicken der Besucher. »Sie wollten wirklich einen Gleiter, nicht wahr?«, fragte er interessiert. »Haben Sie denn einen Piloten? Die Automatik ist bei den meisten noch flugfähigen Einheiten hinüber und wenn sie noch funktioniert, dann ist sie nicht sehr zuverlässig. Sie brauchen jemanden, der fliegen kann.«

»Eins nach dem anderen«, brummte Uruhard. »Erst mal ein Gleiter, ohne nützt uns auch ein Pilot nichts.«

»Das eine bedingt das andere«, sagte der Mechaniker und kratzte sich hinter dem kaputten Ohr. »Wohin soll es denn gehen? Vielleicht kenne ich jemanden.«

Uruhard wechselte einen stummen Blick mit Ryk. Je mehr sie ihre Pläne in Umlauf brachten, desto größer die Wahrscheinlichkeit, dass all jene, die ihnen übelwollten, sich ihnen entgegenstellen würden. Wenn auch noch herauskam, dass sie voll funktionsfähige Schutzanzüge erbeutet hatten, würde die Jagd auf sie beginnen, und sei es nur aus blinder Gier. Andererseits ...

Theosius räusperte sich. »Ich helfe ihnen. Das sollte doch genügen.«

»Ihr Ruf eilt Ihnen voraus, Theosius«, sagte der Mann im Overall. »Für mich sind Sie aber nicht halb so vertrauenswürdig, wie Sie meinen. Tatsächlich halte ich Sie für einen ziemlichen Spinner. Ihre kleine Revolution hat mehr zerstört als erschaffen.«

»Sie ist gescheitert.«

»Sie war zum Scheitern verurteilt.«

»Im Nachhinein betrachtet stimme ich Ihnen sogar zu«, gab Theosius erstaunlich ruhig zu. »Aber wissen Sie, damals, da hat man jeden Zweifel mit Hoffnung überdeckt. Hoffnung haben Sie doch bestimmt auch manchmal.«

Die Augen des Mannes verschleierten sich, als er an Theosius vorbei verloren auf die Schrotthaufen starrte, ohne sie zu sehen. Ryk kannte diesen Gesichtsausdruck von Menschen, die sich an einen tiefen Schmerz oder eine verlorene Sehnsucht erinnerten und für Momente davon absorbiert wurden, bevor sie in die Realität zurückfanden. Meist waren sie dann wütend auf jene, die die Erinnerung ausgelöst hatten, da sie diese normalerweise tief in sich begraben hatten, um sie möglichst zu vergessen.

Was nie funktionierte.

Der Mechaniker war nicht wütend. Er sah für den Augenblick sehr traurig aus, dann nickte er gemessen. »Ja, Hoffnung. Die kenne ich. Und Sie wollen irgendwohin fliegen, wo die Hoffnung sich erfüllen soll?«

»Wir wollen zum Letzten Admiral, in seine verborgene Festung«, sagte Ryk, einer spontanen Eingebung folgend. »Wir wollen den Hive besiegen und die Erde befreien.«

Stille. Keine andächtige Stille, sondern eine geschwängert durch gespannte Erwartung. Der Mechaniker sah Ryk an, als habe dieser nicht alle Tassen im Schrank, und vielleicht war das ja auch so.

»Den Letzten Admiral?«

»Das sagte ich«, erwiderte Ryk mit fester Stimme, denn er wollte den plötzlichen Zweifel nicht zeigen, der durch die Reaktion des Mechanikers in ihm geweckt wurde. Den hatte er nämlich eigentlich auch tief begraben und er sollte bleiben, wo er war.

Was nie funktionierte.

»Das ist interessant. Ich habe in meinem Leben schon viele Verrückte kennengelernt, aber so seriös wirkende Spinner wie Sie noch nie. Ich bin wirklich beeindruckt. Das passiert mir nicht sehr oft. Ich habe schon viel gesehen. Meinen Glückwunsch.«

Spott? Ja. Aber kein Hohn. Immerhin.

»Danke«, murmelte Uruhard trocken und warf Ryk einen strafenden Blick zu.

Eine Geste, die der Mechaniker durchaus mitbekam.

»Nein, so habe ich es nicht gemeint«, warf der Mann sofort ein. »Es war ernsthaft. Wirklich. Ich bin beeindruckt. Wozu *genau* benötigen Sie den Gleiter?«

Ryk hatte sich bereits vorgewagt, also schadete es auch nicht, den Rest der Geschichte zu erzählen. Er beschränkte sich auf das Wesentliche, aber das war schon genug, um den Mann in andächtiges Schweigen zu versetzen. Irrte er sich oder wuchs mit jedem seiner Worte das Interesse des Mechanikers? Ryk fasste plötzlich neuen Mut. Das Schicksal mochte ihnen diesmal gewogen sein.

»Faszinierend. Wirklich. Sie wissen, dass der Hive die Drachen aufsteigen lassen kann? Ehe Sie auch nur zur

Plattform kommen, von der die Sporenschiffe starten, werden Sie angegriffen.«

»Ein guter Pilot und ein gut ausgerüsteter Gleiter können es schaffen. Wir müssen nur abspringen und das Sporenschiff erreichen. Sobald wir drin sind, reagiert der Hive nicht mehr. Wenn es so klappt wie bei den Triebwürmern.«

»Sie sind Springer?«, fragte der Mechaniker mit einem wissenden Unterton. »Die Analogie könnte hinken, andererseits, wenn Sie das Steuergroßmaul schnell paralysieren ...«

Er kannte sich aus, erkannte Ryk.

»Das dürfte gehen«, sagte der Mann dann nachdenklich. »Der Weg dorthin ist schwierig. Die Sporenschiffe selbst sind ohne voll funktionsfähiges Großmaul geistlose Roboter, die nicht einmal merken, ob sich jemand an Bord schleicht oder nicht. Das gleiche Prinzip, dass hier die Springer anwenden. So lange nichts beschädigt oder anderweitig in seinen Funktionen eingeschränkt wird, kann man mitreisen. Ist wie Ungeziefer.«

»Sie haben sich damit befasst?«, fragte Uruhard.

»Ich kenne die Geschichten. Und die Aufzeichnungen aus der Vergangenheit. Früher gab es noch viele Leute, die sich für so was interessiert haben. Heute ist vieles in Vergessenheit geraten. Deswegen mag ich meinen Freund Andhmergen so gerne. Er ist vom alten Schlag. Er will die Erinnerung bewahren, auch wenn er manchmal dabei etwas übers Ziel hinausschießt.«

Der Museumsdirektor räusperte sich leise, wirkte aber eher selbstzufrieden und geschmeichelt denn beleidigt. Die beiden mussten sich schon lange kennen, das Gefühl gegenseitiger Vertrautheit war quasi greifbar.

Ryk verbarg seinen Triumph. Sein Instinkt hatte ihn keinesfalls getrogen. »Können Sie uns helfen?«, fragte er den Mechaniker.

Der schaute ihn mit einem plötzlich sehr berechnenden Gesichtsausdruck an, der Ryks Euphorie sofort verfliegen ließ. Da war noch was.

»Das kann ich. Aber will ich es auch? Das hängt ganz wesentlich davon ab, ob *Sie mir* helfen können und wollen.«

»Was können Sie uns denn anbieten?«, fragte Uruhard. In seiner Stimme lag immer noch ein Unterton des Misstrauens.

»Ich bin ein guter Pilot. Ich kann einen guten Gleiter organisieren. Einen, der nicht in der Luft zerbricht. Einen mit einer funktionierenden Autokanone, um die Drachen abzuwehren. Die beste Chance, die Sie jemals bekommen werden.« Der Mann wirkte etwas arg selbstgefällig für Ryks Geschmack, andererseits war es durchaus möglich ...

»Was wollen Sie dafür?«, fragte Theosius. »Ich habe Geld.«

»Das haben Sie«, nickte der Mann in seine Richtung. »Ich brauche aber keins. Mein Problem lässt sich nicht mit Geld lösen. Es bedarf eines etwas ... radikaleren Engagements. Ich brauche dafür Leute, die etwas riskieren wollen. Ich glaube, das könnten Sie sein, nach dem, was Sie mir erzählt haben. Schauen Sie her.«

Er legte sein Werkzeug weg und öffnete seinen Overall an der Brust. Darunter trug er nichts und auf seiner nackten Haut war ein sanft vor sich hin blinkendes, etwa handgroßes, sternförmiges Gerät zu sehen, das halb in seinen Leib eingebettet zu sein schien. Sia würde sofort verstehen, was das war. Es musste sich um das Werk eines Hybridenarztes handeln.

»Das ist ...«, begann Uruhard.

»Das ist mein Herz«, sagte der Mann. »Und ich brauche ein neues. Von dieser alten Tech gibt es noch weniger Exemplare als gute Gleiter. Helfen Sie mir, ein neues Herz zu bekommen, und ich fliege sie, wohin sie wollen.« Er sah Theosius an. »Sie wissen, was ich meine. Sie wissen vor allem, *wen* ich meine.«

Der gescheiterte Revolutionär nickte langsam, das Gesicht wachsbleich. Er sprach kein Wort.

Der Mechaniker schloss seinen Overall wieder. Er sah in die Runde und nickte dann Ryk zu. »Ich bin übrigens Samson«, sagte er. »Vielleicht haben Sie schon von mir gehört.«

18

Für manche, besonders für sehr pietätvolle Menschen, von denen es zu jeder Zeit und an jedem Ort welche gab, selbst in Metropole 7, war eine berüchtigte Bar bei Tage ein schönes Sinnbild für die Falschheit der Vergnügungen, die diese bei Nacht bot. Was in der Dunkelheit durch sorgfältige Komposition von Lichteffekten und verheißungsvolle Darstellungen der sündigen Versuchungen in dreidimensionaler Abbildung – oder im Original – die wohltuend anregende Atmosphäre von Verruchtheit erzeugte, die manch biederen Besucher dazu brachte, alte Gewohnheiten und Verhaltensweisen nur für diese eine Nacht infrage zu stellen, sah tagsüber profan aus.

Profan.

Es gab, da war sich Sia sicher, kein besseres Wort, das den Absturz vom erregenden Glamour der Nacht in die Realität des Tages eindeutiger beschrieb. Ohne die Lichter war das Gebäude der Bar simpel und langweilig. Es war aus Beton, solide gebaut und manche der Ornamente, die die Besitzer an den Wänden angebracht hatten, sahen geradezu billig aus. Der Platz vor der Bar war staubig und etwas dreckig, an einer Ecke entfernten Defos die Spuren der vorhergehenden Nacht und es waren keinesfalls appetitliche Zeugnisse der vergangenen Vergnügungen. Sie warfen Momo einen kurzen Blick zu und nickten. Es war nur leichte Überraschung erkennbar. Momo war Nachtwache gewesen, Türsteher, Rausschmeißer, und schlief, wenn es hell wurde. Ihn hier zu sehen war also zumindest außergewöhnlich.

Der Weg hierher war nicht einfach gewesen. Tatsächlich beschrieb das Wort »Umweg« ihren Marsch auch nur unzureichend. Ständig auf der Hut waren sie am Rand des Stadtviertels entlanggeschlichen und hatten sich vor jeder verdächtigen Bewegung verborgen, bis sie sich schließlich ein Herz gefasst und den direkten Weg zur Bar mitten durch Stink genommen hatten. Doch das Glück war auf ihrer Seite gewesen und die Stadtwachen mit anderen Dingen beschäftigt. Es gab Gerüchte um eine große Schlägerei, eine Auseinandersetzung zwischen verschiedenen Clans, die um die Gunst des neuen Stadtherren rangen und sich dabei nicht einig werden konnten. Dort waren sicher viele der Wachen benötigt worden. Was des einen Disput, war des anderen Schlupfloch, jedenfalls erreichten Sia und Momo die Bar unbehelligt, wenngleich bestimmt nicht unbeobachtet.

Über den Rückweg würden sie sich Gedanken machen, wenn es so weit war.

Es war also kein großes Problem gewesen, die Bar zu erreichen. In sie hineinzukommen war für einen Nichthybriden tagsüber unmöglich. Nur Bar und Restaurant im vorderen Teil des großen Gebäudes, das sich über ein beachtliches Areal erstreckte, war für die nachtschwärmende Öffentlichkeit bestimmt. Dahinter befand sich die Kolonie der Hybriden, auf drei Stockwerke verteilt, mit Wohneinheiten, manchmal nicht mehr als kollektive Schlafsäle, sowie dem medizinischen Zentrum, in dem, auch für zahlende Kunden, allerlei Dienstleistungen durchgeführt wurden. Darüber hinaus waren hier die privaten Orte der Hybriden angesiedelt, ihre Gemeinschaftsräume, die Bereiche, in denen sie sich trafen und Entscheidungen fällten, der Raum, in dem sich der hiesige Hybridenrat traf, die Vorratslager für ihre eigenen Erweiterungen und die Unterkünfte jener, die regelmäßig zu allerlei Expeditionen aufbrachen, um diese Lager zu füllen. Die Werkstätten und Operationstheater für die eigene Gemeinschaft, verborgen vor den Augen aller anderen, waren gleichfalls hier zu finden, ein Mikrokosmos, der zwar nicht völlig autark agierte und rein formell ebenfalls unter der Herrschaft der Stadt stand, de facto aber von niemandem besucht oder berührt wurde, der kein Hybride war.

Oder in seiner Begleitung.

Das galt auch für Momo. Sia bürgte für ihn und das war erst einmal gut genug. Ob es weiterhin gut genug sein würde, blieb abzuwarten.

Sie kannte die Eingänge und wusste, wie sie sich zu identifizieren hatte, und so betrat sie das Refugium der Hybriden ohne Behinderung. Da sie zudem eine besonders angesehene Frau von Rang war, begegnete man ihr mit Höflichkeit. Als sie nach einem Treffen mit ihrem Onkel verlangte, wurde dieses arrangiert, wenngleich sie zu warten hatte. Er war mit einer Operation beschäftigt.

Das war Dassios größte Fähigkeit, der Ursprung seines Ruhms und seines Ansehens. Ihn dabei zu stören wäre ein Sakrileg. Sia würde es nicht einmal wagen, wenn alles in Flammen stehen würde. Geduld war in diesem Moment ihre größte Stärke und die Strapazen der Reise verlangten sowieso nach etwas Ruhe, die sie sich gerne gönnte. Die Erlebnisse mit Sebastian lasteten schwer auf ihrem Gemüt. Momo wollte nicht darüber reden, für ihn schien die Sache abgeschlossen. Sia dagegen bedurfte des Austauschs. Sie vermisste in diesem Moment Ryk, mit dem man immer reden konnte.

Als der Mann eintrat, erfüllte seine Präsenz den Aufenthaltsraum, in dem Sia und Momo auf ihn gewartet hatten. Er war kein Hybride von beeindruckender Größe, aber die beiden vollmechanischen Servoarme, überzogen mit silbernen Pailletten, die bei jeder Bewegung im Licht der trüben Neonlampen glitzerten, waren berühmt-berüchtigt. Hybriden war Eitelkeit nicht fremd. Onkel Dassio war der Meinung, dass er die wichtigsten Instrumente seiner Kunst – von seiner Begabung als Chirurg einmal abgesehen – auch in der Öffentlichkeit glänzen lassen konnte. Sein Alter war schwer zu bestimmen, obgleich Sia natürlich wusste, dass er nicht mehr der Jüngste war. Genauso, wie er sich um die schimmernde Erscheinungsform seiner Prothesen kümmerte, achtete er auch sonst auf sein Äußeres. Die Haut in seinem Gesicht wirkte straff und frisch, ebenfalls das Ergebnis eines chirurgischen Eingriffs. Möglicherweise war es auch gar nicht mehr seine natürliche Haut. Hybriden der höchsten Ränge standen Materialien aus der Zeit der Union zur Verfügung und hatten sie sich um die Gemeinschaft verdient gemacht – woran bei Dassio keinerlei Zweifel bestand –, durften sie sich, in Maßen, aus ihnen bedienen. Dassio hatte sich bedient und verbunden mit seinem Genie ein Gesamtkunstwerk geschaffen, das exakt so aussah, wie es Sia von ihrem ersten Eingriff, damals mit sechzehn, in Erinnerung hatte. Auch seine angenehme, schön modulierte Stimme, deren Timbre jedem Patienten sofort großes Vertrauen einflößte, war noch genauso wie früher. Dassio war nicht nur ein Chirurg höchster Güte, er war auch Sias Gesangslehrer gewesen. Sie waren in ihrer Jugend mehrmals als Duo aufgetreten, in einem bescheidenen Maße, da ihr Onkel auf der Bühne niemals nach besonderem Ruhm gestrebt hatte. Sia hatte ihn durch Talent und Einsatz auf diesem Feld weit hinter sich gelassen, doch jedes Wort, das er sprach, enthielt das Versprechen eines Liedes.

Dassio hatte ein strahlendes Lächeln. Es war, als hätte jemand das Licht eingeschaltet.

»Sia«, singsangte er. »Sia, meine Taube.« Es war ernst gemeint. Onkel Dassio war immer ein guter Freund und treuer Verbündeter ihrer Familie gewesen. Das Gefühl der Vertrautheit, das sie erfüllte, hatte sie lange vermisst.

Sie umarmte ihn, anstatt selbst etwas zu sagen, und die Geste wurde mit Wärme und Herzlichkeit erwidert.

»Sia. Du hast einen Freund mitgebracht.«

So war Dassio. Momo war ein Defo und damit selbst für viele Hybride nicht mehr als ein Diener. Nicht so für Dassio. Er sah am Äußeren vorbei und suchte nach dem Kern der Menschen, denen er begegnete. Das kam mit seiner Profession. Er wusste selbst, aus eigener Erfahrung und als Resultat seiner Arbeit, dass der äußere Schein keinesfalls ausreichend war, um jemanden zu beurteilen.

»Das ist Momo. Er redet nicht viel.«

Momo nickte. Dassio sah ihn freundlich an.

»Wie erfreulich. Ich bin oft genug von meinem eigenen Geschwätz genervt. Lass dich ansehen, mein Engelchen.« Er hielt sie auf Armeslänge und sein professioneller Blick wanderte über ihre Haut. »Wer hat die letzte Operation gemacht? Die beiden neuen Rippen?«

»Elwin.«

Dassio war gnadenlos, wenn es um Operationen ging. Er zog Sias Oberteil nach unten und schaute auf ihre Brüste. Es war absolut nichts Sexuelles an diesem Verhalten, es war das Interesse eines Hybridenchirurgen, der wusste, dass er der Beste war.

»Etwas schlampig, die Narbe. Nässt sie?«

»Manchmal.«

»Schmerzt sie?«

»Selten.«

Dassio verzog abschätzig das Gesicht. Es machte ihn nicht hässlicher, tatsächlich unterstrich seine eigene Schönheit die damit ausgedrückte Kritik nur noch.

»Sie sollte gar nicht schmerzen. Hast du Zeit? Ich gehe mit dem Glätteisen drüber.«

Er meinte das nicht ganz wörtlich. Aber fast. Dassio hatte seine eigenen Methoden entwickelt, ihm ging ein entsprechender Ruf voraus. Er war absolut in der Lage, manche ihrer Beschwerden zu beheben, und sie hätte längst einen Termin mit ihm gemacht, wenn sie beide nicht dauernd anderweitig beschäftigt gewesen wären. Jetzt aber …

Sia hob abwehrend eine Hand. »Ich bin nicht hier, um mich operieren zu lassen, Onkel. Ich habe ein anderes Problem.«

»Eins?« Der Mann lächelte und entblößte, wie zu erwarten war, perfekte Zahnreihen. »Ich habe gehört, dass du deine Karriere als Sängerin um einige andere, interessante Aktivitäten erweitert hast.«

Natürlich war er informiert. Dassio war ein Mitglied des lokalen Rates.

»Erweitert? Du weißt, dass ich schon vor langer Zeit in die Fußstapfen meines Vaters getreten bin.«

»Aber niemals so entschlossen.«

»Es ist an der Zeit.«

Dassios Lächeln verblasste. Er wirkte nicht mehr so fröhlich und aufgekratzt, als sei diese Phase ihrer Begegnung nun formell abgeschlossen und er müsse auf ein anderes Kommunikationsprotokoll schalten. Dassio war ein Hybride, der nicht nur in seiner körperlichen Form die Vereinigung von Fleisch und Metall sehr ernst nahm, auch manche seiner Verhaltensweisen hatten sich diesem Ideal angepasst. Das machte ihn jedoch nicht weniger menschlich in dem Sinne, dass es seine Empathie ausgeschaltet hätte. Sia kannte ihn als gefühlvollen Menschen und an diesem Eindruck hatte sich über die Jahre auch nichts geändert. Aber er reagierte zunehmend wie jemand, der sich gleichermaßen vorgefertigter Routinen bediente, statt der Spontaneität, die einen Menschen im Regelfall ausmachte. Für manche war das schwer zu verstehen, es wirkte wie eine Beleidigung oder zumindest sehr befremdlich. Es gab Gründe dafür, warum Dassio es vorzog, unter Seinesgleichen zu bleiben und Kontakte mit rein Biologischen darauf beschränkte, sie gegen Geld zu betäuben, aufzuschneiden und zu reparieren.

»Ich bin mir nicht sicher, ob du nicht einem wilden Traum nachjagst«, sagte er leise.

»Ich jage einem wilden Traum nach und ich bin mir da ganz sicher«, war ihre Antwort, mit der sie für einen Moment wieder ein Lächeln auf seine Lippen zauberte.

»Ich urteile nicht«, versicherte er.

»Doch, das tust du, schon immer, und das ist auch gar nicht schlimm. Ich respektiere dein Urteil.«

»Aber du scherst dich nicht darum.«

Sia ignorierte den Vorwurf. »Dassio, ich benötige deine Hilfe. Du kennst viele, du kennst eigentlich jeden, und andere respektieren dich weitaus mehr, als ich es tue. Ich benötige einen Gleiter und einen Piloten. Ich benötige Samson.«

Der Chirurg kniff die Augen zusammen, die einzige offensichtliche Reaktion auf ihre Bitte. »Samson? Das ist mal eine große Bitte. Wozu brauchst du unseren besten Kurier und Lieferanten? Sia, er ist nicht irgendwer. Er ist eines der wichtigsten Verbindungsglieder unserer Gemeinschaft, wie eine Ader, die zwischen unseren Kolonien in den verschiedenen Metropolen verläuft. Er ist wertvoll. Ich will meinen, dass er sogar wertvoller ist als ich. Dein Traum in allen Ehren, aber ich kann so eine Idee nicht unterstützen, vor allem nicht, wenn mir das Risiko nicht klar ist.« Er sah sie forschend an. »Ich vermute, dass das Risiko erheblich ist? Sonst würdest du nicht nach dem Besten verlangen.«

»Es kann ihn das Leben kosten.«

Sia sah keinen Grund, Dassio zu belügen. Sie war ohnehin nicht gut darin. Dassio hatte schon immer gewusst, was in ihrem Inneren vorging, und das betraf nicht nur ihre Eingeweide.

Der Chirurg setzte sich in einen der weichen Sessel des Aufenthaltsraumes und wirkte für einen Moment sehr nachdenklich, doch Sia konnte seinem schönen Gesicht auch ohne viele Worte ablesen, was er dachte – und seine Gedankengänge entwickelten sich nicht zu ihren Gunsten.

»Ich kann das nicht verantworten, Sia. Du weißt, dass ich vieles für dich tun würde, aber hier muss ich das Wohl der Gemeinschaft im Auge haben.«

»Es wäre zum Wohl der Gemeinschaft, den Letzten Admiral zu finden.«

Dassio rang mit sich, um seine wahren Gefühle nicht zu zeigen, aber das war auch gar nicht nötig. Sia ahnte, was er eigentlich sagen wollte. Dass das alles völliger Quatsch sei, Traumtänzerei und auf jeden Fall nicht wert, sich weiter damit zu befassen oder gar das wertvolle Leben des Taxifahrers zu riskieren. Von ihrem eigenen einmal ganz abgesehen.

»Ich will dir wirklich nicht sagen …«

»Sag es.«

Dassio nickte ergeben. »Du spinnst, Sia. Ich habe wirklich den Eindruck, dass du dich auf Abwege begibst. Dein Vater hatte immer einen ungebührlichen Einfluss auf dich, aber ich habe nicht geahnt, dass er dir in diesem Maße Flausen in den Kopf gesetzt hat. Ich hätte mich vielleicht ein wenig mehr in deine Erziehung einmischen sollen.«

»Du hast meine Ersatzteile ausgesucht.«

Er sah sie strafend an. »Das meine ich nicht.«

»Du hilfst mir also nicht?«

Dassio schüttelte nachdrücklich den Kopf. »Definitiv nicht. Mit Bedauern, aber aus Überzeugung. Komm bitte wieder auf den Boden der Tatsachen. Du hast ein Leben voller Erfolg, Respekt und Leidenschaft. Dein Talent ist überall gefragt. Du musst dir keine Sorgen machen. Aber jetzt bist du dabei, alles wegzuwerfen, und das ist Verschwendung in meinen Augen. Und damit meine ich *nicht* die teuren Teile, die ich in dich hineinoperiert habe.«

Sia biss sich auf die Zunge, um zu verhindern, dass exakt diese Vermutung doch aus ihr herausplatzte. Dassio war ein genialer Chirurg, aber wie alle Hybriden natürlich auch ein Geschäftsmann, und gerade bei kargen Ressourcen achtete man immer auf das Preisschild. Da konnte er sagen, was er wollte.

Sie sprach, leise, gemessen, respektvoll. Entschieden. »Dieses Leben voller Erfolg ist sinnlos, wenn ich parallel dazu mit ansehen muss, wie unsere Zivilisation endgültig vor die Hunde geht und am Ende als schwaches Abbild ihrer selbst vor sich hinvegetiert. Du weißt doch, was hier passiert, Onkel. Wie lange wird der Hive sich noch mit der Erde befassen? Wann wird er abreisen und nur den Müllhaufen zurücklassen? Wie viele von uns werden dann noch am Leben sein, in Metropole 7 oder anderswo? Wir hatten letztes Jahr schon die ersten Probleme mit dem Trinkwasser. Die klimatischen Veränderungen sind ebenfalls nicht zu übersehen. Kannst du das nicht erkennen oder steckst du wie alle den Kopf in den Sand?«

Dassio antwortete erneut nicht sofort, und das aus gutem Grund. Natürlich war Sias Frage rhetorisch gemeint. Er war ein gebildeter Mann und hatte Zugriff auf das ausgezeichnete Informationsnetzwerk seiner Gemeinschaft. Er wusste sehr gut, wie die Erde und mit ihr alle Metropolen langsam, aber sicher auf den Abgrund zusteuerten.

»Du kämpfst gegen Windmühlen«, versetzte er dann.

»Ich weiß nicht mal, was das bedeuten soll.«

»Alte Literatur. Aus einer anderen Zeit. Möglicherweise einer besseren.« Er seufzte. »Du lässt dich natürlich durch meine Worte nicht von deinen Plänen abbringen.«

»Ich habe nicht die Absicht.«

»Gut. Dann bleibt mir nichts anderes, als dir Glück zu wünschen. Ich bete, dass du scheiterst, und zwar bevor du überhaupt in die Nähe eines flugfähigen Gleiters kommst. Mir liegt viel an dir, Sia. Ich will nicht, dass du unter die Räder kommst. Du bist sehr wertvoll, viel wertvoller, als dir möglicherweise selbst bewusst ist.«

Sia fühlte die Wärme in Dassios Worten und kämpfte einen Moment mit sich. Ihr Onkel sprach aus echter Sorge, daran hatte sie keinen Zweifel. Gleichzeitig aber war er nicht imstande, über den Tellerrand hinauszublicken, und seine hohe Position ließ ihn vor jedem Risiko zurückschrecken. Ihm ging es gut. Es würde ihm gut gehen bis zu seinem Tod. Was genau kümmerte ihn da das Siechtum kommender Generationen? Da endete irgendwann auch seine Sorge um Sia, die noch leben würde, wenn er längst zu Staub zerfallen war. Das war der wahre Egoismus der Alten. Sie schätzten die Gesellschaft jener, die sie liebten, solange sie lebten. Waren sie tot, wurde diese Sorge belanglos.

»Ich danke dir, dass du mich angehört hast«, sagte sie tonlos. Sia war enttäuscht und sie hatte nicht vor, das vor Dassio zu verbergen. Die plötzliche Mutlosigkeit, die sie befiel, war schmerzhaft. So viel war schon geschafft worden, so viel Porzellan hatte sie auf dem Weg zerschlagen, so viele Brücken hinter sich abgebrochen. Und nun stand sie vor einer Wand, errichtet von einer Person, der sie jederzeit ihr Leben anvertrauen würde – und mehrmals anvertraut hatte.

Das war nicht fair.

Sie sah Momo an, der ihren Blick mit der gleichen Ratlosigkeit erwiderte, die sie empfand.

19

»Der Preis ist hoch.«

Sie standen auf dem Tamaris-Gebäude, dem Ort in Metropole 7, der ein wenig, wenn auch nur andeutungsweise, von der alten Grandeur dieser Stadt vor dem Zusammenbruch der Union zeugte. Als einer der wenigen alten Wolkenkratzer, die im Krieg wie durch ein Wunder verschont geblieben waren, war er durch findige Handwerker renoviert und erweitert worden – eine bescheidene Welt innerhalb der Welt, die voller Geschäfte und Wohnungen war, sodass man darin sein Leben verbringen könnte, ohne sie jemals verlassen zu müssen. Der Wolkenkratzer hatte jedoch oft keinen Strom und die oberen Stockwerke hatten kein Wasser, also wurde aus der Theorie selten Praxis. Die Wohnungen unten waren sehr begehrt und brachten hohe Mieten ein, die Ärmeren wohnten weiter oben. Früher war das sicher anders gewesen, aber heute bemaß sich die Attraktivität einer Wohnung an der Leichtigkeit, in der man im Falle eines Feuers das Gebäude verlassen konnte.

Ganz oben wurde es aber wieder sehr teuer, und das aus gutem Grund.

Auf dem Dach des gut zweihundert Meter hohen Bauwerks gab es ein in Metropole 7 sehr bekanntes Restaurant mit einer beeindruckenden Dachterrasse, das Tamaris Gardens. Wer hier speiste und den wunderbaren Ausblick genoss, hatte entweder zu viel Geld oder ausreichend Masochismus, denn der Blick über die Metropole wurde durch den Hive dominiert, der so viel größer, höher, mächtiger und deprimierender war und dessen permanenter Albdruck von der Dachterrasse besonders gut auszumachen war. Vielleicht war es gerade diese Atmosphäre, die für viele so attraktiv war. Jedenfalls war es hier immer sehr voll.

Ryk, Theosius, Uruhard und Samson hatten zu viel Geld – zumindest galt das für den ehemaligen Revolutionär, der dafür, dass er ein »Exilant« war, von den Kellnern sehr freudig begrüßt wurde – und sie alle waren in der richtigen Stimmung, um sich vom Hive beeindrucken zu lassen. Seit ihr Plan wieder Konturen annahm, die auf eine Verwirklichung hindeuteten, sah Ryk den Hive mit anderen Augen. Das Wetter war heute klar und sonnig, die Aussicht ganz hervorragend, und so konnte man mit bloßem Auge Einzelheiten ausmachen, die dem Betrachter vom Boden aus meist verborgen blieben.

Ryk saß direkt an der Balustrade und schaute auf das gigantische Ding, das die Stadt überschattete, sowohl metaphorisch wie tatsächlich, je nach Stand der Sonne. Er kniff die Augen zusammen und spürte mehr die Anwesenheit der anderen, als dass er sie tatsächlich sah, so sehr war er in den Anblick versunken. Sogar der Satz aus Uruhards Mund, mit dem er die weiteren Planungen hatte einleiten wollen, war ihm zu einem Ohr rein und zum anderen wieder rausgegangen.

»Sind das die Drachen? Sie fliegen heute sehr hoch«, fragte er stattdessen und zeigte auf die winzigen schwarzen Punkte, die das obere Drittel des Hives umkreisten, zu groß für Vögel, die man aus dieser Entfernung unmöglich ausmachen konnte.

»Ja. Aus der Nähe sind sie weitaus beeindruckender. Und sehr gefährlich.«

Samsons Antwort war auf der einen Seite eine Bestätigung ihrer Informationen, auf der anderen Seite eine gute Gelegenheit für ihn, seine eigene Nützlichkeit noch einmal unter Beweis zu stellen. Drachen stiegen bisweilen hinab, aber das geschah sehr selten, denn alles auf dem Boden überließ der Hive gemeinhin den Großmäulern. Und wenn es denn doch einmal nötig erschien, blieben meist nicht allzu viele Zeugen übrig, die von diesem Erlebnis berichten konnten.

»Sie sind groß wie Pferde, halb Maschine, halb Lebewesen, wie alles im Hive. Ihre Köpfe erinnern in der Tat manchmal an die mythischen Drachen und sie haben unterschiedliche Methoden, sich in der Luft zu halten. Manche erinnern an alte Kopter, andere haben sogar Flügel, wieder andere scheinen Antigrav-Module zu tragen oder Düsentriebwerke. Die Technologie des Hives schwankt immer zwischen archaisch und hochmodern«, erklärte der Pilot.

»Ich verstehe nicht, warum das so ist«, gab Ryk offen zu. »Die Technologie der Union war, wenn ich das aus den Überresten richtig erkenne, relativ einheitlich. Sie folgte Gesetzmäßigkeiten.«

»Dahinter steckt beim Hive eine gewisse Absicht«, sagte Uruhard leise. »Hoher Adaptionsgrad, keine Überraschungen. Für jede Situation, für jeden Gegner, für jede Umweltbedingung die richtige Antwort, jederzeit. Anpassungsfähigkeit, permanente Weiterentwicklung jedes möglichen Technologiebaums. Nichts liegen lassen, nichts aufgeben, alles bewahren und zum Nutzen des Hives integrieren. Das ist das Grundprinzip seiner Existenz, Dominanz aus Chaos. Er ist nicht menschlich und er denkt nicht menschlich, soweit er überhaupt denkt.«

Ryk lauschte den Worten mit großem Interesse. So hatte er es noch gar nicht betrachtet, wenngleich er als Springer den Organen des Hives stets näher gewesen war als viele andere. Aber was Uruhard beschrieb, leuchtete ein. Und Samson schien dieser Einschätzung nicht zu widersprechen. Also war es wohl wahr – oder zumindest die beste Erklärung, die sie derzeit anzubieten hatten.

»Kommt man an den Viechern vorbei?«, fragte Ryk, dem angesichts der Schilderungen des Piloten etwas der Mut zu sinken begann.

»Erst einmal sind es keine Viecher, sie sind mindestens so intelligent wie ein Großmaul-Hauptmann.« Niemand hatte Samson von Olis Schicksal erzählt. Da Theosius es von sich aus nicht ansprach, hielten die beiden anderen auch den Mund. »Und ja, man kommt an ihnen vorbei, wenn man schnell ist, der Pilot gut und der Gleiter robust. Sie sind meist nicht bewaffnet, nicht im Sinne von Distanzwaffen. Wenn man sie auf Abstand hält, kann man weit kommen. Darüber hinaus sind manche Versionen recht schwerfällig, was mein Gleiter ganz bestimmt nicht ist.« Samson lächelte selbstgefällig. »Ich kann Sie alle nahe genug für einen Absprung heranbringen, weil ich der richtige Pilot in der richtigen Maschine bin. In der einzig richtigen Maschine, wie ich meinen will.«

»Werden die Hybriden nicht etwas dagegen haben, dass Sie uns helfen?«, fragte Ryk.

Samson zuckte mit den Schultern. »Ja, gut möglich. Sie hatten ihre Chance, ich habe sie mehrmals um Hilfe gebeten. Aber sie haben mir mein neues Herz nicht besorgen können. Ich verstehe sogar, warum das so ist. Es gibt auch für die Hybriden Regeln, über die sie sich nicht einfach hinwegsetzen können. Wenn sie nichts vorrätig haben, dann ist das eben so. Sie können keine Wunder wirken, egal wie wichtig ich für sie sein mag. Aber das hilft *mir* nicht weiter. Ich muss die Sache selbst in die Hand nehmen und ich brauche Leute, die mir helfen. Vielleicht habe ich sie ja jetzt gefunden.« Samson ließ den letzten Satz ein wenig in der Luft hängen, Ausdruck von leisem Zweifel, entweder am Mut seiner neuen Freunde oder an ihrer Bereitschaft, Dinge zu tun, die die Hybriden nicht tun wollten.

Zweifel, die nach Ryks Meinung absolut berechtigt waren.

»Wir wissen immer noch nicht, wo wir dieses Herz finden sollen«, sagte Uruhard und schaute sich um. Es war Mittag und die Dachterrasse füllte sich langsam mit Gästen, die etwas essen wollten. Samson hatte bereits für sie bestellt, an Geld schien es ihm nicht zu mangeln. Es gab etwas, das er »Tapas« nannte, und da sei »für jeden etwas dabei«. Ryk hatte eigentlich gar keinen richtigen Hunger, aber er gehörte nicht zu den Menschen, die eine Einladung ausschlugen. Man aß, wenn es etwas gab, und wenn jemand anderes dafür bezahlte, aß man, bis man platzte.

Das gehörte zu den Regeln, an die sich Ryk hielt. Sie sicherten sein Überleben, das war schon immer so gewesen.

»Die genaue Frage lautet nicht, wo, sie lautet, *in wem*«, ließ Samson die Katze aus dem Sack und erzeugte damit wahlweise verwirrtes oder betroffenes Schweigen.

Ryk sah erst die beiden anderen Männer an, ehe er die unausweichliche Frage stellte. Einer musste es ja tun. »Verstehe ich das richtig? Das Ersatzherz, von dem wir hier reden, wird gerade von jemandem benutzt? Ich meine ... es steckt in der Brust eines anderen Menschen?«

»Jetzt kommen wir zum einfachen Teil der Mission«, sagte Samson leichthin. »Nicht in seiner Brust, zumindest nicht direkt. Viel simpler: Er trägt es in einem Koffer bei sich. Da ist er auch schon. Seine Zeit, sein Restaurant ... und dort ist sein Tisch. Darf ich vorstellen: Meister Arbed Dahn, Herr der Eisernen Gilde. Sie haben sicher alle schon von ihm gehört.«

Natürlich hatten sie das und tauschten nun sehr vielsagende Blicke aus. Die Eiserne Gilde war verantwortlich für private Bauarbeiten, für jedes Handwerk, das feste Materialien benutzte – Holz, Stein, Eisen – und darüber hinaus für die Instandhaltung aller öffentlichen Gebäude, natürlich im Auftrag der diversen Stadtherren von Metropole 7. Sie war die mächtigste Organisation der Stadt, die gleichzeitig sehr darauf bedacht war, absolut keine direkte Macht auszuüben. Ihr Einfluss war indirekter Natur. Niemals hatte ein Gildenmeister irgendetwas regiert. Man sah ihn nur bei wenigen offiziellen Anlässen und die Gilde steuerte ihre Mitglieder mit sanfter Hand, nahm sie nicht aus, bedrängte niemanden, betrog nicht. Sie war, wie man so schön sagte, eine Stütze der Gesellschaft.

Und unfassbar reich. Reicher als die Hybriden, sagte man. Und was Meister Dahn in den Hinterzimmern der Macht in die Ohren der Stadtväter flüsterte, wusste niemand, auch wenn es alle ahnten. Manche meinten, Dahn würde in Wirklichkeit Metropole 7 regieren. Er würde das jederzeit leugnen und wahrscheinlich auch mit einer gewissen Berechtigung. Die Gilde war Teil eines Netzwerkes aus Macht und Abhängigkeiten, in dem viele Spinnen saßen und an den Strippen zogen.

Dass er eine besonders fette Spinne war, stand aber völlig außer Zweifel.

Ryk hatte den Mann nie zuvor gesehen, sich nie zuvor um seine Existenz gekümmert. Daher riss er die Augen auf und schaute in die Richtung, in die Samson wies.

Meister Dahn. Da war er.

Er wirkte nicht besonders angenehm. Ein Eindruck, der leicht täuschen konnte, der sich aber in diesem Moment aufdrängte. Ryk beobachtete den Mann genau, wie er die Terrasse betrat und sich auf seinen Platz zubewegte. Er war hochgewachsen, ging aber gebeugt. Der Grund dafür wurde auf einem kleinen Rollwagen hinter ihm hergeschoben. Auf diesem stand ein schmuckloser Kasten, von dem zwei Leitungen ausgingen, Schläuche, die sich unter dem weiten Mantel seines Trägers verloren. Ein großer Akkumulator stand ebenfalls auf dem Wägelchen. Zwei Leibwächter, einer davon ein Defo, bewachten gleichermaßen ihren Herren wie den korrekten Abstand, den das Herz und sein Besitzer wohl einhalten mussten, um das richtige Funktionieren zu gewährleisten. Es wurde klar, was Samson gemeint hatte.

Meister Dahn war eine Erscheinung, nach der sich alle umdrehten. Er war ein alter Mann, mit schütterem weißem Haar und einem gepflegten weißen Kinnbart. Er ging langsam, als müsse er sich jedes Schrittes erst vergewissern, und sein Gesichtsausdruck, mit dem er den einen grüßte, den anderen ignorierte, Grüße entgegennahm oder über sie hinwegsah, war säuerlich. Seine Gesichtsfarbe wirkte ungesund, die Lippen blutleer und dünn, verzogen zu einer Maske falscher Höflichkeit. Er schlurfte mehr, als dass er ging, und die Zeremonie schien keinen der Gäste hier zu überraschen.

Ryk hatte sicher schon Schlimmeres gesehen, gleichermaßen als Werk der Hybriden – um das es sich hier zweifellos handelte – wie auch jener, die aus offensichtlichen Gründen weniger Geld für ihre Operationen verlangten. Die Kleidung dieses Mannes war von höchster Qualität, seine Schuhe aus feinem Leder, blank poliert, sodass sie das Sonnenlicht reflektierten. Aber seine ganze Haltung war die eines sehr kranken Menschen, der an seiner Existenz keine Freude hatte.

Er wirkte sterbenskrank, anders konnte man seinen Auftritt nicht beschreiben.

Das war aber noch lange kein Grund, der Natur nachzuhelfen.

»Das ist nicht Ihr Ernst?«, flüsterte nun auch Uruhard in Richtung Samson. »Das ist das Herz, von dem wir hier reden? In diesem Kasten?«

»In der Tat.«

»Wenn es entfernt wird, wird er sterben!«

»Unmittelbar. Sein echtes Herz gibt es schon lange nicht mehr. Manche sagen, er habe nie eines besessen. Ich glaube nicht, dass es in der Metropole jemals jemanden gegeben hat, der Dahn wirklich mochte. Und ich glaube, das beruhte durchweg auf Gegenseitigkeit.«

Samson sprach mit einer gewissen Kälte in der Stimme. Vielleicht hatte er sowieso noch eine alte Rechnung mit Dahn offen. Vielleicht glaubte er, des Herzens würdiger zu sein als der alte Meister. Oder so ging man einfach miteinander um, sobald man gewissen Kreisen in der Metropole angehörte. Ryk war für den Moment froh, nicht zu den Schönen und Reichen zu gehören. Ihm gefiel der Umgangston hier immer weniger.

»Wir sollen ihn töten?«, echote er Uruhards Unglauben.

Samson teilte die moralische Empörung in der Stimme des Wachtmeisters offenbar nicht. »Ich glaube, Sie würden ihn eher von seinem Leid erlösen. Er hatte nur Probleme mit dem Herzen. Man konnte es ihm nicht in den Brustkorb einsetzen, es wurde trotz aller Medikamente permanent abgestoßen, sodass die Hybriden diesen kleinen ... Workaround ersannen. Er hält Dahn am Leben, das ist klar. Aber seine Existenz ist von Schmerzen geprägt und er kann sich kaum bewegen. Er ist schwach, sein Körper ein Wrack. Sein wöchentlicher Auftritt hier ist ihm heilig, er signalisiert damit der Öffentlichkeit, dass er noch atmet und seine Geschäfte führt, um Gerüchte zu vermeiden. Aber er klammert sich nur noch an das, was von ihm übrig ist. Wir tun ihm damit einen Gefallen, und uns selbst auch, uns allen. Ein Gewinn für alle.«

»Es ist Mord!«

Samson zuckte mit den Achseln. Er wirkte jetzt beinahe gelangweilt. »Sehen Sie es, wie Sie wollen. Dahns Zeit ist abgelaufen, das ist ihm anzusehen. Ich kenne die Berichte seiner Ärzte. Er hat noch ein Jahr, wenn es gut läuft, wahrscheinlich eher weniger. Wir beschleunigen den natürlichen Gang der Dinge nur ein wenig und nehmen uns, was wir benötigen. Ein würdiges Opfer, wenn Sie es dadurch schaffen, Ihre Pläne zu verwirklichen und den Letzten Admiral zu finden. Und wenn nicht«, die gleiche Geste noch einmal, »ist es auch kein Verlust. Die Gilde wird weiterexistieren. Seine Nachfolger scharren schon lange mit den Hufen. Der Übergang wird sicher grausam, da nicht jeder auf seinem Thron Platz nehmen kann und mancher auf dem Weg dorthin stolpern und sich die Nase blutig schlagen wird. Aber das war schon immer so und sollte uns nicht kümmern. Metropole 7 wird keinen Schaden nehmen. Die Gilde wird keinen Schaden nehmen.«

Schweigen folgte auf seinen Monolog. Ryk fühlte immer noch ein gewisses Entsetzen in sich, er merkte aber, dass es einem verhaltenen Widerwillen Platz machte. Er beobachtete, wie sich Dahn schließlich hinsetzte, das Gesicht aschfahl vor Anstrengung. Er sah so aus, als würde er den Verschwörern jeden Augenblick, hier und jetzt, ihre Arbeit abnehmen.

Ryk ertappte sich dabei, genau diesen Wunsch zu hegen.

Der alte Herr schaute sich um, vielleicht wartete er auf die Bedienung, dann fiel sein Blick auf die Gruppe um Samson. Eine bemerkenswerte Veränderung ging durch sein Gesicht und seine ganze Haltung. Der zusammengesunkene, von Lebensschmerz erfüllte Meister war wie weggewischt, als er Samson erkannte. Dahn richtete sich auf, ein aufrichtiges, fröhliches Lächeln huschte über sein Gesicht und er erhob sich wieder, schneller und gelenkiger, als Ryk es für möglich gehalten hätte.

»Samson!«

Die Stimme des Mannes hallte über die Terrasse und drückte freudige Überraschung aus. Dahn gab seinen Leibwächtern ein Zeichen und sie zogen den Rollwagen in die Richtung ihres Tisches, dem sich der alte Mann nun näherte, weitaus schneller, als er eben noch den Weg zu seinem Platz zurückgelegt hatte.

»Samson! Darf ich mich zu dir setzen?«

»Aber natürlich, Arbed. Wir sehen uns viel zu selten.«

»Das sehe ich auch so. Das sehe ich auch so.«

Es war eine etwas umständliche Prozedur, aber dann saß der Meister und betrachtete die Gruppe, einen nach dem anderen, mit beinahe amüsierter Aufmerksamkeit.

»Du hast eine illustre Gemeinschaft um dich geschart, mein Freund«, sagte Dahn. Er nickte Theosius zu. »Der alte Verräter ist aus seinem Schneckenhaus gekrochen. Ich habe Sie lange nicht gesehen. Seien Sie versichert, es gibt Momente, in denen ich bedaure, dass Ihre Pläne sich nicht verwirklichen ließen. Der Gilde hätte es vielleicht geschadet, aber für die Metropole wäre es von Vorteil gewesen.«

Theosius neigte den Kopf. »Ich nehme das als Lob.«

»Jedenfalls eher als Kritik an uns selbst, dass wir Sie damals haben scheitern lassen.«

»Es war die falsche Zeit.«

Dahn lachte kehlig. »Gibt es jemals eine richtige? Und Uruhard der Wachtmeister. Ich war bei Ihrer Inauguration dabei. Sie erinnern sich bestimmt nicht an mich.«

»Jeder erinnert sich an den Gildenmeister«, gab Uruhard zurück.

»Sie sind nicht da, wo Sie sein sollten«, stellte Dahn fest.

»Etwas ist vorgefallen.«

»So hört man, ja.« Dann fiel sein Blick auf Ryk. »Ich kenne viele, aber nicht alle, junger Mann.«

»Ich bin Ryk, ein Springer«, sagte dieser schlicht. Es war ein wenig traurig, dass er im Grunde nichts Bemerkenswertes hinzufügen konnte, doch Dahn, weiterhin sehr freundlich und offen, schien zufrieden. Er wandte sich wieder seinem alten Freund Samson zu.

Wer solche Freunde hatte ...

»Ich frage dich nicht, was du hier treibst, Samson. Die Dinge, die ich wissen muss, weiß ich und alles andere belastet mich nur unnötig«, sagte Dahn zu dem Piloten, nachdem er Ryk zur Begrüßung kurz zugenickt hatte. Er drehte wieder den Kopf, sodass er sie alle im Blick hatte. »Ich genieße einfach nur die Gesellschaft eines alten Freundes. Samson hier ist so etwas wie ein Schulkamerad. Wir haben beide die harte Knute von Nauja Claudia, der brutalsten Lehrerin in der Anstalt für höhere Söhne in Metropole 3, genossen, ist es nicht so?«

»Genossen ist ein sehr dehnbarer Begriff in diesem Zusammenhang«, erwiderte Samson lächelnd. »Sie hatte einen Schlagstock. Mit Metalleinsätzen. Und es hat ihr Spaß gemacht, ihn zu benutzen.«

»Ich war nie so brav wie in jenen Jahren«, sagte Dahn und kicherte.

»Ich erinnere mich«, bestätigte Samson mit einem Schmunzeln.

»Seitdem sind wir Freunde«, fuhr Dahn fort. »Samson ist einer der wenigen Menschen, wenn nicht der Einzige, den ich so nennen kann. Unsere Lebenswege haben sich sehr weit voneinander entfernt und so sind wir auf nichts von dem aus, was der andere hat oder tut. Das Fehlen von Neid ist eine hervorragende Grundlage für eine gute zwischenmenschliche Beziehung.«

Ryk starrte Dahn an. Empfand er jetzt Mitleid für diesen Mann, der, so nah wie er jetzt saß, trotz seiner leutseligen Haltung und der neuen Energie, die ihn zu durchströmen schien, ganz deutlich nach Krankheit und Tod roch, soweit es so einen Geruch tatsächlich gab? Er musste sich eingestehen, dass ihn am meisten Samsons Reaktion erschreckte, die scheinbare, hervorragend gespielte Kameradschaft. Da, er schlug dem Meister sogar scherzhaft auf die Schulter und dieser genoss die Berührung wie einen Ritterschlag. Ein Strahlen erhellte sein verhärmtes Gesicht und er lachte so laut, dass die anderen Gäste verwundert zu ihnen herübersahen. Welch eine Scharade. Welch ein Betrug.

»Wir sehen uns zu selten, viel zu selten, alter Freund!«, sagte Dahn und hob eine Hand. »Wir wollen bestellen, von allem nur das Beste. Ich zahle.«

Das waren Zauberworte, die im Handumdrehen dienstbare Geister an ihrem Tisch erscheinen ließen. Ryk wusste gar nicht, was man an einem Ort wie diesem zu sich nahm, und so war er recht froh, dass auch Dahn die Sache mit den »Tapas« für angemessen hielt, darüber hinaus aber anfing, die Speisekarte zu rezitieren, als habe er sie auswendig gelernt. Es dauerte eine Weile, bis die Bestellung abgeschlossen war.

Es gab von allem nur das Beste. Ryk wusste nicht einmal, wie die Speisen genau hießen, unter denen sich der Tisch bog, aber es waren viele und er wurde mehrmals aufgefordert, nicht schüchtern zu sein und zuzugreifen. Ryk nahm die Aufforderung ernst und aß, richtete seine Aufmerksamkeit aber trotzdem weiter auf die Konversation am Tisch, der er nur passiv folgte. Tatsächlich waren es vor allem Samson und Dahn, die in einem vertraulichen Tonfall miteinander plauderten, der ihre lange Beziehung zueinander unterstrich. Es war das unschuldige Gespräch zweier älterer Männer, die ein langes und ereignisreiches Leben gelebt hatten und über genug Erfahrung verfügten, um nicht alles sagen zu müssen und sich trotzdem zu verstehen. Ryk erinnerte sich an niemanden aus seiner Jugend, mit dem er ein ähnliches Band teilte, und das tat ihm in diesem Moment durchaus leid.

»Wir tragen sogar das gleiche Herz, wussten Sie das?«, fragte Dahn und lachte kopfschüttelnd. »Es ist bezeichnend für unser Leben, dass wir an der gleichen körperlichen Schwäche leiden und dafür die gleiche Lösung gefunden haben, wenngleich sicher auf unterschiedlichen Wegen. Leider habe ich sie ein wenig schlechter vertragen als Samson.« Dahn zeigte auf den Rollwagen. »Aber ich will mich nicht beklagen. Ich habe lange gelebt und beabsichtige, noch ein paar Jährchen draufzulegen. Ich hoffe, mit deiner Pumpe ist alles in Ordnung, mein Freund? Es ist so alte Technik, man kann sich nie ganz sicher sein.«

»Alles bestens, Arbed, alles bestens«, log Samson ihm ungerührt ins Gesicht.

Ryk hörte für einen Moment auf zu essen und kaute mit leerem Mund, um nicht aufzufallen. Ihm war kurz ein wenig schlecht geworden. Dann griff er wieder zu und achtete darauf, sich nicht an seinem Essen zu verschlucken und Dahn ja nicht anzusehen, um nicht die Aufmerksamkeit auf sich zu lenken. Der Pilot hing an seinem Leben, das konnte der Springer ihm wirklich nicht zum Vorwurf machen. Aber das hier war ... es war widerwärtig. Und Samson erwartete, dass sie sich zum Instrument eines Mordes machten. Je länger Ryk darüber nachdachte, desto weniger schmeckte ihm die Idee. Dies war eine grausame Welt, aber mit dem Tod des Herrn von Stink hatten sie sich wirklich schon genug Feinde gemacht. Wenn auch nur der Hauch eines Verdachts auf sie fiel, am Tod des Gildenmeisters beteiligt zu sein – dann würde ihre Reise aus Metropole 7 eine endgültige sein und sie würde sie nicht notwendigerweise in Richtung Sternenhimmel führen.

»Gut, gut«, gurrte Arbed Dahn, sichtlich erfreut über die Aussicht, weitere Jahre die Möglichkeit zu haben, mit seinem alten Freund Samson zusammenzusitzen und bei einem guten Glas in Erinnerungen zu schwelgen. »Du musst mich daheim besuchen.«

»Ich muss einige Kurierflüge machen. Die Hybriden halten mich auf Trab.«

»Du bist bei ihnen hoch angesehen.«

»Man tut, was man kann.«

Das Geplapper wurde seicht und Ryk wollte aufstehen, mit den Fäusten auf den Tisch hämmern und beiden die Wahrheit ins Gesicht schreien. Aber dies war zweifelsohne die falsche Gelegenheit, um das zu tun. Er beherrschte sich und hörte irgendwann endgültig mit dem Essen auf, obgleich sicher noch Platz gewesen wäre. Ihm war der Appetit vergangen. Wurde man so, wenn man »etwas darstellte«? War es unausweichlich, dass man sich gegen die eigenen Freunde wandte? Ryk beschloss in diesem Moment, die Gabel noch in der Hand, dass er niemals, nein, niemals so enden würde.

Sollte er das zu entscheiden haben.

Die Runde löste sich auf, als Dahn wichtige Termine erwähnte und auch Samson andeutete, dass er Verpflichtungen habe. Man versicherte sich gegenseitig, sich möglichst bald wieder zu treffen, und zumindest im Falle des Piloten wusste Ryk, dass diese Absicht sehr, sehr ernsthafter Natur war. Als Dahn bezahlt und sich mit der ihm eigenen Schwerfälligkeit auf den Weg gemacht hatte, sah Samson die Freunde auffordernd an. Sein Gesicht glühte nahezu. Er schien sehr mit sich und seinem Leben zufrieden zu sein und hatte die Begegnung sichtlich genossen.

»Ich zeige Ihnen jetzt meinen Gleiter. Und dann sage ich Ihnen, wie wir an das Herz kommen.«

»Ich ...«, begann Ryk seinen Protest, spürte aber Uruhards Hand auf dem Unterarm, die ihn warnend drückte. Gegen seinen Willen schluckte er seine Worte herunter und schloss sich wortlos der Gruppe an.

Uruhard musste ahnen, wie es in ihm aussah.

Und er sollte es für sich behalten.

Das konnte alles Mögliche bedeuten, doch die wahrscheinlichste Schlussfolgerung war: Der Wachtmeister war bereit, zumindest noch über diese Leiche zu gehen.

In diesem Moment fühlte er sich mit seinem Zweifel sehr alleingelassen.

20

»Es tut mir leid, Sia, aber wir müssen handeln.«

In Dassios Stimme lag ehrliches Bedauern. Die drei bewaffneten Hybriden, deren Hände durch lange Messer ersetzt worden waren, die auf frei beweglichen Aufsätzen rotierten, wirkten hingegen ganz unbeteiligt. Sie starrten vor allem auf Momo, der sich erhoben hatte, als die vier Hybriden den Aufenthaltsraum betreten und eine Haltung eingenommen hatten, die man nur als bedrohlich ansehen konnte.

Sia sah erst Dassio an, dann die Wachen und warf schließlich Momo einen warnenden Blick zu.

»Was ist hier los, Onkel?«

»Was du getan hast, schlägt leider Wellen. Unangenehm hohe Wellen. Wir müssen uns nun damit auseinandersetzen, so leid es uns auch tut. Du bist ein Problem. Deine Absichten sind ein Problem. Wir müssen dieses Problem lösen, Sia, und das wird sicher nicht einfach.«

Sia sah ein zweites Mal von einem zum anderen und spürte die Entschlossenheit der Wachen. Hybriden machten sich normalerweise nicht die Finger – oder Prothesen – schmutzig, dafür hatten sie ihre Leute. Leute wie Momo, die die Drecksarbeit machten. Aber interne Angelegenheiten, mit den eigenen Verwandten, Freunden und Gesinnungsgenossen, waren den Gorillas aus den eigenen Reihen vorbehalten. Es waren nicht viele und ihre Ersatzteile und Ergänzungen waren auf diesen einen Zweck hin ausgerichtet. Dass Dassio gleich mit dreien auftauchte, hatte weniger mit ihr als vielmehr mit Momo zu tun. Er war die physische Bedrohung.

»Ich würde gerne auf eine Auseinandersetzung verzichten«, sagte Dassio. »Sia, der Rat der Hybriden ist alarmiert. Der Nachfolger des Sire hat sich mit uns in Verbindung gesetzt und fordert deine Auslieferung – und auch die deines Gefährten. Ihr sollt beide verhört werden. Es gibt gerade eine Notsitzung des Rates, um eine Entscheidung zu treffen. Es kann sein, dass man dich anhören wird. Ich habe aber den eindeutigen Befehl bekommen, euch beide festzusetzen, um zu verhindern, dass ihr das Gebäude verlasst und euren Plan weiterverfolgt. Es tut mir wirklich sehr leid, Sia. Ich habe den Rat gebeten, keine voreiligen Schlüsse zu ziehen.«

»Die Hybriden liefern die Ihren niemals aus, das war schon immer einer unserer ehernen Grundsätze«, entgegnete Sia mit erstickter Stimme, geschockt über die plötzlich so aggressive Vorgehensweise ihrer eigenen Leute. »Egal worum es geht.«

Dassio hob abwehrend die Hände und sah beinahe gekränkt aus. Sia nahm ihm das nicht ab und das erschreckte sie. Wenn das Vertrauen erst einmal angeknackst war ... sie wollte nicht glauben, dass sich ihr Onkel so verhielt. Es war alles so falsch.

»Wir liefern dich auch nicht aus. Das heißt aber nicht, dass wir uns gegen ein Verhör sperren werden. Auch wir Hybriden leben nicht auf einer Insel der Glückseligkeit. Wir sind Teil der Metropolen, auch hier in 7. Wir können uns nicht alle und jeden zum Feind machen, Sia. Wir müssen Entgegenkommen signalisieren.«

Er warf einen bezeichnenden Blick auf Momo, der schweigend danebenstand und zuhörte, wie es seine Art war. Es dauerte einen Moment, bis bei Sia auch der Groschen fiel, und ihr wurde heiß und kalt bei dem Gedanken.

»Nein«, sagte Sia. »Niemals werdet ihr Momo ausliefern.«

»Er ist nur ein Defo.«

»Das ist unwürdig. Ich lasse es nicht zu.«

»Ich glaube nicht, dass du eine Wahl hast. Der Rat entscheidet über dein Schicksal ebenso wie über das deines Freundes. Du kannst dich dem Entschluss nicht entziehen und wenn du es versuchst, musst du dich den Konsequenzen stellen.« Dassio sah Momo zwingend an. »Du auch, Defo. Du bist stark und nicht leicht zu verletzen. Aber unterschätze niemals die Kampfkraft eines entschlossenen Hybridenkriegers.«

»Ich weiß«, grummelte Momo. Er hatte zweifelsohne lange genug für die Gemeinschaft gearbeitet, um zu verstehen, welches Potenzial ein gut operierter und aufgerüsteter Hybride entfalten konnte. Momo wusste seine eigenen Kräfte gut einzuschätzen – und auch, wo seine Grenzen lagen, dessen war sich Sia ganz sicher.

Sie fühlte sich hilflos, doch an Dassios Entschlossenheit, die Weisungen des Rates auszuführen, bestand wohl kein

Zweifel. Ihr Onkel war jedoch selbst Mitglied dieses erlauchten Gremiums und konnte hoffentlich ein gutes Wort für sie einlegen. Ihn jetzt weiter zu verärgern und ihn vielleicht in eine unmögliche Situation zu bringen würde ihr nicht weiterhelfen – und Momo sicher auch nicht.

»Komme ich ins Gefängnis?«, fragte Sia.

»Wir haben kein Gefängnis.«

»Der Sire hat eins.«

»So weit sind wir noch nicht.«

Dassio hielt es für notwendig, ›noch‹ zu sagen, als sei die Warnung nicht eindringlich genug gewesen.

»Was geschieht nun mit uns?«

»Erst einmal gar nichts. Ich bin nur hier, um euch über die veränderte Situation in Kenntnis zu setzen. Ihr bleibt beide in diesem Raum. Wenn ihr etwas braucht, sagt Bescheid. Ich gehe jetzt zur Ratssitzung, wo wir über euer Schicksal entscheiden werden. Ich werde euch nicht beleidigen, indem ich die Wachen im Raum lasse, aber sie werden vor der Tür warten. Versucht es also gar nicht erst.«

Dassio nickte ihnen zu und verließ sie, die drei Hybriden mit den Messerhänden schauten sie ebenfalls warnend an und ließen die Klingen kurz effektvoll gegeneinander schaben, was einen ziemlich widerlichen, metallischen Laut ergab, ehe sie gemeinsam die Tür durchschritten und diese sorgfältig hinter sich verschlossen.

Für einen Moment herrschte Stille. In Sias Kopf kreisten die Gedanken. Ihre eigenen Leute stellten sich gegen sie. Es war kaum zu glauben. Sie hatte wenig Angst um sich selbst, der Rat würde sie, wenn überhaupt, nur symbolisch sanktionieren. Momo aber war der klassische Sündenbock, und das wusste er auch.

»Einen schaffe ich«, wisperte er. »Zwei tun weh. Drei geht nicht.«

Damit hatte er die taktischen Herausforderungen eines Fluchtversuchs gut zusammengefasst. Sia traute sich nicht einmal zu, eine der Wachen zu überwältigen. Es war eine Sache, das weiche Fleisch einer nicht aufgerüsteten Person zu zerquetschen und ihre Knochen zu brechen, dazu bedurfte es nur einer gewissen Kraftanstrengung und ausreichender Brutalität. Die drei Wachen aber waren für Auseinandersetzungen mit Weichkörpern wie Hybriden gleichermaßen konfiguriert und würden sie leicht überwältigen. Es war aussichtslos, an eine Flucht zu denken, da hatte Dassio absolut recht.

»Warten?«, fragte Momo.

Sia wollte so gerne eine andere Antwort geben. Sie wollte sich eine geniale Lösung aus dem Ärmel schütteln. Aber die Kette an Missgeschicken riss nicht ab, sodass ihr nur die Hoffnung blieb, dass die andere Hälfte ihrer Gruppe bessere Karten hatte und ihre Pläne weiterverfolgen konnte, ohne vor ähnliche Probleme gestellt zu werden. Sia wollte nicht, dass die Verzweiflung von ihr Besitz ergriff, aber es war schwierig genug, die Ruhe zu bewahren, von einer echten inneren Ausgeglichenheit ganz zu schweigen.

Die Zeit verging. Das Warten erfüllte sie mit Ruhelosigkeit. Sie ertappte sich dabei, wie sie umherwanderte und sich dadurch nur noch nervöser machte. Die Minuten vergingen träge, aber sie vergingen.

»Sia!«

Dassio stand wieder in der Tür. Er sah sie ernst an. Die Besprechung war kurz gewesen, viel zu kurz. Das waren schlechte Nachrichten. Oder?

»Der Rat wünscht, euch zu sehen. Folgt mir.«

Es war keine Bitte, es war eine klare Anweisung, unterstrichen durch die drei Wachen, die sich wieder blicken ließen. Sia legte Momo eine Hand auf den Arm. Es sollte ihn beruhigen, aber stattdessen profitierte sie von seiner stoischen Kraft. Der Fels in der Brandung. Sie war von einer solchen emotionalen Stärke im Augenblick weit entfernt. Die Aussicht allein, dass sie sich der Solidarität ihrer eigenen Leute nicht sicher sein konnte, hatte sie zutiefst erschüttert. Es gab diese Momente, die das eigene Leben veränderten, die Dinge auf den Kopf stellten und Gewissheiten in Fragen verwandelten. Es waren furchtbare Momente, doch jetzt durchlebte sie einen solchen.

»Gut, gehen wir.«

Die Ratshalle war kein besonders schöner oder großer Raum, wie so oft bei den Hybriden herrschte auch hier eher Zweckmäßigkeit vor. Der Rat hatte mit Dassio neun Mitglieder und stellte mehr oder weniger die Regierung der Hybridenkolonie in Metropole 7 dar. Es waren drei Frauen und sechs Männer, oder fünf, niemand war sich bei Helg sicher und er legte auch keinen übergroßen Wert auf eine eindeutige Zuordnung. Sie saßen in einem Halbkreis hinter einem eigens dafür gefertigten, halbrunden Konferenztisch, der mit allerlei alter Technologie beladen war, einiges davon funktionstüchtig, anderes mehr dekorativ. Darüber hinaus gab es in dem Raum Zuschauerbänke, denn manche der Routinesitzungen des Rates waren öffentlich, und Sia entsann sich dunkel, in jungen Jahren in Metropole 5 einer solchen beigewohnt zu haben. Details waren ihr entfallen, es war wahrscheinlich einfach nur sehr langweilig gewesen.

Das hier würde nicht langweilig werden.

»Sia.« Ein alter Hybride, dem man den körperlichen und mechanischen Verfall ansah, erhob sich ächzend. Fehlte nur noch, dass er quietschte. Es war Lethar, der Vorsitzende des Rates, quasi so etwas wie eine Institution. Manche sagten, er habe schon zu Zeiten der Hivelandung gelebt und auch wenn das höchst unwahrscheinlich war, bestand doch immer ein Restzweifel, ob es nicht vielleicht doch stimmte. Lethar kokettierte gerne mit diesem Gerücht, was nicht dabei half, es einzudämmen. Sein umfassendes Wissen als Historiker von Rang machte es schwer, nachzuweisen, dass er damals noch *nicht* am Leben gewesen war. »Ich habe Ihr Konzert in der Highway-Bar in Metropole 3 gehört, vor zwei Jahren. Ein Eindruck, den ich niemals vergessen werde.«

»Danke, Ehrwürdiger«, sagte Sia mit einer Verbeugung. Ein Fan oder eine bloße Höflichkeit, sie war sich nicht sicher. Die anderen Ratsmitglieder grüßten sie ebenfalls, einige standen auf, andere blieben sitzen, ein Ausdruck des Grades an Respekt, den sie ihr entgegenbrachten.

»Setzen wir uns alle«, forderte Lethar sie auf. »Ich hasse es, zu stehen. Dies ist kein Gerichtsprozess. Wir sind zusammengekommen, um ein Problem zu lösen. Kann man bitte eine passende Sitzgelegenheit für den Begleiter der Sängerin finden? Wir sind kein unhöflicher Rat, egal wer vor uns tritt.«

Dem Befehl wurde sofort Folge geleistet. Momo setzte sich vorsichtig, aber der Sessel hielt seinem Gewicht problemlos stand.

Lethar seufzte und fuhr sich mit der flachen Hand über die wie Pergament aussehende, gespannte Kopfhaut. Es klang wie das Schaben von Sandpapier.

»Sia, ich weiß, dass diese Situation nicht leicht für Sie ist. Für uns aber auch nicht. Wir haben uns hier versammelt, weil gewisse Vorfälle uns zu einer Reaktion zwingen.«

Lethar seufzte ein zweites Mal, diesmal, um damit einen Effekt zu erzielen, und schaute auf etwas, das vor ihm lag.

»Sia, wie weit sind Sie in den Tod des Sire, des ehemaligen Herrn von Stink involviert?«

»Ich habe ihn in Notwehr getötet. Mit meiner Filamentklinge.« Sie hob ihren rechten Arm, um zu demonstrieren, wo diese steckte. Der Rat wusste natürlich davon. Dassio hatte sie ihr als Waffe eingesetzt. Es gab so viele aufdringliche Fans. »Noch einmal: in Notwehr. Er wollte meine Karte, die zum Zugang zum ehemaligen Flottenhauptquartier führt.«

»In das Sie mit Ihren Freunden eindringen wollten, um dort ...«

»Hinweise auf den Standort der verborgenen Festung von Admiral Rothbard zu finden. Ich bin mir sicher, dass diese Geschichte sich auch bis zum Rat herumgesprochen hat.«

»Wir wollten es gerne aus Ihrem Munde hören. Eine der wirren Ideen Ihres Vaters.«

»Mein Vater war einst Ratsmitglied in unserer Gemeinschaft in Metropole 4. Ein hoch angesehener Würdenträger unseres Volkes, wenn ich mich nicht irre. Ein Historiker von Rang, oder?«

»Sie wollen mich beschämen«, tadelte Lethar. Er wirkte etwas irritiert. »Ich kannte Ihren Vater besser als Sie selbst, Sia. Er war ein begabter Mann, der seltsame Wege ging. Ich möchte nicht schlecht über Tote reden. Aber er war jemand, der seine Begabungen verschwendete, und damit kein gutes Vorbild für eine Tochter, die im Begriff ist, das Gleiche zu tun.«

Sia spürte kalten Zorn in sich aufsteigen. Sie mochte es nicht, wenn man so mit ihr redete, und vor allem nicht, wenn man so über ihren Vater urteilte, den sie in höchsten Ehren hielt. Lethar war ein Kollege gewesen, vielleicht sogar ein Freund, genau konnte sie das nicht einschätzen. Aber das Andenken ihres Vaters in den Schmutz zu ziehen war unwürdig.

»Ich habe den Sire in Notwehr getötet. Er hatte meinen und den Tod meiner Gefährten befohlen«, sagte sie mühsam beherrscht.

»Dafür gibt es keine Zeugen«, murmelte ein anderes Ratsmitglied, dessen Namen sie nicht kannte, eine Frau, die sehr erschöpft wirkte und leise, kaum hörbar sprach. »Man fand nur halb verweste Leichen in den Müllbergen. Unsere eigenen Betas und Gammas waren zudem in einen früheren Vorfall verwickelt. Einen, den man als provokativ bewerten könnte.« Sie sah Sia an. »Unsere eigenen Betas, Sia. Das war sehr unangenehm für die Gemeinschaft.«

»Es war ein Notfall. Es war Notwehr. Wir haben uns verteidigt, nicht angegriffen«, beharrte sie.

»Der Sire war auf seinem Territorium. Er hatte das Recht, Dinge einzufordern.«

»Nicht mit Gewalt und ohne Beschluss eines Tribunals. Ich bin Hybride, es gibt Vereinbarungen.«

»Vereinbarungen, deren Wirkkraft infrage gestellt wird durch frühere Verbrechen«, sprach nun ein dritter Ratsherr, ein jüngerer Mann mit lauter Stimme, kahlem Schädel und nur einem Auge. Dieses richtete er auf Sia und ignorierte Momo, wie sie alle so taten, als sei er nur ein Einrichtungsgegenstand. Ihr war das recht, solange damit verhindert werden konnte, ihn zu einem Bauernopfer zu machen.

»Welches Verbrechen soll das sein?«, verlangte Sia zu wissen.

»Den Wachtmeister dabei zu unterstützen, seinen Posten zu verlassen. Uruhard war dazu ohne Zustimmung der Stadtherren nicht berechtigt. Jeder, der ihm hilft, seine Pflichten zu vernachlässigen, die für diese Stadt und ihr Wohlergehen unerlässlich sind, begeht ein Verbrechen.«

»Es war seine Entscheidung und seine Tat. Er hätte es auch ohne mich gemacht, von der Wichtigkeit der gleichen Mission erfüllt wie wir alle.«

»Wir wollen uns nicht auf Sophisterei herablassen«, sagte nun Lethar mit einem missbilligenden Unterton und seine Mahnung war zweifelsohne an alle gerichtet. »Tatsache ist, dass der neue Sire, der Sohn des Ermordeten, Anklage erhebt und es ist nicht an diesem Rat, genau zu klären, wo die Verantwortlichkeiten liegen. Dies ist kein Gericht, das habe ich bereits einmal betont.«

»Warum fühlt es sich dann so an?«, fragte Sia.

»Für Ihre Gefühle können wir nichts. Es geht hier darum, ob wir Sie der Gerichtsbarkeit des Sire überstellen oder ob wir drum herumkommen. Ignorieren können wir die Ansprüche des Herrn von Stink nicht. Wir sind etwas Besonderes, aber wir stehen nicht über dem Gesetz.«

Lethar hatte das Problem damit recht gut zusammengefasst.

»Schickt mich«, knurrte Momo. Er erhob sich schwerfällig. »Meine Schuld. Nur ein Defo. Schickt mich. Lasst Sia.«

Sia zuckte zusammen. Was für eine ausgesprochene Dummheit! Sie versuchte doch, exakt das zu verhindern!

Lethar aber sah den Defo nachdenklich an, ehe er langsam und zustimmend nickte. »Das wäre ein Angebot, das wir machen könnten, um die Sache möglichst schadenfrei zu bereinigen. Wir …«

»Niemals!«, rief Sia. Wieder erfüllte sie dieser kalte Zorn. Als Meisterin der Stimme konnte sie ihm in einem Wort auf eine Weise Ausdruck geben, der alle erstarren ließ. »Das ist ein Verrat, den ich nicht dulden kann. Ein Opfer, das allein auf Diskriminierung und Verachtung seiner Art beruht. Ich dulde es nicht. Wir sind nicht so, wir sind besser!«

»Welch ein Irrtum«, sagte Helg nun. »Wir sind nicht besser und wir können uns das auch nicht leisten. Haben wir die Situation nicht ausreichend klargemacht, Sia? Wir leben auf keiner Insel, verdammt, wir sind immer noch Teil der Menschheit und der Metropole. Es gibt Regeln hier.«

»Der Sire hat auf die Regeln geschissen und uns angegriffen und bedroht«, gab sie furchtlos zurück. »Was ist damit?«

»Das entscheidet das zuständige Gericht.«

»Unter dem Vorsitz des Sohns des Toten? Was für eine Art von Gerechtigkeit soll das sein?«

»Niemand hier«, sagte Lethar laut, »strebt nach Gerechtigkeit. Es geht allein um Recht. Sie erwarten vom Leben tatsächlich Gerechtigkeit? Ich kann nicht glauben, dass Sie so naiv sind, Sia. Ich habe Besseres von Ihnen erwartet! Dies ist Metropole 7. Wir können uns glücklich schätzen, dass es auch nur einen Anschein von Recht gibt. Mehr dürfen wir nun wahrlich nicht erwarten.«

Besseres. Aus Lethar sprach Enttäuschung über die Tochter eines alten Freundes oder zumindest Kollegen, an die er wohl gewisse Ansprüche gehabt hatte, Erwartungen, die sie ebenso enttäuscht hatte wie die von Dassio, der mit verkniffenem Gesicht danebensaß und dem Austausch schweigend lauschte. Er schien ihr nicht helfen zu wollen. Er war auf Lethars Seite, nicht auf ihrer.

»Momo zu opfern ist …«

»Er hat sich freiwillig gemeldet!«, wandte Helg ein. »Es waren seine Worte. Wiederhole sie für uns, Defo!«

»Ich gehe. Mein Urteil. Sia bleibt«, tat Momo dem Rat den Gefallen. Seine Stimme und Körperhaltung verrieten trotzige Entschlossenheit. Doch Sia würde diese goldene Brücke, die sie ihr hier bauten, nicht überqueren, nicht einmal, wenn man sie zusätzlich mit Pralinen pflasterte. Und, Hybride hin oder her, für gute Pralinen war sie zu manchem Opfer bereit. Zu diesem allerdings ganz sicher nicht.

»Nein«, sagte sie erneut. »Ich werde dem niemals zustimmen.«

»Wer sagt Ihnen, dass Sie die Wahl haben?«, gab Helg zurück. »Wer sagt Ihnen, dass der Rat nicht Momos Entscheidung akzeptieren und ihm helfen wird, diese umzusetzen?«

»Ich lasse es nicht zu!«

»Ist Momo in Ihrem Besitz?«

»Hybriden haben keine Sklaven!«, erwiderte Sia empört.

»Sie bezahlen ihn für seine Arbeit? Erhält er einen Lohn oder schuldet Ihnen etwas, einen Kredit, einen Gefallen?«

»Nein.« Sia war plötzlich ganz einsilbig. Sie wusste, dass Helg sie mit diesen Fragen auf einen sehr schlüpfrigen und gefährlichen Pfad lockte. Der Rat nutzte ihre eigenen moralischen Überzeugungen und wendete diese gegen sie.

»Ist er frei? Ein freier Mann?«, echote Lethar.

»Das ist er«, sagte Sia leise.

»Dann kann er auch für sich entscheiden, oder? Er muss Sie nicht um Erlaubnis fragen?«

»Nein«, erwiderte die Sängerin leise und kapitulierte. Mit einem flehentlichen Blick sah sie Momo an, der immer noch ungerührt und offensichtlich sehr konzentriert dastand.

»Bitte«, flehte sie. »Das nützt doch nichts.«

»Wenn dir etwas passiert, sind alle enttäuscht«, murmelte Momo. »Uruhard will zu den Sternen. Ryk wird mich hassen.«

»Hassen? Ryk wird dich gewiss nicht …«

»Ich hasse, wenn jemand einer geliebten Frau schadet.« Momo zögerte. »Hatte noch keine Freundin. Würde aber.«

Der Defo konnte viel längere Sätze bilden, als Sia ihm zugetraut hatte. Sie brauchte jedoch einen Moment, um ihren Sinn zu begreifen. Ob dieser aber den Tatsachen entsprach, davon war sie noch nicht ganz überzeugt. Der Defo redete wirres Zeug. Sie sah ihn strafend an. Vielleicht half das besser, als sich auf Bitten zu verlegen. Wenn sie nur …

»Genug!«, schnitt Helgs Stimme jede weitere Überlegung ab. »Dann gehen wir also exakt so vor. Sia wird von uns in … Schutzhaft genommen, bis sich die Lage beruhigt hat. Momo wird als Mitschuldiger ausgeliefert und gestehen. Beide werden erst einmal zusammen bewacht, bis wir den Sire kontaktiert haben. Ein Geständnis ist wichtig, Momo. Wirst du das tun?«

»Ich gestehe«, sagte Momo.

»Wir werden für dich um Gnade bitten. Bist ja schließlich nur ein Defo. Die wissen es nicht besser. Wir werden uns für dich einsetzen, versprochen.«

Ob Momo das als tröstlich oder als Farce empfand, ließ er sich nicht anmerken. Er machte eine Handbewegung, die man zweifelsohne als Zustimmung werten konnte. Sia spürte, wie die Verzweiflung ihr für einen Moment den Hals zuschnürte. Die Wut, dass andere sich anmaßten, über ihr Schicksal zu entscheiden, lähmte sie. Sie war nicht mehr als eine Marionette. Es gab nichts im Leben, was sie mehr hasste.

»Der Letzte Admiral«, sagte Momo. »Er lebt. Er hilft uns.«

Das waren Worte, die hier und jetzt niemand hören wollte.

»Führt ihn ab!«, befahl Lethar. »Geht gut mit ihm um, wenn er keinen Ärger macht.«

Die Wachen salutierten und traten vor. Momo drehte sich bereitwillig um und schaute noch einmal zurück zum Rat. »Der Letzte Admiral«, wiederholte er leise, bittend. »Gebt uns diese Chance.«

Ihm begegneten kalte, abweisende Blicke und ein ebensolches Schweigen. Das letzte Nicken des Defos galt Sia. Es sollte vielleicht aufmunternd wirken, aber es wirkte nun genauso geschlagen und verloren, wie sie sich fühlte. Sie wollte auf Momo zurennen und ihn umarmen, doch ihr fiel nur eines ein: »Es tut mir leid, Momo. Es tut mir alles so furchtbar leid.«

Dieser grunzte etwas, dann war er fort. Weitere Wachen tauchten auf und nahmen Sia in ihre Mitte. Der Rat ging kein Risiko ein. Man würde sie in einen Goldenen Käfig stecken und so lange dortbehalten, wie die Gemeinschaft es für richtig hielt. Bis sie sich auf ihre eigentliche Aufgabe zurückbesann, zu singen und eine brave Hybride zu sein.

Sie schaute nicht zurück.

Diese Leute waren ihrer Aufmerksamkeit nicht länger würdig.

21

»Ich denke nicht, dass wir das tun können«, sprach Ryk aus, was sie alle dachten. Sie saßen wieder zusammen im Museum und der Direktor hatte sie mit seinen Korkenziehern allein gelassen. Er vermutete wohl, dass die Gruppe etwas besprach, von dem er besser nichts wusste. Andhmergen hatte bereits angedeutet, viel zu viel mitbekommen zu haben, und niemand nahm ihm übel, dass er sich nun entschuldigte. Der Direktor war allerdings nicht ganz so entsetzt gewesen, wie Ryk angenommen hätte. Entweder war ihm das Mordkomplott egal oder er mochte Dahn nicht oder er fügte sich dem Unvermeidlichen, so lange er nur seine Sammlung hatte.

Jeder hatte seine eigenen Prioritäten.

Uruhard schaute an Ryk vorbei direkt auf Samson. Der Pilot war nicht beeindruckt, er lehnte sich an eine Standvitrine, die Gelassenheit in Person. Diese Haltung löste in Ryk ein großes, nahezu instinktives Misstrauen aus.

»Es muss eine andere Möglichkeit geben«, sagte Uruhard und zeigte damit, dass er auf der Seite des Springers war. »Das Herz muss man doch reparieren können. Die Hybriden …«

Samson unterbrach ihn mit einer abwinkenden Handbewegung. »Ich wäre nicht so weit gegangen, einen alten Freund zu bestehlen und dabei seinen Tod in Kauf zu nehmen, wenn es so wäre. Er ist am Ende. Wer weiß, was mit dem Herzen geschieht, wenn er stirbt. Es wird an den Meistbietenden verkauft oder verbleibt ein gut gehüteter Schatz im Besitz der Eisernen Gilde. In beiden Fällen dürfte es für mich unerreichbar sein. Ich bin weder steinreich noch habe ich Zugang zu den Archiven dieses Bundes. Tatsächlich dürfte das Herz von dort weitaus schwieriger zu stehlen sein als aus Dahns toten Händen. Es ist eine Frage der Effizienz, wenn man es richtig betrachtet.«

»Es ist Mord«, stellte Theosius fest.

»Damals waren Sie nicht so zimperlich«, entgegnete Samson kalt. »Ich erinnere mich an die gescheiterte Machtergreifung. Jaja …« Der Pilot hob eine Hand, weil Theosius einen Einwand erheben wollte. »Sie nennen es Revolution und vielleicht wäre sogar eine daraus geworden, wer weiß. Aber ich erinnere mich auch noch an die toten Wachsoldaten. Haben die Wolkensamurai damals nicht auf Ihrer Seite gekämpft, Theosius? Ich glaube, seitdem haben sie den Ruf, so gut wie unbesiegbar zu sein. Sie selbst mussten sie zurückpfeifen.«

»Um unnötiges Blutvergießen zu verhindern«, brachte der gescheiterte Revolutionär hervor. Das Thema war ihm unangenehm, aber er starrte Samson dennoch mit einer gewissen Sturheit an.

»Nachdem Sie vorher *nötiges* Blutvergießen gebilligt hatten. Es ist jetzt doch nicht anders. Das ist nötiges Blutvergießen. Dahn hat noch ein Jahr, vielleicht nicht einmal das. Er ist am Ende, wir machen es ihm nur leichter und er erfüllt damit noch einen guten Zweck. Mehrere sogar. Ein Machtwechsel an der Spitze der Gilde ist lange überfällig, das glauben viele. Wenn sich eine Machtstruktur für zu lange Zeit auf eine Person ausrichtet, führt das zu gewissen Verkrustungen. Das muss ich Ihnen ja nicht erklären, Theosius. Deswegen sind Sie damals zur Tat geschritten.«

Theosius schwieg. Samson hatte ihn offenbar ein wenig in die Ecke getrieben.

»Sie könnten Ihren alten Freund um das Herz bitten«, schlug Ryk vor. »Er scheint große Stücke auf Sie zu halten.«

Der Pilot lachte trocken auf.

»Oh ja. Wenn es nach ihm ginge, würde er mir sogar helfen. Aber dagegen sprechen zwei Argumente.« Samson tippte sich auf die Brust. »Das hier hält kein Jahr mehr, es gibt also eine hohe Wahrscheinlichkeit, dass ich vor Dahn ins Gras beiße. Und bei aller Sympathie wird er für mich keinen Selbstmord begehen. Und selbst wenn: Dahn, sein Körper, sein Leben, alles, was er ist und darstellt, ist Besitz der Eisernen Gilde. So sind die Regeln. Wer den Titel des Gildenmeisters hat, wird ein Teil der Gilde und lebt für diese. Er hat schöne Kleider, wohnt in einem behaglichen Haus, hat Diener, genug zu essen, jede Annehmlichkeit – aber nichts davon gehört ihm. Er steht genauso auf der Inventarliste der Gilde wie jeder Sessel. Er kann mir nichts geben, was er gar nicht besitzt. Tatsächlich würde die Gilde ihn daran hindern, wenn sie von einer solchen Absicht wüsste. Er würde aufgrund mangelnder Loyalität seines Amtes enthoben werden.«

Samson nickte, als er Ryks ungläubigen Gesichtsausdruck bemerkte. »Genauso ist es, junger Freund. Das heißt, wir bestehlen gar nicht Dahn persönlich, sondern die Gilde. Das macht es nicht einfacher, dürfte aber helfen. Wer empfindet der Gilde gegenüber schon Schuldgefühle?«

»Es hilft nicht«, sagte Ryk trotzig. Aber dieser Trotz fühlte sich richtig an. Mit jeder Faser seines Körpers lehnte er das Vorhaben ab. Und Uruhard schien ebenfalls so zu denken, wenngleich Ryk einräumen musste, dass sein Widerstand eher verhalten war. Doch so etwas konnte man nicht machen, es gab keine echte Rechtfertigung dafür. Ryk jedenfalls dachte so und noch war er Herr seiner Entscheidungen. Samsons illoyale und kalte Taktik, die Tat doch noch zu legitimieren und moralische Zweifel leichtfertig über Bord zu werfen, bestärkte ihn zusätzlich in dieser Haltung.

»Es hilft nicht?«, fragte Samson gedehnt. »So schnell werden die Träume fahren gelassen, wegen eines alten Mannes, der bereits mit einem Bein im Grab steht? Ich bin der verdammt beste Pilot weit und breit und mein Gleiter ist die Maschine, die euch alle zum Startplatz der Sporenschiffe oben auf dem Hive bringen kann. Mein Gleiter und ich, wir bringen euch an den Drachen vorbei. Dann könnt ihr losfliegen, den Letzten Admiral finden und die Erde retten. Aller Ruhm ist für euch. Alles, was ich will, ist das Herz von Dahn, der damit nicht mehr allzu viel anfangen kann. Ein kleiner Preis.«

»Es ist Mord«, flüsterte Ryk.

Samson sah ihn missbilligend an. Dann wanderte sein Blick zu Uruhard. »Vielleicht ist der Herr Wachtmeister etwas vernünftiger. Wenn man älter wird, ändert sich die

Perspektive auf das Leben bekanntlich. Man sieht die Dinge anders, vernünftiger. Ich bin zuversichtlich, dass wir uns einigen können.«

»Ich nicht ganz so«, erwiderte Uruhard und da war kein Zittern und kein Wanken in seiner Stimme. Ryk war sehr glücklich über diesen Umstand. Er hatte für einen Moment Angst gehabt, er wäre der Einzige hier, der der Ansicht war, dass nicht jeder Zweck alle Mittel heiligte. Es mochte eine schmerzhafte Entscheidung sein, aber es war die richtige.

»Wir werden jemand anderen finden«, sagte Theosius. »Es wird riskanter, das mag wohl sein. Aber der Preis, den Sie verlangen, ist zu hoch.«

»Ist er das? Nun gut. Das muss ich respektieren.«

Bei Ryk klingelten sofort alle Alarmglocken. Die Gleichmütigkeit, mit der Samson die Absage zur Kenntnis genommen hatte, war nicht normal. Es ging um sein Herz, sein Weiterleben. Das konnte der Pilot nicht einfach so akzeptieren.

»Andhmergen!«, rief Samson. »Wir sind dann fertig. Du hast natürlich recht gehabt. Es sind Weicheier. Wir müssen wohl andere Saiten aufziehen.«

Ryk zuckte zusammen. Der Museumsdirektor musste in unmittelbarer Nähe gewartet und gelauscht haben, denn er tauchte sofort auf. Das etwas Tüdelige, fast Liebenswürdige war aus seiner Haltung verschwunden. Er wirkte nun wie ein Geier, der über seiner Beute kreiste und nur darauf wartete, dass sie aufhörte, sich zu bewegen. Er rieb sich die Hände, ineinander verschränkt wie ein Wollknäuel, in einer steten, mechanischen Bewegung, als erfülle ihn eine große Vorfreude.

»Samson, ich habe es dir gesagt. Sie sind zu schwach«, wandte er sich an den Piloten.

»Ich denke, wir haben die richtigen Argumente, um sie doch noch zu überzeugen«, erwiderte Samson kalt. »Du kannst unsere Freunde jetzt hereinlassen.«

Ryk und Uruhard fuhren herum, als zwei weitere Personen den Raum betraten, ein Mann und eine Frau. Der Mann war zweifelsfrei als Wolkensamurai zu identifizieren, das harte Gesicht übersät mit Tattoos.

»Darf ich Ihnen *Taiso* Bono vorstellen. Er ist ein hohes Tier bei den Wolkensamurai.«

Die Erklärung war unnötig. Mit dem Rang eines *Taiso* hatte er die höchste Stufe in der Hierarchie erklommen, darüber gab es nur noch die Priester. *Taiso* Bono schaute sich abwartend und abwägend um. Das lange Schwert auf seinem Rücken und die beiden Dolche in seinem Gürtel würden in Sekundenschnelle in seinen Händen liegen, wenn es sich als notwendig erweisen sollte. Ryk wurde heiß und kalt zumute.

Samson beobachtete die Reaktion einen Moment, offenbar sehr zufrieden mit dem, was er da zu sehen bekam. Dann nickte er in Richtung der Frau.

»Die junge Dame hier ist Risa Ganam, die neue Oberste Exekutorin des Sire, aus Stink. Sie wurde erst kürzlich auf diesen Rang befördert, da ihr Vorgänger einem ganz unangenehmen Vorfall zum Opfer fiel.«

Die junge Dame war blond, mit sehr kurzen Haaren und einem kantigen Gesicht, das Härte und einen gewissen Zug an Grausamkeit aufwies. Sie war nicht hässlich, aber beängstigend. An ihrer Hüfte trug sie eine abgesägte Schrotflinte in einem langen Holster, das ihren ganzen Oberschenkel bedeckte. Sie trug die Lederkluft, die für die Exekutoren des Sire üblich war. Mit etwas Mühe und großem Wohlwollen konnte man sie als die Polizeichefin von Stink bezeichnen.

Das Wohlwollen ging zumindest ihr jedoch völlig ab. Sie starrte vor allem Uruhard hasserfüllt an. Wenn ein Wachtmeister abgängig wurde, war dies ein massiver Ehrverlust für den Herrn von Stink, und wenn dieser auch noch ermordet wurde, war der Verlust gleich noch viel größer.

Es wurde jetzt sehr, sehr ungemütlich und es gab keinen Ausweg.

»Ich sehe, Sie haben Freunde eingeladen«, sagte Uruhard leise. Ryk vernahm ein unmerkliches Zittern in seinem Tonfall. Angst? Zorn? Für beides hätte der Springer Verständnis.

Samson nickte und lächelte maliziös. »Gute Freunde, die mir etwas schulden, wie so viele in Metropole 7. Ich muss Ihnen erst einmal dafür danken, dass Sie den Sire getötet haben. Er war nicht mein Freund.«

»Er war niemandes Freund«, sagte Risa Ganam. »Das wollte er auch nie sein.«

»Jedenfalls brachte das meine gute Bekannte Risa in eine exaltierte Position im Haushalt seines Nachfolgers. Risa und mich verbindet eine lange Geschichte, seit ich sie auf meinen Knien gewippt habe.«

Samson lächelte sie ohne jede Wärme an und die Exekutorin verzog nur die Lippen. Dass die beiden aber trotzdem etwas verband, war offensichtlich. Zwischen ihnen herrschte eine Vertrautheit, die fast greifbar war. Es war unausweichlich, dass jemand wie Samson eine Menge Leute kannte.

»Der edle *Taiso* hier schuldet mir etwas«, sagte der Pilot nun und nickte Bono zu.

»Wir wollten das nicht thematisieren«, zischte der Offizier.

»Ich sage ja auch gar nicht, um was für eine Schuld es sich handelt«, verteidigte sich Samson lächelnd. »Ich will meinen drei Kollegen hier nur verdeutlichen, dass ich gute Freunde habe, die in der Lage sind, ihnen größte Unannehmlichkeiten zu bereiten, ohne dass jemand auch nur einen Finger zu ihrer Verteidigung rühren wird. Wenn nicht …«

»Erst Bitten, jetzt Drohungen?«, fragte Theosius.

»Genauso ist es. Sie sind und bleiben ein intelligenter Mann.«

»Warum lassen Sie nicht Ihre hoch angesehenen Freunde die Drecksarbeit machen? Wenn der *Taiso* Ihnen so viel schuldet, kann er seine Samurai schicken und das Herz im Handumdrehen organisieren. Er dürfte über die notwendigen Fähigkeiten verfügen.« Theosius klang gekränkt. Die Samurai hatten einst für ihn gekämpft. Sie jetzt als Gegner zu sehen musste den Mann schmerzen.

Samson nickte. »Das könnte er wohl. Aber abgesehen davon, dass es der *Taiso* als Person ist, der mir etwas schuldet – nicht die Wolkensamurai als Organisation –, muss man die politischen Implikationen bedenken. Das könnte einen Bürgerkrieg auslösen. Das wollen wir doch nicht, oder, Theosius? Nicht noch einmal, nicht einmal Sie, mein Freund.«

Der Angesprochene sagte nichts.

»Wenn wir hingegen gefasst werden, wird man uns nicht glauben und nur denken, wir hätten unsere böse, verbrecherische Laufbahn fortgesetzt, richtig?«, schloss Ryk, die Stimme von kaltem Zorn erfüllt. Er fühlte sich in die Ecke gedrängt, gezwungen, etwas Schreckliches zu tun, zu dem er absolut nicht bereit war.

»Ein kluger junger Mann«, sagte Risa ohne jede echte Anerkennung in der Stimme.

»Er wird sehr hilfreich sein«, bestätigte Samson. »Die Stunde der Wahrheit ist gekommen. Ich sage Ihnen jetzt, wie es ablaufen wird. Die gute Nachricht: Wir werden es schnell hinter uns haben. Keine lange Wartezeit, ganz in Ihrem Sinne, meine neuen Freunde. Übermorgen wird Meister Dahn Stink besuchen und den traditionellen Markttag eröffnen, eine lieb gewonnene und schöne Tradition, die einen sogar den üblen Geruch vergessen lässt, der über allem hängt.«

Risa zeigte Samson den Stinkefinger, was dieser mit Würde zur Kenntnis nahm.

»Er wird, wie jedes Jahr, in der Gildenherberge residieren, im obersten Stockwerk, das er ganz allein für sich und seine Leute gemietet hat. Drei Tage ist er da, drei Tage, in denen wir aktiv werden können. Wir werden dort eigene Räumlichkeiten anmieten, tatsächlich ist dies in weiser Voraussicht bereits geschehen. Es wird kein Problem sein, die Herberge zu betreten und den richtigen Zeitpunkt abzuwarten. Die Wolkensamurai werden genauso wegschauen wie die Exekutoren. Bleiben nur noch die Leibwachen sowie Gildenmitglieder, die sich aus falsch verstandener Loyalität in die Bresche werfen könnten. Bedauerlich, aber wohl nicht zu ändern. Dennoch kann alles in einem glatten und problemlosen Aufwasch erledigt werden. Folgendes wird jetzt passieren: Wir bringen Sie sogleich nach Stink und quartieren Sie dort ein. Theosius wird zurückbleiben müssen. Er ist im Grunde nirgendwo allzu gerne gesehen und er ist wohlbekannt. Wir wollen Aufmerksamkeit vermeiden. Uruhard kennt kaum jemand, da er seinen Turm selten verlassen hat, und wenn, dann zu nächtlichen Vergnügungen, die sich normale Leute gar nicht leisten können. Außerdem werden wir ihm den Bart abrasieren.«

»Ihr werdet was?«, begehrte Uruhard auf. *Taiso* Bono machte einen Schritt nach vorne und zog mit einer geschmeidigen Bewegung sein Schwert, dessen Spitze er direkt vor

Uruhards Gesicht schweben ließ. Es fesselte die Aufmerksamkeit des ehemaligen Wachtmeisters.

»Ich kann auch mehr als die Haare abschneiden«, warnte Bono leise. Uruhard sagte nichts mehr. Er war kreidebleich. Er musste sehr an seinem Bart hängen, fast so sehr wie an seinem Kopf.

»Dann wäre das ja geklärt.« Samson lächelte selbstzufrieden. Er sah noch einmal seine drei Opfer an, in seinem Blick nicht das geringste Mitleid.

»Oder soll ich Sie gleich dem neuen Sire übergeben oder den Wolkensamurai?«, fügte er mit Blick auf den *Taiso* hinzu, der einen säuerlichen Eindruck machte.

»Das wird nicht nötig sein«, erklärte Uruhard. »Theosius hier hat aber mit alldem nichts zu tun. Er hat uns erst später geholfen, als die Sache in Stink schon gelaufen war.«

Samson lachte laut auf. Es klang nicht belustigt, es klang gehässig. Ein netter, alter Mann mit einer sehr fiesen Einstellung. Ryk war enttäuscht, dass seine eigene Menschenkenntnis ihn so im Stich gelassen hatte.

»Theosius hat es Ihnen nicht gesagt?«

»Was gesagt?«, kam Ryk nicht umhin zu fragen. Er schaute Theosius an, der die Zähne aufeinanderpresste und etwas schuldbewusst dreinsah.

»Theosius wurde aus vielen Gründen am Leben gelassen«, sagte Andhmergen. Bisher hatte der Museumsdirektor ruhig danebengestanden, aber jetzt lag ein Glitzern in seinen Augen und er freute sich sichtlich, zu Theosius' Unwohlsein beitragen zu können. »Einer davon war, dass er sich an eine Reihe von Regeln hält. Er muss keinesfalls immer zu Hause sitzen, das erwartet niemand von ihm. Aber niemals darf er sich in Angelegenheiten politischer Natur einmischen, weder direkt noch indirekt. Die Strafe für eine solche Involvierung ist längst festgelegt, sie wurde nach der gescheiterten Revolution ausgesprochen und nur ausgesetzt. Sein Tod. Er weiß das und hat sich trotzdem mit euch eingelassen, obgleich ihm eure Vorgeschichte bekannt war. Selbst wenn sie ihm nicht bekannt gewesen wäre: Unwissenheit schützt vor Strafe nicht.«

»Er hat nichts Politisches getan!«, sagte Ryk.

»Er kooperiert mit den Mördern des Sire, jemandem, den er bekanntlich absolut nicht leiden konnte. Das ist so politisch wie nur irgendwas.« Andhmergen lächelte freudlos. »Er hätte sich einfach zurückhalten sollen. Aber er war schon immer sehr am Schicksal anderer Menschen interessiert. Das wurde ihm damals zum Verhängnis und jetzt wieder. Ein ewiger Kreislauf der Dummheit. Nein. Theosius wird helfen, das Herz zu erbeuten, oder er wird ganz sicher einen Kopf kürzer gemacht. Und das heißt für ihn: Er wird jetzt den Mund halten, nicht wahr, mein Freund?«

Der Adressat seiner Frage nickte knapp. Die Aussagen des Museumsdirektors entsprachen also der Wahrheit.

»Schön, dass wir das geklärt haben«, meinte Samson und klatschte in die Hände. »Ich freue mich auf unseren kleinen Ausflug und auf mein künftiges Weiterleben dank eines neuen Herzens. Und Sie dürfen sich darauf freuen, dass wir danach sofort – jawohl, sofort, kein Scherz! – zur Spitze des Hives aufbrechen, ein Sporenschiff suchen und Sie dort abliefern, auf dass wir niemals mehr von Ihnen hören werden. Das haben Sie sich dann allerdings selbst ausgesucht.« Er zögerte kurz und zuckte dann mit den Schultern. »Im Grunde haben Sie sich alles selbst ausgesucht. Müssen wir nicht alle mit den Konsequenzen unseres Tuns leben?«

Das mussten sie wohl.

Ryk sah Uruhard fragend an. Und voller Hoffnung. Der Wachtmeister war doch ein erfahrener Mann, jemand, der viele Leute kannte, der vieles wusste, so viel mehr als ein einfacher Springer. Jemand, der Antworten kannte. Jemand, der Auswege sah.

Er schüttelte den Kopf.

Ryk wandte sich zu Theosius, aber dieser starrte nur zusammengesunken ins Leere, gleichermaßen gefangen in den Zwängen der Vergangenheit wie der Gegenwart.

»Samson, ich will mitkommen«, sagte der ehemalige Revolutionär. Er blickte auf und sah Uruhard an. »Mitgefangen, mitgehangen. Ich möchte mitkommen.«

Samson zuckte mit den Schultern.

»Bleiben Sie versteckt, halten Sie sich schön im Hintergrund. Dann sollen Sie dabei sein.«

Theosius nickte, langsam und ergeben.

Sie saßen wirklich in der Falle.

Und das hieß, dass sie töten mussten, um zu überleben.

22

Sia saß wirklich in der Falle.

Und das, nach dem Ende der unrühmlichen Ratsverhandlung, schon eine Nacht. Ein starker Kontrast von Aufregung zu Langeweile, einem für sie unerträglichen Abwarten, währenddessen sich aber auch keine neuen Erkenntnisse oder Entwicklungen ergaben. Wollte der neue Sire erst die Folterkammer vorbereiten? War sich der Rat doch plötzlich wieder uneins über ihr Schicksal? Oder war etwas ganz anderes passiert? Sie war von der Außenwelt abgeschnitten. Eine sehr frustrierende Erfahrung. Bald war sie so weit, dass sie jede Abwechslung willkommen geheißen hätte, wenn nur diese Warterei und die damit verbundene Hoffnung ein Ende haben würde.

De facto hatte man sie eingesperrt, auch wenn die Hybriden von sich behaupteten, über keine Gefängnisse zu verfügen.

Die Zelle, in die man sie gesteckt hatte, hatte man als »vorübergehende Unterkunft« bezeichnet und sie war durchaus wohnlich eingerichtet. Noch teilte sie sie mit Momo, der wie immer schweigsam war, scheinbar unberührt von der Aussicht, dem neuen Sire zum Fraß vorgeworfen zu werden. Momo hatte ein Leben geführt, das ihn zu einer fatalistischen Grundeinstellung gebracht hatte, eine Einstellung, mit der er im Zweifelsfall auch in den Tod gehen würde.

Sia wollte das aber nicht zulassen. Doch es fand sich kein Ausweg, so sehr sie sich auch den Kopf zerbrach. Es war diese Unfähigkeit, eine Alternative zu finden, die ihr am meisten zu schaffen machte. Sie war von anderen abhängig und diese waren ihrem Schicksal durchgehend nicht wohlgesinnt – und das von Momo war ihnen schlicht egal. Letzteres schmerzte am meisten. Sie fühlte sich, als würde sie den Defo verraten, und Verrat war etwas, das ganz und gar nicht in das Bild passte, das sie von sich selbst hatte.

Sie hatte schon fast die Hoffnung fahren lassen, dass noch etwas passieren würde, als sich jemand an der Tür zu schaffen machte. Sia war sofort alarmiert. Momo schaute auf. Seine Augen verengten sich kurz zu Schlitzen, dann entspannte sich sein Gesicht wieder. Er machte keine Anstalten, sich auch nur zu erheben.

Die Tür öffnete sich. Dassio trat ein. Er war allein, ohne Wachen. Entweder vertraute er seinen beiden Gefangenen, dass sie ihm nichts antun würden, oder er war einfach sehr leichtsinnig. Tatsächlich sah er nicht sonderlich glücklich aus, was Sia ihm von Herzen gönnte.

»Wie geht es euch?«, fragte er, eine leere Floskel, die Sia mit einer wegwischenden Handbewegung quittierte, während Momo diesen Quatsch nicht einmal mit einem Grunzen würdigte.

Sia sah Dassio böse an. »Was willst du, Onkel? Wird Momo bereits abgeholt? Seid ihr euch mit dem neuen Sire einig?« Jedes ihrer Worte war ätzend genug, um ihnen durch die Wände einen Weg in die Freiheit zu bahnen.

Der Mann machte einen Schritt zurück, als hätte ihn die Wucht der Worte physisch getroffen. »Sia …«, sagte er schwach.

»Was. Willst. Du?«

»Ich habe einen Ausweg für euch.« Er hielt inne. »Für euch beide.«

Stille. Sia starrte. Momo fand jetzt doch die Kraft, etwas zu grunzen.

Das kam unerwartet. War es eine Falle? Dieses plötzliche Misstrauen konnte sie nicht abschütteln, sie fühlte sich wie ein gebranntes Kind. Oder … hatte sie sich doch nicht in Dassio geirrt? Sie wollte es auf einmal wieder mit aller Macht glauben. Auch Momo zeigte ein neues Interesse an ihrem Besucher und wandte ihm seinen Blick zu. Dassio hatte ihrer beider volle Aufmerksamkeit.

»Ich kann euch helfen«, sagte ihr Onkel mit verschwörerischer Miene und sah sich um, als erwartete er, dass jederzeit die Wachen hereinstürzen und ihn von seinem Tun abhalten würden. Es war offensichtlich, dass er sich nicht mehr auf den legalen und vom Rat vorgegebenen Pfaden zu bewegen beabsichtigte. »Aber ihr müsst mir auch helfen.«

Sia sah ihn stirnrunzelnd an. »Du bist in Schwierigkeiten?«

Dassio zögerte, dann nickte er hastig. »Sozusagen. Jemand mit mehr Macht und Einfluss, als du dir vorstellen kannst, fordert eine alte Schuld ein. Einen Gefallen kann man es schon nicht mehr nennen, denn ich gehe hier ein beträchtliches Risiko ein. Meine ganze Reputation, alles, was ich bisher aufgebaut habe, steht auf dem Spiel. Aber er präsentierte den Schuldschein und ich muss zahlen, sonst bin ich auf jeden Fall geliefert.«

Dassio wirkte verzweifelt, überrascht sogar, als sei etwas eingetreten, mit dem er im Grunde niemals gerechnet hatte. Er wirkte gehetzt. So hatte ihn Sia noch nie zuvor gesehen, war der Chirurg normalerweise doch ein gleichermaßen leutseliger wie selbstbewusster Mann. Davon war jetzt aber nicht mehr viel zu sehen.

»Es ist keine Schuld«, schloss Sia. »Es ist Erpressung.«

»Es ist beides«, gab Dassio offen zu. »Und lassen wir doch für einen Moment die Wortklauberei. Es ist, wie es ist. Es ist eine Chance für euch, wenn auch kein einfacher Weg. Ich kann euch helfen. Ihr helft mir. Damit wird die Schuld beglichen. Es ist für alle eine gute Lösung, wenn es klappt.«

»Wenn was klappt?«

Dassio sah sich wieder etwas gehetzt, oder zumindest sehr misstrauisch, um. Er senkte die Stimme um einige weitere Nuancen. Besonders laut hatte er ohnehin nicht gesprochen.

»Ich möchte hier wirklich nicht darüber sprechen. Es ist eine ... Aktion, bei der ... wir zusammenarbeiten müssen.«

Etwas stimmte ganz und gar nicht. Sia konnte es fast greifen.

»Du erwartest, dass wir zu etwas zusagen, ohne zu wissen, was du vorhast? Für wie bescheuert hältst du mich eigentlich, Onkel?«

Dassio sah sie mit einem gekränkten Gesichtsausdruck an. »Du weißt, dass ich dich für recht intelligent halte. Trotz dieser Begabung hast du dich selbst in eine höchst verzwickte

Situation gebracht und jetzt hast du die Wahl: Schicke deinen Freund hier in den sicheren Tod oder verschaffe euch beiden eine Chance.«

»Du drehst alles um. Nicht ich schicke Momo in den Tod.«

Dassio zuckte mit den Schultern. »Macht das jetzt noch einen Unterschied, Sia?«

Für sie nicht. Sie ballte unwillkürlich ihre Hände zu Fäusten. »Und ich entscheide auch nicht über Momos Schicksal«, versetzte sie scharf. »Ich werde in seinem Namen keinen Deal mit dir eingehen. Vielleicht versteht ihr das endlich auch mal: Momo trifft seine eigenen Entscheidungen. Er ist ein Defo, aber das heißt nicht, dass er von anderen ewig bevormundet werden muss oder man seine Ansichten nicht ernst zu nehmen hätte. Das ist doch wirklich nicht so schwer zu verstehen.«

Dassio lächelte, etwas verächtlich, wie sie meinte. »Du kannst das halten, wie du willst«, sagte er dann. »Es kommt trotzdem auf deine Entscheidung an. Ohne dich kann ich auch deinen Freund hier nicht gebrauchen, dann wandert er schnurstracks zum Sire. Wenn du aber einverstanden bist, rette ich euch beide und wenn alles zufriedenstellend verläuft, könnt ihr weiter euren verblödeten Träumereien nachjagen. Ich habe keine Zeit für Spinner, die nicht bereit sind, die Realitäten menschlicher Existenz anzuerkennen.«

Jetzt war keine Unsicherheit mehr in Dassio zu sehen, nur eine Arroganz, die über seine Sorge um ihr Wohlergehen hinausging. Sia verschloss ihr Herz davor.

»Wir erkennen die Realität an. Wir wollen sie aber ändern«, warf sie bissig ein. Sie hasste es, wenn man mit ihr sprach wie mit einem kleinen Kind, das nicht wusste, was es da eigentlich tat.

»Wie gesagt«, erwiderte Dassio etwas abfällig. »Ich habe keine Zeit für Spinnereien. Wenn du mir geholfen hast, reite dich gerne selbst ins Unglück, und wenn der Defo dich freiwillig begleitet, beweist er nur, dass er exakt so beschränkt ist, wie ich ihn einschätze.«

Momo regte sich nicht. Er hatte in seinem Leben sicher Schlimmeres gehört und einen emotionalen Schutzpanzer um sein Herz gelegt. Sia fand es sehr schade, dass das nötig schien, aber so war die Welt. Sie arbeitete zunehmend an ihrem eigenen.

Sie holte tief Luft. Dassio entpuppte sich als Arschloch, das hehre Bild, das sie einst von ihm gehabt hatte, bekam faustgroße Löcher und begann faulig zu stinken. Ernüchternd. Schmerzhaft. Aber so es war in Krisenzeiten: Viele offenbarten ihren wahren Charakter. Sie musste lernen, das zu akzeptieren und damit umzugehen.

Und es schien, als bliebe ihr in diesem Fall keine Wahl.

Sie sah Momo an. »Was denkst du?«

Dassio stieß ein Schnauben aus, von dem sich die Sängerin nicht beeindrucken ließ.

Momo nickte nur. Er hatte kein Bedürfnis, alles bis ins Detail zu diskutieren. Er wusste bereits, dass Sia keinen Deal eingehen würde, der ihn als Opfer vorsah, und so sehr er auch bereit war, dieses Opfer anzubieten, wollte er nicht darauf beharren und damit einen letztlich unnötigen Streit hervorrufen. Er hatte seine Meinung gesagt. Es gab keinen Grund, diese in endloser Litanei zu wiederholen.

»Du hast gewonnen«, sagte Sia leise zu ihrem Onkel.

»Dann kommt jetzt mit«, erwiderte Dassio, dem nun die Erleichterung anzuhören war. »Wir haben nur ein kleines

Zeitfenster. Ich habe die Wachen anderweitig eingesetzt. Wir müssen uns sputen.«

Nun, da die Entscheidung gefallen war, passierte alles sehr schnell und vor allem sofort.

Sie verließen die Zelle. Der Gang war leer. Keine Wachen, das stimmte.

Dassio führte sie und er wusste, was er tat. Seine Schritte waren schnell und zielgerichtet. Er sprach nicht mehr. Sia fragte sich, ob sie tatsächlich so berechenbar war, dass ihr Onkel genau hatte vorhersagen können, dass sie tun würde, was er von ihr verlangte. Es war ein wenig bedrückend, wenn es so sein sollte.

Es half aber im Augenblick.

Nach einigen halbdunklen Gängen erreichten sie die Freiheit und verließen das Gebäude der Hybriden durch einen Hinterausgang, ohne auch nur irgendjemandem zu begegnen. Sie atmeten tief die frische Abendluft ein, sobald sie draußen waren. Die Tatsache, dass sie den Verwesungsgestank gar nicht bewusst wahrnahm oder die Erleichterung ihn vergessen machte, kam ihr gar nicht zu Bewusstsein. Es war später Abend, die Neonlampen vor der Bar flackerten bereits vor sich hin und es dauerte nicht mehr lange, bis die ersten Gäste eintreffen würden.

»Hier entlang!«

Dassio führte sie zu einem Bodenfahrzeug, ein Relikt aus besseren Zeiten, von denen es aber weitaus mehr gab als Gleiter, da sie leichter zu reparieren und wieder aufzubauen waren, so lange man einen funktionierenden Motor fand. Es war ein Lieferfahrzeug, mit einem geschlossenen Kasten auf der langen Pritsche, und Sia hörte das dumpfe Ächzen eines Dampfmotors. Also ein »Neuwagen«, wenn man so wollte,

Produkt der allgemeinen technischen Regression, gegen die sich nur Gemeinschaften wie die Hybriden mit aller Macht stemmten. Dampfmaschinen wurden in Handarbeit hergestellt, von Technikern einer Sonderorganisation der Eisernen Gilde. Wohlgehütetes Herrschaftswissen.

»Wohin fahren wir?«, fragte Sia.

Dassio winkte ab. »Das wirst du schon sehen. Keine Sorge, euch passiert nichts.«

Sie gab sich damit zufrieden, wahrscheinlich aufgrund eines Restvertrauens, das sie Dassio doch noch entgegenbrachte. Sie kletterten in den Laderaum und fanden dort Bänke vor. Der Wagen ging etwas in die Knie, als sich Momo hineinzwängte. Die Fahrt in dem nur durch eine schwache Lampe beleuchteten Kasten dauerte nicht lange. Sias innerer Kompass – was keine Metapher für einen hervorragenden Orientierungssinn war, sondern tatsächlich ein elektronischer Kompass! – sagte ihr, dass sie nicht im Kreis fuhren und Stink nicht verlassen hatten, als das Fahrzeug schließlich nach gut zwanzig Minuten wieder zum Stillstand kam. Weit waren sie nicht gekommen, denn der abendliche Verkehr war auch für einen Hybridentransporter ein großes Hindernis.

Sie waren noch in Stink. Daran bestand für sie kein Zweifel. Leise Angst beschlich sie. Hatte Dassio einen Deal mit dem Sire? War dies eine Auslieferung? So tief konnte selbst ihr Onkel doch nicht sinken.

Dassio öffnete die Tür. Sia streckte den Kopf heraus. Eine Seitengasse, von der aus sie einen guten Blick auf die Plaza hatte, so etwas wie das städtebauliche Zentrum von Stink, an dem unter anderem die protzige Residenz des Sire lag, wie auch andere mehr oder weniger öffentliche Gebäude. Dassio zeigte auf einen Nebeneingang. Sia orientierte sich noch einen Moment. Es war ein Hotel, keine Frage. Dassio gedachte sie wohl standesgemäß unterzubringen. Es war jedenfalls nicht das, was Sia erwartet hatte.

»Was machen wir hier?«, fragte sie.

»Wir treffen jemanden, unter anderem Leute, die du gerne wiedersehen wirst«, erwiderte er. »Hier, wir nehmen die Hintertreppe.«

Das hintere Treppenhaus des mehrstöckigen Gebäudes war eng und schmuddelig und die Holztreppe knarrte bedenklich unter Momos beachtlichem Gewicht.

»Was für Leute sind das?«, hakte Sia nach.

»Du wirst mit deinen Freunden vereint. Welch glücklicher Zufall.«

Sias Herz machte einen Sprung. Das war natürlich absolut kein Zufall, aber die Aussicht, die weiteren Herausforderungen mithilfe von Uruhard und Ryk bewältigen zu können, war besser, als auf sich allein gestellt zu sein. Aber wie konnte es sein, dass Dassios Auftraggeber, derjenige, bei dem der Chirurg in der Schuld stand, so seine Strippen in der ganzen Metropole ziehen konnte? Wer war diese mysteriöse Person und welche Absichten verfolgte sie?

»Ryk«, sagte Momo. »Gut.«

Sia blieb am Treppenabsatz des zweiten Stockwerks stehen und lächelte Momo an. In diesem einen Wort hatte so viel Herzlichkeit gelegen, sie konnte darüber nicht einfach hinweggehen.

»Gut? Du kannst ihn gut leiden, ja?«

Momo nickte. »Ich, ja. Gut aber für dich.«

Sia hob die Augenbrauen, doch dann beanspruchte Dassio wieder ihre Aufmerksamkeit. Er wies auf eine Tür, die sich wie als Antwort auf seine Geste öffnete. Der Mann, der sich im Türrahmen zeigte, war Sia wohlbekannt. Samson der Pilot, unter den Hybriden eine legendäre Gestalt und jemand, den zu treffen sie wahrlich nicht erwartet hatte.

Freudige Erwartung erfüllte sie. Hatten Uruhard und Ryk das Unmögliche erreicht und all dies ...

Sie trat ein und sah sich um.

Ein großer Raum, ein toter Kamin, einige alte, verschlissene Sessel um einen fleckigen Kaffeetisch. Altehrwürdig, mit der Betonung auf alt. Und ja, in der Tat: Da saßen ihre Freunde und Theosius und ihr Gesichtsausdruck machte deutlich, dass dies absolut kein freudiger Anlass war. Dennoch erhellten sich die Mienen für einige Augenblicke und drückten Wiedersehensfreude ebenso wie Erleichterung aus. Die Begrüßung war kurz und herzlich, während Dassio und Samson in einer Ecke standen und geduldig abwarteten, bis die Emotionen sich wieder beruhigt hatten. Dann wurde das Gefühl bittersüß. Es war alles orchestriert, wie Sia erkannte. Das war alles geplant gewesen und jetzt starrten sie gemeinsam in einen Abgrund, denn gut würde das hier nicht enden.

Dassio trat vor und zeigte auf Samson. »Er ist derjenige, bei dem ich eine Schuld abzutragen habe«, sagte er zu Sia und das mit einer belegten Stimme, der jeder Spott wie auch jedes Selbstbewusstsein fehlte. Was auch immer er dem Piloten schuldig war, es war von bedrückender Schwere. Schwer genug, um den Beschluss des eigenen Rates zu umgehen und sich damit potenziell einem Ärger beachtlicher Dimensionen auszusetzen. Sia wollte nicht neugierig sein und fragte auch nicht, aber sie hätte sehr aufmerksam zugehört, wenn Dassio sich ihr geöffnet hätte.

Was er nicht wollte.

Es war ihr suspekt. Samson war ein Pilot. Er flog einen Gleiter. Was zum Teufel konnte man ihm schulden, dass jemand wie Dassio bereit war, dafür seine Existenz aufs Spiel zu setzen?

»Ich lasse dich jetzt alleine. Tu einfach, was er sagt, und es wird geschehen, wie ich es versprochen habe.« Dassio drehte sich um und sah Samson fragend an, der ihm nur stumm zunickte, einen Ausdruck tiefer Befriedigung auf dem Gesicht.

Dassio ging.

Samson trat vor. »Dann wollen wir mal unsere Neuankömmlinge auf den aktuellen Stand bringen«, sagte er mit einem spöttischen Unterton. »Und dann gemeinsam überlegen, wie wir am besten zur Tat schreiten.«

Er sah sich um. Im Raum war niemand, der sich darauf freute. Sia fing Ryks Blick auf, der stumm den Kopf schüttelte.

»Aber erst mal einen Kaffee. Das könnte nämlich länger dauern.«

Es dauerte länger, vor allem, da Sia und Momo erst einmal Wut und Enttäuschung verarbeiten mussten, ein Prozess, den ihre Freunde ihnen voraushatten. Ob tatsächlich Momo ebenso empfand, konnte Ryk nur schwer ermessen, denn der Defo setzte sich in eine Ecke und schwieg. Er schien den anderen die Diskussion überlassen zu wollen, als ginge ihn das alles nichts an. Als Sia ihre Geschichte zu schildern begann, verstärkte sich der Eindruck, den Ryk sowieso von ihrem mächtigen Begleiter hatte: dass das stoische Äußere und seine einfache Ausdrucksweise wenig mit dem zu tun hatten, was tief in ihm vorging. Und Sia war gleichfalls zu dieser Erkenntnis gekommen.

23

Ryk war wirklich sehr froh, sie wiederzusehen. Er hatte an sich halten müssen, nicht auf sie zuzurennen und sie fest in die Arme zu schließen. Es wäre unangemessen gewesen, ganz unabhängig von der Schar der Zeugen. Es fühlte sich jedenfalls so an. Dennoch war er froh, froh genug, um ihre missliche Lage für einen Moment zu vergessen. Er betrachtete ihr Gesicht, während sie ihre Erlebnisse schilderte, und da waren mehr Falten als zuvor, unmerklich für die anderen vielleicht, aber Ryk hatte sie lange genug intensiv betrachtet, um sich seiner Sache sicher zu sein.

Die Brisanz ihrer Situation und der anstehenden Entscheidung kehrte blitzartig in sein Bewusstsein zurück, als Samson zu sprechen begann. Für Sia und Momo erklärte er, was sie vorhatten. Er benutzte die gleichen kalten und abwertenden Worte für Dahn wie zuvor und beide hörten sich die Geschichte mit stetig wachsendem Entsetzen an, das war ihnen anzusehen, selbst dem sonst so stoischen Defo.

Natürlich war die Reaktion exakt die gleiche wie damals bei Ryk, zumindest wirkte es auf den ersten Blick so. Und wie damals bei ihnen führten alle Argumentationsversuche zu absolut nichts. Samson war entschlossen. Der »Pilot« – Ryk zweifelte nicht daran, dass er einer war, gleichzeitig aber stellte der harmlos wirkende Herr so viel mehr dar – wollte ein Herz und er war bereit, dafür über Leichen zu gehen, vor allem über eine bestimmte. Und er schien Leute gefunden zu haben, die er dafür benutzen konnte.

Hatte er das?

Ryk merkte, dass seine eigenen Überzeugungen von gerade dem Menschen nicht geteilt wurden, auf dessen Meinung er so viel Wert legte. Er bemerkte es, als er Sias Gesicht betrachtete, während Samson sprach. Da war eine plötzliche Entschlossenheit zu sehen, ein Wille, all dies zu einem Ende zu bringen. Ryk bekam es beinahe mit der Angst zu tun.

»Wir machen es«, sagte Sia und starrte Samson wild an, offenbar wütend über ihre eigene Entscheidung. »Wir machen es. Für einen Flug zur Spitze des Hives. Unmittelbar nach vollbrachter Tat.«

Stille senkte sich über den Raum, erschrockene Stille zumeist, aber auch Zufriedenheit bei Samson, der nickte, als habe er im Grunde nichts anderes erwartet. Ryk sah Sia an und spürte, dass sie eine Grenze überschritten hatte, verbunden mit der Weigerung, einen Schritt zurück zu machen. Sie wollte weg von hier, ihre Hoffnung nicht aufgeben. Sie wollte es *unbedingt*.

Und es war wieder dieser Moment, in dem Ryk spürte, wenn sie ging, würde er auch gehen. Ein Moment, in dem er seine romantische Ader genauso verfluchte wie seine vollkommene und umfassende Dummheit. Er würde ihr folgen.

Wo sollte er auch sonst hingehen? Eine andere Metropole? Das war für ihn keine echte Alternative.

Samson lächelte jetzt. *Seltsam*, dachte Ryk, als er den Mann genau betrachtete. Wo er Triumph und Genugtuung erwartet hätte, fand er im Gesicht des Piloten eher Nachdenklichkeit, als würde er selbst plötzlich Zweifel an seinem Ansinnen hegen. Aber ob es sich um eine Täuschung handelte oder eine Fehlinterpretation, die Regung war genauso schnell verschwunden, wie sie aufgetaucht war. Samson lächelte Sia jetzt plötzlich anders an, dankbar und auch mit einer Spur von Triumph.

Als hätte er Ryks Blicke bemerkt.

Der junge Springer war verwirrt. Erschrocken, aber zunehmend verwirrt.

»Gut. Sehr gut. Ich denke, von den anderen kommen keine ...«, begann Samson.

»Ich werde es tun«, sagte Sia, erneut in einem Tonfall, der keinen Widerspruch bedeutete. »*Alleine*. Halten Sie alle anderen da raus. Ich erfülle ein Erbe, den Wunsch und den Traum meines Vaters. Ich mache es und *niemand* hilft mir dabei. Ich töte Dahn, ich bringe Ihnen sein Herz. Und dann, genau in dem Moment, werden wir losfliegen. Ich habe mich lange mit dem Startrhythmus des Hives befasst und schaue täglich auf den Kalender. In zwei Tagen löst sich ein Sporenschiff mit dem richtigen Ziel. Wir werden es besteigen, weil Sie uns hinfliegen, und wir werden vorher alles erledigt haben. Sind die Raumanzüge bereit?«

Sie richtete die Frage an Uruhard. Der nickte, überfallen und überfordert wie Ryk, der das Gefühl der Fassungslosigkeit über Sias Worte nicht abschütteln konnte. Glaubte sie ernsthaft ...?

»Wir haben sie mitgebracht«, antwortete Theosius stattdessen. »Sia, das ist …«

»Ich habe entschieden.«

»Du kannst das nicht entscheiden!«, platzte es aus Ryk heraus. Die Sängerin sah ihn kalt an und das traf den jungen Mann tiefer als jedes böse Wort. Dennoch, er war nicht bereit, das auf sich beruhen zu lassen. So konnte sie nicht reden. Alle Schuld auf sich laden, alle Verantwortung, das war … das ging nicht.

»Sia, das ist nicht in Ordnung so«, sagte er umständlich und weil es so umständlich klang, verfehlte es auch jede Wirkung. Sias Blick war beinahe mitleidig, doch jetzt war Ryk an der Reihe und selbst wenn er nicht ganz so gut mit Worten war, musste es gesagt werden, sonst würde er platzen. Er hob die Stimme. Vielleicht half Lautstärke. »Wir sitzen zusammen in dieser Scheiße. Du kannst nicht alleine entscheiden, dass du so einen Mist machst. Wir werden alle erpresst. Gott, Momo hat die meisten Typen umgebracht!«

Das hatte er so nicht sagen wollen, es klang falsch und missverständlich, obwohl es natürlich absolut der Wahrheit entsprach. Ryk wünschte sich, er könne die Worte greifen und sich wieder in den Mund stopfen, aber sie waren gesagt und Sia war nicht erfreut.

»Das stimmt«, grollte Momo. »Ich töte. Das war alles ich.« Er sah Sia an. »Ich töte Dahn.«

Ryk schaute von einem zur anderen. Waren hier alle in eine Raserei verfallen? Warum wollte plötzlich jeder ein Mörder werden?

Sia holte tief Luft.

Ryk unterbrach sie bereits im Ansatz. »So habe ich es nicht gemeint«, beschwor er sie. »Und das weißt du auch.

Wir stecken alle zusammen in dieser Geschichte. Also müssen wir auch zusammen wieder rausfinden!«

»Das tun wir«, sagte Sia, immer noch kalt. »Ich stehle das Herz. Zusammen fliegen wir raus.« Sie zeigte nach oben. »Dorthin. Und der Mord geht allein auf mein Konto.«

Sie sah Momo scharf an. Der zog den Kopf ein.

Ryk suchte hilfesuchend Uruhards Blick, doch der zuckte nur mit den Schultern. Der Springer fühlte sich plötzlich sehr alleingelassen. Theosius schien die Diskussion völlig unbewegt zu verfolgen, aber er war auch nie richtig Teil der Gruppe gewesen.

Ryk schalt sich einen Narren. Was für eine Gruppe? Wenn Sia einfach beschloss, dass sie tat, was sie für richtig hielt, und niemand außer ihm sich ihr entgegenstellte, dann war diese Gruppe als Gemeinschaft doch nicht mehr als eine Einbildung gewesen. Ein Wolkenschloss, das vor seinen Augen zerbrach, und das war wahrlich kein schöner Anblick.

»Sia, ich bitte dich«, sagte er mit belegter Stimme, fast flehentlich, ach was, absolut erbärmlich flehentlich, weil ihm in diesem Moment keine andere Möglichkeit mehr einfiel. Sia war Vernunftgründen nicht zugänglich und das war ja auch logisch: Ihre Entscheidung war schließlich absolut vernünftig. Sie fühlte sich für Ryk nur richtig scheiße an.

»Worum genau?«

Das war nicht die Reaktion auf eine flehentliche Bitte, mit der man gemeinhin rechnete. Sia aber sah ihn abwartend an. Als ob es darauf keine klare Antwort gäbe. Er wollte sie äußern, aber die Sängerin ließ ihn gar nicht zu Wort kommen.

»Wir haben dich da reingezogen, Ryk«, sagte sie mit einer unerwarteten Wärme in der Stimme. »Du bist der Erste, der mit alledem nichts zu tun haben sollte.«

»Wir sind jetzt ein Team«, sagte der Springer anklagend. »Ich bin nicht weggelaufen, ich bin geblieben. Damit ist die Frage, wie ich dazukam, völlig nebensächlich. Glaubst du, ich bin nur wegen des Geldes dabei?«

Sia lächelte. »Ach Ryk, du bist schon süß.«

Der junge Mann verzog das Gesicht. Es gab wenig Schlimmeres, was eine Frau zu einem Mann sagen konnte, vor allem zu einem, der dieser Frau gegenüber ein mittlerweile hektisches Durcheinander an Gefühlen hegte. *Süß*. Was sollte das denn bedeuten?

»Ich mache es allein«, beharrte die Sängerin. »Ich bin eine Hybride, ich bin zu vielen Dingen in der Lage, die euch verwehrt bleiben. Und das gilt auch für dich, Momo. Du wirst dich brav zurückhalten und hier mit den anderen warten – oder direkt beim Gleiter von Samson, der sich bereit machen wird, sofort in einem Alarmstart mit uns davonzubrausen.«

»Bin nicht süß«, grummelte Momo. Er schien das als Defizit anzusehen.

»Ich bin für jede Lösung offen«, sagte Samson und wirkte sehr zufrieden. »Ich bin mir zwar sicher, dass Sie alle im Team schneller und sicherer Erfolg haben würden, aber ich denke ergebnisorientiert. Das Ergebnis wird sein, dass ich überlebe. Alles andere ist unwichtig.«

»Ihr Überlebenswille ist stark«, bemerkte Sia mit einem fast anerkennenden Unterton. »Sie sind dafür sogar bereit, Ihre ganze ökonomische Situation radikal zu verschlechtern. Was wird wohl aus den zahlreichen hochlukrativen Transportaufträgen werden, wenn rauskommt, dass Sie Dahns Herz tragen?«

Samson lachte trocken. »Dafür muss es erst rauskommen. Und wenn, muss es die Hybriden ernsthaft kümmern. Sie alle, bis auf Theosius, werden diese Welt verlassen und meiner Ansicht nach niemals wieder hierher zurückkehren. Wahrscheinlich werden Sie schon bei dem Versuch, die Erde zu verlassen, jämmerlich verrecken. Theosius glaubt niemand, er ist auf so vielen Ebenen persönlich wie politisch diskreditiert, den großartigen Samson zu bezichtigen, wird ihm keiner abnehmen. Die Hybriden brauchen mich, und nicht nur die. Ich bleibe eine Stütze der Gesellschaft, für viele weitere Jahre, und die Erleichterung vieler über den Tod Dahns, die froh sind, wenn sie die lebende Leiche endlich loswerden, wird allen Zweifel irgendwann versickern lassen. Nach kurzer Zeit wird es keine Fragen mehr geben und alles nimmt seinen gewohnten Lauf. Sie werden sehen.« Samson zögerte und schüttelte dann den Kopf. »Nein, werden Sie nicht. Sie werden wahrscheinlich sehr tot sein. Aber das ist Ihre Entscheidung.« Er sah sich um. »Sind wir uns dann einig?«

Ryk begehrte ein letztes Mal auf. »Ich bin weiterhin …«

»Wir sind uns einig«, beschloss Sia und der Blick, den sie Ryk zuwarf, war der einer strengen Lehrerin, die nur noch darauf wartete, dass der ungezogene Bengel ein weiteres Mal widersprach, um dann das große Donnerwetter auf ihn hinabregnen zu lassen. Ryk verstand die Botschaft sehr gut, sie gefiel ihm zwar nicht – wie sollte sie auch? –, aber er merkte auch, dass Uruhards und Theosius' Widerstand zu verhalten war, um sie umzustimmen.

Sie waren ein Team? Er musste diese Aussage in der Tat zurücknehmen. Der Rest des Teams war offenbar durchaus bereit, einen von ihnen dem Schicksal zum Fraß vorzuwerfen. Dass die Betreffende sich mit großem Enthusiasmus freiwillig dafür meldete, machte die Sache in seinen Augen nicht besser.

»Wie gehen wir vor?«, fragte Sia den Piloten.

»Dahn geht früh zu Bett. Er hat eine ganze Etage gemietet und seine Diener schlafen in einem eigenen Raum. Den sollten wir als Erstes fest verschließen. Zwei Leibwachen sind Tag und Nacht bei ihm. Die gilt es zu überwinden.«

»Defos?«

»Nein, es sind normale Menschen, gut ausgebildet und bewaffnet, keine Amateure.«

Dass Momo schon gar nicht mehr reagierte, als Samson seine Leute lässig als »unnormal« bezeichnete, war für Ryk keine Überraschung. Sia aber nahm diese Bemerkung mit einem Aufblitzen des Hasses in ihren Augen auf, was jeden Ärger, den er über sie empfand, sofort verrauchen ließ. Und gleichzeitig das Bedürfnis potenzierte, sie nicht allein auf diese absurde Mission zu schicken, so sehr ihm die ganze Sache auch widerstrebte.

»Wo ist diese Etage?«, fragte Sia.

Samson zeigte nach oben. »Direkt über uns. Die oberste. Es ist immer die oberste für den alten Dahn, denn dann kann der Angriff seiner Ansicht nach nur von unten kommen. Ich glaube, er hält Gleiter für eine Fantasie, obgleich er weiß, dass ich einen fliege. Aber was man nicht sieht, verliert man aus dem Sinn. Ich werde Sia auf dem Dach absetzen und dann muss sie tun, was zu tun ist.«

»Auf dem Dach? Das wird jeder sehen«, sagte Ryk. »Jeder wird wissen, dass Sie damit zu tun haben.«

»Ich mache es in der Nacht. Mein Gleiter ist sehr leise. Niemand schaut nachts in den Himmel, denn dort gibt es seit Hunderten von Jahren nichts mehr zu sehen.«

Samson klang sehr selbstsicher. Was genau er abgesehen von den Transporten, für die er bekannt war, tatsächlich mit seinem Fahrzeug anstellte, war eine spekulative Frage, die sich Ryk aber mit jedem Moment dringender stellte. Die Tatsache allein, dass so viele hochrangige Personen bei ihm in tiefer Schuld zu stehen schienen, wies darauf hin, dass Samson ein mächtiger Mann war, der in Dinge verstrickt wurde, die ihm persönlich großen Einfluss verschafften. Nichts machte Ryk deutlicher, dass es in Metropole 7 – wie wohl in allen anderen – eine Realität hinter derjenigen gab, die er bewusst wahrnehmen konnte.

»Vertrauen Sie mir. Ich weiß, was ich tue«, fügte Samson hinzu und lächelte an Ryk vorbei Sia an, von der er ja nun annehmen musste, dass sie die Aufgabe erledigen würde.

»Ich werde dich begleiten«, hörte Ryk sich sagen.

»Das lasse ich nicht …«, hörte Ryk Sia sagen.

Doch er hatte jetzt genug. Was sie konnte, konnte er schon lange, zumindest in Bezug auf Sturheit. Er blieb hart. Und diese Härte legte er in seine nächsten Worte, diesmal weder umständlich noch kleinlaut. »Ich entscheide nicht über das Risiko, das du eingehen willst, und du nicht über das meine. Ich bin Springer. Ich bin schnell und weiß, wie ich reagieren muss. Ich habe mich gegen Großmäuler verteidigt und gegen andere Antikörper des Hives, die mir zu nahe kamen. Ich weiß, wie man etwas in kurzer Zeit erledigt und was ein Zeitfenster bedeutet, und ich verliere niemals das Gleichgewicht.« Er sah sie jetzt an und forderte sie zu einem stummen Kräftemessen, ehe er fortfuhr: »Ich begleite dich. Das erhöht die Chancen und teilt die Schuld.«

Es teilt die Schuld, das war der Satz, der in ihren Ohren am meisten nachklingen musste. Und seltsamerweise, vielleicht sogar unerwarteterweise bröckelte Sias starre Haltung, diese Personifizierung der Ablehnung und Abwehr, plötzlich. Sie schaute zu Boden, sammelte sich und ihre Stimme hatte die klirrende Kälte verloren, als sie antwortete: »Das musst du nicht.«

»Ich *werde* es tun.«

Und Sia sagte nichts mehr. Sie wirkte plötzlich erleichtert, dass sie diese Bürde nicht alleine auf sich nehmen musste. Und Ryk fühlte, dass er gleichzeitig erleichtert wie erschrocken über seine eigene Entscheidung war. Er tat das Richtige in der falschen Situation. Warum nur, fragte er sich, musste das Leben immer so kompliziert sein?

»Haben wir es dann?«, fragte Samson, der die Interaktion sehr aufmerksam und gleichzeitig amüsiert beobachtet hatte.

Alle nickten stumm, widerwillig und unterschwellig von alledem angekotzt. Samson erhielt nur ablehnende Blicke, voller Hass oder reiner Verachtung. Es war ihm ganz offensichtlich völlig egal.

»Dann schlage ich vor, dass wir jetzt mit der Detailplanung beginnen. Es sieht so aus ...«

Und sie hörten alle stumm, widerwillig und am Ende vom Schicksal geschlagen seinen Ausführungen zu.

24

Es war Nacht, eine wolkenverhangene dazu, und es schien, als würde auch das Wetter Samson etwas schuldig sein. Es wirkte jedenfalls schlecht gelaunt genug, mit einem schmierigen Nieselregen, der jeden Aufenthalt im Freien unangenehm machte. Sie sahen zum ersten Mal Samsons Gleiter. Er stand in einer Art Garage unweit des Hotels, die sie zusammen aufsuchten, ohne entdeckt zu werden. Nur Ryk und Sia waren entsprechend ihrer Übereinkunft von dem Piloten dorthin geführt worden. Momo hatte kein weiteres Mal für sich reklamiert, in ihrem Bunde der Dritte zu sein, und in ihrer Ablehnung hatten Ryk und Sia eine gemeinsame Front gebildet.

Die Maschine wirkte beeindruckend und für einen Moment vergaßen sie beide, warum sie hier waren und was ihnen bevorstand. Das schlanke, gleichzeitig aber wuchtig aussehende Fahrzeug war gelb und blau lackiert und obgleich die Maschine steinalt war, sah sie funkelnagelneu aus. Hier hatte jemand viel Zeit, Arbeit und Geld investiert. Sie war groß genug, dass bis zu sechs Personen Platz hatten, und Samson öffnete den beachtlichen Kofferraum für sie, um zu verdeutlichen, womit er meistens sein Geld verdiente. Und seine Reputation. Der Kofferraum war gepanzert und würde auch einen Absturz überleben. Er hatte eine eigene Stromversorgung – Ryk dachte unwillkürlich an den Transport wichtiger Hybrideninnereien – und war ganz gewiss sein Geld wert. Der Gleiter ruhte auf Landekufen, konnte aber auch im Wasser aufsetzen, wie ihnen der Pilot freimütig erzählte. Tatsächlich wurde Samson fast zum Plappermaul, wenn es um sein Fahrzeug ging.

»Die Wände sind verstärkt. Es war ursprünglich die Limousine eines hochrangigen Politikers, und die müssen damals alle genauso paranoid gewesen sein wie heute die Herren der Metropolen. Jedenfalls hält die Kiste einiges aus. Sie stand jahrelang in einem unterirdischen Hangar, völlig unberührt in einer trockenen und kühlen Umgebung, abgedeckt und fast fabrikneu zu ihrer Zeit. Ich habe sie in jungen Jahren durch einen glücklichen Zufall entdeckt und mich mit ihr vertraut gemacht. Einige Jahre habe ich experimentiert und gelernt. Es gab sogar ein vollständiges Handbuch!« Samson lächelte nostalgisch. »Niemals galt die alte Regel mehr als zu jener Zeit: Lies das verdammte Handbuch!« Er kicherte über einen Scherz, den keiner seiner Zuhörer verstand. »Ich behaupte, auf ganz Terra gibt es kein zweites Fahrzeug wie meinen Schatz.«

Er hatte einen fast zärtlichen, aber auf jeden Fall sehr stolzen Tonfall und in seinem Ausdruck lag eine Leidenschaft, die Ryk bisher bei Samson nicht hatte feststellen können. Dies war etwas, das ihm am Herzen lag, und damit das auch weiterhin möglich war, mussten sie ihm ein neues besorgen.

Dann bekamen Samsons Worte etwas Feierliches. »*Das* ist das Beste an ihr. Wir werden es brauchen, wenn ich meinen Teil unserer Abmachung einhalte. Es wird uns den Arsch retten und meine sichere Rückkehr gewährleisten.«

Er wies auf eine halbkugelförmige Erhebung auf dem Dach des Gleiters, im Gegensatz zum Chassis mattschwarz lackiert. Daraus ragten zwei stummelförmige Läufe hervor.

»Eine schwere automatische Gauss-Gatling, ebenfalls brandneu, als ich sie fand. Der Vorbesitzer hatte sie sich offenbar gerade einbauen lassen, dann kam ihm der Untergang der Zivilisation dazwischen.« Samson grinste. »Und so kann ich einen Beitrag dazu leisten, die Reste zusammenzuhalten. Und Sie können sie vielleicht sogar retten!« Sein Tonfall zeigte deutlich, wie wenig er von dieser Idee hielt. Aber er freute sich offenbar darauf, diese Waffe einzusetzen.

»Wird sie gegen die Drachen helfen?«, vergewisserte sich Ryk. Er konnte mit der bloßen Bezeichnung der Waffe wenig anfangen.

»Solange wir schnell sind und der Hive in seiner üblichen Behäbigkeit reagiert? Ja. Aber schnell müssen wir sein.« Samson klopfte auf das breite Heck des Gleiters. »Schnell ist mein Schatz, das verspreche ich. Schnell, sicher und leise. Es gibt nichts Schöneres, als in ihr zu fliegen. Es gibt keinen Ort auf dieser Welt, der mehr Sicherheit verspricht.« Er zwinkerte ihnen zu. »Und Komfort. Der Vorbesitzer hat sich hier ein kleines potenzielles Liebesnest zugelegt, wenn Sie verstehen, was ich meine.«

Ryk und Sia verstanden, hatten aber auf die Anzüglichkeiten dieses Mannes keine große Lust.

Er sah die beiden an. »Sind wir dann so weit?«

Das waren sie wohl. Sia sah gut aus in dem dunkelbraunen Lederanzug, den sie aus Samsons Beständen erhalten hatte, eine Montur, die ihren weiblichen Körper auf sehr irritierende Weise betonte. Irritierend, weil dadurch für Ryk deutlich wurde, wie in jeder Bewegung und Körperhaltung Sias mehr Kraft, Selbstbeherrschung und, das musste man hinzufügen, Eleganz lag, als es bei ihm der Fall war. Und er war ein verdammter Springer. Körperbeherrschung war sein zweiter Vorname. Immerhin, auch ihm stand die Montur ganz ordentlich, wenngleich sie einen leichten Bauchansatz hervorhob, der sich offenbar dadurch entwickelt hatte, dass er genug zu essen bekam. Vielleicht sollte er wieder mehr hungern. Vielleicht war er in Kürze auch sehr tot und das alles hatte keine Bedeutung mehr.

»Der Anzug wird Sie nicht unsichtbar machen, aber er hilft Ihnen in der Dunkelheit«, kündigte Samson an. »Dahn mag es dunkel, es passt zu seiner Stimmung. Ziehen Sie die Kapuzen zu und man wird Sie im Dämmerlicht kaum ausmachen können. Sie haben die Instruktionen verstanden? Es nützt nichts, wenn Sie das Herz abtrennen und es dabei beschädigen.«

Sie hatten sich alles eingeprägt, waren es mehrmals durchgegangen. Ryk wusste jetzt mehr über Herzen, als er jemals hatte wissen wollen.

»Es genügt, wenn wir Dahn damit beschädigen«, gab er zurück.

Samson nahm die Bemerkung lächelnd hin. »Das ist der Plan, mein junger Freund.«

Sie nahmen auf der Rückbank des Gleiters Platz, die sich hinter dem Sitz des Piloten und des Co-Piloten erstreckte – ein Sessel, den Samson nur für »besondere Gäste« bereithielt.

Dort hatte er eine metallene Kiste installiert, an der allerlei Kontrolllampen flimmerten, zweifelsohne der vorgesehene Aufbewahrungsort für ihre Beute. Er hatte an alles gedacht.

»Schnallt euch an!«

Sie fummelten ein wenig mit den Gurten, aber dann hatten sie es geschafft. Sia starrte aus dem Fenster und Ryk bemerkte, wie sie mechanisch die Hände öffnete und schloss, als wolle sie Greifübungen machen.

»Du fliegst das erste Mal«, stellte er fest.

Sie sah ihn fast schon vorwurfsvoll an. »Du doch auch.«

»Ja. Aber ich *springe*. Ich springe aus großen Höhen auf sich bewegende Objekte, die das nicht schätzen und sich wehren, wenn sie es merken. Ich hocke auf Triebwürmern, die schnell auf ihren Schienen dahinsausen, an einigen Stellen fast zwanzig Meter über dem Erdboden. Ich fliege das erste Mal, aber ich habe tatsächlich keine Angst. Es kann nicht völlig anders sein.«

Es war nur eine Feststellung, er wollte damit nicht angeben und er betete, dass Sia es auch nicht so aufnahm. Sich vor ihr aufzuplustern erschien ihm unpassend. Sie lächelte ihn nur an und reichte ihm eine kühle, trockene Hand. Er umfasste sie mit seinen beiden weitaus wärmeren und drückte sanft zu. Erneut kam ihm all dies unwirklich und unfair vor. Ein guter Moment in einem katastrophalen Szenario, ein Gegensatz, mit dem er nicht richtig zurechtkam. Ryk mochte Klarheiten. In letzter Zeit schienen sie ihm jedoch abhandengekommen zu sein.

»Und los geht's!«, sagte Samson enthusiastisch von vorne. Der Gleiter summte laut auf, als die Maschinen – deren Existenz Ryk wahrnahm, zu deren Wirkungsweise er aber keine Meinung hatte – das Fahrzeug butterweich in die Luft erhoben. Es war ein im wahrsten Sinne des Wortes erhebendes Gefühl, auch wenn Sia etwas blass um die Nase aussah. Da sie sich durch die Luft anschlichen, war Samson darauf bedacht, langsam und leise zu fliegen, was wilde Flugmanöver von vornherein ausschloss.

»Wir sind gleich da«, erklärte der Pilot. »Ausstieg in Flugrichtung rechts.«

Sie waren vorbereitet. Ryk glaubte es zumindest. Aber jetzt bekam auch er dieses Gefühl einer bösen Vorahnung. Er ignorierte es, er empfand das Gleiche vor jedem neuen Sprung. Unter den Springern sagte man: »Angst ist eine Geschichte der Vergangenheit, die wir hervorholen, um die Zukunft zu beschreiben. Und die menschliche Natur sorgt dafür, dass die schlechten Geschichten uns glaubwürdiger erscheinen als die guten.« Das fand Ryk sehr passend, leider ignorierte sein Magen diese Weisheit vor jedem Sprung aufs Neue.

Der Unterschied war diesmal zudem, dass sich das Unwohlsein mit einem schlechten Gewissen verband. Eine unangenehme Mischung, die einen sehr ablenken konnte.

»Konzentration«, murmelte er sich zu. Sia nickte ihm zu, entzog ihm ihre Hand und entriegelte ihre Zugangstür, wie Samson es ihnen gezeigt hatte. Es war stockdunkel, die Metropole nur schwach beleuchtet. Der Schatten vor ihnen musste das Hotel sein. Dass Samson sein Ziel verfehlen würde, davon war nicht auszugehen.

Es gab keine Zeit für großes Grübeln.

»Öffnen Sie die Tür!«, sagte Samson mit einem drängenden Unterton.

Ein Windstoß wurde spürbar, als Sia tat wie ihr geheißen. Samson zischte: »Jetzt!«

Sia kletterte sicher und bedachtsam hinaus, während Ryk einfach sprang, weil es seine Art war und weil er es konnte. Sie kamen sicher auf dem Dach zum Stehen. Jetzt lief die Zeit und die Armbanduhr, ebenfalls aus Samsons Beständen, erinnerte Ryk daran. Sia brauchte keine, sie hatte irgendetwas eingebaut.

Sie wussten aus Aufzeichnungen, die der Pilot gemacht hatte, wie das Dach aussah. Im Dunkeln darauf zu stehen war allerdings etwas ganz anderes, wie Ryk fand. Dann summte es wieder und der Gleiter verschwand wie ein schwarzer Schemen in der Nacht. In exakt zwanzig Minuten würde Samson sie hier abholen. Ein enges Zeitfenster, aber wenn sie es bis dahin nicht geschafft hätten, so der Pilot, wären sie gescheitert. Und aller Wahrscheinlichkeit nach tot.

Er hatte es eilig. Ryk verstand das. Er wollte es ebenso schnell hinter sich bringen. Je länger sie brauchten, desto höher die Wahrscheinlichkeit einer Entdeckung, eines Alarms, eines Scheiterns.

»Hier!«, flüsterte Sia, deren Orientierungsvermögen von der Dunkelheit nicht beeinflusst war. »Hier, Ryk.«

Er sah, wohin sie zeigte, fand sich zurecht und folgte ihr. Die dicken Gummisohlen ihrer Schuhe – weitere Gaben aus Samsons unermesslichem Fundus antiker Kleidung – verschluckten jeden Laut. Unter anderen, besseren Umständen hätte Ryk es genossen, in ihnen zu gehen.

Der Tod kommt auf leisen Sohlen, hatte Samson das kommentiert und wieder amüsiert gekichert.

Ryk hatte auch da den Witz nicht verstanden. Der Pilot war wirklich wie aus einer anderen Welt.

Der Zugang über das Dach führte in ein unbenutztes Treppenhaus voller Staub, Dreck und Schrott. Hier war seit ewigen Zeiten niemand mehr gewesen und Samson hatte das gewusst. Sie mussten sich trotz ihrer Schuhe besondere Mühe geben, leise zu gehen, und als sie vor der Tür standen, die direkt auf den Gang der Etage führte, die Dahn gemietet hatte, waren bereits fünf Minuten vergangen.

Aber sie waren unentdeckt geblieben.

Sia öffnete die Tür. Der Gang dahinter lag in einem schwachen Licht und war absolut still. Niemand war zu sehen, als auch Ryk hindurchlugte. Sie zögerten nicht länger und traten in den Gang. Ein schabendes Geräusch erklang, gefolgt von einem Schmatzen, das Ryk den Magen umdrehte. Aus der Handfläche von Sias rechter Hand schob sich, leicht glänzend, die Klinge, die ihr Onkel Dassio, der Verräter, einst implantiert hatte. Eine Klinge, die die Hybride mit tödlicher Eleganz zu führen imstande war, wie Ryk wusste.

Er musste zugeben, der Anblick machte ihn ein wenig krank.

Er trug seine eigene Waffe, das lange Messer, mit dem er Großmäuler auf Triebwürmern ausschaltete, eine Klinge, die immer noch in ihrer Scheide steckte. Er sollte sie zur Hand nehmen. Er wusste, wie man mit ihr umging, ein Springer musste jederzeit zur Selbstverteidigung in der Lage sein, wenn niemand da war, der die Gewalt für ihn übernahm. Dennoch war ihm schlecht, als er die Waffe bereithielt, das Bild eines alten, hilflosen Mannes vor Augen. Übel war ihm, entschlossen war er auch. Wenn Dahn sterben musste, würde er, Ryk, die Tat vollbringen. Das hatte er sich vorgenommen. Sia musste nicht alles auf sich nehmen.

Keine Leibwächter. Sie passierten das Zimmer, in dem diese schlafen sollten. Die Tür stand offen. Niemand. Das war unerwartet. Schliefen die Männer woanders, etwa in der Gewissheit, dass sich ihr Herr hier an einem sehr sicheren Ort aufhielt und ihm sowieso niemand ernsthaft ans Herz wollte? Selbstüberschätzung und die daraus resultierende Sorglosigkeit hatten zum Tod eines manchen Springers geführt. Ryk war sich dieser allzu menschlichen Schwäche daher durchaus bewusst.

Das machte ihre Sache natürlich leichter – außer sie harrten in Dahns Schlafraum aus, weil sie exakt das Gegenteil vermuteten. Dann wurde es sehr viel schwerer.

»Das ist sein Zimmer«, wisperte Sia und zeigte auf die unbewachte Tür.

»Wenn Samson recht hatte«, gab Ryk zurück. Er nickte ihr zu. Sie konnten nicht warten. Ein kurzes Lauschen an der Tür musste reichen.

Nichts.

Sia drückte die Klinke hinunter. Die Scharniere waren gut geölt. Hinter der Tür war es stockdunkel, bis auf den schwachen Schimmer, den die Kontrolllichter der Batterie am Kasten mit dem Herz von sich gaben. Dann hörten sie ein leises, rasselndes Atemgeräusch. Auf dem breiten Bett, jetzt auch undeutlich auszumachen, da sich Ryks Augen an die Lichtverhältnisse gewöhnten, lag Meister Dahn und bewegte sich im Schlaf, als würde ihn ein schlechter Traum plagen. Über dem Bett deutete sich ein großer Baldachin an. Dahn bewegte sich erneut und stöhnte. Eine Hand, wächsern und fragil, hob sich in einer abwehrenden Bewegung, um einen für sie unsichtbaren Dämon zu verscheuchen.

Ein Albdruck, der sich in Kürze in seinen gewaltsamen Tod verwandeln würde.

Immer noch kein Leibwächter weit und breit. Ryk begann, sich Sorgen zu machen. Es war sein Springerinstinkt, der ihn warnte. Etwas war ganz und gar nicht in Ordnung.

Würden die Kämpfer gleich aus der Dunkelheit auf sie springen und ihnen schnell den Garaus machen? Ryks Bauchmuskeln spannten sich bei dem Gedanken unwillkürlich an. Er sah sich fast hektisch um, doch da war nichts, was seine böse Vorahnung bestätigen wollte.

»Das gefällt mir nicht«, flüsterte er.

»Es ist zu leicht«, bestätigte Sia, was sie aber nicht davon abhielt, den nächsten Schritt zu tun und zu der Tat anzuheben, die sie nicht mehr rückgängig machen konnten. Sie war schnell. Ryk stürzte fast nach vorne, um ihr in den Arm zu fallen, eine Bewegung, die Sia mit aufgerissenen, fragenden Augen quittierte.

Alles lief lautlos ab. Nur der rasselnde Atem des Schlafenden und jetzt, aus der Nähe, das beständige Summen des Herzens, gemischt mit einem sanft schlürfenden Pumpgeräusch. Dahns Lebensader, die Zuläufe in seinen Körper, zuckten hin und wieder unter dem Druck des Blutes, das sich durch sie bewegte. Ryk würgte.

Das war alles nicht richtig.

»Ich tu es«, sagte er drängend. Sia schüttelte heftig den Kopf und entwand sich seinem Griff mit Leichtigkeit. Sie sagte gar nichts und ignorierte seine Worte. Ihre Klinge blitzte auf. Erst würden sie die Batterien herausnehmen, was zum sofortigen Herzstillstand führen würde. Dann mussten sie rasch die Zuleitungen herausziehen. Die Folge war eine große Schweinerei, da das Blut aus Dahns Körper strömen würde. Wie ein abgestochenes Tier auf der Schlachtbank. Der Würgereflex in Ryks Kehle wurde immer stärker. Alles in ihm schrie, es nicht zuzulassen. Das hier war in jeder Hinsicht so falsch …

»Ich tu es«, krächzte er. »Du darfst es nicht.«

Sia zischte zurück: »Du bist ein Narr.«

»Ich *möchte* es nicht. Du musst dir mehr wert sein als das!«

»Wen interessiert das?«, gab sie wild zurück.

Dahn stöhnte wieder, seine Hand beschrieb ein verzweifelt wirkendes Muster über der Bettdecke.

»Mich«, keuchte Ryk und mit übermenschlicher Anstrengung schob er die unwillige Sia beiseite. Er öffnete den Kasten, wie Samson es ihnen erklärt hatte, und da lag er, von den Kontrollen sanft erleuchtet, der fast sternförmige Apparat, durch den in sanftem Gleichmut der Lebenssaft des Schlafenden floss. Die Pumpgeräusche waren deutlich zu hören und Ryk starrte auf dieses Wunder einer längst vergangenen Epoche. Er erkannte die Batterie und packte sie, um ...

»Ryk, bitte.« Es klang flehentlich. »Wir haben dich da hineingezogen. Ich will dich nicht bekämpfen. Lass es mich machen.«

»Nein«, wisperte er entschlossen. »Du hast genug Schmerzen. Diesen hier trage ich. Es ist falsch, es wird uns ewig verfolgen und vielleicht werden wir daran zugrunde gehen. Ich tu es, denn einer muss ...«

»Ja. Ich.«

Er wollte nicht mit ihr darüber diskutieren. Sie würde gegen ihn kämpfen müssen, wenn sie ihn von seiner Absicht abhalten wollte. War sie dazu bereit?

Sias Körper spannte sich an.

Oh ja, schoss es Ryk mit einem Mal durch den Kopf. *Sie ist es.*

Dann hörte das Rasseln des Atems auf, als würde sich der ruhende Leib besinnen und auf sein baldiges Ende vorbereiten.

Er griff die Batterie. Sie war warm. Eine kleine Bewegung nur und es war getan. Nur ein Ruck. Keine große Sache. Jetzt aber schnell ...

»Ich kann nicht!«, sagte er laut. Er ließ seine Hand sinken. Er sah Sia an und bat stumm um Verzeihung. »Es geht nicht. Ich werde das nicht tun.« Und nach einer kurzen Pause, mit mehr Mut und Entschlossenheit in der Stimme, als er empfand, fügte er hinzu: »Und du auch nicht, Sia. Nur über meine Leiche.«

Sie zögerte kurz, dann sank auch ihr Arm. Sie wirkte geschlagen und irgendwie erleichtert. »Das wird nicht nötig sein.«

»Das wird es in der Tat nicht.«

Eine männliche Stimme, kraftvoll und sehr wach. Ryk rutschte das Herz in die Hose. Jetzt mussten sie doch noch die Wachen bekämpfen. Er sah Sias Klinge, die hochfuhr, und meinte, das Sausen der zurückweichenden Luft zu hören, aber das war sicher nur eine Einbildung. Ein Blutbad. Es kotzte ihn an. Er hasste sich. Was war aus ihm geworden?

Das Licht ging an.

Das Erste, was Ryk sah, war ein aufrecht in seinem Bett sitzender Meister Dahn, der einen kritischen Blick auf die Leitungen warf, die in seinen Leib hineinführten. Niemand konnte es ihm verübeln. Er wirkte aber nicht übermäßig besorgt, fast heiter, und als er den Kopf hob, lächelte er erst Sia, dann Ryk an, nickte ihnen zu und betrachtete dann jene, die durch eine bisher im Dunkeln liegende zweite Tür in den Raum strömten.

Es war eine Prozession, die Ryk den Atem verschlug. Sia stand einfach nur stocksteif da. Wenn jemand in der Geschichte der Menschheit jemals vom Donner gerührt gewesen war, dann sie.

Ryk kannte nicht jeden, der den Raum betrat, aber was vor allem auffiel: Niemand richtete eine Waffe auf ihn. Niemand wirkte aggressiv. Fast gegen seinen Willen begann er, sich zu entspannen. Es war vorbei und niemand starb.

Der Raum füllte sich.

Schweigend. Nein: andächtig. Etwas Wichtiges war passiert. Ryk stand einfach nur da, den Blicken aller ausgesetzt. Er fühlte sich wie ein Ausstellungsstück in Kros' Museum.

Dann kamen Theosius, Uruhard und Momo. Sie wirkten gleichfalls nur noch verdattert, als sie von Samson in den Raum geschoben wurden, der weiterhin so aussah, als würde er sich prächtig amüsieren. Der Typ namens Dassio, der Sia hergebracht hatte, lehnte an der Wand und nahm die Szenerie gelassen in sich auf. Dann war da die Exekutorin des neuen Sire, die nicht einmal Waffen bei sich hatte, und der *Taiso* der Wolkensamurai, der sein Schwert natürlich niemals aus den Augen ließ. Dazu zwei oder drei Hybride, die Ryk nicht kannte, die aber eine Aura von Autorität, fast schon von Selbstgefälligkeit, ausstrahlten. Aber nichts, was den Springer beunruhigte.

Schließlich kamen Dahns Leibwächter, beide freundlich lächelnd, die Waffen bereit, aber nicht erhoben. Einer stopfte Dahn ein Kissen in den Rücken, sodass dieser sich bequem anlehnen konnte.

»Vielleicht …«, brach Sia das Schweigen, doch sie kam nicht zu Wort.

Dahns brüchige Stimme erklang und alle hörten zu. Er wandte sich weder an Ryk noch an Sia, er sah Dassio und Samson an, die ihm zunickten, als er zu sprechen begann. »Ich will dem endgültigen Urteil nicht vorgreifen, aber ich denke, wir können die Sache damit als beendet bezeichnen.«

»Ich bin der gleichen Ansicht«, sagte Dassio. »Soweit unsere Aufgabe war, die Eignung dieser Idioten zu prüfen, konnten wir diese erfüllen. Der wahre Test ist die eigentliche Aufgabe und da können wir nicht viel weiterhelfen.«

»Ich schon«, reklamierte Samson für sich. »Ich schon. Und ich bin bereit. Ich denke, wir können mit ihnen arbeiten.«

»Worum ...«, begann Sia ein zweites Mal, aber das Glück war ihr nicht hold.

Dahn sah betont an ihr vorbei und fixierte die Exekutorin und den Wolkensamurai mit seinem Blick. »Risa, meine Taube«, sagte er mit einer plötzlichen Sanftheit in der Stimme, die so gar nicht zum martialischen Äußeren der Frau passen wollte. »Der junge Sire wird seine Rachsucht im Zaum halten müssen. Er ist der Einzige, der uns jetzt noch in die Quere kommen kann. Seine mangelnde Fähigkeit zur Kooperation hat er sicher von seinem Vater geerbt. Wie schätzt du die Lage ein? Hast du ihn unter Kontrolle? Ich will nicht, dass er noch stört.«

Die Exekutorin, die so gar nichts mit einer Taube gemein hatte, lächelte. »Er ist besser unter Kontrolle zu halten als sein Vater.«

»Das ist offensichtlich, sonst wäre er nicht tot«, knurrte *Taiso* Bono. »Er hätte seinen Ehrgeiz und seine Gier besser unter Kontrolle haben sollen, dann wäre uns allen viel Leid erspart geblieben.«

Dahn sah den Samurai an. »Edler *Taiso*, die Samurai sind zufrieden?«

»Wir sind nie zufrieden.«

»Im Rahmen der Möglichkeiten?«

»Im Rahmen, ja.« *Taiso* Bono sah Ryk und Sia an. »Ich glaube immer noch, dass sie zu schwach sind. Sie haben nicht getötet, obgleich es ihnen genützt hätte. Wie sollen sie da die Festung und den Letzten Admiral finden? Manchmal muss man Härte zeigen.«

»Ich bin relativ froh, dass ich noch am Leben bin«, kommentierte Dahn trocken. Sein Blick wanderte weiter. »Der Rat der Hybriden?«

Einer der drei Hybriden, ein altes, wandelndes Lager von aufgebrauchten Ersatzteilen, gebeugt und von einem anderen gestützt, erhob die Stimme, die wie Sandpapier auf Holz klang, schleifend, rau und brüchig. »Sia ist geeignet. Die Apostel haben sie aus gutem Grund in die engere Wahl genommen. Dassio hat sich für sie verbürgt.«

»Er ist voreingenommen«, gab Dahn zu bedenken. Es war kein echter Einwand, das merkte sogar Ryk. Dies war jetzt plötzlich nicht mehr als eine rituelle Auseinandersetzung, deren Ergebnis längst feststand.

»Das waren wir im Grunde alle und wie sich herausstellt, absolut zu Recht.« Der Hybride nickte Dassio zu, der jetzt auch sehr selbstgefällig wirkte, wie überhaupt alle hier im Raum in diesem Moment anfingen, Ryk ein wenig auf die Nerven zu fallen. Die heitere Stimmung war so unwirklich und seine Verwirrung immer noch so umfassend, dass er große Probleme hatte, selbst die Ruhe zu bewahren.

Sia mochte offensichtlich auch nicht, dass man über sie sprach wie über einen Gegenstand, den man auf seine Tauglichkeit hin prüfte. Ryk kam aber mehr und mehr zu der Überzeugung, dass es exakt das war, was hier gerade geschah. Und sie hatten, so viel hatte er begriffen, bestanden. Was auch immer das genau hieß. Er wusste nur, dass er jetzt schon zum zweiten Mal verarscht worden war, erst von jenen, die er seine Freunde nannte und die ihn doch nur als

Abkömmling eines lange toten Offiziers ausgenutzt hatten, und jetzt von jenen, die seine Feinde zu sein schienen, was immerhin eine Verbesserung war. Denn er atmete noch.

»Vielleicht können wir jetzt doch mal erfahren, was hier gerade passiert ist«, sagte Uruhard, der immer noch nicht recht zu wissen schien, ob er sich nun freuen oder fürchten sollte. Er machte einen Schritt zur Seite, nun überrascht, als Andhmergen Kros etwas außer Atem in den Raum trat.

»Bin ich zu spät?«, keuchte der Museumsdirektor.

»Gerade richtig«, erwiderte Dahn. Er winkte seinen Wachen. »Besorgt für alle Stühle. Tee und Gebäck. Die neuen Mürbekuchen, die sind wunderbar.«

Es wurde jetzt wirklich surreal. Ryk beobachtete, wie muskulöse Kampfmaschinen Stühle heranschleppten und kleine Teetische aufstellten. Wenig später kamen Bedienstete des Hotels und brachten Tee und Tabletts mit kleinen, runden Kuchen. Ryk setzte sich fast gegen seinen Willen, bekam eine Tasse in die Hand gedrückt und wurde von Dahn aufmunternd angeschaut.

»Das Gebäck ist wirklich sehr schmackhaft. Glauben Sie mir, junger Mann. Wenn Sie so alt sind wie ich, ist Essen die einzige Erotik, die Ihnen noch bleibt.«

Ryk führte den Kuchen zögernd zum Mund und fand Dahns Aussage bestätigt, zumindest was den Geschmack anging.

»Andhmergen, ich denke, du bist am besten geeignet, die Verwirrung aufzulösen«, sagte Dahn nun und aller Aufmerksamkeit richtete sich auf den Direktor, der diese sichtlich genoss. Er wandte sich an Sia, die es aufgegeben hatte, noch etwas sagen zu wollen. Sogar sie hatte Tee genommen, obwohl sie die Tasse nur in der Hand hielt.

Andhmergen räusperte sich, ganz in seiner Rolle. »Es begann mit deinem Vater, Sia, wie so vieles. Ich kannte ihn gut. Dass er ein Freund von Dassio war, ist dir bekannt. Er kannte auch andere wichtige Persönlichkeiten, die hier versammelt sind: Meister Dahn, Samson und auch Theosius, obgleich ich hier darauf hinweisen möchte, dass er nicht eingeweiht war. Alle diese alten Herrschaften sind Mitglieder der Apostel gewesen und auch Uruhard wird mittlerweile verstanden haben, dass diese Gruppe wie eine Zwiebel aus zwei Schichten besteht. In der äußeren tummeln sich mehr oder weniger von Nostalgie getriebene Sammler alter Gegenstände und Aufzeichnungen aus der Zeit der Union, manche mit speziellen Interessen, andere einfach so. Die innere Schicht aber besteht aus denen, die nicht ziellos und aus bloßer Leidenschaft für das Vergangene sammeln, sondern die ein Ziel damit verfolgen, und zwar mehr oder weniger kontinuierlich, seit der Hive vor langen Jahren den letzten organisierten Widerstand zerschlagen hat. Das Ziel lautet, den Letzten Admiral zu finden und zu erforschen, ob er uns tatsächlich helfen kann oder nur eine Legende ist.«

Er richtete seinen Blick nun auf Uruhard. »Eine Geheimgesellschaft in einer Gruppe nerdiger Spinner. Du hast nicht zum inneren Zirkel gehört, aber du hast einen wachen Verstand und Eigeninitiative bewiesen und stehst seit einiger Zeit auf unserer Liste. Du hast Kontakt mit Sia aufgenommen, die ebenfalls der äußeren Schicht zuzuordnen ist. Du hast Nachforschungen angestellt und Ryk gefunden und das mit eingefädelt, was euch hierhergebracht hat. Wir haben das nicht nur subtil unterstützt, als uns klar wurde, dass Sia und du gewisse Pläne hegt, begannen wir, die Prüfung vorzubereiten.«

Andhmergen lächelte. »Du warst mit deinen Plänen nie alleine. Glaubst du, die Zugangskarten mit den Ident-Codes sind dir durch Zufall in die Hände gefallen? Viele von uns sahen schon lange die Notwendigkeit, den nächsten Schritt zu gehen. Es bestand Uneinigkeit darüber, wie dieser auszusehen hätte – und wer ihn wagen sollte. Wir sind dir dankbar, dass du uns diese Entscheidung abgenommen hast, du und Sia. Ihr habt uns in die richtige Richtung geschubst. Und wir hatten zu entscheiden, ob ihr die Richtigen seid, diesen Weg zu gehen. Die Richtigen, die sparsamen Ressourcen zu nutzen. Die Richtigen, um bei Erfolg völlig unbekannten Herausforderungen zu begegnen. Und dafür war es notwendig, eine Prüfung zu bestehen.«

Samson erhob die Stimme. »Die haben sich Dahn und ich ausgedacht. Ich darf zu Protokoll geben, dass mein Herz absolut problemlos funktioniert und ich dem alten Greis dort das seine von eben diesem gönne.«

»Es ist lieb, dass du das sagst«, kommentierte Dahn. »Ich würde sagen, mein Herz ist gerührt, aber es wäre eine schlechte Metapher.« Er schaute betont auf den mittlerweile wieder ordnungsgemäß verschlossenen Kasten. »Andhmergen, wenn du die Sache bitte zu einem Abschluss bringen möchtest?«

»Gerne. Der Kuchen ist übrigens wirklich köstlich.«

»Das Rezept hat das Hotel aus einem Buch deines Museums, mein Freund. Du bist ein Segen für die Menschheit.«

»Zu gütig, wirklich zu gütig.«

Ryk fühlte sich für einen Moment ganz leicht verarscht, behielt das aber für sich. Die Geschichte war völlig irre, aber auf gewisse Weise befriedigend. Er war tatsächlich nicht der Einzige, der hier an der Nase herumgeführt worden war.

Uruhard und Sia waren ebenfalls manipuliert worden, von noch höherer Stelle. Das ließ die eigene Demütigung, so wenig sie ihn ohnehin geschmerzt hatte, in ganz anderem Licht erscheinen.

Der Museumsdirektor lehnte sich in seinem kleinen Sessel zurück und genoss die Situation wirklich sehr.

»Wozu also diese Prüfung? Wir wollten sichergehen, dass die Richtigen die Reise antreten, jene mit den besten Chancen. Keine Glücksritter oder Abenteurer, auch keine, die nur zu romantischen Träumereien in der Lage sind. Solche, die in der Lage sind, Widerstand zu begegnen, sich die richtigen Verbündeten zu suchen und schwierige Entscheidungen zu treffen. Wir wissen so gut wie nichts über das, was sich außerhalb Terras abspielt. Die letzten aufgezeichneten Nachrichten stammen aus einer Zeit kaum zwanzig Jahre nach dem Sieg des Hives. Sie zeichnen kein sehr optimistisches Bild. Zusammenbruch, Chaos und Verzweiflung, nicht anders als hier auf Terra. Daher war es unser Ansinnen, Samsons Gleiter nur dann in Gefahr zu bringen, wenn es sich auch lohnt. Ich denke, wir alle sind zu dem Schluss gekommen, dass dies in eurem Fall zutrifft.«

»Moment mal«, murrte Samson. »Was heißt hier Samsons *Gleiter*? Was ist denn mit *mir*?«

Dahn lächelte ihn an. »Dir gehört mein Herz!«

»Du kannst mich mal.«

Gelächter folgte. Ryk fand diese Art von Scherzen noch nicht witzig, aber das kam vielleicht noch. Jetzt musste er sich mit dem Gedanken arrangieren, dass er schon wieder »auserwählt« worden war, bereits zum zweiten Mal. Das klang nicht nur viel besser als »manipuliert«, es stellte seine Rolle plötzlich in den Kontext einer großen Verantwortung, die über seine Person und die seiner Freunde weit hinausging. Er horchte in sich hinein, welche Gefühle das bei ihm auslöste, und fand, dass es erst einmal keine negativen waren.

»Das war ein Test?«, sagte Sia nun. Sie war ganz ruhig. Trotzdem hielt sie die Tasse immer noch so, als wäre sie bereit, diese jederzeit auf jemanden zu werfen. »Und wir haben ihn bestanden?«

»Aber ja.«

»Dahn das Herz zu stehlen war eine gute Sache?«

Dahn schüttelte den Kopf. »Sie waren bereit, eine schwere Entscheidung zu treffen, und Sie beide waren bereit, es für den jeweils anderen zu tun, und dafür auch eine Schuld auf sich zu nehmen.«

»Am Ende hätten wir es nicht getan«, sagte Ryk. »Ich hätte es nicht tun können.«

»Spricht das für oder gegen Sie?«, fragte Dahn.

»Nun, ich denke ...«

»Und was macht Sie überhaupt so sicher, junger Mann? Ich glaube, Sie unterschätzen immer noch Sias Willensstärke.« Nun schaute der Meister wieder die Hybride an, die an ihm vorbei an die Wand starrte. »Sie ist in jeder Hinsicht außergewöhnlich.«

Niemand reagierte auf diese Bewertung, außer vielleicht Dassio, dem so etwas wie Stolz anzusehen war.

»Wie dem auch sei, Sie haben bestanden«, fasste Andhmergen das Gespräch noch einmal zusammen. »Und daher stellen wir Ihnen Samsons Gleiter zur Verfügung. Dem Rhythmus der Sporenschiffe ist zu entnehmen, dass bald wieder eines startet. Wir sollten uns daher vorbereiten und Sie erhalten von uns alle Hilfe ...«

»Aber warum?«, fragte Sia.

Der Museumsdirektor unterbrach sich. »Warum? Ich dachte, das liegt klar auf der Hand.«

»Neugierde?«

»Nein. Verzweiflung.«

Die heitere Stimmung, die eben noch den Raum erfüllt hatte, war mit einem Mal wie weggeblasen. Andhmergen beugte sich nach vorne, eine Bewegung, die seinen Worten Nachdruck verleihen sollte. »Verzweiflung, Sia. Ja, die Metropolen werden von einigen sehr seltsamen Leuten regiert. Leute wie der ehemalige Sire, denen irgendwann alles egal war und die nur ihre eigenen Interessen verfolgen. Ich sage auch gar nicht, dass die vernünftigeren unter ihnen *nicht* ihre eigenen Interessen im Blick haben. Aber sie verstehen, dass ihre Interessen die aller sind. Und es sieht nicht gut aus. Es wird nicht alles bekannt gegeben, nicht zuletzt, weil es die Ordnung in den Metropolen gefährden dürfte. Aber die Zeichen sind nicht zu übersehen. Die Versorgungslage wird immer schwieriger. Wir haben zunehmende Probleme, Nahrungsmittel anzubauen. Die Luft wird schlechter, da die Hives eine Riesenmenge an Verschmutzung absondern. Wir haben eine stetig steigende Krankheitsrate in allen Metropolen, sowohl aufgrund der Umwelteinflüsse als auch ... na ja, wir wissen es nicht immer so genau. Es kommt uns vor, als würde man in der Nähe der Hives anfälliger sein, auch, was bestimmte Ansteckungskrankheiten angeht. Unsere medizinische Wissenschaft hat generell nachgelassen, aber vor allem die Hybriden ...«

»Wissen bald auch nicht mehr weiter«, vervollständigte Dassio den Satz, ganz und gar nicht selbstgefällig, sondern sehr ernst, beinahe bedrückt. »Selbst für uns wird es immer schwerer, für die eigenen Leute zu sorgen, von den anderen ganz zu schweigen. Die Gesamtsituation wird stetig schlechter.«

»Wir stehen früher oder später vor dem Zusammenbruch«, fasste Dahn zusammen.

»Die offiziellen Stellungnahmen sagen etwas anderes«, widersprach Ryk anklagend.

»Natürlich tun sie das. Ist es sinnvoll, den Leuten den Lebensmut und die Hoffnung zu nehmen?«, fragte Dahn. »Aber irgendwann wird die Lage durch keine guten Worte mehr zu beschönigen sein. Wir sind schon lange auf der Suche nach einer Alternative und letztlich ist die Legende um den Letzten Admiral auch etwas, an dem wir uns festhalten können.«

»Also nur ein Propagandatrick?«, hakte Sia nach.

»Nein, sehr viel mehr. Was ihr unten im alten Hauptquartier gefunden habt, weist bereits darauf hin. Da ist etwas. Da war zumindest etwas. Eine schwache Hoffnung, eine schwache Spur – aber mehr als nur eine Legende.«

»Die Apostel, vor allem der innere Kreis, suchen seit langer Zeit alle konkreten Hinweise auf den Letzten Admiral zusammen. Manches ist natürlich erstunken und erlogen«, gab Dassio zu. Er sah Uruhard an. »Manche Sammler waren bereit, auch für fabrizierte Artefakte geschickter Gauner viel zu bezahlen.«

»Ich nicht!«, protestierte Uruhard.

»Exakt. Du warst und bist einer der Umsichtigsten und Sorgfältigsten, mein Freund. Als uns klar wurde, dass du und Sia auf dem Sprung seid, es ernsthaft zu versuchen und nicht länger zu warten, hätten wir uns keinen Besseren vorstellen können, um diese Expedition zu leiten.«

Uruhard sah Dassio stirnrunzelnd an. »Ich glaube, ihr irrt euch ganz gewaltig.«

»Worin?«

»Ich leite hier gar nichts. Ich weiß nicht mal, ob hier irgendjemand was leitet. Vielleicht am ehesten Sia.«

»Ich? Ich bin nur starrköpfig«, sagte Sia und winkte ab. Ryk stellte fest, dass ihn selbst niemand für eine Führungsposition ins Spiel brachte. Das war nachvollziehbar. Ein klein wenig demütigend, aber absolut nachvollziehbar.

»Wir werden jetzt das Versprechen einhalten, das ich gegeben habe, bevor dieser kleine Diebstahlsversuch begann«, sagte Samson.

»Es war ein Mordversuch«, erinnerte ihn Ryk.

Samson nickte in seine Richtung. »Das sicher auch.«

»Ich nehme es nicht persönlich«, kicherte Dahn.

»Und ich stelle meinen Gleiter zur Verfügung. Wir sollten uns alle ausruhen und sammeln und dann besprechen, was wir über die Startplattform an der Hivespitze wissen. Darauf basierend planen wir Anflug, Absprung und … alles Weitere.« Samsons Stimme wurde zum Schluss hin leiser.

Ryk spürte, dass gerade der Pilot ernsthafte Zweifel am erfolgreichen Ausgang ihrer Mission hatte. Nicht auf die abfällige Art, die er zuvor geäußert hatte, um seine Rolle zu spielen. Zweifel, die aus der Hoffnung geboren waren, dass es doch irgendwie klappen würde.

Das war für den Springer absolut in Ordnung. Immerhin würde er diesen Wahnsinn jetzt mit einem reinen Gewissen beginnen. Das war ein Schritt in die richtige Richtung.

»Um es noch einmal klar zu sagen«, betonte Dahn zum Abschluss. »Die ganze Führung von Metropole 7 steht hinter Ihnen, mit der kleinen Ausnahme des alten Sire, und des jungen, der noch von gar nichts weiß. Wir alle setzen unsere Hoffnung in Sie, unser Vertrauen und viele Ressourcen. Sie bekommen von uns, was wir entbehren können, und vielleicht sogar noch einiges mehr. Jenseits aller Streitigkeiten, Eifersüchteleien und Machtkämpfe stehen wir in dieser Sache zusammen und Sie sind der Fokus, auf den wir alles richten. Das setzt Sie unter Druck, das weiß ich. Es ist eine große Verantwortung, die schwer zu tragen ist. Aber es ist auch eine Anerkennung Ihres Mutes und Ihrer Bereitschaft, für uns alle einen Hilferuf ins Weltall zu tragen, in der gemeinsamen Hoffnung, dass er auch gehört wird. Sie repräsentieren Metropole 7. Sie sind Metropole 7, die Essenz unserer Verzweiflung wie unserer Zuversicht. Und ich bin mir sehr sicher, dass Sie tun werden, was getan werden muss, um diesem Anspruch gerecht zu werden.«

Eine beinahe andächtige Stille senkte sich über die Versammlung.

Ryk fiel auch nichts mehr ein. Mit einem Kloß im Hals konnte man ohnehin kaum sprechen.

25

»Die Druckanzüge ziehen wir an. Es wird eng, aber wir können uns nicht im Taxi umziehen.«

Zwei Stunden hatten sie schon zusammengesessen und ihre Planung gemacht. Es war ein ermüdendes Gespräch geworden, und zwar aus zwei Gründen: Sie stellten fest, dass sie allesamt nicht genug wussten, um sich wirklich auf alle Eventualitäten vorzubereiten, und sie kauten das einmal Besprochene immer wieder durch, um diese Erkenntnis zu verdrängen und irgendwie ein Gefühl der Zuversicht zu erzeugen. Aber jetzt, wo die Reise, die sie anzutreten bereit waren, kein ferner Gedanke mehr war, keine irgendwie verheißungsvolle, aber letztlich abstrakte Idee, wurde ihnen allen mulmig zumute. Sia zeigte es durch eine gewisse Irritation, wenn jemand etwas sagte, was sie für Blödsinn hielt. Uruhard zupfte nervös an seinem Bart. Ryk versuchte, die Sache rational anzugehen, aber da er von allen die wenigste Kenntnis hatte, half das nicht viel. Momo war stoisch wie immer und akzeptierte alles mit einer tiefen Gelassenheit, die ihn auch nicht verließ, als Samson eindringlich auf die Gefahren ihrer Aktion hinwies. Gefahren, in die er sich begab, in der Zuversicht, dass für ihn die Möglichkeit bestand, heil aus der Sache herauszukommen und wieder seinem Tagwerk nachzugehen. Diese Option bestand für den Rest der Gruppe nicht.

Andere wie Dassio, Theosius und Andhmergen, von Risa und dem Samurai ganz abgesehen, hatten sich nach und nach verabschiedet. Alles, was es zu wissen gab, hatte Samson parat und nur Meister Dahn versprach, »noch einmal nach dem Rechten zu sehen«, kurz bevor der Start geplant war. Da die Zeit ablief und die nächste Sporenkapsel in Kürze starten würde, entstand ein Gefühl des Getriebenseins, denn keiner wollte diese Chance verpassen und weiter abwarten. Es hinter sich zu bringen erschien ihnen allen wie die beste Idee und auch Samson hatte angedeutet, dass er nicht völlig frei in seinen Entscheidungen sei und seine Dienste benötigt würden, gerade für die dringenden medizinischen Transporte, die er regelmäßig für die Hybriden durchführte. Es wurde allen klar, dass sie letztlich entsetzlich schlecht vorbereitet in diese Sache gehen würden, gleichzeitig aber eine bessere Vorbereitung gar nicht möglich erschien.

Es war, wie es war. Es war nicht gut. Nichts daran stimmte Ryk zuversichtlich. Aber es war befreiend. Denn es beendete jede Grübelei.

Als sie alles diskutiert hatten, manches mehrfach, legten sie den Zeitplan fest. Eine weitere Nacht würden sie sich ausruhen und die Ausrüstung begutachten, die ihnen die Apostel zur Verfügung gestellt hatten. Das Wichtigste, die Druckanzüge, hatten sie selbst beschafft. Dazu kamen jetzt Waffen, die Ryk zwar nicht unbekannt waren, die er aber bisher nur in den Händen sehr wohlhabender Persönlichkeiten und deren Entourage wahrgenommen hatte. Es waren Handfeuerwaffen der Union, rückstoßfrei und daher auch in der Schwerelosigkeit verwendbar, ein Zustand, mit dessen Existenz Ryk nun konfrontiert wurde und von dem er nicht sicher war, ob er ihn in all seinen Konsequenzen tatsächlich begriff. Samson hatte in der Garage, die er in Metropole 7 unterhielt, sogar einen Schießstand. Sie alle durften einige Runden auf Pappkameraden schießen, doch sowohl Ryk wie auch Uruhard stellten sich nicht besonders gut dabei an. Sia traf jedes Mal ins Schwarze und dieser Erfolg machte sie ein wenig verlegen. Sie wies darauf hin, dass sie eingebaute Hilfe hatte. Momo weigerte sich, die Waffen zu benutzen, sie verschwanden ohnehin fast in seinen Händen. Er behielt seinen Knüppel mit Metallbeschlag und bekam zusätzlich ein bemerkenswert langes Messer, fast schon ein Schwert, und mit beidem zeigte er sich ausgesprochen zufrieden.

Am Morgen des entscheidenden Tages setzte sich Sia noch einmal mit Ryk in ein eigenes Zimmer und trug ihm die Salbe auf. Die Anstrengungen der letzten Tage und vor allem heftige körperliche Reaktionen, die zu Schweiß geführt hatten, hatten die Schorfbildung wieder verschlimmert und die erste Behandlung durch die Hybride musste wiederholt werden.

»Vielleicht werden wir dort, wo wir hinreisen, eine Heilung für dich finden«, sagte Sia.

»Vielleicht werden die Hybriden mir helfen, wenn wir zurück sind«, antwortete Ryk.

»Ich hoffe es sehr. Dass wir zurückkehren, meine ich. Es wäre alles so sinnlos, wenn wir den Admiral finden und die Kunde nicht mehr nach Hause bringen könnten.«

Ryk genoss die kühle und sanfte Berührung des Applikators, wie er über die schartigen, halb mit dünnen, roten Krusten bedeckten, halb aufgerissenen und nässenden Hautflächen tanzte. Die Salbe folgte mit einer angenehmen Wärme, die die Illusion plötzlicher Geschmeidigkeit vermittelte. Sia trug sie dick auf und ließ sich richtig Zeit, um die Substanz sorgfältig einzumassieren. Wer wusste schon, wann sie das nächste Mal die Gelegenheit haben würden?

»Ich habe ziemliche Angst«, sagte Ryk schließlich fast kleinlaut.

»Ich auch. Aber ich bin auch sehr glücklich.«

Das war alles, was sie zu sagen hatte, und es war sicher auch ausreichend. Die Behandlung wurde in einer Atmosphäre stiller Vertrautheit zu Ende geführt und an ihrem Ende fühlte sich Ryk, allem Unwohlsein beraubt, so bereit, wie man nur sein konnte.

Sia stand auf und betrachtete seinen nackten, an vielen Stellen nun geschmeidig glänzenden Körper prüfend, wie eine Konstrukteurin, die ihre Maschine einer letzten Begutachtung unterzog. Es war dermaßen unerotisch, dass in Ryk jede Regung, die er zu Beginn vielleicht empfunden haben mochte, mehr oder weniger abstarb.

»Momo scheint zu glauben, dass wir was miteinander haben«, sagte sie dann unvermittelt.

Ryk zuckte kurz zusammen. Der Defo. Dick, stumm, stoisch. Aber er hatte seine Augen überall und er beobachtete genau. Das war peinlich.

»Ich ... weiß gar nicht, wie er darauf kommt«, brachte Ryk hervor. Es klang selbst in seinen Ohren bemerkenswert schwach.

Sia sah ihn an und nickte bestätigend. »Nicht wahr? Eine Hybride und ein Normaler? Wer hat denn so was schon gehört?«

»Niemand!«, bekräftigte Ryk. Er verbarg die plötzliche Traurigkeit, die er empfand, so gut er konnte. Niemand, na klar. Absurder Gedanke, absurde Hoffnung. Wie hätte er sich das jemals vorstellen können? War er ein Ersatzteilhändler? Zeit, zur Vernunft zu kommen.

»Andererseits hat der Gedanke was für sich«, murmelte Sia. Ryk zuckte ein zweites Mal zusammen und begann, sich anzuziehen, um überhaupt etwas zu tun.

»Hat er?«

Hoffentlich hatte seine Frage nicht allzu viel von seiner Sehnsucht preisgegeben. Das wäre wirklich sehr ärgerlich.

»Ein Normaler als Geliebter wäre bereit, ein Organ zu spenden, wenn ich eines brauche. Ich glaube, Männer machen aus Liebe einige Dummheiten, oder?«

»Das glaube ich nicht«, erwiderte Ryk heiser und verhedderte sich mit einem Bein in seiner Unterhose. »Nicht alle. Nicht so.«

»Nein?«, echote Sia sanft. »Oder einen Mord begehen, um die Seele der Geliebten zu bewahren?«

Ryk wurde rot. Deutlich spürte er dieses brennende, unangenehme Gefühl im Gesicht. Aber er fühlte sich gerührt. Sie hatte es verstanden. Doch was bedeutete das für sie?

Das mit dieser verdammten Unterhose ist so peinlich!

»Lass mal, ich helfe dir«, flüsterte Sia. Sie stand jetzt neben ihm.

Dann griff sie zwischen seine Beine, die Hand noch ganz weich und fettig von der Salbe, und diesmal strich sie nicht über schorfige Wunden, diesmal umfassten ihre kräftigen

Finger den Schaft seines Penis, der plötzlich, unerwartet und erwartungsgemäß unkontrollierbar reagierte.

Es war unbeschreiblich. Ryk schloss die Augen und wollte nicht, dass es jemals aufhörte. Es war … auf unbeschreibliche Weise unbeschreiblich.

»Das sieht gut aus«, flüsterte sie. Der Hauch ihrer Worte in seinem Ohr, das warme Gefühl ihres Atems. Ging er schneller? Nur ein wenig? Definitiv.

Sie war fordernd in ihrer Bewegung, denn sie war Sia.

Sie wusste aber auch, was weh tat und was nicht. Denn auch das machte sie aus.

»Verdammt«, wisperte sie in sein Ohr. »Eine Hybride und ein Normaler. Wir fliegen zu den Sternen. Wir folgen einem irren Traum. Dann dürfte das hier unser leichtestes Spiel sein.«

Und dann spielten sie, weil es sein musste, sein sollte und sie beide es wollten.

Es war nicht leicht. Manche Wunde schmerzte. Manche Bewegung war falsch, manche Berührung unachtsam. Zwei sehr verletzliche Menschen, beide mit ihren Schmerzen, versuchten, sich Freude zu bereiten. Es war dieser Wille, der sie vereinte, und dann waren es ihre Körper, die dem Willen folgten.

Es war sehr seltsam.

Aber es war wunderbar.

26

Dann war der Moment gekommen, im Gleiter Platz zu nehmen. Heute war der Tag, an dem dem Kalender zufolge das Sporenschiff auf den Weg geschickt wurde, und sie waren alle auf ihre Art sehr aufgeregt, allen voran Samson, der diese Reise vor allem machte, weil die ganze Metropole ihn darum bat, obwohl er eigentlich etwas anderes mit seinem Leben vorhatte. Er hatte in den Tagen der Vorbereitung niemals einen Zweifel daran gelassen, dass er nicht mit einem Erfolg der Mission rechnete, ohne ihnen mit dieser Auffassung allzu sehr auf die Nerven zu fallen.

Er tat es, weil die ganze Stadt es von ihm erwartete. Und weil er, tief in seinem Herzen, ein alter Romantiker sei, behauptete er. Ryk glaubte es unbesehen. Sein Bild von dem Mann im Overall hatte sich nun schon das zweite Mal um hundertachtzig Grad gewendet und jetzt erschien er ihm absolut authentisch.

Hoffentlich.

Zum Abschied waren Dassio, Dahn und Theosius erschienen. Allen drei fehlten die richtigen Worte und das beruhte auf Gegenseitigkeit, denn zumindest Ryk fielen nur Äußerungen gespielter Zuversicht ein, die für sie alle eher unbefriedigend sein würden. Sie standen einen Moment da und machten optimistische Grunzlaute oder streichelten das Taxi, als würde das die Maschine zu höherer Funktionsfähigkeit ermuntern. Eine seltsamere, schwierigere Situation als der Sex, den er mit Sia gehabt hatte, und dessen schwerer, süßer Eindruck immer noch wie eine sanfte Decke auf seinen Gedanken lag.

Als Samson ungeduldig wurde, war die Abschiedszeremonie auch schon beendet. Die Delegation verabschiedete sich. Theosius hatte feuchte Augen. Das war das Problem gescheiterter Revolutionäre, sie waren romantischer als alle zusammen.

Der Pilot trug wie immer seinen etwas schmutzig wirkenden Overall und setzte nun darüber hinaus einen vorne offenen Helm auf, der mit dem Emblem der Streitkräfte verziert war. Er hatte einmal einem Kampfpiloten gehört, wie Samson erzählte. Seine Schilderung des Fundes ging so weit, dass er ausführte, wie er den abgetrennten Kopf des ehemaligen Besitzers aus dem Helm hatte entfernen müssen. Details, die aber keiner wirklich hören wollte.

Samson gab solche Geschichten gerne zum Besten. Ryk glaubte, dass er damit prüfte, wie seine Zuhörer reagierten. Als seien sie nicht schon mehr als genug geprüft worden.

»Dann geht es jetzt los.« Die Ankündigung war simpel, eine Untertreibung, und als der Gleiter laut zu summen begann und eine tiefe Vibration davon zeugte, dass die mächtigen Antriebe aktiviert worden waren, rutschte Ryk das Herz in die Hose.

Es ging los.

Mit großer Willensanstrengung kämpfte er den massiven Fluchtimpuls nieder, der seinen Körper erfasste, und er atmete schneller, als er sollte.

Es ging los!

Sias Hand fand den Weg in seine, ihr fester Druck war gleichermaßen Trost wie Aufforderung. Ryk beruhigte sich nicht, das wäre auch kaum zu erwarten gewesen, aber er fand die Kraft, nicht laut zu schreien und um sich zu schlagen.

Sein Blick fiel in Uruhards aschfahles Gesicht und dort sah er nichts anderes als blankes Entsetzen, als hätte er niemals ernsthaft damit gerechnet, dass dieser Moment jemals kommen würde.

Schöne Helden waren sie!

Der Gleiter schwang nach oben, hinein in den blauen, wolkenlosen Himmel. Der leichte Andruck gab den Passagieren ein Gefühl für Flugrichtung und Beschleunigung. Samson wirkte sehr konzentriert, keine lose Bemerkung kam mehr über seine Lippen, als der Gleiter noch einmal beschleunigte und sie alle etwas tiefer in die verschlissenen Polster drückte. Das brummende Geräusch der Maschine hatte etwas Beruhigendes, ein falsches Versprechen, aber eines, das Ryk in diesem Augenblick gerne akzeptierte.

»Wir nähern uns in einer weiten Schleife dem Hive. Sobald wir den Sicherheitsabstand unterschreiten, kommen die Drachen aus ihren Nestern.« Samsons Stimme hatte jetzt einen besorgten Unterton. »Ab dann wird es kribbelig. Ich versuche, direkt zum Startplatz der Sporen vorzudringen, aber genau das werden die Drachen versuchen zu verhindern. Denken Sie an unsere Vereinbarungen. Wenn Sie zögern, breche ich ab und suche das Heil in der Flucht. Ich bin nur bereit, das Risiko bis zu einem bestimmten Punkt einzugehen.«

Dass Samson sich dadurch vernünftiger anhörte als seine Passagiere, ärgerte Ryk. Doch seine Nervosität wurde langsam durch eine wilde Entschlossenheit ersetzt. Er wollte glauben, dass es eine Chance war. Und er würde jetzt tun, was getan werden musste.

Und Fliegen war absolut *geil*, daran gab es keinen Zweifel. Ryks Angst verwandelte sich langsam in Begeisterung. Das war besser als springen. Das wollte er auch können.

Samson wusste, was er tat.

Der Gleiter war ein unbeschreibliches Produkt der Alten, eine so perfekte und kraftvolle Konstruktion. Ryk empfand nur Bewunderung dafür – und ein plötzliches, starkes Bedauern, dass all dies eine Sache der Vergangenheit sein sollte, eine letzte Erinnerung an die Zeit, die unwiederbringlich verloren schien. Unwiederbringlich?

Dieser Gedanke rief in Ryk erneut Entschlossenheit hervor. Wenn es eine kleine Chance gab, dass vier Spinner es schaffen konnten, sie doch wiederzubringen, die Uhr ein wenig zurückzudrehen, dann war es das wert, ein wenig Angst zu empfinden.

Das Brausen des Windes und der Anblick der Gebäude der Stadt, so klein unter ihnen, ließ Ryk für einige Momente alles vergessen. Seine Faszination war vollkommen. Er hätte das hier noch stundenlang machen können, ach was, sein ganzes, ehemals so erdverbundenes Leben.

Doch der Flug näherte sich schnell seinem Ende.

»Wir kommen jetzt in die Sicherheitszone«, kündigte der Pilot an, die Stimme etwas heiser vor Anspannung. Ryk hörte hinter sich ein jammerndes Geräusch, als sich die Gatling in ihrer Fassung zu drehen begann, wie ein Hund, der die Ohren aufstellte und den Kopf bewegte, um herauszufinden, woher eine Bedrohung kommen könnte.

Sie starrten aus der Kanzel und suchten die wachsende Hülle des Hives ab, die glasklar im hellen Sonnenschein zu erkennen war.

»Da sind sie!«, rief Sia.

Ryk schaute in die Richtung, in die sie zeigte. Was er eben noch nur als kleine Punkte in der Ferne ausgemacht hatte, war nun deutlich zu erkennen. Samson drückte einen Schalter, ein Teil der Frontscheibe veränderte sich und fungierte als Vergrößerungsglas. Der erste der Drachen, der sich vom Hive gelöst hatte, um auf sie zuzustreben, sprang ihnen optisch ins Gesicht. Ryk zuckte unwillkürlich zusammen.

Zu nah. Zu plötzlich.

Er war ein erschreckender Anblick, eine Mischung aus Lebewesen und Maschine, wie man es vom Hive kannte. Ein großer, breiter Kopf mit blinden Augen, bedeckt mit Metallplatten, zwei mächtige Schwingen, die den Körper schwerfällig in der Luft hielten, und statt weiterer Gliedmaßen eine Art Geschütz, das aus dem Bauch herauswuchs.

Ein ... Geschütz?

»Samson, Sie sagten, die hätten keine Distanzwaffen«, warnte Ryk.

Der Pilot nickte. »Das dachte ich auch. Aber ich war noch nie so nah dran. Und verdammt, die sehen anders aus als die Drachen, die ich kenne.« Seine Stimme klang alarmiert.

Ryk starrte auf den Drachen. Eine Konstruktion voller Mängel. Das Wesen musste mit dem ganzen Körper zielen. Dann sprang das Bild auf einen seiner Kameraden, der ganz anders aussah. Schlank und anstatt zweier Flügel, die wie die eines Vogels schlugen, hatte er starre Tragflächen, unter denen Triebwerke saßen. Dafür trug er in Klauenhänden eine lange Lanze, deren eines Ende unheilvoll glühte. Der Schädel war eine metallische Grimasse, aus der allzu menschlich wirkende Augen auf den Feind starrten.

»Es gibt Hunderte von Variationen«, sagte Samson. »Eine schrecklicher als die andere. Der Hive verschwendet nichts. Und er hat ausreichend Ressourcen, um Diversität zu erlauben. Achtung, es wird jetzt …«

Sein Satz ging in einem Krachen unter, als es drüben bei den Drachen blitzte. Ein gutes Dutzend war in die Luft aufgestiegen und strebte dem Gleiter entgegen. Der erste hatte das Feuer eröffnet und gut gezielt. Das Fahrzeug schüttelte sich, als es getroffen wurde, eine Vibration, die Ryk durch Mark und Bein ging, seinen Blick verschwimmen ließ und ihm den Magen umdrehte. Ein krachender Laut, der das Schlimmste befürchten ließ. Doch die Panzerung hielt und das stete Summen des Antriebs ließ keine Sekunde nach. Ryk warf einen Blick auf Samson, der konzentriert vor seinen Kontrollen saß. War er beunruhigt? Würde er das überhaupt erkennen?

War es wichtig? Ryk *war* beunruhigt. Er hatte wieder Angst, die Ekstase des Fluges wurde durch die Furcht vor dem Absturz ersetzt. Und dann war da diese Hilflosigkeit. Seine Waffe half ihm nicht. Er war ausgeliefert, bis sie ausgestiegen waren. Doch so weit mussten sie es erst einmal schaffen.

Samson tat, was er konnte. Er knickte nicht ein. Er hielt Wort.

»Und Feuer frei!«

Ryk hörte es kaum, doch es kam aus dem Mund des Piloten. Und es folgten Taten. Das Geschütz hinter ihm begann zu brüllen, lauter, als er es erwartet hatte, eine tiefe Vibration, wie ein Herzschlag, Ausdruck brutaler Kraft. Mit jedem Puls schleuderte die Gatling eine Salve auf ihre Gegner und suchte sich automatisch, präzise und tödlich den Feind. Die glühenden Flechetgeschosse bahnten sich in hellen Glitzerstreifen ihren Weg durch die ionisierte Luft und dann trafen sie auf einen Drachen. Eine Fontäne aus Blut spritzte in die Atmosphäre, als die Garbe den Körper durchstanzte und ihn in zwei Teile riss, die hilflos zu Boden taumelten. Eine schnelle Waffe und eine, gegen die es keinen Schutz gab.

Ryk hatte so etwas noch nicht gesehen. Der Tod zuckte in glühenden Streifen über die Drachen, so behänd, so leicht, als würde er tanzen. Glitzerfäden zogen durch sein Sichtfeld und erfassten den Feind, ohne Mitleid, ohne weitere Aufmerksamkeit. Beiläufig löschten sie Existenzen aus, schnitten Gliedmaßen ab, durchstießen Schädel, hinterließen auf den fernen Erdboden stürzende, tote Kadaver, ein Leichenfest am Himmel, betörend in seiner Beständigkeit und Effizienz.

Feuern. Pause. Feuern. Pause. Der Puls des Todes.

Es sah alles so einfach aus. Wie hatte die Menschheit im Besitz solcher Waffen jemals verlieren können? Ryk konnte es sich nicht vorstellen.

Dann aber begriff er es. Er sah, wie eine zweite Schar Drachen aufstieg, doppelt, dreimal so viele wie bei der ersten Welle, wie eine Wolke bösartiger Insekten, die durch den Tod ihrer Artgenossen erst recht aufgestachelt waren, rachsüchtig, entschlossen und opferbereit. Die Gatling pulsierte ohne Unterlass. Samson schwieg, er fluchte nicht einmal und zeigte auch keinen Triumph. Ihm fehlte die Leichtigkeit des Tötens. Und er hatte mit dieser Haltung absolut recht.

Denn für den Hive war der Tod bedeutungslos. Er war. Er war viele. Und er schickte sich an, das unter Beweis zu stellen.

»Sie starten den ganzen Zoo«, sagte Uruhard. Ryk sah ihn verständnislos an. Er hatte keine Ahnung, was ein Zoo war.

»Festhalten!«

Eine unnötige Aufforderung, die Sitzgurte pressten sie bereits fest in die Polster, doch dann begann Samson, seine Fähigkeiten als Pilot voll zu nutzen. Er zog die Maschine mit immer lauter jaulenden Triebwerken in Kurven, ließ sie plötzlich abfallen, um sie daraufhin wieder steil nach oben zu ziehen. Er nutzte das dreidimensionale Schlachtfeld der Lüfte aus, rotierte Gleiter wie Kanone und das Gewirbel der Eindrücke ließ in Ryk Übelkeit aufsteigen. Der Springer verlor die Orientierung. Himmel, Sonne, Hive, Erdboden, alles vermischte sich zu einem Schemen, der von allen Seiten kam, überall gleichzeitig war, und sein Kopf begann zu schmerzen. Zu viele, zu schnelle Eindrücke. Wie konnte ein Mensch das verarbeiten?

Unablässig pumpte die Kanone ihre tödliche Kraft in die Leiber der Drachen, die mal torkelnd zu Boden fielen, mal orientierungslos gegen Artgenossen getrieben wurden. Und dann gab es einen heftigen Schlag.

Ryks Zähne schlugen schmerzhaft aufeinander. Er schmeckte Blut.

»Das war ein guter«, rief Samson. Eine starke Vibration erfüllte den Gleiter. Er war getroffen worden und diesmal hatte er Schaden genommen. Das Wirbeln aber nahm ab. »Das tat weh.«

»Dritte Welle!«, rief Sia. Mehr Drachen lösten sich vom Hive. Doch jetzt waren sie nah, sehr nah, und da war die flache Spitze des gigantischen Bauwerks. Und darauf stand, zu dreiviertel aus der Masse des Hives gewachsen, wie ein großer Pickel, das Sporenschiff, bereit zum Abflug. Daneben war eine kleine Landefläche und es war nicht ein Großmaul zu sehen.

Ryks Magen schoss in seine Kehle, als Samson den Gleiter förmlich fallen ließ. Vor seinen Augen verschwamm kurz alles, er stöhnte unwillentlich und wünschte sich weit weg. Vor allem sehnte er ein Ende dieses Fluges herbei, weil das Vergnügen ...

»Jetzt, ihr Irren!«

Es dauerte einen Moment, bis Ryk merkte, dass sie gemeint waren. Der Gleiter ruckte und es knirschte, als sich das Metall zusammenfaltete, ein hässliches Krachen, als die Landekufen einknickten und unter dem Druck einer Landung brachen, die ein halber Absturz war. Erneut klackerten seine Zähne aufeinander und diesmal tat es verdammt weh.

Die Irren lösten die Gurte, die Kanzel schwang auf und sie stürzten ins Freie, vor sich den Pickel des Sporenschiffes, und ehe sie sich's versahen, jaulte der Gleiter auf, gewann an Höhe, ein lautes Brausen ertönte und Samson schaltete das Triebwerk auf Volllast. Das Fahrzeug schnellte davon und verteilte weiterhin glühende Streifen des Todes, aber diesmal auf dem Weg, den Sicherheitsperimeter zu verlassen, und die Drachen konnten nichts mehr dagegen tun.

Uruhard fiel auf die Knie, ihm musste schwindelig sein. Der alte Mann ... war vielleicht doch zu alt für eine Mission wie diese. Ryk griff ihm unter die Arme und erntete einen dankbaren Blick, als er den Wachtmeister auf die Beine zog. Keine Zeit für Schwäche.

»Folgt mir!«

Das waren Sias Worte. Sehr bestimmend.

Sie hatte wohl doch irgendwie das Kommando übernommen.

Es gab keine große Auswahl an Richtungen. Man konnte im Kreis um das Sporenschiff herumlaufen, man konnte am Rand der Plattform in die Tiefe springen, auf die winzige Metropole, deren Bauklötze von hier oben fast niedlich aussahen, oder dahin rennen, wo sie hinwollten. Ryk schaute auf die näher kommende Außenhaut des Sporenschiffes und eine plötzliche Zuversicht erfüllte ihn. Die Lamellen und Lappen der organischen Außenhaut sahen genauso aus wie die eines großen Triebwurms.

Das war gut.

»Wie kommen wir hinein?«, fragte Uruhard.

»Der Zugang ist in dem Teil, der noch mit dem Hive verbunden ist«, rief Sia laut. Der Wind brauste heftig hier oben. Es war ein außergewöhnlich starker Lärm. »Wir müssen von unten ...«

»Nein!«, unterbrach Ryk. Er hielt seinen Haken in der Hand, das einzige Ausrüstungsteil, das nur er besaß. Und mit dem er gut umzugehen wusste. »Wir gehen direkt rein. Gleich da vorne!«

Er sagte es mit aller Selbstsicherheit und ihm war egal, ob ihn nun alle für irre hielten. Er war der Springer. Das war sein Gebiet. Er wartete auch gar nicht erst ihre Reaktionen ab. Sie waren sicher, sobald sie im Inneren des Sporenschiffes waren, und auf die Großmäuler zu warten ergab nun gar keinen Sinn.

Er musste nicht lange nach der richtigen Stelle suchen. Es war eine nahezu instinktive Auswahl, basierend auf einer Routine, bei der es jedes Mal um sein Leben gegangen war. Er holte aus und stieß den Haken tief in die Hülle des

Sporenschiffes. Die Lamelle riss auf, als er in exakt dem richtigen Winkel an ihr zog. Die etwas feucht glänzende Öffnung war handgroß, aber das genügte als Ansatzpunkt. Er holte die Klemme hervor, steckte sie mit sicherer Bewegung in die Öffnung und hielt die frisch geschlagene Wunde auf, um den Haken ein zweites Mal anzusetzen. Diesmal ging es leichter und nach gut fünf Minuten war eine Öffnung geschaffen, durch die sie eindringen konnten.

»Wie verschließen wir das wieder?«, fragte Sia ängstlich. »Wir fliegen ins Weltall.«

»Sporenschiffe haben Schutzfelder«, erinnerte Uruhard sie. »Sie sind Hybride wie du, Sia.«

»Ich habe kein Schutzfeld.«

»Für die nächste Operation solltest du darüber nachdenken.«

Was als Scherz gedacht war, löste in Sia einen Moment ernsthafter Nachdenklichkeit aus. Ryk stieg durch die Öffnung. Es sah aus wie im Inneren eines Triebwurms, nur größer. Beide, Schiff wie Wurm, waren Fortbewegungsmittel und offenbar benutzte der Hive bei beiden ähnliche Konstruktionsprinzipien. Es verwunderte ihn nicht, er war sogar erleichtert.

»Kommt rein. Ich seh nach, ob es ein Großmaul gibt. Kommt, schnell.«

Es war in der Tat Zeit, sich zu beeilen. Die Drachen kehrten von ihrer abgebrochenen Suche nach Samsons inzwischen verschwundenem Gleiter zurück und begannen, die Plattform zu umkreisen. Sie waren etwas schwerfällig, aber jetzt galt es, zu verschwinden.

Sie kletterten durch die Öffnung. Ihre Elastizität und die Feuchtigkeit halfen, auch Momos massigen Körper hindurchflutschen zu lassen. Ryk hatte Klemme und Haken entfernt, als der Letzte hindurch war. Die Öffnung schloss sich langsam von selbst und würde, wie Ryk wusste, binnen weniger Augenblicke wieder luftdicht sein.

Er sah sich suchend um.

Er schaute nach oben. Natürlich, an der Spitze des Schiffes, wo sonst, gab es einen spiralförmigen Aufstieg. Ryk wartete nicht. Er lief an der Wand entlang, die schmale Rampe hinauf und gelangte zur Spitze des Sporenschiffes. Und da saß das Großmaul. Sein Körper war halb mit der Masse des Schiffes verwachsen und nur ganz langsam richtete sich seine Aufmerksamkeit auf Ryk. Großmäuler reagierten sehr langsam. Sie waren eigentlich das Schiff, oder der Wurm. Es blieb genug Zeit.

Ryk stieß mit dem Messer zu. Er spürte das vertraute Reißen und Ruckeln, als er Sehnen durchtrennte, die Kehle, Blutbahnen, es gab die vertraute Sauerei. Er hielt inne, eher er die Metallkabel erreichte. Die automatische Start- und Flugsequenz wollte er nicht unterbrechen. Wenn das Sporenschiff tatsächlich funktionierte wie ein Wurm ...

Das Schiff zitterte.

Es kam Ryk fast so vor.

Er warf einen letzten Blick auf das blutende Großmaul. Der organische Teil starb, der maschinelle funktionierte. Er drehte sich um und eilte hinunter. Sein blutüberströmter Anzug zog die Blicke der anderen auf sich, doch keiner sagte etwas.

»Hier warten wir?«, fragte Sia, als sie sich umsah. Es war kein angenehmer Anblick. Der weiche, wie rohe Haut wirkende Boden war durchzogen von gleichermaßen metallischen wie organischen Adern, von denen einige pulsierten.

Es war warm, wovon sie jedoch wenig spürten, da sie die Anzüge geschlossen hielten. Die hier existierende Sauerstoffatmosphäre, die auch Hivedrohnen bevorzugten, wurde durch die Helme gefiltert, sodass sie bis auf Weiteres nicht auf ihre eigenen Vorräte zurückgreifen mussten.

Die Wände leuchteten in einem sanften Rot und es waren keinerlei Einrichtungsgegenstände zu erkennen, weil auch keine notwendig waren. Das Sporenschiff war ein eigenständiges Lebewesen, mit einem eingewachsenen Piloten, nicht dumm und nicht intelligent, genauso wie der ganze Hive, und würde keine Hilfe benötigen, um sein Ziel zu erreichen. Seine Fracht aber war gut zu erkennen und als sie einige Schritte gingen, sahen sie, dass das Innere des Schiffes, vom Antrieb einmal abgesehen, aus einem großen Lagerraum bestand, in dem die Sporen aufgereiht waren, grob eiförmige Gegenstände, halb mit dem Boden verwachsen, mit einer gelblichen, etwas schleimigen Oberfläche.

»Die Wissenschaftler haben damals herausgefunden, dass die Sporen verschiedene Funktionen erfüllen«, sagte Uruhard ganz andächtig und trat an eines der fast mannsgroßen Gebilde heran. »Sie enthalten zum einen Informationen, denn nach unseren Erkenntnissen hat der Hive aus irgendeinem Grund nie die Fähigkeit überlichtschneller Kommunikation gemeistert.«

»Das haben wir auch nicht«, erinnerte ihn Sia.

»Aber es muss andere Völker geben, die diese Technik beherrschen«, protestierte Uruhard. »Der Hive ist ihnen vielleicht nie begegnet. Das hier jedenfalls sind Informationskapseln, vollgestopft mit Daten über alles – die Entwicklung des Hives, der sie abschickt, jede genetische Mutation, jede gemeisterte Herausforderung und unzählige andere Dinge, die wir gar nicht begreifen können. So kommuniziert der Hive. So informiert er sich möglicherweise auch über neu entdeckte Zivilisationen und so werden die Flotten aufgebaut und ausgerichtet, die in die entsprechende Richtung aufbrechen, um sie gemeinsam zu vernichten. Warum auch immer das nötig sein sollte.«

Uruhards Ausführungen waren schwach, wie es Spekulationen immer waren.

»Was enthalten sie noch?«, fragte Ryk schnell. Wenn Uruhard zum Thema der Motivation des Hives kam, wurde er schnell philosophisch und das konnte sehr langweilig werden.

»Im wahrsten Sinne des Wortes Sporen, also Samen«, erklärte Uruhard. »Nicht nur genetische Informationen als Daten, sondern genetisches Material, das sofort genutzt werden kann. Erhaltung der Vielfalt, des Wettbewerbs um die beste Anpassung in einem galaktischen Ausmaß. Verhinderung von Degeneration und, wenn ich das so sagen darf, Hive-Inzucht. Stabilisierung der Population in ihrer ganzen Variationsbreite.«

Sie alle schauten für einen Moment sinnierend auf die schleimigen Kapseln und Ryk fragte sich, wie es wohl darin aussehen würde, wenn er sie aufschnitt. Widerstandsfähig sahen sie nicht aus. Wahrscheinlich war aber, dass eine solche direkte Attacke irgendwelche Schutzmechanismen auslösen würde. Jedenfalls war es keine gute Idee, es auszuprobieren.

»War das eben ein Zittern?«, fragte Sia leise.

Sie hielten inne. Ja, eine zweite, sanfte Vibration lief wellenförmig durch das Sporenschiff, verebbte und fing wieder an, eine fast unmerkliche Massage.

»Das sind Startvorbereitungen. Es ist Zeit«, sagte Uruhard.

»Wir sollten uns irgendwo verankern oder festhalten«, schlug Ryk vor. »An der Wand vorzugsweise.«

Die Wand war eine naheliegende Option, denn sie war an manchen Stellen nicht glatt und verfugt, sondern rau und kantig, als ob jemand Bauklötze in eine organische Masse gesetzt hätte, die entweder freilagen oder von innen gegen eine Haut drückten. Man konnte sich festhalten und auch die Adhäsionsflächen der Anzüge könnten möglicherweise funktionieren. Es war nötig, das jetzt schnell herauszufinden, denn die Vibrationen wurden langsam stärker und für alle war das ein Zeichen, dass es jetzt bald losging.

Wie furchtbar unvorbereitet sie im Grunde doch auf all das waren.

»Die Raumfahrer der Union nahmen vor Hypersprüngen übrigens Medikamente«, informierte Uruhard sie. »Es gibt wohl Nebenwirkungen.«

»Das erzählst du uns *jetzt*?«, fragte Ryk.

Uruhard zuckte mit den Schultern. Sie hatten diese Medikamente nicht. Hätten sie deswegen von ihrem Plan Abstand genommen?

Gewiss nicht.

Jeder von ihnen fand einen Platz, der ihnen sicher erschien. Das hieß leider absolut nicht, dass er es auch war. Doch für weitere Überlegungen gab es keine Gelegenheit mehr. Die Vibrationen gingen in ein mächtiges Schmatzen über, als würde etwas sehr Schleimiges mit Wucht aus etwas anderem sehr Schleimigem herausgezogen, nachdem es dort lange verblieben war. Etwas widerlich, aber aller Voraussicht nach ein Hinweis darauf, dass das Sporenschiff seine Verbindung zum Hive gelöst hatte.

Das Sporenschiff ruckelte, dann zog etwas ihre Mägen in die Kniekehlen. Eine Aufwärtsbewegung, sehr verhalten, als würde die Spore noch einmal überlegen, ob sie sich wirklich von der Heimat lösen wollte.

»Die ... die haben doch Andruckabsorber?«, fiel es Ryk etwas spät ein, angesichts der Tatsache, dass es derlei Technik auf der Erde gar nicht mehr gab, aber verständlich. Der Gleiter hatte welche besessen. Keine guten.

Uruhard zeigte auf die Kapseln. »Ihr größter Schatz.«

Ryk war nur unzureichend beruhigt. Dennoch, als die Aufwärtsbewegung sich intensivierte, wurde sie nie so stark, dass aus den blinden Passagieren blutige Flecke auf dem Boden zu werden drohten. Auch die Vibrationen waren nicht halb so stark wie befürchtet. Ihre Sicherung jedenfalls war ausreichend.

Das Ruckeln und Zittern setzte sich minutenlang fort. Es gab keine Fenster. Die Anzüge versorgten sie direkt auf die Helminnenseite projiziert mit Höhendaten. Das Sporenschiff kletterte schnell nach oben. Samson hatte etwas von Fluchtgeschwindigkeit und Schwerkraftschacht gesagt.

Es ging schneller, als Ryk erwartet hatte.

Dann kehrten ihre Mägen aus den Kniekehlen zurück und stieg ihnen in die Kehlen. Und sie alle fühlten sich sehr leicht. Schwerelosigkeit. Sie hatten den Orbit erreicht. Uruhard wurde unvermittelt schlecht, er öffnete seinen Helm – was konnte er auch sonst tun? In einem heftigen Schwall erbrach er sich. Eine schlechte Idee: Der Mageninhalt verteilte sich durch den Schwung im Raum und neben dem stechenden Geruch bestand nun auch Gefahr, davon getroffen zu werden.

Momo fluchte. Das kam so gut wie nie vor. Er hielt den Helm geschlossen. Sia und Ryk ebenfalls. Ryk empfand die

Schwerelosigkeit interessanterweise nicht als unangenehm. Er hatte als Springer schon alles erlebt, inklusive der Effekte kurzzeitiger Beschleunigungs- und Richtungswechsel. Vielleicht war sein Körper einfach nur gewohnt, dass sein Besitzer ihn ständig verarschte. Ein leichtes Unwohlsein war nicht zu leugnen, aber es war nicht weiter schlimm.

Uruhard schaute schuldbewusst in die Runde.

Niemand sagte etwas.

Das Sporenschiff beschleunigte wieder. Es ließ die Erde hinter sich und Ryk war froh, es nicht sehen zu können. Der Anblick hätte ihn möglicherweise stark mitgenommen. Er schloss nur die Augen und versuchte, die Vibrationen des Schiffskörpers zu spüren und zu interpretieren.

Sie flogen. Doch was genau passierte jetzt?

27

Das Sporenschiff ließ sich Zeit. Hoffentlich nicht zu viel. Die Rationen, die sie dabeihatten, reichten vielleicht für drei Tage. Der Gedanke, dass am Zielort nur vier Verdurstete ankommen würden, war Ryk nie gekommen. Natürlich konnte er jetzt, in einem Moment der Ruhe, an nichts anderes mehr denken.

Uruhard hatte versucht, ihnen das Prinzip einer überlichtschnellen Fortbewegung zu erklären. Ryk wiederum hatte wirklich versucht, zuzuhören und vor allem zu begreifen, aber es hörte sich für ihn einfach nur sehr fantasievoll an, eine Aneinanderreihung von Worten, die keinen Sinn ergab, jedenfalls nicht für ihn. Raum-Zeit-Falten. Hypertunnel. Die Erfindung des Erhaft-Generators. Wahrscheinlich verstand nicht einmal der alte Mann, wovon er da eigentlich redete. Ryk verstand es definitiv nicht und Momo, der ohnehin kein Freund vieler Worte war, schon gar nicht. Sia verlor das Interesse nicht so schnell, ob sie aber alles begriff, blieb offen.

Und Uruhard selbst sprach zwar mit großer Selbstsicherheit, aber vielleicht auch nur, um sich selbst davon zu überzeugen, dass alles gut gehen würde.

Und wer sagte ihnen, dass die Sporenschiffe auf der Basis der gleichen Prinzipien operierten?

»Es kann nicht lange dauern«, sagte der ehemalige Wachtmeister zum Schluss und lächelte aufmunternd in die Runde. »Sobald wir den Orbit verlassen haben, aktiviert das Sporenschiff den Hypersprung und wir machen uns auf die Reise. Nach den alten Berichten, die ich gelesen habe, ist es nicht *sehr* unangenehm, nur ein seltsam ziehendes Gefühl. Ungewohnt, aber weder schmerzhaft noch verursacht es bleibende Schäden.«

»Medikamente«, sagte Momo und erinnerte Uruhard an seine eigenen Worte. Der Wachtmeister nickte schuldbewusst.

»Uruhard«, legte Ryk noch eins drauf, »diese alten Berichte beziehen sich doch gewiss auf Schiffe, die wir Menschen dereinst geflogen haben, oder?«

»Nun, natürlich.« Uruhard lächelte. »So viele Menschen werden noch nicht als Gast des Hives unterwegs gewesen sein. Und wenn, haben wir ihre Berichte nicht erhalten. Sie sind wahrscheinlich alle gestorben.«

»Du merkst schon, dass das unsere Zuversicht nicht gerade steigert?«, kommentierte Sia.

Der Mann nickte, immer noch etwas schuldbewusst, und hob eine Hand.

»Besser, ich sage nichts mehr.«

»Die Schiffe der Menschen hatten doch sicher auch Merkmale, die ihre Besatzung vor allen negativen Auswirkungen eines Hypersprungs geschützt haben«, fuhr Ryk unbeirrt fort. Er benutzte das Wort »Hypersprung« mit dem Stolz eines Kindes, das gerade seinen Wortschatz um einen herausfordernden Begriff erweitert hatte.

»Davon will ich ausgehen.«

»Merkmale, die der Hive möglicherweise nicht berücksichtigt.«

Uruhards Miene verdüsterte sich. »Auch das ... ist zu bedenken.«

»Mehr will ich gar nicht wissen.«

Ryk lehnte sich zurück und achtete darauf, mit der Wand verbunden zu bleiben. Ihm blieb natürlich nichts anderes übrig, als auf das zu warten, was nunmehr eintreten würde, aber es war wenig erfreulich zu wissen, dass sie so wenig wussten.

Immerhin musste er nicht lange ausharren.

Die Geräusche, die bisher aus dem Sporenschiff gedrungen waren, ließen sich am ehesten mit einem leisen Summen vergleichen. Jetzt änderte sich die Tonlage. Sia mit ihrem geschulten Gehör bemerkte es als Erste. Ein feines Singen erfüllte den Innenraum. Etwas baute sich auf. Etwas sammelte Kraft.

Dann ...

Er bemerkte, dass etwas geschah, als er Sia anschaute und ihr Abbild vor seinen Augen verschwamm. Es war, als würde eine zweite, leicht transparente Sia sich seitlich aus ihrem Körper herausbewegen und sich zitternd neben sie setzen. Ein Schatten, nur aus Licht, mit unscharfen Rändern. Ryk sagte nichts. Vielleicht bildete er es sich ja auch nur ein.

Tat er nicht, denn die anderen rissen gleichfalls die Augen auf und Uruhard flüsterte: »Es geht los!«

Als wäre dies der Startschuss gewesen, beschleunigte sich der Vorgang.

Eine unsichtbare Faust griff in Ryks Magen und drückte seine Eingeweide fest zusammen. Er schrie auf, der Schmerz zuckte heiß und unerwartet durch seinen Leib und er krümmte sich. Dann begann die Faust, sich einmal um sich selbst zu drehen. Ryk schrie ein zweites Mal und starrte an sich hinab, sah jedoch absolut nichts. Aber das Gefühl war so echt und erschreckend, er konnte es nicht als bloße Illusion abtun.

Ihm brach der kalte Schweiß aus. Der Schorf begann unvermittelt zu jucken, überall gleichzeitig, und schlagartig fühlte sich sein ganzer Körper wund an. Ihm wurde schwindelig und es war, als würde die Welt sich immer schneller um ihn drehen. Sein Sichtfeld kreiste, Konturen und Flächen vermischten sich zu einem visuellen Crescendo, das unvermittelt rasende Kopfschmerzen in ihm auslöste. Er spürte den Würgereiz, doch sein Körper spielte ihm Streiche. Es war, als würde die Wahrnehmung seiner biologischen Reaktion nichts mit dem zu tun haben, was sein Körper tatsächlich erduldete, als sei dort alles in bester Ordnung.

Dabei war absolut nichts in bester Ordnung!

Er erkannte jetzt nichts mehr. Farbfetzen tanzten auf seinen Netzhäuten und zogen wirre Muster, die keinen Sinn ergaben und in ihm wieder und wieder Wellen starker Übelkeit auslösten. Als er seine Augen schloss, wurden sie nicht weniger, als ob sich die Eindrücke nun direkt auf seinen Sehnerv legen würden. Dann machte die Faust da weiter, wo sie nur kurz innegehalten hatte.

Es war nicht schön. Es war ganz schrecklich. Die Faust öffnete sich, spreizte die Finger und fing an, an seinen Eingeweiden zu spielen wie auf einem Instrument. Sie drückte, zwickte, zog, schubste und boxte, spielte eine Melodie des Schmerzes, die heiße Wellen durch seinen Körper jagte und niemals zu enden schien. Jetzt war der Zeitpunkt gekommen, an dem sich Ryk die Gnade der Bewusstlosigkeit herbeisehnte, die Schwärze, die seinen Verstand vor der Folter beschützen würde. Doch wieder galt: Was er über die Wahrnehmung seines Körpers dachte und was tatsächlich geschah, hatte offenbar wenig miteinander zu tun.

Es war die perfekte Marter. Unfähig, in die Ohnmacht zu entfliehen, schien Ryk keine andere Wahl zu haben, als mitzufühlen, wie etwas ihn von innen heraus auseinanderriss. Er sah es nicht, er sah gar nichts mehr außer tanzenden Lichtern, die die Qual nur noch verstärkten.

Und dann, mit einem Schlag, war es vorbei.

Ryk keuchte und hustete in den Helm.

Stille. Dunkelheit, kein Schimmer mehr, der durch seine geschlossenen Lider drang. Kein Schmerz. Er hörte ein Stöhnen, konnte die Stimme aber nicht gleich zuordnen. Sie sprach von einem tiefen Leid und einer großen Erleichterung. Sie stöhnte ein zweites Mal. Dann merkte Ryk, dass seine eigene Kehle Urheberin dieser Laute war. Er hörte auch sein Blut in den Ohren rauschen. Aber es war ein beinahe beruhigender Laut. Immerhin war er am Leben. Und langsam kroch die Erkenntnis in sein Bewusstsein, dass er möglicherweise irgendwo angekommen war. Hoffentlich war dies die erste und letzte Etappe seiner Reise gewesen. Er war bereit, bei der Aussicht auf eine zweite Tortur dieser Art schreiend davonzurennen und den ganzen Plan sausen zu lassen. Damit hatte er nicht gerechnet. Und es zeigte wieder einmal, wie entsetzlich schlecht vorbereitet er auf all das war.

Sie konnten nicht hinaussehen. Die Raumanzüge halfen ihnen auch nicht weiter, da sie nicht genau wussten, wie sie das komplexe HUD zu bedienen hatten, von den automatischen Standardangaben einmal abgesehen. Das Sporenschiff lag still, und dann, wie im Grunde zu erwarten, vibrierte es. Triebwerke an. Stetige Beschleunigung. Wie zuvor.

Also saßen sie da und litten, zumindest an der Erinnerung.

»Das war nicht so schön«, hörte er Momo sagen.

Uruhard lachte, mit deutlich erkennbarem Schmerz in der Stimme. Sia schwieg, legte den Kopf schräg wie ein Hund und hielt die Augen geschlossen. So blieben sie hocken und die Zeit verging, zog sich hin, bis die Erinnerung an das Leid, das absolut keine körperlichen Spuren hinterlassen hatte, in so etwas wie Langeweile mündete und die gespannte Erwartung einer gewissen Ruhe wich, beinahe einer Enttäuschung darüber, dass nichts passierte.

Dann ruckelte es, ein sanftes Gefühl. Es wiederholte sich ein zweites Mal, als würde etwas das Sporenschiff vom Kurs abbringen, nur sanft, eine Korrektur, aber keine, die das Schiff selbst durchführte. Ryk hatte ein Gespür für so etwas, Stunden auf Triebwürmern mit ihren Kursänderungen hatten es ihn gelehrt und er sprach spontan aus, was ihm in den Sinn kam.

»Jemand hat das Schiff berührt. Oder es gepackt. Wir sind nicht mehr allein.«

Sia öffnete die Augen und nickte. »Ich höre es. Metall auf Metall, dort, wo die Hülle des Sporenschiffes anorganisch ist. Ein Eingriff in den Kurs. Wir sind zweifelsohne irgendwo angekommen, wo es Aktivität gibt.«

»Wenn uns ein anderer Hive einsammelt, werden wir bald Großmäulern gegenüberstehen und kurz darauf sehr tot sein«, sagte Uruhard düster. Die Reise hatte seine Stimmung definitiv gedrückt.

»Das war das Risiko. Es war zu erwarten«, kommentierte Sia kalt. Sie war offenbar nicht bereit, sich sofort wieder in Panik versetzen zu lassen. Sie schaute von einem zum anderen, dann zog sie die Waffe hervor, die in dem Beinholster des Raumanzugs steckte. »Und wenn, dann gibt es eine Überraschung, die sich gewa…«

Sie kam nicht mehr dazu, den Satz zu beenden. Ein reißendes Geräusch unterbrach sie, als ob jemand Textilien mitsamt der darunterliegenden Haut auseinanderreißen würde, ein widerlicher Ton. Licht fiel in die Samenkammer. Eine Öffnung. Jemand kam, von außen. Vor diesem Licht wurde ein Schemen erkennbar. Er bewegte sich, groß und unheilvoll.

Ryks Waffe zuckte nach oben.

Es war ein Großmaul. Ohne Zweifel.

Das mächtige, muskulöse Wesen drang durch die Öffnung in die Kammer ein und stand da, gelassen und locker, in all seiner mörderischen Kraft. Die langen, sehnigen Arme endeten in klauenartigen Greifwerkzeugen, die mit Leichtigkeit jeden von ihnen aufschlitzen konnten. Der viereckige Kopf mit den nach vorne drängenden Kieferknochen wurde durch ein großes, grün schillerndes Auge dominiert, eine Variante, die Ryk niemals zuvor erblickt hatte. Der Blick aus diesem Auge war stechend, als ob er allein ausreichen würde, jeden Gegner niederzustrecken. Statt eines normalen Mundes war darunter eine gleichfalls fast viereckige Öffnung, umrandet von einem Metallrahmen, und in der dunklen Tiefe dieser

Höhle glitzerten kleine Messer, die sich rasend schnell um sich selbst drehten, bereit, sich in das Fleisch ihres Opfer zu versenken und ein grausames Blutbad anzurichten.

Das Großmaul war unbekleidet oder vielmehr: Seine Kleidung war Teil seines Körpers. Die verwachsene Brust, die auf den ersten Blick wirkte, als habe sich der Leib des Wesens einmal um sich selbst gedreht und sei in einer verstörend angespannten Haltung zum Stillstand gekommen, war durchzogen von metallischen Adern, golden und silbern glänzend, wie ein Exoskelett, das für Schutz und Haltung gleichzeitig sorgte. Die Beine, knotige Gliedmaßen mit offensichtlich je zwei Kniegelenken, waren von einem chitinartigen Panzer bedeckt, der halb durchsichtig war und die Sehnen, Blutgefäße und Motoren des Hybridwesens deutlich erkennen ließ – ein verwirrendes, ablenkendes Schauspiel, von dem Ryk mit Gewalt seinen Blick abwenden musste.

»Schießen wir?«, wisperte Sia, die das Großmaul mit einer wilden Entschlossenheit anstarrte, bereit, ihr Leben so teuer wie möglich zu verkaufen.

Ihre Frage war berechtigt.

Denn der mächtige Krieger stand nur so da und taxierte sie mit seinem durchdringenden, sezierenden, aber vor allem passiven Blick. Wartete er ab? Kalkulierte er, wie er ihnen allen möglichst schnell die Kehle aus dem Hals beißen sollte, ohne sich unnötig anzustrengen? Wartete er auf Befehle?

Ryks Waffenhand zitterte. Alles in ihm schrie danach, diese Bedrohung sofort auszuschalten, wohl wissend, dass hinter der Öffnung, die das Großmaul verdeckte, eine ganze Armee auf sie warten würde. Selbst der Tod dieses einen Wesens würde ihr eigenes Ende nur unwesentlich hinauszögern.

Das Großmaul schien zu einem Entschluss gekommen zu sein. Es hob die Hände mit den Klauen, spreizte diese und drehte sich langsam in Richtung der Öffnung. Es sprach.

»Conrad, das musst du dir ansehen. Das glaubt uns keiner.«

Ryk fiel die Waffe aus der Hand und zum Glück löste sich dabei kein Schuss.

ISBN 978-3-95981-808-7